Ruína
e
Ascensão

5ª reimpressão

LEIGH BARDUGO

Ruína e Ascensão

Trilogia Grisha
Vol. 3

Tradução
Eric Novello

 Planeta   minotauro

Copyright © Leigh Bardugo, 2014
Copyright © Editora Planeta do Brasil, 2021
Todos os direitos reservados.
Título original: *Ruin and Rising*

Revisão: Opus Editorial e Audrya de Oliveira
Diagramação: Marcela Badolatto
Mapa: Keith Thompson
Capa: adaptada do projeto original de Natalie C. Sousa e Ellen Duda

Dados Internacionais de Catalogação na Publicação (CIP)
Angélica Ilacqua CRB-8/7057

Bardugo, Leigh
   Ruína e ascensão / Leigh Bardugo; tradução de Eric Novello. – São Paulo: Planeta, 2021.
   336 p. (Trilogia Grisha; vol. 3)

ISBN 978-65-5535-363-1
Título original: Ruin and Rising

1. Ficção norte-americana I. Título II. Novello, Eric

21-1192   CDD 813.6

Índices para catálogo sistemático:
1. Ficção norte-americana

Ao escolher este livro, você está apoiando o manejo responsável das florestas do mundo

2022
Todos os direitos desta edição reservados à
Editora Planeta do Brasil Ltda.
Rua Bela Cintra, 986, 4º andar – Consolação
São Paulo – SP – 01415-002
www.planetadelivros.com.br
faleconosco@editoraplaneta.com.br

Para meu pai, Harve.
Às vezes, nossos heróis acabam não sobrevivendo.

OS GRISHAS

Soldados do Segundo Exército
Mestres da Pequena Ciência

CORPORALKI
(a ordem dos vivos e dos mortos)

Sangradores

Curandeiros

ETHEREALKI
(a ordem dos conjuradores)

Aeros

Infernais

Hidros

MATERIALKI
(a ordem dos fabricadores)

Durastes

Alquimistas

 ANTES

O NOME DO MONSTRO era Izumrud, o grande verme. Alguns diziam que ele era o responsável pelos túneis que corriam sob Ravka. Doente de fome, ele comia lodo e cascalho, cavando cada vez mais fundo na terra, procurando algo que satisfizesse seu apetite, até que um dia foi longe demais e se perdeu na escuridão.

Essa era apenas uma história, mas na Catedral Branca as pessoas tomavam cuidado para não se afastar demais das passagens que contornavam as cavernas principais. Estranhos sons ecoavam pela rede sombria de túneis, gemidos e estrondos inexplicáveis. Os intervalos gelados de silêncio eram quebrados por sibilos baixos, que podiam não ser nada ou podiam ser o movimento sinuoso de um corpo longo, serpenteando perto de uma passagem próxima em busca de uma presa. Nesses momentos, era fácil acreditar que o Izumrud ainda vivia em algum lugar, esperando para ser acordado pelo chamado de heróis, sonhando com a ótima refeição que teria se ao menos alguma criança desafortunada caminhasse para dentro de sua boca. Um monstro como esse repousa, mas não morre.

O garoto contou essa e outras histórias para a menina, além de todas as novas histórias que ele conseguiu reunir, nos primeiros dias, quando ainda permitiam que se aproximasse dela. Ele se sentava ao lado dela na cama, tentando fazê-la comer, ouvindo o assovio dolorido de seus pulmões, e contava a história de um rio domado por um poderoso Hidro e treinado para mergulhar pelas camadas de rocha, procurando uma moeda mágica. Ele sussurrou sobre o pobre e amaldiçoado Pelyekin, que havia milhares de anos trabalhava com sua picareta mágica, deixando cavernas e passagens em seu rastro; uma criatura solitária em busca de nada além de distração, que acumulava ouro e joias que nunca pretendia gastar.

Então, em uma manhã, o garoto descobriu que seu caminho até o quarto da menina estava protegido por homens armados. E quando se recusou a partir, eles o arrastaram acorrentado para além da porta dela. O sacerdote alertou o garoto de que a fé lhe traria paz, e a obediência o manteria respirando.

Trancada sozinha em sua cela, com nada além de uma goteira e da batida lenta de seu coração, a garota sabia que as histórias sobre Izumrud eram verdadeiras. Ela tinha sido engolida inteira, devorada, e na escoante barriga de alabastro da Catedral Branca somente a Santa permanecia.

A SANTA ACORDAVA A CADA DIA com o som de seu nome sendo cantado, e a cada dia seu exército crescia, aumentando em número com famintos e desesperançados, com soldados feridos e crianças que mal tinham tamanho para segurar seus rifles. O sacerdote disse aos crentes que ela seria Rainha um dia, e eles acreditaram. Mas eles se questionavam sobre a misteriosa e abatida corte que a acompanhava: a Aeros de língua afiada e cabelos negros como o corvo; a Arruinada com seu manto negro e cicatrizes hediondas; o sábio pálido que desaparecia com seus livros e instrumentos estranhos. Esses eram os parcos remanescentes do Segundo Exército, companhia inadequada para uma Santa.

Poucos sabiam que ela estava acabada. Qualquer poder com que tivesse sido abençoada, divino ou de outro tipo, tinha sumido ou, pelo menos, ficado fora de alcance. Seus seguidores eram mantidos distantes para que não pudessem ver que seus olhos eram buracos escuros e que sua respiração vinha em soluços assustados. Ela caminhava devagar, timidamente, com ossos quebradiços e frágeis em seu corpo; a garota adoentada em quem todos depositavam suas esperanças.

Na superfície, um novo Rei governava com seu exército de sombras, e ele ordenava que sua Conjuradora do Sol fosse devolvida.

Ele fez ameaças e ofereceu recompensas, mas a resposta que recebeu veio na forma de um desafio – lançado por um foragido que o povo havia apelidado de Príncipe do Ar. Ele atacou ao longo da fronteira norte, bombardeando linhas de suprimento, forçando o Rei Sombra a reabrir comércio e viagens pela Dobra, com nada além de sorte e fogo dos Infernais para manter os monstros distantes. Alguns diziam que o desafiante era um príncipe Lantsov. Outros falavam que era um rebelde fjerdano que se recusava a lutar ao lado de bruxas. Mas todos concordavam que ele devia ter seus próprios poderes.

A Santa sacudiu as barras de sua jaula subterrânea. Essa era sua guerra, e ela exigia liberdade para lutá-la. O sacerdote se recusou.

Mas ele se esqueceu de que antes de se tornar uma Grisha e uma Santa, ela tinha sido um fantasma de Keramzin. Ela e o garoto tinham guardado segredos como Pelyekin guardava tesouros. Eles sabiam ser ladrões e fantasmas, sabiam ocultar sua força e ser ofensivos. Como os professores da propriedade do Duque, o sacerdote pensou conhecer a garota e saber do que ela era capaz.

Ele estava errado.

Não ouviu a linguagem secreta entre eles, não entendeu a determinação do garoto. Ele não percebeu o momento em que a garota deixou de vestir sua fraqueza como um fardo e começou a vesti-la como um disfarce.

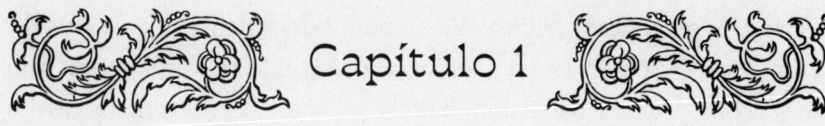

Capítulo 1

EU ESTAVA DE PÉ EM UMA SACADA de pedra esculpida, braços esticados, tremendo em meu roupão barato, e tentava dar um bom show. Meu *kefta* era um remendo, costurado a partir de trapos do vestido que usava na noite em que fugimos do palácio e de cortinas espalhafatosas que me disseram ter vindo de um teatro abandonado em algum lugar perto de Sala. Pérolas dos lustres do lobby compunham a barra do traje. O bordado nas mangas já estava se desfazendo. David e Genya tinham feito seu melhor, mas os recursos eram limitados no subterrâneo.

De longe, ele funcionava: ouro brilhante na luz que parecia emanar da palma de minhas mãos, enviando ondas reluzentes sobre os rostos extáticos dos meus seguidores lá embaixo. De perto, eram fios soltos e um brilho falso. Assim como eu, a Santa maltrapilha.

A voz do Apparat ressoou pela Catedral Branca, e a multidão se agitou, olhos fechados e mãos erguidas, lembrando um campo de papoulas – braços como hastes pálidas sacudidas por algum vento que eu não conseguia sentir. Segui uma série coreografada de gestos, movendo-me deliberadamente de modo que David e algum Infernal que o ajudava esta manhã pudessem rastrear meus movimentos a partir de suas posições na câmara escondida logo acima da sacada. Eu odiava as orações matinais, mas, de acordo com o sacerdote, essas falsas exibições eram necessárias.

— Isso é um presente que você dá ao seu povo, Santa Alina — disse ele. — Isso é esperança.

Na verdade, era uma ilusão, uma sugestão pálida da luz que um dia eu havia comandado. A névoa dourada era, na verdade, o fogo de um Infernal refletido em um disco espelhado amassado que David tinha confeccionado a partir de vidro quebrado. Era algo parecido com os discos que havíamos usado em nossa tentativa fracassada de afastar as hordas do Darkling na batalha de Os Alta. Tínhamos sido pegos de surpresa, e meu poder, nosso planejamento, toda a engenhosidade de David e os recursos de Nikolai não tinham sido suficientes para impedir a matança. Desde então, eu não havia conseguido evocar nem um raio de sol. Mas a maior parte do rebanho do Apparat nunca tinha visto o que a Santa deles realmente era capaz de fazer, e, por enquanto, esse engodo era suficiente.

O Apparat terminou seu sermão. Aquele era o sinal para o encerramento. O Infernal deixou a chama brilhar ao meu redor. Ela pulou e bruxuleou de modo errático, então finalmente morreu quando baixei os braços. Bem, agora eu sabia quem manejava o fogo ao lado de David. Fiz uma careta para o lado da caverna. *Harshaw*. Ele estava sempre se excedendo. Três Infernais tinham escapado da batalha no Pequeno Palácio, mas um havia morrido apenas alguns dias depois, por causa dos ferimentos. Dos dois que restaram, Harshaw era o mais poderoso e o mais imprevisível.

Eu desci da plataforma, ansiosa para me distanciar do Apparat, mas meus pés falharam e eu cambaleei. O sacerdote agarrou meu braço, me apoiando.

— Tome cuidado, Alina Starkov. Você é imprudente com sua segurança.

— Obrigada — disse eu. Queria me afastar dele, do fedor de solo revirado e incenso que ele carregava a todos os lugares.

— Você está se sentindo indisposta hoje.

— Apenas desajeitada. — Ambos sabíamos que aquilo era mentira. Eu estava mais forte do que quando cheguei à Catedral Branca – meus ossos haviam se reparado e eu conseguia manter as refeições no estômago –, mas ainda me sentia fraca, meu corpo estava infestado de dores e a fadiga era constante.

— Talvez um dia de descanso, então.

Eu cerrei os dentes. Teria outro dia confinada em meus aposentos. Engoli a frustração e sorri debilmente. Eu sabia o que ele queria ver.

— Estou com muito frio — falei. — Algum tempo na Caldeira me faria bem.

— Estritamente falando, isso era verdade. As cozinhas ficavam em um lugar da Catedral Branca onde a umidade podia ser tolerada. Àquela hora, pelo menos uma das fogueiras onde se preparava o café da manhã estaria acesa. A grande caverna redonda estaria cheia de aromas de pão assando e do mingau doce que os cozinheiros faziam com as reservas de ervilhas secas e leite em pó fornecidos por aliados na superfície e armazenado pelos peregrinos.

Eu adicionei um arrepio para convencê-lo, mas a única resposta do sacerdote foi um evasivo "hummm".

Um movimento na base da caverna chamou minha atenção: peregrinos recém-chegados. Eu não pude evitar encará-los com um olhar estratégico. Alguns vestiam uniformes que os identificavam como desertores do Primeiro Exército. Todos eram jovens e capazes.

— Nenhum veterano? — perguntei. — Nenhuma viúva?

— É uma jornada difícil no subterrâneo — respondeu o Apparat. — Muitos são velhos ou fracos demais para se mover. Preferem permanecer no conforto de seus lares.

Improvável. Os peregrinos vinham de muletas e bengalas, não importava quão velhos ou doentes estivessem. Mesmo morrendo, vinham ver a Santa do Sol em seus últimos dias. Eu lancei um olhar desconfiado por sobre o ombro. Pude perceber apenas um relance de Guardas Sacerdotais, barbudos e fortemente armados, fazendo a vigilância no arco. Eles eram monges, sacerdotes eruditos como o Apparat, e no subsolo eram os únicos com permissão de carregar armas. Acima, havia os guardiões do portão, identificando e expulsando espiões e descrentes, liberando a entrada no santuário para aqueles que considerassem merecedores. Ultimamente, o número de peregrinos vinha diminuindo, e os que se juntavam às nossas tropas pareciam mais entusiasmados que tementes. O Apparat queria soldados em potencial, não apenas bocas para alimentar.

— Eu poderia ir até os doentes e anciãos. — Eu sabia que o argumento era inútil, mas o disse mesmo assim. Era quase previsível. — Uma Santa deve caminhar entre seu povo, e não se esconder como uma rata em uma toca.

O Apparat sorriu o sorriso benevolente e indulgente que os peregrinos adoravam e que me dava vontade de gritar.

— Em tempos difíceis, muitos animais se refugiam sob a terra. É como eles sobrevivem — disse ele. — Após os tolos travarem suas batalhas, são os ratos que comandam os campos e as cidades.

E se banqueteiam com os mortos, pensei com um tremor. Como se pudesse ler meus pensamentos, ele pressionou uma das mãos no meu ombro. Seus dedos eram longos e brancos, espalhando-se pelo meu braço como uma aranha de cera. Se a intenção do gesto era me confortar, ele falhou.

— Paciência, Alina Starkov. Nós nos ergueremos quando for o momento certo, não antes.

Paciência. Era sempre essa a sua prescrição. Eu resisti ao impulso de tocar meu pulso nu, o espaço vazio onde os ossos do pássaro de fogo deveriam estar. Eu havia reivindicado as escamas do açoite do mar e os chifres do cervo, mas a peça final do quebra-cabeça de Morozova estava faltando. Nós já poderíamos ter o terceiro amplificador se o Apparat tivesse apoiado a caçada ou apenas nos deixado voltar à superfície. Mas essa permissão só viria com um preço.

— Estou com frio — repeti, enterrando minha irritação. — Quero ir para a Caldeira.

Ele franziu o cenho.

— Eu não gosto de ver você com aquela garota...

Atrás de nós, os guardas murmuraram inquietamente, e a palavra chegou aos meus ouvidos. *Razrusha'ya*. Eu tirei a mão do Apparat de mim e marchei pela passagem. A Guarda Sacerdotal ficou em posição de sentido. Como todos os seus pares, estavam vestidos de marrom e usavam o sol dourado, o mesmo símbolo que marcava os mantos do Apparat. O meu símbolo. Mas eles nunca olhavam diretamente para mim, nunca falavam comigo ou com os outros refugiados Grishas. Em vez disso, permaneciam em silêncio nos cantos das salas e me acompanhavam por todo lado como espectros barbados empunhando rifles.

— Esse nome é proibido — disse eu. Eles olharam diretamente para a frente, como se eu fosse invisível. — O nome dela é Genya Safin, e eu ainda seria prisioneira do Darkling se não fosse por ela.

Nenhuma reação. Mas eu os vi ficar tensos somente com o som do nome dela. Homens crescidos, armados, com medo de uma garota com cicatrizes.

Idiotas supersticiosos.

— Paz, Sankta Alina — disse o Apparat, pegando meu cotovelo para me conduzir pela passagem até sua câmara de reuniões. A pedra de veios de prata no teto havia sido esculpida com a forma de uma rosa, e as paredes tinham sido pintadas com Santos e seus halos dourados. Aquilo devia ser trabalho de um Fabricador, porque nenhum pigmento comum resistiria ao frio e à umidade da Catedral Branca. O sacerdote se acomodou em uma cadeira baixa de madeira e fez um gesto para que eu me sentasse em outra. Tentei esconder meu alívio quando me afundei nela. Até ficar em pé por muito tempo me deixava sem fôlego.

Ele me olhou, analisando minha pele amarelada e as manchas negras abaixo dos meus olhos.

— Certamente *Genya* pode fazer algo por você.

Haviam se passado dois meses desde a minha batalha contra o Darkling, e eu não tinha me recuperado totalmente. As maçãs do meu rosto cortavam os sulcos da minha face como exclamações raivosas, e o caimento branco do meu cabelo era tão quebradiço que parecia flutuar como teias de aranha. Eu finalmente havia convencido o Apparat a deixar que Genya me atendesse nas cozinhas com a promessa de que ela poderia fazer seu trabalho e me deixar mais apresentável. Esse havia sido o único contato real meu com outros Grishas em semanas. Eu apreciei cada momento, cada migalha de novidade.

— Ela está fazendo o melhor que pode — disse eu.

O sacerdote suspirou.

— Suponho que todos nós precisemos ser pacientes. Você irá se recuperar a tempo. Por intermédio da fé. Por meio da oração.

Uma onda de raiva se apossou de mim. Ele sabia muito bem que a única coisa que me curaria seria usar o meu poder, mas, para fazer isso, eu precisava voltar à superfície.

— Se você ao menos deixasse eu me aventurar lá em cima...

— Você é preciosa demais para nós, Sankta Alina, e o risco é muito grande. — Ele deu de ombros, se desculpando. — Você não cuida da sua segurança, então eu tenho de cuidar.

Permaneci em silêncio. Era esse o jogo que jogávamos, que estávamos jogando desde que eu havia sido trazida para cá. O Apparat tinha feito muito por mim. Ele era a única razão de qualquer um dos meus Grishas ter escapado da batalha com os monstros do Darkling. Ele tinha nos dado segurança no subsolo. Mas cada dia na Catedral Branca parecia mais uma prisão do que um refúgio.

Ele estalou os dedos.

— Meses se passaram e você ainda não confia em mim.

— Eu confio — menti. — É claro que confio.

— E, ainda assim, não me deixa ajudá-la. Com o pássaro de fogo em nossas mãos, tudo isso mudará.

— David está fazendo sua pesquisa com os diários de Morozova. Tenho certeza de que a resposta está lá.

O olhar constante do Apparat se enterrou em mim. Ele suspeitava de que eu sabia a localização do pássaro de fogo, o terceiro amplificador de Morozova e a chave para liberar o único poder que poderia derrotar o Darkling e destruir a Dobra. E ele estava certo. Pelo menos, eu esperava que sim. A única pista que tínhamos sobre sua localização estava enterrada nas minhas memórias escassas de infância e na esperança de que as ruínas de Dva Stolba fossem mais do que pareciam. Mas, certa ou errada, a possível localização do pássaro de fogo era um segredo que eu pretendia manter. Eu estava isolada no subterrâneo, praticamente sem poderes, espionada até pela Guarda do Sacerdotal. Não estava disposta a abdicar da única pequena vantagem que possuía.

— Só quero o melhor para você, Alina Starkov. Para você e para seus amigos. Restam tão poucos. Se algo acontecer a eles...

— Deixe-os em paz — eu grunhi, esquecendo-me de ser dócil e gentil.

O olhar do Apparat foi afiado demais para o meu gosto.

— Eu só quero dizer que acidentes acontecem no subsolo. Sei que você sentiria cada perda profundamente, e você está muito *fraca*.

Na última palavra, seus lábios se esticaram para trás sobre as gengivas. Elas eram negras como as de um lobo.

Novamente, fui tomada pela raiva. Desde meu primeiro dia na Catedral Branca, ameaças tinham pairado pesadamente no ar, sufocando-me com a pressão constante do medo. O Apparat nunca perdia uma oportunidade de me lembrar da minha vulnerabilidade. Quase sem pensar, mexi os dedos dentro das mangas de minha roupa. Sombras saltaram pelas paredes da câmara.

O Apparat recuou em sua cadeira. Eu franzi a testa, fingindo confusão.

— O que houve? — perguntei.

Ele pigarreou, e seus olhos foram de um lado para o outro.

— Não foi... Não é nada — ele gaguejou.

Eu deixei as sombras sumirem. A reação dele valeu consideravelmente a onda de tontura que me atingia quando eu usava esse truque. E era apenas isso. Eu podia fazer as sombras pularem e dançarem, mas nada além. Era um pequeno e triste eco do poder do Darkling, algum resquício deixado para trás no rastro do confronto que quase havia matado nós dois. Eu o havia descoberto tentando conjurar a luz, e me esforçara para aperfeiçoá-lo, torná-lo algo maior, algo com o qual pudesse lutar. Eu havia fracassado. As sombras pareciam uma punição, fantasmas de um poder maior que servia apenas para me assombrar, a mim, a Santa das artimanhas e espelhos.

O Apparat se ergueu, tentando retomar sua compostura.

— Você irá aos arquivos — disse ele, decisivamente. — Um tempo silencioso de estudo e contemplação irá ajudá-la a acalmar a mente.

Eu sufoquei um gemido. Aquilo realmente era uma punição – horas infrutíferas passadas folheando textos religiosos antigos atrás de informações sobre Morozova. Sem falar no fato de que os arquivos eram úmidos, tristes e tomados pela Guarda Sacerdotal.

— Eu vou acompanhá-la — disse ele. Melhor ainda.

— E a Caldeira? — perguntei, tentando esconder o desespero em minha voz.

— Mais tarde. *Razru...* Genya pode esperar — falou ele, enquanto eu o seguia pela passagem. — Você não precisa correr para a Caldeira, sabe? Poderia se encontrar com ela aqui. Com privacidade.

Eu olhei para os guardas, que seguiam nossos passos. Privacidade. Aquilo era risível. Mas a ideia de ser mantida longe das cozinhas não era. Talvez hoje o cano mestre da chaminé se abrisse por mais do que alguns segundos. Era uma esperança ínfima, mas era tudo o que eu tinha.

— Prefiro a Caldeira — argumentei. — É mais quente lá. — Dei a ele meu sorriso mais dócil, deixei meus lábios tremerem levemente e adicionei: — E me lembra de casa.

Ele amava aquilo: a imagem de uma garota humilde, aconchegando-se perto de um fogo, com a bainha da roupa arrastando nas cinzas. Outra ilusão, mais um capítulo em seu livro dos Santos.

— Muito bem — disse ele, por fim.

Levou um longo tempo para trilharmos nosso caminho pela galeria. A Catedral Branca tinha esse nome por causa do alabastro de suas paredes e da enorme caverna principal na qual conduzíamos as missas toda manhã e tarde. Mas ela era muito mais que isso; era uma vasta rede de túneis e cavernas, uma verdadeira cidade subterrânea. Eu odiava cada centímetro dela. A umidade que se infiltrava pelas paredes pingava do teto e se acumulava em gotas na minha pele. Era um arrepio que não podia ser dissipado. Havia mofo e flores noturnas que cresciam em fendas e rachaduras. Eu odiava o modo como marcávamos o tempo: missas matinais, orações vespertinas, missas vespertinas, os dias dos Santos, dias de jejum e meio jejum. Mas, principalmente, odiava o sentimento de que eu realmente era um ratinho pálido e de olhos vermelhos que subia pelos muros do meu labirinto com garras frágeis tingidas de rosa.

O Apparat me conduziu pelas cavernas ao norte da depressão principal, onde eram treinados os Soldat Sol. As pessoas recuaram contra a rocha ou se esticaram para tocar as mangas douradas de minhas vestes enquanto passávamos. Nós adotamos um ritmo mais lento e digno, que era necessário. Eu não podia me mover nem um pouco mais rápido sem resfolegar. O rebanho do Apparat sabia que eu estava doente e entoava orações pela minha saúde, mas ele temia que houvesse pânico se descobrissem quanto eu estava frágil, quanto eu estava humana.

Os Soldat Sol já tinham começado a treinar quando cheguei. Eram os guerreiros sagrados do Apparat, soldados do sol que ostentavam meu símbolo tatuado no braço e no rosto. Eram desertores do Primeiro Exército, em sua maioria, embora outros fossem simplesmente jovens ferozes dispostos a morrer. Eles haviam ajudado a me resgatar do Pequeno Palácio, e as baixas tinham sido brutais. Sagrados ou não, não eram páreo para os *nichevo'ya* do Darkling. No entanto, o Darkling tinha soldados humanos e Grishas a seu serviço, por isso os Soldat Sol treinavam.

Mas agora eles faziam isso sem armas reais, com espadas falsas e rifles carregados com balas de cera. Os Soldat Sol eram um tipo diferente de peregrinos, trazidos ao culto da Santa do Sol pela promessa de mudança, muitos deles jovens e ambivalentes sobre o Apparat e os velhos métodos da igreja. Desde a minha chegada ao subsolo, o Apparat os mantinha em uma disciplina mais rígida. O sacerdote precisava deles, mas não confiava totalmente neles. Eu conhecia o sentimento.

A Guarda Sacerdotal se enfileirou rente às paredes, prestando atenção aos procedimentos. Suas balas eram reais, assim como as lâminas de seus sabres.

Assim que entramos na área de treinamento, vi que um grupo havia se reunido para ver Maly praticar com Stigg, um de nossos dois Infernais sobreviventes. Ele tinha o pescoço grosso, era loiro e totalmente sem humor, um típico fjerdano.

Maly desviou de um arco de fogo, mas o segundo lance de chamas pegou em sua camisa. A plateia engoliu em seco. Pensei que ele recuaria, mas, em vez disso, atacou. Mergulhou para rolar no chão, extinguindo as chamas no solo e dando uma rasteira em Stigg. Em um instante, Maly tinha o Infernal imobilizado de cara no chão. Ele segurou os pulsos de Stigg, evitando outro ataque.

Os soldados do sol que assistiam à disputa aplaudiram e assobiaram, apreciando a cena.

Zoya jogou seu cabelo negro brilhante por cima do ombro.

— Muito bem, Stigg. Você está amarrado e pronto para ser tostado.

Maly a silenciou com um olhar.

— Distrair, desarmar, incapacitar — disse ele. — O truque é não entrar em pânico. — Ele se levantou e ajudou Stigg a ficar em pé. — Você está bem?

O Infernal fez uma careta, aborrecido, mas assentiu e foi praticar com uma soldado muito jovem.

— Venha, Stigg — a garota falou com um sorriso largo. — Não serei muito dura com você.

O rosto dela era familiar, mas levei um longo momento para reconhecê-la: Ruby. Maly e eu tínhamos treinado com ela em Poliznaya. Ela fazia parte do nosso regimento. Eu me lembrava dela rindo, alegre, o tipo de menina feliz e carismática que fazia eu me sentir horrível e sem jeito. Ruby ainda tinha o mesmo sorriso armado, a mesma longa trança loira. Mas, mesmo de certa distância, eu podia ver sua vigilância, a cautela que vinha com a guerra. Havia um sol negro tatuado do lado direito de seu rosto. Era estranho pensar que uma garota que já se sentara comigo no refeitório agora pensasse que eu era divina.

Era raro que o Apparat e seus guardas me levassem aos arquivos por esse caminho. O que havia de diferente hoje? Ele me trouxera aqui para que eu pudesse olhar os farrapos do meu exército e lembrar o preço dos meus erros? Para me mostrar quão poucos aliados eu tinha?

Eu observei Maly parear soldados do sol com Grishas. Havia os Aeros: Zoya, Nadia e seu irmão, Adrik. Com Stigg e Harshaw, eram os últimos dos meus Etherealki. Mas Harshaw não estava em nenhum lugar que eu pudesse ver. Provavelmente, tinha voltado para a cama após conjurar a chama para mim durante as orações matinais.

Representando os Corporalki, os únicos Sangradores no pátio de treinamento eram Tamar e seu gêmeo gigante, Tolya. Eu devia minha vida a eles, mas era uma dívida desconfortável.

Eles eram próximos do Apparat, e seguiam instruções dos Soldat Sol, e haviam mentido para mim durante meses no Pequeno Palácio. Eu não estava certa do que fazer com eles. Confiança era um luxo ao qual eu dificilmente podia me dar.

Os soldados remanescentes teriam de esperar por um turno para lutar. Simplesmente porque havia muito poucos Grishas. Genya e David se mantinham isolados, e não eram muito aptos ao combate, de qualquer maneira. Maxim era Curandeiro e preferia praticar sua arte na enfermaria, embora poucos no rebanho do Apparat confiassem o suficiente em um Grisha para aproveitar seus serviços. Sergei era um Sangrador poderoso, mas ouvi dizer que era instável demais para ser considerado seguro perto dos alunos. Ele estava no fervor da batalha quando o Darkling lançou seu ataque surpresa, tinha visto a menina que amava ser destroçada por monstros. Nós havíamos perdido nosso único outro Sangrador para os *nichevo'ya* em algum lugar entre o Pequeno Palácio e a capela.

Por sua causa, disse uma voz na minha cabeça. *Porque você falhou com eles.*

Fui resgatada de meus pensamentos desolados pela voz do Apparat.

— O garoto passa dos limites.

Segui seu olhar até onde Maly se movia por entre os soldados, falando com um ou corrigindo outro.

— Ele está ajudando-os a treinar — disse eu.

— Está dando ordens. Oretsev! — chamou o sacerdote.

Eu fiquei tensa, observando Maly se aproximar. Eu mal o tinha visto desde que havia sido banido dos meus aposentos. Além das minhas interações cuidadosamente racionadas com Genya, o Apparat me mantinha isolada de potenciais aliados.

Maly parecia diferente. Vestia o tecido grosseiro de camponês que lhe servira de uniforme no Pequeno Palácio, mas estava mais magro e mais pálido por causa do tempo passado no subterrâneo. A cicatriz estreita no seu queixo continuava em relevo acentuado.

Ele parou diante de nós e fez uma mesura. Foi o mais próximo um do outro que tivemos permissão de ficar em meses.

— Você não é o capitão aqui — lembrou o Apparat. — Tolya e Tamar estão acima de você.

Maly assentiu.

— Estão...

— Então, por que está comandando os exercícios?

— Não estou comandando nada — disse ele. — Tenho algo a ensinar. Eles têm algo a aprender.

É verdade, pensei, amarga. Maly tinha ficado muito bom em lutar contra Grishas. Eu me lembrava dele machucado e sangrando, enfrentando um Aeros nos estábulos do Pequeno Palácio, um brilho de desafio e desprezo em seus olhos. Outra memória que eu poderia esquecer.

— Por que esses recrutas não foram marcados? — perguntou o Apparat, apontado para um grupo treinando com espadas de madeira na parte mais distante do muro. Nenhum deles devia ter mais que doze anos.

— Porque são crianças — respondeu Maly, num tom frio.

— É uma escolha deles. Você negaria a eles a chance de mostrar fidelidade à nossa causa?

— Negaria a eles arrependimento.

— Ninguém tem esse poder.

Um músculo pulou no maxilar de Maly.

— Se perdermos, aquelas tatuagens irão marcá-los como soldados do sol. Eles poderiam se inscrever para enfrentar o pelotão de fuzilamento agora.

— É por isso que não traz nenhuma marca? Por ter tão pouca fé em nossa vitória?

Maly olhou para mim, e então de volta para o Apparat.

— Eu guardo minha fé para os Santos — disse ele, calmamente. — Não para homens que enviam crianças para morrer.

Os olhos do sacerdote se estreitaram.

— Maly tem razão — interrompi. — Deixe-os permanecer sem a marca. — O Apparat me analisou minuciosamente com aquele olhar obscuro e constante. — Por favor — completei suavemente —, como uma gentileza para mim.

Eu sabia quanto ele gostava daquela voz – gentil, quente, uma voz de canção de ninar.

— Que coração terno — disse ele, estalando a língua. Mas pude notar que estava satisfeito. Embora eu tivesse ido contra seus desejos, essa era a Santa que ele queria que eu fosse, uma mãe amorosa, um conforto para o povo. Pressionei os dedos na minha palma.

— Aquela é Ruby, não é? — perguntei, ansiosa para mudar de assunto e desviar a atenção do Apparat.

— Ela voltou há poucas semanas — falou Maly. — Ela é boa, veio da infantaria. — Apesar de tudo, senti uma pontada ínfima de inveja.

— Stigg não parece feliz — disse eu, inclinando a cabeça para onde o Infernal parecia estar descontando sua derrota em Ruby. A garota estava fazendo seu melhor para se segurar, mas estava sendo claramente superada.

— Ele não gosta de ser derrotado.

— Acho que você nem chegou a suar.

— Não — disse ele. — Isso é um problema.

— Por que? — perguntou o Apparat.

Maly fixou os olhos em mim por um breve segundo.

— Você aprende mais com as derrotas. — Ele deu de ombros. — Pelo menos, Tolya está por perto para chutar meu traseiro.

— Olhe essa língua — o Apparat respondeu.

Maly o ignorou. De forma abrupta, ele colocou dois dedos em seus lábios e deu um assovio agudo.

— Ruby, você está abrindo a guarda!

Tarde demais. Sua trança estava pegando fogo. Outro jovem soldado correu até ela com um balde e jogou água sobre sua cabeça.

Fiz uma careta.

— Tente não os deixar muito tostados.

Maly assentiu com a cabeça.

— *Moi soverenyi*. — E caminhou de volta para as tropas.

Aquele título. Ele o pronunciou sem nenhum traço do rancor que parecia carregar em Os Alta, mas ainda assim me acertou como um soco no estômago.

— Ele não deveria se dirigir a você dessa maneira — o Apparat reclamou.

— Por que não?

— Esse era o título do Darkling e é inadequado a uma Santa.

— Então, como ele deveria me chamar?

— Ele não deveria falar diretamente com você de jeito algum.

Suspirei.

— Da próxima vez que ele tiver algo a me dizer, pedirei que me escreva uma carta.

O Apparat franziu os lábios.

— Você está inquieta hoje. Acho que uma hora extra no conforto dos arquivos lhe fará bem.

Seu tom foi de repreensão, como se eu fosse uma criança ranzinza que tivesse passado da hora de ir para a cama. Eu me obriguei a pensar na promessa da Caldeira e forcei um sorriso.

— Tenho certeza de que você tem razão. — *Distrair, desarmar, incapacitar*.

Quando voltamos pela passagem que nos levaria aos arquivos, olhei por sobre o ombro. Zoya tinha virado um soldado de costas e o estava girando como uma tartaruga, a mão dela fazendo círculos preguiçosos no ar. Ruby conversava com Maly, seu sorriso largo e expressão ávida. Mas Maly me observava. Na luz fantasmagórica da caverna, seus olhos adquiriram um azul profundo e firme, a cor do centro de uma chama.

Eu me virei de volta e segui o Apparat, apressando os passos, tentando acalmar o chiado nos meus pulmões. Pensei no sorriso de Ruby e em sua trança chamuscada. Era uma garota simpática, uma garota normal. Era disso que Maly precisava. Se ainda não havia se envolvido com alguém novo, logo iria fazê-lo. E, algum dia, eu seria uma pessoa boa o suficiente para desejar o melhor a ele. Mas não hoje.

ENCONTRAMOS DAVID em seu caminho para os arquivos. Como de costume, ele estava desarrumado; seu cabelo ia em todas as direções, as mangas estavam borradas de tinta. Ele trazia um copo de chá quente em uma das mãos e um pedaço de torrada enfiado no bolso.

Seus olhos foram do Apparat aos Guardas Sacerdotais.

— Mais bálsamo? — ele perguntou.

O Apparat curvou ligeiramente o lábio ao ouvir isso. O bálsamo era a mistura de David para Genya. Em conjunto com os próprios esforços dela, o produto tinha ajudado a diminuir algumas das piores cicatrizes, mas feridas feitas por *nichevo'ya* nunca se curavam completamente.

— Sankta Alina veio passar a manhã estudando — o Apparat declarou com grande solenidade.

David deu uma sacudida que lembrava vagamente um movimento de ombros e se enfiou pela porta.

— Mas você irá à Caldeira mais tarde?

— Enviarei guardas para escoltá-la dentro de duas horas — disse o Apparat. — Genya Safin estará esperando por você. — Os olhos dele analisaram meu rosto abatido. — Garanta que ela se dedique mais ao trabalho que lhe cabe.

Ele se curvou profundamente e desapareceu pelo túnel. Eu olhei para a sala ao redor e deixei escapar um suspiro longo e deprimido. Os arquivos poderiam ter sido o tipo de lugar que eu amava, repleto do cheiro de tinta no papel, o estalido suave das penas. Mas esse era o covil dos Guardas Sacerdotais – um labirinto mal iluminado de arcos e colunas esculpidos em pedra branca. O mais próximo que eu havia chegado de ver David se descontrolar fora a primeira vez que ele pousou os olhos nesses pequenos nichos sob cúpulas, alguns deles desabando, todos repletos de fileiras de livros e manuscritos antigos, as páginas pretas de podridão, lombadas inchadas de umidade. As cavernas eram úmidas o suficiente para que poças escoassem pelos assoalhos.

— Você não... você não pode manter os diários de Morozova aqui — ele praticamente gritou. — Isto é um pântano.

Agora David passava seus dias e a maioria de suas noites nos arquivos, debruçado sobre os escritos de Morozova, registrando teorias e esboços em seu caderno de anotações. Como a maioria dos outros Grishas, ele acreditava que os diários de Morozova tinham sido destruídos após a criação da Dobra. Mas o Darkling nunca deixaria que um conhecimento como aquele se perdesse. Ele havia escondido os diários e, embora nunca tivesse obtido uma resposta direta do Apparat, eu suspeitava que, de alguma maneira, o sacerdote os havia descoberto no Pequeno Palácio, e então os roubara quando o Darkling foi forçado a deixar Ravka.

Eu desabei em um banquinho em frente a David. Ele tinha arrastado uma cadeira e uma mesa para a mais seca das cavernas; também havia guardado óleo extra em uma das prateleiras para suas lanternas, além das ervas e unguentos usados para fazer o bálsamo de Genya. Geralmente, ele se debruçava sobre alguma fórmula ou alguns ajustes e não olhava para cima durante horas, mas hoje não conseguia ficar parado; estava agitado com suas tintas, remexendo o relógio de bolso que havia apoiado sobre a mesa.

Eu manuseei um dos diários de Morozova com desânimo. Passara a detestar vê-los pela frente – inúteis, confusos e, o mais importante, *incompletos*. Ele descreveu sua teoria em relação aos amplificadores, sua busca pelo cervo, sua jornada de dois anos a bordo de um baleeiro procurando o açoite do mar, suas teorias sobre o pássaro de fogo e então... Nada. Ou havia diários faltando ou Morozova tinha deixado seu trabalho por terminar.

A perspectiva de encontrar e usar o pássaro de fogo me assombrava o suficiente. Mas a ideia de que ele podia não existir, de que eu teria de enfrentar o Darkling novamente sem ele... Esse era um pensamento assustador demais para se contemplar, então eu simplesmente o afastava.

Obriguei-me a virar as páginas. A única maneira que eu tinha de marcar as horas era o relógio de David. Não sabia onde ele o havia encontrado, como o tinha feito funcionar, ou se a hora que marcava tinha alguma relação com o tempo na superfície, mas eu observava seu mostrador e desejava que o ponteiro dos minutos se movesse mais rápido.

Os Guardas Sacerdotais entravam e saíam, sempre observando ou arqueados sobre seus textos. Supunha-se que estivessem iluminando manuscritos, estudando a palavra sagrada, mas eu duvidava que fosse essa a sua tarefa principal. A rede de espiões do Apparat se espalhava por Ravka e esses homens consideravam sua missão mantê-la, decifrando mensagens, reunindo informações, construindo o culto de uma nova Santa. Era difícil não os comparar aos meus Soldat Sol, a maioria deles jovens e analfabetos, alijados dos antigos mistérios que esses homens guardavam.

Quando não pude mais aguentar as divagações de Morozova, girei em meu assento e tentei me livrar da dor nas costas. Então, puxei uma velha coletânea composta principalmente por debates sobre orações, mas acabou que também continha uma versão do martírio de Sankt Ilya.

Nela, Ilya era pedreiro, e o garoto vizinho estava esmagado sob um cavalo – aquilo era novo. Geralmente, o garoto aparecia cortado por uma lâmina de arar. Mas a história terminava como em todos os contos: Ilya trazia a criança de volta à vida e, como recompensa, os moradores da vila o jogavam no rio, preso a correntes de ferro. Alguns contos diziam que ele nunca afundou e que flutuou para o mar. Outros juravam que seu corpo havia emergido dias depois em um baixio a quilômetros de distância, perfeitamente preservado e cheirando a rosas. Eu conhecida todas as histórias, e nenhuma delas dizia uma palavra sobre o pássaro de fogo ou indicava que Dva Stolba fosse o lugar correto para começar a procurar.

Toda a nossa esperança de encontrar o pássaro de fogo residia em uma ilustração antiga: Sankt Ilya acorrentado, cercado pelo cervo, o açoite do mar e o pássaro de fogo. Montanhas podiam ser vislumbradas atrás dele, juntamente com uma estrada e um arco. Aquele arco tinha desabado muito tempo antes, mas eu achava que as ruínas podiam ser encontradas em Dva Stolba, não muito longe dos acampamentos onde Maly e eu havíamos nascido. Pelo menos, era nisso que eu acreditava nos bons tempos. Hoje, sentia-me menos certa de que Ilya Morozova e Sankt Ilya eram o mesmo homem. Eu não conseguia mais me animar ao olhar as cópias do *Istorii Sankt'ya*. Os volumes se encontravam em uma pilha mofada em um canto esquecido, parecendo mais com livros infantis que tinham saído de moda do que com presságios de algum destino grandioso.

David pegou seu relógio, largou-o, pegou-o de novo, derrubou um frasco de tinta e, depois, ajeitou-o com os dedos trêmulos.

— O que há com você hoje? — perguntei.

— Nada — falou ele, abruptamente.

Pisquei para ele.

— Seu lábio está sangrando.

Ele enxugou-o com a palma da mão, e o sangue formou uma gota novamente. Ele devia tê-lo mordido. Com força.

— David...

Ele bateu com os nós dos dedos contra a mesa, e eu quase pulei. Havia dois guardas atrás de mim, pontuais e assustadores como de costume.

— Aqui — disse David, passando-me uma pequena lata metálica. Antes que pudesse segurá-la, um guarda a pegou.

— O que está fazendo? — perguntei com raiva. Mas eu sabia. Nada passava entre mim e os outros Grishas sem ser minuciosamente inspecionado. Para minha segurança, é claro.

O Guarda Sacerdotal me ignorou. Passou seus dedos sobre o topo e a base da lata, abriu-a, cheirou o conteúdo, investigou a tampa, então fechou-a e me entregou de volta sem dizer uma palavra. Eu a arranquei da mão dele.

— Obrigada — agradeci amargamente. — E obrigada, David.

Ele já tinha se inclinado novamente sobre seu caderno de anotações, parecendo perdido com o que quer que estivesse lendo. Mas segurou sua caneta com tanta força que pensei que ela fosse quebrar.

GENYA ME ESPERAVA NA CALDEIRA, a caverna vasta e quase perfeitamente redonda que fornecia comida a todos na Catedral Branca. Suas paredes curvas eram enfeitadas com lareiras de pedra, lembranças do antigo passado de Ravka – a equipe da cozinha gostava de reclamar que nem de perto eram convenientes como os fogões e fornos à lenha. Os espetos gigantes tinham sido feitos para grandes animais de caça, mas os cozinheiros raramente tinham acesso a carne fresca. Então, em vez disso, serviam carne de porco salgada, guisados de raiz de vegetais e um pão estranho, feito de uma farinha cinza grossa, com gosto semelhante ao de cerejas.

Os cozinheiros tinham praticamente se acostumado com Genya, ou pelo menos não mais se encolhiam e começavam a rezar quando a viam. Eu a encontrei se aquecendo na lareira na parede mais distante da Caldeira. Aquele tinha se tornado nosso ponto de encontro, e os cozinheiros deixavam um pequeno pote de mingau ou sopa lá para nós duas, todo dia. Enquanto me aproximava com minha escolta armada, Genya deixou seu xale cair, e os guardas que me flanqueavam pararam na hora. Ela revirou seu olho remanescente e chiou como um gato. Eles recuaram, parando perto da entrada.

— Exagerei? — perguntou ela.

— O suficiente — respondi, maravilhada com as mudanças nela. Se Genya podia rir do modo como aqueles imbecis reagiam à sua presença, esse era um sinal muito bom. Embora o bálsamo que David havia criado para as cicatrizes tivesse ajudado, eu tinha quase certeza de que a maior parte do crédito pertencia a Tamar.

Após nossa chegada à Catedral Branca, Genya tinha se recusado a deixar seus aposentos por semanas. Ela simplesmente ficava lá deitava, no escuro, relutando em se mover. Sob a supervisão dos guardas, eu falava com ela, fazia elogios, tentava fazê-la rir. De nada adiantava. No fim, foi Tamar que a convenceu a se abrir, exigindo que ela ao menos aprendesse a se defender.

— Por que você se importa com isso? — Genya murmurou para ela, puxando as cobertas.

— Eu não me importo. Mas, se não pode lutar, você é um peso.

— Não me importo de ser ferida.

— Eu me importo — protestei.

— Alina precisa cuidar dela mesma — avaliou Tamar. — Não pode ficar tomando conta de você.

— Nunca pedi isso a ela.

— Não seria ótimo se recebêssemos só aquilo que pedimos? — disse Tamar. Em seguida, ela cutucou, beliscou e provocou-a gentilmente, até que Genya finalmente jogou as cobertas e concordou com uma única aula de combate, em particular, longe dos outros, apenas com os Guardas Sacerdotais como plateia.

— Vou acabar com ela — Genya murmurou para mim. Meu ceticismo deve ter sido evidente, porque ela soprou um cacho vermelho de sua testa com cicatrizes e disse: — Tudo bem, então esperarei Tamar cair no sono e criarei um focinho de porco nela.

Mas ela compareceu àquela aula e à seguinte e, até onde eu sabia, Tamar não havia acordado com um focinho de porco ou com pálpebras seladas.

Genya continuou a manter o rosto coberto e passava a maior parte do tempo em seu quarto, mas parou de arquear as costas, e não evitava mais as pessoas nos túneis. Ela fez para si um tapa-olhos negro de seda com o revestimento de um casaco velho, e seu cabelo parecia distintamente mais vermelho. Se Genya estava usando seu poder para alterar a cor do cabelo, talvez parte de sua vaidade houvesse retornado, e aquilo só podia significar mais progresso.

— Vamos começar — disse ela.

Genya virou as costas para a sala, de frente para o fogo, então jogou o xale por sobre a cabeça, mantendo as franjas laterais bem abertas para criar uma cortina que nos escondesse dos olhos curiosos. A primeira vez que tentamos isso, os guardas vieram para cima de nós em segundos. Mas assim que me viram aplicando o bálsamo nas cicatrizes de Genya, eles nos deram espaço. Para eles, as feridas que ela havia sofrido dos *nichevo'ya* do Darkling eram algum tipo de julgamento divino. Pelo quê, eu não tinha certeza. Se o crime de Genya tinha sido se aliar ao Darkling, então a maioria de nós era culpado por isso em uma época ou outra. E o que eles diriam a respeito das marcas de mordida no meu ombro? Ou do modo como eu fazia as sombras se curvarem?

Eu tirei a lata do meu bolso e comecei a aplicar o bálsamo em suas feridas. A substância tinha um cheiro de mato penetrante que fez meus olhos lacrimejarem.

— Nunca me dei conta de como é chato ficar parada tanto tempo — ela reclamou.

— Você não está parada. Está se contorcendo toda.

— É que coça.

— E se eu a espetasse com uma tachinha? Isso a distrairia da coceira?

— Basta me dizer quando tiver terminado, sua menina danadinha. — Ela estava observando minhas mãos com atenção. — Não teve sorte hoje? — sussurrou.

— Ainda não. Só tem duas lareiras acesas, e as chamas estão baixas. — Limpei minha mão em uma toalha suja de cozinha. — Ali — falei. — Pronto.

— Sua vez — disse ela. — Você parece...

— Terrível. Eu sei.

— Terrível é um termo relativo. — A tristeza em sua voz era evidente. Eu queria ter ficado quieta.

Toquei a bochecha dela com a mão. A pele entre as cicatrizes era macia e branca como as paredes de alabastro.

— Sou uma idiota.

O canto de seu lábio arqueou quase em um sorriso.

— De vez em quando — disse ela. — Mas fui eu quem puxou o assunto. Agora fique quieta e me deixe trabalhar.

— Só o suficiente para o Apparat nos deixar continuar vindo aqui. Não quero dar a ele uma Santinha linda para exibir.

Ela suspirou de maneira teatral.

— Essa é uma violação das minhas crenças mais fortes, e você *irá me compensar* mais tarde.

— Como?

Ela inclinou a cabeça para um lado.

— Acho que você deveria deixar eu transformá-la uma ruiva.

Revirei os olhos.

— Não nesta vida, Genya.

Enquanto ela começava o trabalho vagaroso de alterar meu rosto, brinquei com a lata em meus dedos. Tentei encaixar a tampa de volta, mas alguma parte dela tinha se soltado de baixo do bálsamo. Eu a suspendi com a ponta dos dedos – um disco de papel fino e ceroso. Genya o viu no mesmo instante que eu.

Escrita na parte de trás, na grafia quase ilegível de David, uma única palavra: *hoje*.

Genya o arrancou dos meus dedos.

— Pelos Santos! Alina...

Foi quando ouvimos a batida de botas pesadas e uma briga do lado de fora. Um pote caiu no chão com um *clec* alto, e um dos cozinheiros gritou quando o ambiente se encheu de Guardas Sacerdotais – rifles desembainhados e olhos parecendo brilhar com o fogo sagrado.

O Apparat deslizou atrás deles em um redemoinho de mantos marrons.

— Esvaziem a sala — ele gritou.

Genya e eu ficamos em pé enquanto os Guardas Sacerdotais tiravam de modo grosseiro os cozinheiros da cozinha, em uma confusão de protestos e exclamações assustadas.

— O que é isso? — perguntei.

— Alina Starkov — disse o Apparat —, você está em perigo!

Meu coração batia rápido, mas mantive a voz calma.

— Perigo de quê? — quis saber, olhando as panelas fervendo nas lareiras. — De almoçar?

— Conspiração — ele proclamou, apontando para Genya. — Aqueles que você diz serem seus amigos querem destruí-la.

Mais capangas barbados do Apparat marcharam pela porta atrás dele. Quando se dividiram em fileiras, eu vi David com olhos arregalados e assustados.

Genya engoliu em seco e eu pousei a mão em seu braço para impedi-la de avançar.

Nadia e Zoya entraram em seguida, ambas com os pulsos algemados para impedi-las de conjurar. Um filete de sangue escorria do canto da boca de Nadia, e a pele dela estava branca por baixo das sardas. Maly estava com eles, seu rosto bastante ensanguentado. Ele segurava o flanco, como se cuidasse de uma costela quebrada, e seus ombros estavam curvados de dor. Mas o pior de tudo foi a visão dos guardas que o flanqueavam – Tolya e Tamar. Tamar trazia seus machados. Na verdade, ambos estavam tão pesadamente armados quanto os Guardas Sacerdotais. Eles não me olharam nos olhos.

— Tranquem as portas — mandou o Apparat. — Nós resolveremos esse problema infeliz em particular.

Capítulo 2

AS PORTAS ENORMES DA CALDEIRA foram fechadas com força, e eu ouvi o barulho da tranca. Tentei colocar de lado o enjoo que sentia e entender o que via. Nadia e Zoya – duas Aeros –, Maly e David, um Fabricador inofensivo. *Hoje*, dizia o bilhete. O que aquilo significava?

— Perguntarei mais uma vez, sacerdote. O que está acontecendo? Por que meus amigos estão sob custódia? Por que estão *sangrando*?

— Eles não são seus amigos. Foi descoberta uma conspiração bem debaixo do nosso nariz para derrubar a Catedral Branca.

— Do que você está falando?

— Você viu a insolência do garoto hoje...

— É esse o problema? Ele não tremeu adequadamente na sua presença?

— O problema aqui é traição! — Ele tirou uma pequena bolsa de lona de suas vestes e a esticou, deixando-a balançar em seus dedos. Eu franzi a testa. Tinha visto bolsas como aquela nas oficinas dos Fabricadores. Eram usadas para...

— Pós explosivos — disse o Apparat. — Feitos por esse Fabricador imundo com materiais reunidos por seus supostos amigos.

— Então David fez pós explosivos. Poderia haver centenas de motivos para isso.

— Armas são proibidas dentro da Catedral Branca.

Eu arqueei uma sobrancelha vendo os rifles apontados para Maly e meus Grishas.

— E o que são essas coisas? Conchas de sopa? Se você vai começar a fazer acusações...

— Os planos dele foram ouvidos. Dê um passo à frente, Tamar Kir--Bataar. Fale a verdade que descobriu.

Tamar se inclinou profundamente em uma mesura.

— Os Grishas e o rastreador planejavam drogá-la e levá-la para a superfície.

— Eu *quero* voltar para a superfície.

— Os pós explosivos seriam usados para garantir que ninguém a seguiria — ela prosseguiu —, para destruir as cavernas sobre o Apparat e seu rebanho.

— Centenas de pessoas inocentes? Maly nunca faria isso. Nenhum deles faria. — Nem mesmo Zoya, aquela infeliz. — Isso não faz nenhum sentido. E como eles supostamente me drogariam?

Tamar apontou para Genya e o chá que estava atrás dela.

— Eu mesma bebo esse chá — Genya rebateu. — Não está misturado a nada.

— Ela é uma envenenadora e mentirosa talentosa — Tamar respondeu cordialmente. — Ela já traiu você com o Darkling antes.

Genya curvou os dedos em torno de seu xale. Ambas sabíamos que havia verdade naquela acusação. Eu senti uma pontada indesejável de suspeita.

— Você confia nela — disse Tamar. Havia algo estranho na voz dela. Soava mais como se estivesse me dando uma dica do que fazendo uma acusação.

— Eles só estavam esperando até conseguir armazenar pólvora suficiente — disse o Apparat. — Depois pretendiam atacar, tirar você do subsolo e entregá-la ao Darkling.

Eu balancei a cabeça.

— Você realmente espera que eu acredite que o Maly me entregaria ao Darkling?

— Ele era um joguete — disse Tolya, calmamente. — Estava tão desesperado para libertá-la que se tornou um fantoche.

Eu olhei para Maly. Não conseguia ler sua expressão. A primeira farpa real de dúvida me espetou. Nunca tinha confiado em Zoya, e quão bem eu conhecia Nadia? Genya... Bem, Genya tinha sofrido muito nas mãos do Darkling, mas seus laços eram profundos. Suor frio brotou no meu pescoço e eu senti o pânico me envolver, bagunçando meus pensamentos.

— Conspirações dentro de conspirações — chiou o Apparat. — Você tem um coração gentil, e ele a traiu.

— Não — disse eu. — Nada disso faz sentido.

— Eles são espiões e trapaceiros!

Eu pressionei meus dedos contra as têmporas.

— Onde estão meus outros Grishas?

— Foram contidos até que possam ser devidamente interrogados.

— Diga-me que não foram feridos.

— Percebem essa preocupação com aqueles que poderiam enganá-la? — ele perguntou à sua guarda. *Ele está se divertindo com isso,* percebi. *Estava esperando por isso.* — É o que marca sua gentileza, sua generosidade. — Seu olhar se fixou no meu. — Há *alguns* ferimentos, mas os traidores receberão o melhor tratamento possível. Você só precisa dizer a palavra.

A ameaça era clara, e eu finalmente a entendi. Fosse a conspiração dos Grishas real ou algum subterfúgio inventado pelo sacerdote, esse era o momento que ele havia desejado, a chance de me isolar completamente. Nada mais de visitas à Caldeira com Genya, nada mais de conversas roubadas com David. O sacerdote usaria essa chance para me separar de qualquer pessoa que fosse mais leal a mim do que à sua causa. E eu estava fraca demais para impedi-lo.

Mas será que Tamar dizia a verdade? Será que esses aliados eram realmente inimigos? Nadia deixou a cabeça pender. Zoya manteve o queixo erguido, seus olhos azuis brilhando com o desafio. Era fácil acreditar que uma delas, ou ambas, se virariam contra mim, procurariam o Darkling e me ofereceriam como um presente com alguma esperança de clemência. E que David ajudaria a colocar a gargantilha em torno do meu pescoço.

Será que Maly poderia ter sido enganado para ajudá-las a me trair? Ele não parecia assustado ou preocupado – tal como se comportava em Keramzin quando estava prestes a fazer algo que nos colocaria em problemas. Seu rosto estava machucado, mas eu notei que seu corpo estava mais reto. E então ele olhou para cima, quase como se estivesse mirando o paraíso, como se estivesse rezando. Eu o conhecia bem. Maly nunca fora do tipo religioso. Ele estava olhando o cano mestre de combustão.

Conspirações dentro de conspirações. O nervosismo de David. As palavras de Tamar. *Você confia nela.*

— Solte-os — eu ordenei.

O Apparat balançou a cabeça, a expressão cheia de mágoa.

— Nossa Santa está sendo enfraquecida por aqueles que dizem amá-la. Vejam como está frágil, como está adoentada. Essa é a degradação da influência deles. — Alguns dos Guardas Sacerdotais assentiram, e eu vi um brilho estranho e fanático em seus olhos. — Ela é uma Santa, mas também uma garota jovem regida pela emoção. Ela não entende as forças que operam aqui.

— Eu entendo que você perdeu seu caminho, sacerdote.

O Apparat me deu aquele sorriso indulgente e compassivo.

— Você está doente, Sankta Alina. Não está raciocinando direito. Não diferencia amigo de inimigo.

Ossos do ofício, pensei friamente. Respirei fundo. Era o momento de escolher. Eu precisava acreditar em alguém, e não seria no Apparat, um homem que havia traído seu Rei, depois traído o Darkling, e que eu sabia ser capaz de orquestrar alegremente o meu martírio se isso servisse ao seu propósito.

— Você vai soltá-los — eu repeti. — Não o avisarei de novo.

Um sorriso diferente cintilou em seus lábios. Atrás da piedade, a arrogância. Ele tinha perfeita consciência do meu estado de fraqueza. Eu só podia esperar que os demais soubessem o que estavam fazendo.

— Você será escoltada para seus aposentos, para que possa passar o dia sozinha — disse ele. — Pensará no que aconteceu e seu bom senso voltará. À noite, nós rezaremos juntos buscando orientação.

Por que eu suspeitava que "orientação" significava descobrir a localização do pássaro de fogo e possivelmente qualquer informação que eu tivesse sobre Nikolai Lantsov?

— E se eu me recusar? — perguntei, examinando os Guardas Sacerdotais. — Seus soldados apontarão as armas contra a Santa deles?

— Você permanecerá intocada e protegida, Sankta Alina — disse o Apparat. — Não posso estender a mesma cortesia àqueles que chama de amigos.

Mais ameaças. Eu olhei para o rosto dos guardas e seus olhares fervorosos. Eles assassinariam Maly, matariam Genya, me trancariam nos meus aposentos e sentiriam que tinham feito a coisa certa sem hesitar.

Eu dei um pequeno passo para trás. Sabia que o Apparat leria isso como um sinal de fraqueza.

— Você sabe por que vim para cá, sacerdote?

Ele deu um aceno de desprezo, sua impaciência transparecendo.

— Este lugar a faz se lembrar de casa.

Meus olhos encontraram os de Maly brevemente.

— Você já devia saber — falei —, um órfão não tem casa.

Mexi meus dedos dentro das mangas da roupa. Sombras surgiram nas paredes da Caldeira. Não era uma distração muito boa, mas foi suficiente. Os Guardas Sacerdotais se assustaram, os rifles balançaram freneticamente, assim como os Grishas capturados recuaram em choque. Maly não hesitou.

— Agora! — ele gritou e avançou com tudo, pegando a pólvora das mãos do Apparat.

Tolya ergueu os pulsos. Dois dos Guardas Sacerdotais foram ao chão, abraçando o peito. Nadia e Zoya ergueram as mãos e Tamar girou, contando as algemas delas com seus machados.

As duas Aeros ergueram os braços e o vento correu pelo cômodo, erguendo a serragem do chão.

— Prendam-nos! — gritou o Apparat. Os guardas entraram em ação.

Maly arremessou o saco de pólvora no ar. Nadia e Zoya o lançaram ainda mais alto, na direção do cano mestre de combustão.

Maly acertou um dos guardas. As costelas quebradas deviam ser fingimento, porque agora não havia hesitação em seus movimentos. Um soco, um golpe de cotovelo. O Guarda Sacerdotal caiu. Maly agarrou sua pistola e mirou alto, direto no cano, na escuridão.

Então *esse* era o plano? Ninguém poderia acertar aquele tiro.

Outro guarda se jogou contra Maly, que se livrou de sua pegada e disparou.

Por um momento, houve uma quietude, um silêncio suspenso, e então, bem acima de nós eu ouvi um estouro amortecido.

Um som de rugido veio em nossa direção. Uma nuvem de fuligem e escombros desceu em uma onda diretamente do cano acima de nós.

— Nadia! — gritou Zoya, que estava se atracando com um guarda.

Nadia arqueou os braços e a nuvem pairou suspensa, girou e se contorceu na forma de uma coluna rodopiante. A espiral se afastou e bateu contra o chão em um barulho inofensivo de pedras e sujeira.

Eu prestava atenção a tudo aquilo vagamente: a luta, os gritos de raiva do Apparat, o fogo de gordura que havia irrompido contra a parede oposta.

Genya e eu tínhamos ido às cozinhas por uma única razão: as lareiras. Não pelo calor ou alguma sensação de conforto, mas porque cada uma daquelas lareiras antigas levava ao cano mestre. E aquele cano era o único lugar de toda a Catedral Branca com acesso direto à superfície. Com acesso direto ao sol.

— Peguem-nos! — o Apparat gritou para sua guarda. — Eles estão tentando matar nossa Santa! Estão tentando matar todos nós!

Eu ia lá todos os dias, na esperança de que os cozinheiros usassem mais do que umas poucas fogueiras, de modo que o cano se abrisse por todo o trajeto. Eu tentei evocar, escondida dos Guardas Sacerdotais pelo manto espesso de Genya e pelo medo supersticioso que sentiam dela. Eu tentei e falhei. Agora Maly tinha explodido o encanamento por completo. Eu podia apenas conjurar e rezar para que a luz respondesse.

Eu a senti, quilômetros acima de mim; tão hesitante, quase um sussurro. Fui tomada pelo pânico. A distância era muito grande. Eu havia sido tola de ter esperanças.

Então, foi como se algo dentro de mim se levantasse e se alongasse como uma criatura que houvesse repousado por muito tempo. Seus músculos tinham ficado fracos pela falta de uso, mas ela ainda estava lá, esperando. Eu chamei e a luz respondeu com a força dos chifres na minha garganta, das escamas no meu pulso. Ela veio até mim em um disparo, triunfante e ardente.

Eu sorri para o Apparat, deixando o júbilo me preencher.

— Um homem tão obcecado com o fogo santo devia prestar mais atenção na fumaça.

A luz se lançou por mim e explodiu na cozinha em uma cascata cegante que iluminou a quase cômica expressão de espanto no rosto do Apparat. Os Guardas Sacerdotais ergueram as mãos e apertaram os olhos para se proteger do brilho.

O alívio veio com a luz, uma sensação de estar certa e inteira pela primeira vez em meses. Alguma parte de mim tinha realmente temido que eu nunca fosse me restaurar por completo; que, ao usar o *merzost* na minha luta contra o Darkling, ousando criar soldados de sombras e transgredir a criação no coração do mundo, de alguma forma eu tivesse perdido esse dom. Mas agora era como se eu pudesse sentir meu corpo ganhando vida, minhas células revivendo. O poder ondulou pelo meu sangue, reverberando em meus ossos.

O Apparat se recuperou rapidamente.

— Salvem-na — ele gritou. — Salvem-na dos traidores!

Alguns guardas pareceram confusos, outros assustados, mas dois se adiantaram para cumprir essa ordem, com sabres erguidos para atacar Nadia e Zoya.

Eu afiei meu poder na forma de uma foice reluzente, e senti a força do Corte em minhas mãos.

Então Maly pulou na minha frente. Eu mal tive tempo de recuar. O solavanco do poder não utilizado recuou através de mim, fazendo meu coração palpitar.

Maly tinha empunhado uma espada, e sua lâmina brilhou quando ele cortou um guarda, depois o outro. E eles caíram como árvores.

Dois mais avançaram, mas Tolya e Tamar estavam lá para impedi--los. David correu para perto de Genya. Nadia e Zoya arremessaram outro guarda no ar. Eu vi Guardas Sacerdotais nas laterais erguendo seus rifles para abrir fogo.

A raiva passou por mim, e eu lutei para controlá-la. *Chega*, disse a mim mesma. *Chega de mortes por hoje.* Eu arremessei o Corte em um arco flamejante. Ele bateu contra uma mesa longa e rasgou a terra diante dos guardas, abrindo uma trincheira negra e escancarada no chão da cozinha. Não havia como saber quão profunda ela era.

O terror estava marcado no rosto do Apparat – terror e, talvez, admiração. Os guardas caíram de joelhos e, um momento depois, o sacerdote os acompanhou. Algumas orações lamuriosas foram entoadas. Além das portas da cozinha, ouvi punhos batendo, vozes pranteando:

— Sankta! Sankta!

Eu estava feliz de ver que eles clamavam por mim e não pelo Apparat. Baixei as mãos, deixando a luz retroceder. Não queria deixá-la partir. Olhei para os corpos caídos dos guardas. Um deles tinha serragem na barba. Quase fui a responsável por acabar com sua vida.

Evoquei um pouco de luz e a mantive acesa em um halo morno ao meu redor. Precisava ser cautelosa. O poder estava me alimentando, mas eu havia passado muito tempo sem ele. Meu corpo enfraquecido experimentava problemas ao mantê-lo, e eu não tinha certeza dos meus limites. Ainda assim, eu havia ficado sob o controle do Apparat por meses, e não teria uma oportunidade como essa novamente.

Havia homens deitados no chão, mortos e sangrando, e uma multidão esperava do lado de fora das portas da Caldeira. Eu podia ouvir a voz de Nikolai na minha cabeça. *As pessoas gostam de espetáculo.* O show ainda não havia terminado.

Caminhei adiante, pisando cuidadosamente em torno da trincheira que havia aberto, e parei defronte de um dos guardas ajoelhados.

Ele era mais jovem que os outros – sua barba ainda nascendo, seu olhar fixo no chão enquanto balbuciava orações. Eu ouvi não só o meu nome, mas os nomes de Santos reais, enfileirados como se fossem uma só palavra. Toquei o ombro dele e seus olhos se fecharam, lágrimas rolando por suas bochechas.

— Perdoe-me — disse ele. — Perdoe-me.

— Olhe para mim — eu disse, suavemente. Ele se forçou a olhar. Eu segurei seu rosto, com gentileza, como uma mãe, embora ele fosse um pouco mais velho que eu.

— Qual é o seu nome?

— Vladim… Vladim Ozwal.

— É bom duvidar dos Santos, Vladim. E dos homens.

Ele assentiu de modo trêmulo enquanto outra lágrima escapava.

— Meus soldados carregam minha marca — disse eu, referindo-me às tatuagens usadas pelos Soldat Sol. — Até hoje você se manteve afastado deles, enterrou-se em livros e orações em vez de ouvir o povo. Você carregará minha marca agora?

— Sim — disse ele, com ardor.

— Jurará lealdade a mim e somente a mim?

— Com toda a minha vontade! — ele gritou. — Sol Koroleva! — Rainha do Sol.

Meu estômago revirou. Parte de mim odiava o que eu estava prestes a fazer. *Eu não posso fazê-lo simplesmente assinar alguma coisa? Fazer um juramento de sangue? Fazer uma promessa realmente firme para mim?* Mas eu tinha que ser mais forte que isso. Esse garoto e seus companheiros tinham erguido armas contra mim. Eu não podia deixar aquilo acontecer de novo, e essa era a linguagem dos Santos e do sofrimento, a linguagem que eles entendiam.

— Abra a sua camisa — ordenei. Não era uma mãe amorosa agora, mas um tipo diferente de Santa, uma guerreira empunhando o fogo sagrado.

Seus dedos se atrapalharam com os botões, mas o rapaz não hesitou. Ele afastou o tecido, exibindo a pele nua de seu peito. Eu estava cansada, ainda fraca. Tinha de me concentrar. Queria enfatizar meu argumento, não o matar.

Senti a luz na palma da minha mão; pressionei-a na pele macia sobre o coração dele e deixei o poder pulsar. Vladim se curvou quando o poder o tocou, abrasando sua carne, mas ele não gritou. Seus olhos estavam arregalados, sem piscar, a expressão extasiada. Quando retirei a mão, a impressão de seu contorno permaneceu, e a marca pulsou vermelha e raivosa no peito dele.

Nada mal, pensei sombriamente, *para uma primeira vez mutilando um homem.*

Deixei o poder ir embora, grata por ter terminado.

— Está feito.

Vladim olhou o próprio peito e seu rosto ganhou um sorriso de beatitude. *Ele tem covinhas*, percebi de repente. *Covinhas e uma cicatriz oculta que carregará para o resto da vida.*

— Obrigado, Sol Koroleva.

— Levante-se — ordenei.

Ele se levantou, sorrindo para mim, lágrimas ainda rolando de seus olhos.

O Apparat se moveu para se levantar.

— Fique onde está — disparei, minha raiva voltando. Ele era a razão de eu ter acabado de marcar um jovem. A razão de haver dois homens mortos, o sangue deles se empoçando em cima de cascas descartadas de cebola e raspas de cenoura.

Eu olhei para baixo. Podia sentir a tentação de tirar a vida dele, de me livrar dele para sempre. Isso seria profundamente estúpido. Eu havia encantado alguns soldados, mas se assassinasse o Apparat, sabe-se lá o caos que eu causaria? *Contudo, você quer fazer isso*, disse uma voz na minha cabeça. Pelos meses no subterrâneo, pelo medo e intimidação, por cada dia sacrificado abaixo da superfície quando poderia estar caçando o pássaro de fogo e buscando se vingar do Darkling.

Ele deve ter lido a intenção nos meus olhos.

— Sankta Alina, eu só queria que você permanecesse em segurança, que ficasse ilesa e bem novamente — disse ele, trêmulo.

— Então, considere suas preces atendidas. — Se eu já disse uma mentira, foi essa. As últimas palavras que escolheria para me descrever eram ilesa ou bem. — Sacerdote — disse eu. — Você oferecerá abrigo no santuário a todos que o procurarem, não só aos que adoram a Santa do Sol.

Ele balançou a cabeça.

— A segurança da Catedral Branca...

— Se não aqui, em algum outro lugar. Dê um jeito.

Ele respirou fundo.

— Eu farei.

— E nada mais de crianças soldados.

— Se os que têm fé desejam lutar...

— Você está de joelhos — falei. — Não negociando.

Seus lábios se estreitaram, mas, após um momento, ele baixou a cabeça, assentindo.

Eu olhei ao redor.

— Todos vocês são testemunhas desses decretos. — Então me virei para um dos guardas. — Entregue-me sua arma.

Ele a passou para mim sem pensar duas vezes. Com alguma satisfação, vi os olhos do Apparat se esbugalharem de desânimo, mas eu simplesmente passei a arma a Genya e pedi um sabre para David, embora soubesse que ele não saberia usá-lo bem. Zoya e Nadia permaneceram prontas para evocar, e Maly e os gêmeos já se encontravam bem armados.

— Levante-se — falei ao Apparat. — Deixe-nos em paz. Nós vimos milagres hoje.

Ele se levantou, e eu o abracei, sussurrando em seu ouvido:

— Você abençoará nossa missão e seguirá as ordens que deixei. Ou irei cortá-lo ao meio e jogarei seus pedaços na Dobra. Entendido?

Ele engoliu em seco e concordou.

Eu precisava de tempo para pensar, mas não o possuía. Tínhamos de abrir aquelas portas, oferecer às pessoas uma explicação pelos guardas caídos e pela explosão.

— Velem seus mortos — falei para um dos Guardas Sacerdotais. — Eles ficarão em nossa memória. Eles têm... família?

— Nós somos a família deles — disse Vladim.

Eu me dirigi aos demais.

— Reúnam os devotos de toda a Catedral Branca e tragam-nos para a caverna principal. Falarei com eles dentro de uma hora. Vladim, assim que sair da Caldeira, liberte os outros Grishas e mande-os aos meus aposentos.

Ele tocou a marca em seu peito em um tipo de saudação.

— Sankta Alina.

Olhei para o rosto machucado de Maly.

— Genya, limpe-o. Nadia...

— Eu cuido disso — disse Tamar, já tocando o lábio ensanguentado de Nadia com uma toalha que havia ensopado em uma panela cheia de água quente. — Desculpe-me por isso — eu a ouvi dizer. Nadia sorriu.

— Você precisava fazer parecer real. Além do mais, eu darei o troco.

— Veremos — Tamar respondeu.

Eu olhei para os outros Grishas em seus *keftas* esfarrapados. Não faremos um desfile muito impressionante.

— Tolya, Tamar, Maly, vocês caminharão ao meu lado com o Apparat. — Eu baixei a voz. — Tentem parecer confiantes e... nobres.

— Eu tenho uma pergunta... — começou Zoya.

— Eu tenho milhares delas, mas precisarão esperar. Não quero a multidão lá fora se agitando.

Eu olhei para o Apparat. Senti a urgência sinistra de humilhá-lo, fazê-lo rastejar na minha frente por essas longas semanas de subjugação no subterrâneo. Pensamentos tolos e desagradáveis. Isso me daria alguma satisfação mesquinha, mas a que preço? Respirei profundamente e disse:

— Quero todos os demais intercalados com os Guardas Sacerdotais. Esta é uma demonstração de aliança.

Nós nos arrumamos diante das portas. O Apparat e eu assumimos a frente, a Guarda Sacerdotal e os Grishas enfileirados atrás de nós, os corpos dos mortos transportados por seus irmãos.

— Vladim — falei —, abra as portas.

Assim que Vladim se moveu para girar as trancas, Maly assumiu o lugar dele ao meu lado.

— Como sabia que eu seria capaz de conjurar? — perguntei em voz baixa.

Ele olhou para mim e um leve sorriso tocou seus lábios.

— Fé.

Capítulo 3

AS PORTAS FORAM ABERTAS COM FORÇA. Eu estiquei as mãos e deixei a luz explodir pela passagem. As pessoas enfileiradas no túnel gritaram. Aqueles que ainda estavam em pé caíram de joelhos, e um coro de oração me envolveu.

— Fale — murmurei para o Apparat, enquanto banhava os suplicantes com a luz brilhante do sol. — E seja convincente.

— Nós enfrentamos um grande desafio hoje — disse ele, apressadamente. — Nossa Santa emergiu dele mais forte do que nunca. A escuridão veio até este lugar sagrado...

— Eu a vi! — gritou um dos Guardas Sacerdotais. — Sombras escalaram as paredes...

— Sobre isso... — murmurou Maly.

— Depois.

— Mas elas foram vencidas — continuou o Apparat —, como sempre serão. Pela fé!

Eu dei um passo à frente.

— E pelo poder.

Novamente, deixei a luz varrer a passagem, uma cascata cegante. A maioria das pessoas nunca tinha visto o que meu poder realmente podia fazer. Alguém estava chorando, e eu ouvi meu nome misturado aos gritos de "Sankta! Sankta!".

Enquanto eu conduzia o Apparat e sua guarda pela Catedral Branca, minha mente trabalhava, procurando opções. Vladim seguiu na nossa frente, para executar minhas ordens.

Finalmente tínhamos uma chance de nos livrar daquele lugar. Mas o que significaria deixar a Catedral Branca para trás? Eu estaria abandonando meu exército e deixando-o sob os cuidados do Apparat. E, apesar de tudo, não havia muitas opções. Eu precisava chegar à superfície. Precisava do pássaro de fogo.

Maly despachou Tamar para reunir o restante dos Soldat Sol e procurar mais armas de fogo que funcionassem. Meu controle sobre os Guardas Sacerdotais era muito tênue. Em caso de problemas, queríamos armas à disposição, e eu tinha esperanças de que os soldados do sol continuariam fiéis a mim.

Eu mesma acompanhei o Apparat até seus aposentos, Maly e Tolya nos seguindo.

Ao chegarmos à porta, eu disse:

— Em uma hora, comandaremos juntos a cerimônia. Hoje à noite, partirei com meus Grishas e você aprovará nossa partida.

— Sol Koroleva — o Apparat sussurrou —, imploro a você que não retorne à superfície tão cedo. A posição do Darkling não está consolidada. O jovem Lantsov tem poucos aliados...

— Eu sou aliada dele.

— Ele a abandonou no Pequeno Palácio.

— Ele *sobreviveu*, sacerdote. Está aí algo que você devia entender. — Nikolai queria deixar sua família e Baghra em segurança, e então voltar à batalha. Eu só podia desejar que ele tivesse conseguido, e que os rumores de estragos na fronteira norte causados por ele fossem verdadeiros.

— Deixe-os enfraquecer um ao outro; veja para que lado o vento sopra...

— Eu devo a Nikolai Lantsov mais do que isso.

— É lealdade que a guia? Ou cobiça? — o Apparat me pressionou. — Os amplificadores esperaram anos incontáveis para serem reunidos, e você não pode esperar mais alguns meses?

Cerrei os dentes com o pensamento. Eu não tinha certeza do que me impulsionava, se era a minha necessidade de vingança ou algo maior, se era o desejo pelo pássaro de fogo ou a amizade com Nikolai. Mas isso não importava muito.

— Essa guerra é minha também — falei. — Não me esconderei como um lagarto debaixo de uma pedra.

— Imploro que preste atenção nas minhas palavras. Eu não fiz nada além de servi-la com devoção.

— Do mesmo modo que serviu ao Rei? Do mesmo modo que serviu ao Darkling?

— Eu sou a voz do povo. Eles não escolheram reis Lantsov ou o Darkling. Eles escolheram você como a Santa deles, e irão amá-la como uma Rainha.

Até o som dessas palavras me enfadou.

Olhei por sobre o ombro para onde Maly e Tolya aguardavam a uma distância respeitosa.

— Você acredita nisso? — perguntei ao sacerdote. A questão tinha me atormentado desde a primeira vez que soube que ele estava reunindo esse culto. — Você realmente acha que eu sou uma Santa?

— Em que eu acredito não importa — ele respondeu. — Você nunca entendeu isso. Sabia que eles começaram a construir altares para você em Fjerda? Em *Fjerda*, onde queimam Grishas em estacas. Existe uma linha tênue entre medo e veneração, Alina Starkov. Eu posso mover essa linha. É o presente que ofereço a você.

— Eu não quero.

— Mas terá de querer. Homens lutam por Ravka porque o Rei ordena, porque o pagamento que recebem evita que suas famílias passem fome, porque não têm outra opção. Eles lutarão por você porque, para eles, você representa salvação. Eles passarão fome por você, entregarão a vida deles e a dos filhos por você. Lutarão na guerra sem medo e morrerão satisfeitos. Não existe poder maior do que a fé, e não existirá exército maior do que aquele que for conduzido por ela.

— A fé não protegeu seus soldados dos *nichevo'ya*. E nenhum fanatismo tampouco o fará.

— Você vê apenas guerra, mas eu vejo a paz que virá. A fé não conhece fronteiras nem nacionalidade. O amor por você se enraizou em Fjerda. Os shu virão em seguida, e depois os kerches. Nosso povo seguirá adiante e espalhará a palavra não só por Ravka, mas por todo o mundo. É esse o caminho para a paz, Sankta Alina. Por intermédio de você.

— O preço é muito alto.

— A guerra é o preço da mudança.

— E são as pessoas comuns que pagam por ela, camponeses como eu. Nunca homens como você.

— Nós...

Eu o silenciei com a mão. Pensei no Darkling devastando uma cidade inteira; em Vasily, irmão de Nikolai, ordenando que a idade de alistamento fosse reduzida. O Apparat dizia falar pelo povo, mas ele não era diferente do restante.

— Mantenha-os em segurança, sacerdote... Seu rebanho, seu exército. Alimente-os. Mantenha as marcas longe do rosto das crianças e os rifles fora do alcance de suas mãos. Deixe o resto comigo.

— Sankta Alina...

Eu abri a porta de seus aposentos.

— Rezaremos juntos em breve — falei. — Mas acho que você pode ir começando sem mim.

MALY E EU DEIXAMOS o Apparat protegido em seus aposentos e guardado por Tolya, com ordens estritas para se certificar de que a porta permanecesse fechada e de que ninguém incomodasse as orações dele.

Eu suspeitava que o Apparat logo teria os Guardas Sacerdotais, talvez até Vladim, sob seu controle novamente. Mas tudo que eu precisava era de algumas horas de vantagem. Ele teve sorte de eu não o enfiar em algum canto úmido dos arquivos.

Quando finalmente chegamos aos meus aposentos, encontrei o estreito quarto branco cheio de Grishas, e com Vladim esperando na porta. Meus aposentos estavam entre os maiores da Catedral Branca, mas ainda assim foi um desafio acomodar um grupo de doze pessoas. Ninguém parecia muito ferido. O lábio de Nadia estava inchado, e Maxim cuidava de um corte no supercílio de Stigg. Era a primeira vez que tínhamos permissão de nos reunir no subsolo, e ver os Grishas juntos e esparramados sobre a mobília escassa me deu algum conforto.

Maly não parecia concordar.

— Podíamos viajar com uma banda marcial também — resmungou baixinho.

— O que está acontecendo? — perguntou Sergei assim que dispensei Vladim. — Num minuto eu estava na enfermaria com Maxim, no instante seguinte em uma cela. — Ele andou de um lado para o outro. Havia um brilho úmido em sua pele, e ele tinha olheiras sob os olhos.

— Acalme-se — disse Tamar. — Você não está mais atrás das grades.

— Poderia estar. Estamos todos presos aqui embaixo. E aquele bastardo está só esperando uma chance de se livrar de nós.

— Se você quer sair das cavernas, então aqui está a sua oportunidade — falei. — Estamos partindo. Esta noite.

— Como? — perguntou Stigg.

Em resposta, criei uma chama de luz do sol em minha mão, brilhante por um breve momento, uma prova de que meu poder tinha reacendido mais uma vez, mesmo que aquele pequeno gesto me exigisse um esforço maior do que deveria.

O aposento irrompeu em assobios e comemorações.

— Sim, sim — disse Zoya. — A Conjuradora do Sol pode conjurar. E só precisou de algumas mortes e uma pequena explosão.

— Você explodiu alguma coisa? — indagou Harshaw, melancólico. — Sem mim?

Ele estava apoiado na parede, perto de Stigg. Nossos dois Infernais não poderiam ser mais diferentes. Stigg era baixinho e atarracado, com um cabelo loiro quase branco. Tinha a aparência sólida e parruda de uma vela de orações. Harshaw era alto e esguio, seu cabelo mais vermelho do que o de Genya, quase cor de sangue. Uma gata magricela, malhada de cor laranja, tinha encontrado um caminho até as entranhas da Catedral Branca e se apegado a ele. O animal o seguia por todo lado, esgueirando-se por entre suas pernas ou escalando seus ombros.

— De onde vieram esses pós explosivos? — perguntei, sentando-me perto de Nadia e de seu irmão na borda da minha cama.

— Eu os fabriquei enquanto supostamente fazia o bálsamo — respondeu David. — Exatamente como disse o Apparat.

— Bem debaixo do nariz dos Guardas Sacerdotais?

— Não é como se eles soubessem algo a respeito da Pequena Ciência.

— Bem, alguém sabia. Vocês foram pegos.

— Não exatamente — disse Maly. Ele tinha parado perto da porta com Tamar, cada qual mantendo um olho na passagem além.

— David sabia que nos reuniríamos na Caldeira — disse Genya —, e tinha um palpite sobre o cano mestre.

David franziu o cenho.

— Eu não tenho palpites.

— Mas não havia jeito de tirar a pólvora dos arquivos, não com os guardas revistando tudo.

Tamar sorriu.

— Então fizemos o Apparat entregá-lo.

Eu olhei para eles incrédula.

— Vocês queriam ser capturados?

— Acontece que o jeito mais fácil de convocar uma reunião é ser capturado — disse Zoya.

— Vocês sabem quanto isso foi arriscado?

— Culpe o Oretsev — Zoya respondeu com um resmungo. — Essa foi a ideia dele de um plano brilhante.

— Que *funcionou* — observou Genya.

Maly ergueu um ombro.

— Como disse Sergei, o Apparat estava esperando uma chance de nos tirar da jogada. Então imaginei que poderíamos dar essa oportunidade a ele.

— Nós só nunca tínhamos certeza de quando você estaria na Caldeira — disse Nadia. — Quando você deixou os arquivos hoje, David disse ter esquecido algo em seus aposentos e veio até as salas de treinamento nos dar o sinal. Sabíamos que havia uma probabilidade maior de o Apparat confiar em Tolya e Tamar, então eles nos machucaram um pouco...

— Muito — corrigiu Maly.

— Aí eles disseram ter descoberto um plano desonesto envolvendo alguns Grishas malvados e um rastreador muito ingênuo.

Maly simulou uma saudação.

— Eu tinha medo de que ele insistisse em colocar todo mundo nas celas — disse Tamar. — Então falamos que você estava em perigo iminente e que tínhamos de ir direto para a Caldeira.

Nadia sorriu.

— Depois, só torcemos para a cozinha inteira não cair em cima de nós.

A expressão de David se aprofundou.

— Foi uma explosão controlada. A chance de que a estrutura da caverna aguentasse era bem acima da média.

— Ah. Acima da média — disse Genya. — Por que não disse isso?

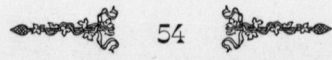

— Acabei de dizer.

— E aquelas sombras na parede? — perguntou Zoya. — Quem tirou aquilo da manga?

Eu fiquei tensa, sem saber o que dizer.

— Eu — disse Maly. — Nós simulamos aquilo como uma distração.

Sergei andava de um lado para o outro, estalando os dedos.

— Vocês deviam ter nos contado sobre o plano. Nós merecíamos um aviso.

— Vocês podiam ao menos ter me deixado explodir alguma coisa — completou Harshaw.

Zoya sacudiu os ombros de um jeito elaborado.

— Sinto *muito* se você se sentiu excluído. E daí se estávamos sendo observados de perto e que foi um milagre não terem nos descoberto? Definitivamente, devíamos ter arriscado a operação inteira para poupar seus sentimentos.

Eu pigarreei.

— Em menos de uma hora, conduzirei os rituais com o Apparat. Partiremos logo depois, e preciso saber quem irá comigo.

— Alguma chance de nos dizer onde está o terceiro amplificador? — Zoya perguntou. Até então, apenas os gêmeos, Maly e eu sabíamos onde esperávamos encontrar o pássaro de fogo. *E Nikolai*, lembrei a mim mesma. Nikolai também sabia, se ainda estivesse vivo.

Maly balançou a cabeça.

— Quanto menos você souber, mais segura estará.

— Então vocês nem dirão aonde estamos indo? — disse Sergei, amuado.

— Nem tanto. Vamos tentar fazer contato com Nikolai Lantsov.

— Acho que devemos tentar Ryevost — disse Tamar.

— Ir para as cidades ribeirinhas? — perguntei. — Por quê?

— Sturmhond tinha rotas de contrabando por toda a Ravka. É possível que Nikolai esteja usando-as para trazer armas para dentro do país. — Tamar devia saber. Ela e Tolya tinham sido membros de confiança da tripulação de Sturmhond. — Se os rumores forem verdadeiros e ele estiver baseado em algum lugar ao norte, então há uma boa chance de que o ponto de descarga perto de Ryevost esteja ativo.

— Isso não passa de um monte de conjecturas — observou Harshaw.

Maly assentiu.

— Verdade. Mas é nossa melhor pista.

— E se for um beco sem saída? — Sergei perguntou.

— Nós nos dividiremos — disse Maly. — Encontraremos um abrigo onde vocês possam se esconder por um tempo, e eu liderarei um grupo para encontrar o pássaro de fogo.

— Fiquem à vontade para permanecer aqui — falei aos demais. — Sei que os peregrinos não são amistosos com os Grishas, e, depois da noite de hoje, não sei como os sentimentos mudarão. Mas se formos capturados na superfície...

— O Darkling não é gentil com traidores — completou Genya, calmamente.

Todos se mexeram, desconfortáveis, mas eu me obriguei a olhar nos olhos dela.

— Não, ele não é.

— Ele teve a chance dele comigo — disse ela. — Eu vou.

Zoya alisou a manga de seu casaco.

— Nós andaríamos mais rápido sem você.

— Eu acompanharei o ritmo — Genya retrucou.

— É bom mesmo — disse Maly. — Entraremos em uma área infestada de milícias, sem falar nos *oprichniki* do Darkling. Você é reconhecível — ele disse a Genya. — Tolya também, se é esse o ponto.

Tamar torceu os lábios.

— Você gostaria de ser a pessoa que dirá que ele não pode ir?

Maly considerou a pergunta.

— Talvez possamos disfarçá-lo como uma árvore grande.

Adrik ficou em pé tão rápido que praticamente me derrubou da cama.

— Vejo vocês em uma hora — declarou, como se desafiasse alguém a argumentar. Nadia deu de ombros enquanto ele saía do aposento. Adrik não era muito mais novo que o restante de nós, mas, talvez, por ser o irmão caçula de Nadia, parecia estar sempre tentando provar seu valor.

— Bem, eu irei — disse Zoya. — A umidade aqui embaixo está acabando com o meu cabelo.

Harshaw se levantou e se afastou da parede.

— Eu prefiro ficar — disse ele com um bocejo. — Mas Ongata diz para irmos. — Ele ergueu a gata malhada de seu ombro com uma das mãos.

— Pretende dar um nome pra essa coisa algum dia? — perguntou Zoya.

— Ela tem um nome.

— Ongata não é um nome. É apenas gato em kaelish.

— Combina com ela, não é?

Zoya revirou os olhos e saiu pela porta, seguida por Harshaw e depois Stigg, que fez uma mesura educada e disse:

— Estarei pronto.

Os outros saíram atrás deles. Eu suspeitava que David preferiria ficar na Catedral Branca, recluso com os diários de Morozova. Mas ele era o nosso único Fabricador, e, assumindo que achássemos o pássaro de fogo, precisaríamos dele para forjar a segunda pulseira. Nadia parecia feliz de ir com o irmão, embora tenha sido para Tamar que ela sorriu a caminho da porta. Imaginei que Maxim escolheria permanecer aqui na enfermaria, e acertei. Talvez eu pudesse usar Vladim e os outros Guardas Sacerdotais para dar um exemplo aos peregrinos e aproveitar os talentos de Maxim como Curandeiro.

A única surpresa foi Sergei. Embora a Catedral Branca fosse triste, úmida e tediosa, ela também era relativamente segura. Por mais que Sergei estivesse ávido para escapar das garras do Apparat, eu não tinha certeza de que ele queria se arriscar conosco na superfície. Mas ele assentiu de maneira sóbria e simplesmente disse, "Estarei lá". Talvez todos estivéssemos desesperados para ver o céu azul e por uma chance de nos sentirmos livres de novo, independentemente do risco.

Quando se foram, Maly sorriu e disse:

— Bem, valeu a tentativa.

— Todo esse papo sobre milícia — falei, percebendo a jogada. — Você estava tentando assustá-los.

— Doze é muita gente. Um grupo tão grande nos atrasará nos túneis e, uma vez na superfície, eles nos colocarão em grande risco. Assim que tivermos uma oportunidade, precisaremos nos separar. Não tem a menor chance de eu levar uma dúzia de Grishas para as montanhas do sul.

— Tudo bem — disse eu. — Assumindo que encontremos um lugar seguro para eles.

— Não é uma tarefa fácil, mas daremos um jeito. — Ele seguiu em direção à porta. — Voltarei em meia hora para levá-la à caverna principal.

— Maly, por que se colocou entre mim e os Guardas Sacerdotais?
Ele deu de ombros.
— Aqueles não foram os primeiros homens que matei. E não serão os últimos.
— Você me impediu de usar o Corte neles.
Ele não olhou para mim quando respondeu:
— Você será rainha um dia, Alina. Quanto menos sangue tiver nas mãos, melhor.
A palavra *rainha* saiu com tanta facilidade de seus lábios.
— Você parece estar certo de que acharemos Nikolai.
— Estou certo de que acharemos o pássaro de fogo.
— Eu preciso de um exército. O pássaro de fogo pode não ser suficiente. — Esfreguei a mão sobre meus olhos. — Talvez Nikolai nem esteja em Ravka.
— Os relatórios vindos do norte...
— Podem ser mentiras espalhadas pelo Darkling. "O Príncipe do Ar" pode ser um mito criado para nos tirar de nosso esconderijo. Nikolai talvez nunca tenha escapado do Grande Palácio. — Doeu dizer, mas me forcei a pronunciar as palavras. — Ele pode estar morto.
— Você acredita nisso?
— Não sei.
— Se alguém era capaz de executar aquela fuga, esse alguém é Nikolai.
A raposa esperta demais. Mesmo depois de abandonar o disfarce como Sturmhond, era assim que eu via Nikolai, sempre pensando, sempre tramando. Mas ele não tinha previsto a traição de seu irmão. Não tinha visto o Darkling chegando.
— Tudo bem — falei, envergonhada pelo tremor em minha voz. — Você não perguntou sobre as sombras.
— Eu deveria?
Eu não consegui resistir. Talvez quisesse ver como ele reagiria. Fechei os dedos e sombras se desenrolaram dos cantos. Os olhos de Maly seguiram seu progresso. O que eu esperava ver nele? Medo? Raiva?
— Você pode fazer mais do que isso? — ele perguntou.
— Não. É só algum tipo de vestígio do que aconteceu na capela.
— Você quer dizer, ter salvado nossas vidas?

Eu deixei as sombras caírem e apertei o septo do nariz com os dedos, tentando conter uma onda de tontura.

— Quero dizer, usar o *merzost*. Isso não é um poder real. É só um truque de carnaval.

— É algo que você tirou dele — disse Maly. A satisfação em sua voz não me pareceu imaginação. — Não direi nada, mas você não devia esconder isso dos outros.

Eu me preocuparia com isso mais tarde.

— E se os homens de Nikolai não estiverem em Ryevost?

— Acha que posso rastrear um pássaro gigante mitológico, mas não consigo localizar um príncipe falastrão?

— Um príncipe que tem conseguido evitar o Darkling há meses.

Maly me estudou.

— Alina, sabe como eu dei aquele tiro? Lá na Caldeira?

— Se disser que foi porque é muito bom nisso, tirarei minha bota e baterei em você com ela.

— Bem, eu *sou* muito bom nisso — disse ele com um sorriso sutil. — Mas pedi para David colocar um besouro no saco de pólvora.

— Por quê?

— Para ser mais fácil de mirar. Tudo que eu precisava fazer era rastreá-lo.

Eu ergui as sobrancelhas.

— Isso sim é um truque impressionante.

Ele deu de ombros.

— É o único que sei fazer. Se Nikolai estiver vivo, eu o encontrarei. — Ele fez uma pausa, depois acrescentou: — Não a desapontarei novamente. — Ele se virou para ir, mas, antes de fechar a porta, falou: — Tente descansar. Estarei do lado de fora se precisar de mim.

Eu fiquei lá parada por um longo momento. Queria dizer a Maly que ele não havia falhado comigo, mas aquilo não era exatamente verdade. Eu havia mentido a ele sobre as visões que me assombravam. Ele havia me afastado quando mais precisei dele. Talvez ambos pedíramos um ao outro para abdicar de coisas demais. Justo ou não, sentia como se Maly tivesse virado as costas para mim, e alguma parte de mim havia ficado ressentida com ele por isso.

Dei uma olhada no quarto vazio. Tinha sido inquietante ver tantas pessoas enfiadas aqui. Quão bem as conhecia? Harshaw e Stigg eram poucos anos mais velhos que os outros; Grishas que haviam encontrado um modo de chegar ao Pequeno Palácio após ouvir que a Conjuradora do Sol havia voltado. Eles eram praticamente estranhos para mim. Os gêmeos acreditavam que eu era abençoada com um poder divino. Zoya me seguia somente de má vontade. Sergei estava em pedaços, e eu sabia que ele provavelmente me culpava pela morte de Marie. Talvez Nadia me culpasse também. Ela sofrera de maneira mais quieta, mas as duas haviam sido melhores amigas.

E Maly. Imaginei que tínhamos feito as pazes de alguma maneira, mas não foi fácil. Ou talvez apenas tivéssemos aceitado o que eu me tornaria, que nossos caminhos divergiriam de maneira inevitável. *Você será uma rainha algum dia, Alina.*

Eu sabia que, pelo menos, podia tentar dormir alguns minutos, mas minha mente não desacelerava. Meu corpo estava tremendo com o poder usado e com fome demais.

Eu olhei para a porta, desejando que tivesse uma tranca. Havia algo que eu queria experimentar. Havia tentado algumas poucas vezes e nunca conseguira mais do que uma dor de cabeça. Era algo perigoso, provavelmente estúpido, mas agora que meu poder havia retornado, queria tentar de novo.

Tirei as botas e me deitei de costas na cama estreita. Fechei os olhos, senti o colar na minha garganta, as escamas no meu pulso, a presença do poder dentro de mim como a batida do meu coração. Senti a ferida no meu ombro, o nó escuro de cicatrizes feitas pelos *nichevo'ya* do Darkling. Elas haviam fortalecido o elo entre nós, dado a ele acesso à minha mente da mesma maneira que o colar havia dado a ele acesso ao meu poder. Na capela, eu havia usado essa conexão contra ele e quase nos destruíra no processo. Seria tolice testar isso agora. Ainda assim, estava tentada. Se o Darkling tinha acesso àquele poder, por que não eu? Era uma chance de coletar informações, entender como o elo entre nós funcionava.

Não funcionará, reafirmei a mim mesma. *Você tentará, falhará, tirará um cochilo breve.*

Acalmei minha respiração, deixando o poder passar por mim. Pensei no Darkling, nas sombras que eu podia trazer aos meus dedos, no colar que ele havia colocado em torno do meu pescoço, na pulseira que havia me separado de maneira definitiva de todos os outros Grishas e verdadeiramente me colocara neste caminho.

Nada aconteceu. Estava deitada de costas em uma cama na Catedral Branca. Não tinha ido a lugar algum. Estava sozinha em um aposento vazio. Eu pisquei para o teto úmido. Foi melhor assim. No Pequeno Palácio, meu isolamento quase havia me destruído, mas foi porque eu ansiava por algo mais, pela sensação de pertencimento que eu havia procurado a vida inteira. Havia enterrado aquela necessidade nas ruínas de uma capela. Agora eu pensaria em termos de aliança em vez de afeto, de quem e o que poderia me tornar forte o suficiente para essa luta.

Havia pensado em matar o Apparat hoje, havia queimado minha marca na carne de Vladim. Disse a mim mesma que precisava, mas a garota que eu havia sido nunca consideraria essas coisas. Eu odiava o Darkling pelo que ele havia feito com Baghra e Genya, mas será que eu era tão diferente assim? E quando o terceiro amplificador estivesse no meu pulso, restaria alguma distinção?

Talvez não, admiti, e com essa admissão veio o mais puro tremor: uma vibração se movendo pela conexão entre nós, um eco respondendo à outra ponta de uma corrente invisível.

Tal sensação me chamou por meio do colar no meu pescoço e da mordida no meu ombro, amplificada pela pulseira no meu pulso; uma ligação forjada por *merzost* e pelo veneno sombrio no meu sangue. *Você me chamou e eu respondi.* Senti-me atraída para cima, para fora de mim, acelerando em direção a ele. Talvez fosse isso que Maly sentia ao rastrear – o puxão distante do outro, uma presença que demandava atenção mesmo que não pudesse ser vista ou tocada.

Em um momento eu estava flutuando na escuridão com meus olhos fechados, e no outro estava de pé em uma sala brilhantemente iluminada. Tudo ao meu redor era um borrão, mas reconheci o lugar mesmo assim: a sala do trono do Grande Palácio. As pessoas conversavam. Era como se estivessem submersas. Eu ouvia ruídos, mas não palavras.

Percebi o momento em que o Darkling me viu. Ele entrou em foco, apesar de a sala em torno dele permanecer uma mancha macabra.

Seu autocontrole era tão grande que ninguém ao redor teria notado o olhar fugaz de choque que passou por seus traços perfeitos. Mas eu vi seus olhos cinza se arregalarem, seu peito travar quando prendeu a respiração. Seus dedos cravados nos braços de sua cadeira... Não, de seu trono. Então, ele relaxou, acenando para o que quer que a pessoa diante dele estivesse dizendo.

Eu esperei, observando. Ele havia lutado por aquele trono, aguentado centenas de anos de batalha e servidão para reclamá-lo. Eu tinha de admitir que ele ficava bem sentado ali. Alguma parte insignificante de mim desejava encontrá-lo enfraquecido, com o cabelo preto agrisalhado como o meu. Mas qualquer que fosse o dano que eu tivesse feito a ele naquela noite na capela, havia se recuperado melhor do que eu.

Quando o murmúrio de vozes suplicantes parou, o Darkling se levantou. O trono desapareceu ao fundo, e percebi que as coisas perto dele pareciam mais claras, como se ele fosse as lentes pelas quais eu via o mundo.

— Vou pensar no assunto — disse ele, a voz fria como gelo, tão familiar. — Agora, deixem-me. — Ele deu um aceno brusco. — Todos vocês.

Se seus lacaios trocaram olhares perplexos ou simplesmente baixaram a cabeça e saíram, eu não saberia dizer. Ele já estava descendo as escadas, seu olhar fixo em mim. Meu coração apertou e uma única palavra clara reverberou na minha mente: *corra*. Eu tinha sido louca de tentar isso, de procurá-lo. Mas não me mexi. Não soltei a corrente.

Alguém o abordou, e quando essa pessoa estava a poucos centímetros do Darkling, entrou claramente em foco um manto vermelho de Grisha, um rosto que não reconheci. Pude até mesmo distinguir sua fala: "... a questão das assinaturas para...". Então, o Darkling a interrompeu.

— Depois — disse com rispidez, e o Corporalnik se afastou.

O salão ficou vazio de som e movimento; enquanto isso, o Darkling manteve seus olhos em mim. Ele cruzou o chão de parquê. A cada passo, a madeira polida entrava em foco sob sua bota, então sumia novamente.

Tive a sensação estranha de estar deitada em minha cama na Catedral Branca e de estar ali, na sala do trono, de pé em um quadrado quente de luz do sol.

Ele parou diante de mim, seus olhos perscrutando meu rosto. O que ele via? Ele tinha vindo a mim sem cicatrizes em minhas visões. Ele me via saudável e inteira, de cabelos castanhos e olhos brilhantes? Ou ele via a garotinha amuada, pálida e cinza, desgastada por nossa batalha na capela, enfraquecida pela vida subterrânea?

— Se ao menos eu soubesse que você se provaria uma pupila tão talentosa. — Sua voz tinha admiração genuína, quase surpresa. Para meu pavor, descobri aquela parte órfã e patética de mim ficando feliz com o elogio. — Por que vir a mim agora? — ele perguntou. — Demorou tanto assim para se recuperar da nossa discussão?

Se aquilo tinha sido uma mera discussão, então realmente estávamos perdidos. *Não*, disse a mim mesma. Ele havia escolhido aquela palavra deliberadamente para me intimidar.

Eu ignorei a pergunta e disse:

— Eu não esperava elogios.

— Não?

— Eu o deixei enterrado sob uma pilha de pedregulhos.

— E se disser que respeito a sua crueldade?

— Não acho que acreditaria em você.

Um sorriso sutil percorreu seus lábios.

— Uma pupila talentosa — ele repetiu. — Por que gastar minha raiva com você se a culpa foi minha? Eu devia ter previsto outra traição de sua parte, mais um apego louco a algum tipo de ideal infantil. Mas parece que sou vítima dos meus próprios desejos quando o assunto é você. — Sua expressão endureceu. — Para que veio aqui, Alina?

Eu respondi com honestidade:

— Queria ver você.

Percebi um vislumbre rápido de surpresa antes de seu rosto se fechar novamente.

— Existem dois tronos naquele palanque. Você poderia me ver sempre que quisesses.

— Está me oferecendo uma coroa? Depois de eu tentar matá-lo?

Outra vez, ele deu de ombros.

— Eu teria feito o mesmo.

— Duvido.

— Não para salvar aquele bando de traidores e fanáticos, isso não. Mas entendo o desejo de permanecer livre.

— E, ainda assim, tentou me escravizar.

— Eu procurei os amplificadores de Morozova *para você*, Alina, para que pudéssemos governar como iguais.

— Você tentou roubar meu poder para você.

— Depois que fugiu de mim. Depois que escolheu... — Ele parou, hesitante. — Teríamos governado como iguais finalmente.

Eu senti aquela atração, o desejo de uma menina assustada. Mesmo agora, depois de tudo que ele havia feito, queria acreditar no Darkling, encontrar um jeito de perdoá-lo. Queria que Nikolai estivesse vivo. Queria confiar nos outros Grishas. Queria acreditar em qualquer coisa para que não precisasse enfrentar o futuro sozinha. *O problema em querer algo é que isso nos deixa fracos.* Uma risada escapou de mim antes que eu pudesse pensar melhor no assunto.

— Seríamos iguais até o dia em que eu ousasse discordar de você, até o momento em que questionasse seu julgamento ou não agisse conforme as ordens. Então você lidaria comigo do mesmo modo que lidou com Genya e com sua mãe, do modo que tentou lidar com Maly.

Ele se apoiou na janela, e a estrutura dourada entrou em foco.

— Você acha que seria diferente com o seu rastreador ao seu lado? Com aquele mascote Lantsov?

— Sim — respondi simplesmente.

— Porque você seria a mais forte?

— Porque eles são homens melhores do que você.

— Você poderia me tornar um homem melhor.

— E você poderia me tornar um monstro.

— Nunca entendi sua preferência por *otkazat'sya*. É por ter pensado que era um deles por tanto tempo?

— Você já foi minha preferência uma vez. — Ele ergueu a cabeça de repente; não esperava por aquilo. Pelos Santos, eu me senti satisfeita. — Por que não me visitou? — perguntei. — Em todos esses longos meses?

Ele permaneceu em silêncio.

— Não havia quase nenhum dia no Pequeno Palácio que você não viesse até mim — prossegui. — Que eu não o visse em algum canto sombreado. Pensei que estava ficando louca.

— Ótimo.

— Acho que está com medo.

— Quanto isso seria reconfortante para você?

— Acho que teme essa coisa que nos conecta.

Tal ligação não me assustava. Não mais. Eu dei um passo vagaroso para a frente. Ele ficou tenso, mas não se moveu.

— Eu sou antigo, Alina. Sei coisas sobre poder que você mal poderia imaginar.

— Mas não é apenas poder, não é mesmo? — falei calmamente, lembrando o modo como ele havia brincado comigo quando cheguei pela primeira vez ao palácio... E mesmo antes, no momento em que nos conhecemos. Eu era uma garota solitária, desesperada por atenção. Devo ter sido uma pequena diversão para ele.

Dei outro passo. Ele congelou. Nossos corpos quase se tocavam agora. Estiquei-me e toquei sua face. Dessa vez, foi impossível não notar o relance de confusão em seu rosto. Ele se manteve quieto, seu único movimento era o peito arfando. Então, como se desse permissão, ele fechou os olhos. Uma ruga apareceu entre as sobrancelhas.

— É verdade — disse eu, calmamente. — Você é mais forte, mais sábio, com uma experiência infinita. — Eu me inclinei para a frente e sussurrei, e meus lábios roçaram o lóbulo de sua orelha. — Mas eu sou uma pupila talentosa.

Os olhos dele se abriram de repente. Eu captei um vislumbre rápido de raiva em seu olhar cinza antes de romper a conexão.

Eu fugi, voltando rapidamente à Catedral Branca, deixando-o com nada além de uma lembrança de luz.

Capítulo 4

SENTEI-ME COM UM SOLUÇO, engolindo o ar úmido da câmara de alabastro. Olhei em volta, sentindo-me culpada. Eu não deveria ter feito aquilo. O que havia aprendido? Que ele estava no Grande Palácio e em desagradável boa forma? Informações inúteis.

Mas eu não me arrependia. Agora sabia o que ele via quando me visitava, que informações poderia ou não conseguir de nosso contato. Agora eu dominava mais um poder que antes só pertencia a ele. E havia gostado disso. No Pequeno Palácio, temia aquelas visões, pensava que estava ficando louca e, pior, perguntava-me o que elas diziam a meu respeito. Não mais. Estava farta de me sentir envergonhada. Deixe-o sentir o que é ser assombrado.

Comecei a sentir uma dor de cabeça na têmpora direita. *Procurei os amplificadores de Morozova para você, Alina*. Mentiras disfarçadas de verdade. Ele pretendia me deixar mais poderosa, mas só porque achava que poderia me controlar. E ele ainda acreditava nisso, o que me assustava. O Darkling não tinha como saber que Maly e eu sabíamos por onde começar a procurar o terceiro amplificador, mas ele não parecia preocupado. Nem mesmo havia mencionado o pássaro de fogo. Ele parecia confiante, forte, como se pertencesse àquele palácio e àquele trono. *Sei coisas sobre poder que você mal poderia imaginar*. Eu me afastei desses pensamentos. Talvez eu não fosse uma ameaça, mas podia me tornar uma. Não o deixaria me vencer antes de ter a oportunidade de dar a ele a luta que merecia.

Uma batida rápida veio da porta. Havia chegado a hora. Eu calcei novamente as botas e ajustei meu *kefta* dourado desgastado. Depois disso, talvez me desse um presente e colocasse a roupa de molho.

A cerimônia foi meio que um espetáculo. Ainda era um desafio conjurar tão abaixo da superfície, mas lancei luz brilhante sobre as paredes da Catedral Branca, gastando cada reserva para impressionar a multidão que gemia e se agitava lá embaixo. Vladim ficou à minha esquerda, sua camisa aberta para mostrar a marca da minha palma em seu peito. À minha direita, o Apparat discursou, e, fosse por medo ou alívio verdadeiro, fez um trabalho muito convincente. Sua voz percorreu a caverna principal, clamando que nossa missão era guiada pela providência divina e que eu ressurgiria das minhas provações mais poderosa do que nunca.

Eu o estudei enquanto ele falava. Parecia mais pálido do que de costume, um pouco suado, embora não particularmente abatido. Eu me perguntei se não tinha sido um erro deixá-lo vivo, mas sem a onda de fúria e poder guiando minhas ações, execução não era um passo que estava preparada para considerar de fato.

O silêncio caiu. Olhei para os rostos ansiosos das pessoas lá embaixo. Havia algo novo em seu entusiasmo, talvez porque tivessem tido um vislumbre do meu poder real. Ou talvez porque o Apparat tivesse feito o seu trabalho tão bem. Elas estavam esperando que eu falasse algo. Eu havia tido sonhos assim. Era uma atriz em uma peça, mas nunca decorava minhas falas.

— Eu... — Minha voz falhou. Pigarreei e tentei novamente. — Eu voltarei mais poderosa do que nunca — falei na minha melhor voz de Santa. — Vocês são meus olhos. — Precisava deles para vigiar o Apparat e manter uns aos outros em segurança. — Vocês são meus punhos. Vocês são minhas espadas.

A multidão comemorou. Como se fossem um, eles entoaram de volta para mim: *Sankta Alina! Sankta Alina! Sankta Alina!*

— Nada mal — disse Maly, assim que me afastei da sacada.

— Venho escutando o Apparat discursar há quase três meses. Alguma coisa eu tinha que absorver.

Seguindo meu comando, o Apparat anunciou que passaria três dias isolado, de jejum e rezando pelo sucesso de nossa missão. Os Guardas Sacerdotais fariam o mesmo, confinados nos arquivos e guardados pelos Soldat Sol.

— Mantenha-os fortes em sua fé — falei para Ruby e para os outros soldados. Eu esperava que três dias nos dessem tempo suficiente para nos afastarmos bastante da Catedral Branca. Mas, conhecendo o Apparat, ele provavelmente teria escapado antes do jantar.

— Eu conhecia você — disse Ruby, segurando meus dedos quando me virei para ir embora. — Estava no seu regimento. Você se lembra?

Os olhos dela estavam molhados, e a tatuagem em seu peito era tão preta que parecia flutuar na superfície da pele.

— Claro que sim — falei gentilmente. Nós não éramos amigas. Lá atrás, Ruby estava mais interessada em Maly do que em religião. Eu era praticamente invisível para ela. Agora ela soluçava e beijava meus dedos.

— Sankta — sussurrou ardentemente. Sempre que eu pensava que a minha vida não podia ficar mais estranha, ela ficava.

Assim que me desvencilhei de Ruby, tirei um momento final para falar em particular com o Apparat.

— Você sabe o que estou procurando, sacerdote, e sabe o poder que dominarei ao voltar. Que nada aconteça aos Soldat Sol ou a Maxim.

Eu não gostava da ideia de deixar o Curandeiro aqui sozinho, mas não o obrigaria a se juntar a nós; não sabendo dos perigos que enfrentaríamos na superfície.

— Nós não somos inimigos, Sankta Alina — disse gentilmente o Apparat. — Você devia saber que tudo que sempre quis foi vê-la no trono de Ravka.

Eu quase sorri com isso.

— Eu sei, sacerdote. No trono e sob seu controle.

Ele inclinou a cabeça para um lado, me contemplando. O brilho fanático tinha sumido de seus olhos. Ele simplesmente parecia sensato.

— Você não é o que eu esperava — ele admitiu.

— Não exatamente a Santa que queria?

— Uma Santa pior — disse ele. — Mas, talvez, uma rainha melhor. Rezarei por você, Alina Starkov.

O mais estranho era que eu acreditava nele.

MALY E EU ENCONTRAMOS os outros no Poço de Chetya, uma fonte natural no cruzamento de quatro dos túneis principais. Se o Apparat decidisse mandar um grupo atrás de nós, seria difícil nos rastrear a partir dali. Pelo menos, era essa a ideia, mas não tínhamos imaginado que tantos peregrinos viessem nos ver partir. Eles haviam seguido os Grishas de seus aposentos e se amontoado em torno da fonte.

Estávamos todos em roupas comuns de viagem, nossos *keftas* ensacados. Eu havia trocado meu roupão dourado por um casaco pesado, um chapéu de pele e o peso reconfortante de um coldre na cintura. Se não fosse por meu cabelo branco, duvido que algum dos peregrinos teria me reconhecido.

Agora eles se esticavam para tocar na minha manga ou na minha mão. Alguns empurravam pequenos presentes sobre nós, as únicas coisas que tinham para oferecer: pãezinhos guardados que ficaram duros a ponto de quebrar os dentes, pedras polidas, pedaços de rendas, um punhado de lírios de sal. Eles murmuravam orações por nossa saúde com lágrimas nos olhos.

Eu vi a surpresa de Genya quando uma mulher colocou um xale verde-escuro de oração em torno de seus ombros.

— Nada de preto — disse ela. — Para você, nada de preto.

Comecei a sentir uma aflição na garganta. Não tinha sido apenas o Apparat que me mantivera isolada dessas pessoas. Eu havia me distanciado delas também. Desconfiava de sua fé, mas, acima de tudo, temia sua esperança. O amor e o cuidado nesses pequenos gestos eram um fardo que eu não queria carregar.

Beijei faces, apertei mãos, fiz promessas que não sabia se poderia manter, e então seguimos nosso caminho. Eu havia sido carregada para dentro da Catedral Branca em uma maca. Pelo menos, estava saindo com meus próprios pés.

Maly assumiu a liderança. Tolya e Tamar cobriram a retaguarda, escoltando-nos para garantir que ninguém nos seguisse.

Graças ao acesso de David aos arquivos e ao sentido inato de direção de Maly, eles conseguiram confeccionar um mapa grosseiro da rede de túneis. Tinham começado traçando um curso para Ryevost, mas havia lacunas de informações. Não importava quanto fossem precisas, não tínhamos como ter certeza de onde estaríamos nos enfiando.

Após minha fuga de Os Alta, os homens do Darkling haviam tentado invadir a rede de túneis abaixo das igrejas e locais sagrados de Ravka. Quando suas buscas não deram em nada, eles começaram a bombardear: fechando rotas de saída, tentando conduzir à superfície qualquer pessoa que estivesse procurando abrigo. Os Alquimistas do Darkling tinham criado novos explosivos que derrubavam construções e forçavam gases combustíveis abaixo do solo. Bastou uma única faísca de um Infernal e seções inteiras das antigas redes de túneis colapsaram. Essa tinha sido uma das razões pelas quais o Apparat insistira em minha permanência na Catedral Branca.

Havia rumores de desmoronamentos a oeste, então Maly nos levou para o norte. Essa não era a rota mais direta, mas tínhamos esperança de que fosse estável.

Foi um alívio me mover pelos túneis; finalmente fazer algo depois de tantas semanas de confinamento. Meu corpo ainda estava fraco, mas eu me sentia mais forte do que tinha me sentido em meses, e avançava sem reclamações.

Tentei não pensar demais sobre o que significaria o posto de contrabando em Ryevost não estar ativo. Como conseguiríamos encontrar um príncipe que não queria ser encontrado, e fazer isso permanecendo nós mesmos escondidos? Se Nikolai sobrevivera, podia estar procurando por mim, ou talvez buscasse uma aliança em algum outro lugar. Até onde ele sabia, eu havia morrido na batalha do Pequeno Palácio.

Os túneis ficavam mais escuros conforme nos afastávamos da Catedral Branca e seu brilho estranho de alabastro. Logo nosso caminho tinha como única iluminação a luz sacolejante de nossas lanternas. Em alguns lugares, as cavernas eram tão estreitas que tínhamos que tirar nossas mochilas e menear entre paredes espremidas. Então, sem aviso, nós nos víamos em uma caverna gigante, larga o suficiente para criar cavalos.

Maly tinha razão: ter tantas pessoas viajando juntas nos deixava ruidosos e desajeitados. Nós fizemos um progresso frustrante de tão lento, marchando em uma longa coluna com Zoya, Nadia e Adrik separados na fila. Em caso de desmoronamento, o ar que nossos Aeros pudessem conjurar forneceria um tempo valioso de respiração para alguém preso.

David e Genya continuavam ficando para trás, mas ele parecia ser o responsável pela demora. Finalmente, Tolya ergueu o pacote enorme dos ombros estreitos de David.

Ele resmungou.

— O que você trouxe nessa coisa?

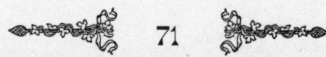

— Três pares de meias, um par de calças, uma camisa extra. Um cantil. Um prato e um copo de estanho. Uma régua de cálculo cilíndrica, uma balança de grãos, uma jarra de seiva de abeto vermelho, minha coleção de anticorrosivos...

— Você devia ter trazido apenas o que fosse preciso.

David assentiu de modo enfático.

— Exatamente.

— Por favor, me diga que você não trouxe todos os diários de Morozova — eu disse.

— Claro que trouxe.

Eu revirei os olhos. Devia haver pelo menos quinze livros encadernados em couro.

— Talvez eles sejam bons para acender o fogo.

— Ela está brincando? — perguntou David, parecendo preocupado.

— Eu nunca consigo saber se ela está brincando.

Eu estava. Praticamente. Esperava que os diários contivessem informações sobre o pássaro de fogo e até sobre como os amplificadores poderiam me ajudar a destruir a Dobra. Mas eles não tinham dado em nada e, para ser honesta, também tinham me assustado um pouco. Baghra havia me alertado sobre a loucura de Morozova e, ainda assim, de alguma forma, eu esperava encontrar sabedoria no trabalho dele. Em vez disso, os diários tinham me fornecido um estudo sobre obsessão, tudo isso documentado em um garrancho praticamente indecifrável. Aparentemente, para ser gênio não é preciso ter boa caligrafia.

Os primeiros diários de Morozova narravam seus experimentos: uma fórmula oculta para fogo líquido, um meio de evitar o apodrecimento orgânico, testes que levaram à criação do aço Grisha, um método para restaurar o oxigênio do sangue, o ano interminável ao longo do qual ele havia procurado um modo de criar vidro inquebrável. Seus conhecimentos se estendiam além daqueles de um Fabricador comum, e ele tinha bastante consciência disso. Um dos dogmas essenciais da teoria Grisha era "os semelhantes se atraem", mas Morozova parecia acreditar que, se o mundo podia ser dividido nas mesmas pequenas partes, cada Grisha devia ser capaz de manipulá-las. *Não somos nós todas as coisas?*, ele perguntava, sublinhando suas palavras para enfatizar. Ele era arrogante, audacioso... mas ainda são.

Então seu trabalho com os amplificadores começou, e mesmo eu pude notar a mudança. O texto ficou mais denso e confuso. As margens ficaram cheias de diagramas e setas insanas que apontavam para passagens anteriores. Pior ainda eram as descrições dos experimentos feitos com animais, as ilustrações de suas dissecações. Elas reviraram meu estômago e me fizeram pensar que Morozova tinha merecido qualquer martírio que houvesse recebido. Ele havia matado animais e depois os ressuscitado, às vezes repetidamente, aprofundando-se no *merzost*, na criação, no poder da vida e da morte, tentando encontrar um modo de criar amplificadores que pudessem ser usados juntos. Esse era um poder proibido, mas eu conhecia essa tentação, e tremia de pensar que perseguir esse poder pudesse tê-lo deixado louco.

Se ele fora conduzido por algum propósito nobre, eu não tinha visto isso em suas páginas. Mas sentia algo mais em seus escritos fervorosos, em sua insistência de que o poder estava em todos os lugares, pronto para ser tomado e usado. Ele tinha vivido muito antes da criação do Segundo Exército. Era o Grisha mais poderoso que o mundo havia conhecido – e o poder o havia isolado. Eu me lembrei das palavras do Darkling: *Não há outros como nós, Alina. E nunca haverá.* Talvez Morozova quisesse acreditar que, se não existiam outros como ele, ele poderia fazê-los existir, poderia criar Grishas com um poder maior. Ou talvez eu só estivesse imaginando coisas, vendo minha própria solidão e cobiça nas páginas de Morozova. A bagunça do que sabia e do que queria, meu desejo de ter o pássaro de fogo, meu próprio senso de diferença, tudo isso havia ficado difícil demais de desmembrar.

Fui arrancada de meus pensamentos pelo som de água corrente. Estávamos nos aproximando de um rio subterrâneo. Maly diminuiu nosso ritmo e me fez caminhar diretamente atrás dele, evocando luz sobre a trilha. Isso foi uma boa coisa também, porque o declive foi abrupto, tão íngreme e repentino que caí direto nas costas dele, quase o derrubando da borda para dentro da água abaixo. Aqui, o rugido era ensurdecedor, o rio correndo por uma profundidade incerta, nuvens de névoa subindo das corredeiras.

Nós amarramos uma corda em torno da cintura de Tolya e ele atravessou o rio. Depois, segurou-a do outro lado de modo que pudéssemos seguir um por um, atados à corda. A água estava gelada e batia no meu peito, a força dela quase tirando meus pés do chão enquanto eu me segurava na corda. Harshaw foi o último a atravessar. Tive um momento de terror quando ele se desequilibrou e a fibra quase arrebentou. Então ele ficou em pé, resfolegando para respirar, Ongata ensopada até os ossos e tossindo loucamente. Quando Harshaw nos alcançou, seu rosto e pescoço eram uma mistura de pequenos arranhões.

Depois disso, todos tivemos vontade de parar, mas Maly insistiu para continuarmos.

— Estou encharcada — Zoya se queixou. — Por que não podemos parar nesta caverna úmida em vez de na próxima caverna úmida?

Maly não diminuiu o ritmo, mas apontou um dedo para o rio.

— Por causa daquilo — ele gritou sobre o estrondo da água corrente. — Se fomos seguidos, será muito fácil para alguém nos espreitar encoberto por aquele barulho.

Zoya fez uma careta, mas nós seguimos adiante, até finalmente nos distanciarmos do clamor do rio. Passamos a noite em um buraco de limo úmido onde não havia nada para ouvir além de nossos dentes batendo enquanto tremíamos em nossas roupas molhadas.

POR DOIS DIAS, seguimos daquela maneira, movendo-nos pelos túneis, retrocedendo ocasionalmente quando uma rota se mostrava intransponível. Eu havia perdido a noção de direção, mas quando Maly anunciou que estávamos virando para o oeste, notei que as passagens se inclinavam para cima, levando-nos para a superfície.

Maly estabeleceu um ritmo imperdoável. Para manter contato, ele e os gêmeos assobiavam um para o outro dos extremos opostos da coluna, garantindo que ninguém havia ficado muito para trás. De vez em quando, ele voltava para verificar todo mundo.

— Eu sei o que você está fazendo — falei uma vez, quando ele retornava ao início da fila.

— O que é?

— Você volta quando alguém está demorando, começa uma conversa. Você pergunta a David sobre as propriedades do fósforo, ou a Nádia sobre suas sardas...

— Eu nunca perguntei a Nadia sobre as sardas dela.

— Ou *algo do tipo*. Então, gradualmente, você começa a recuperar o ritmo, de modo a deixá-los caminhando mais rápido.

— Parece que funciona melhor do que cutucá-los com um graveto — disse ele.

— É menos divertido.

— Meu braço de cutucada está cansado.

Então ele se foi, acelerando à frente. Isso foi o máximo que nos falamos desde a saída da Catedral Branca.

Ninguém mais parecia ter dificuldade em conversar. Tamar tinha começado a tentar ensinar algumas baladas shu a Nadia. Infelizmente, a memória dela era terrível, mas a de seu irmão era quase perfeita e ele tinha assumido a tarefa com prazer. O normalmente taciturno Tolya podia recitar ciclos inteiros de poesia épica em ravkano e shu, mesmo que ninguém quisesse ouvi-los.

Apesar de Maly ter mandado que permanecêssemos em formação rígida, Genya frequentemente escapava da frente da coluna para reclamar comigo.

— Todos os poemas falam de um bravo herói chamado Kregi — disse ela. — Todos eles. Kregi sempre tem um corcel, e nós temos que ouvir sobre o corcel e os três tipos diferentes de espadas que ele carregava e a cor do lenço que usava amarrado ao pulso e todos os pobres monstros que ele matou e, em seguida, sobre como ele era um homem gentil e verdadeiro. Para um mercenário, Tolya é perturbadoramente sentimental.

Eu ri e olhei para trás, apesar de não conseguir ver muito.

— O que David está achando disso?

— David é distraído. Ele está tagarelando sobre compostos minerais há meia hora.

— Talvez ele e Tolya acabem colocando um ao outro para dormir — Zoya resmungou.

Ela não tinha muita moral para reclamar. Apesar de todos serem Etherealki, a única coisa que Aeros e Infernais pareciam ter em comum era o gosto por discutir. Stigg não queria Harshaw perto dele porque não aguentava gatos. Harshaw estava constantemente se ofendendo em nome de Ongata. Adrik deveria ficar mais no meio do grupo, mas queria permanecer perto de Zoya. Zoya continuava fugindo da frente da fila para tentar se afastar de Adrik. Eu estava começando a desejar que tivesse cortado a corda e deixado todos eles se afogarem no rio.

E Harshaw, além de me aborrecer, me deixava nervosa. Ele gostava de esfregar sua pederneira nas paredes da caverna, soltando pequenas faíscas, e estava constantemente tirando lascas de queijo duro de seu bolso para alimentar Ongata, depois rindo como se a felina malhada tivesse dito algo particularmente engraçado. E certa manhã, ao acordarmos, descobrimos que ele tinha raspado as laterais do couro cabeludo para que o cabelo vermelho corresse em uma única faixa grossa no centro de sua cabeça.

— Por que você fez isso? — gritou Zoya. — Você parece um galo alucinado!

Harshaw apenas deu de ombros.

— Ongata insistiu.

Todavia, os túneis nos surpreendiam de vez em quando com maravilhas que deixavam até os Etherealki sem palavras. Passamos horas sem ver nada além de rocha cinza e limo coberto de lama, e então emergimos em uma caverna azul-clara tão perfeitamente redonda e harmoniosa que foi como estar dentro de um grande ovo de paredes esmaltadas. Nós tropeçamos em uma série de pequenas cavernas reluzentes com o que poderiam muito bem ter sido rubis de verdade, e Genya as apelidou de Caixa de Joias. Depois disso começamos a nomear tudo para passar o tempo. Havia o Pomar, uma caverna cheia de estalactites e estalagmites que se fundiam em colunas delgadas. E menos de um dia depois chegamos ao Salão de Dança, uma caverna longa de quartzo rosa com um chão tão escorregadio que tivemos que rastejar por ele, ocasionalmente deslizando de barriga. Em seguida, chegamos a um pórtico de ferro misterioso e parcialmente submerso que chamamos de Portão dos Anjos. Em suas laterais havia duas imagens de pedra com asas, suas cabeças inclinadas, as mãos repousando em sabres de mármore. O molinete funcionou e passamos pelo portal sem incidentes, mas por que ele tinha sido colocado ali? E por quem?

No quarto dia, alcançamos uma caverna com uma piscina perfeitamente calma que dava a ilusão de um céu noturno, seu fundo brilhando com pequenos peixes luminescentes.

Maly e eu estávamos ligeiramente na frente dos demais. Ele mergulhou a mão na água, então resmungou e a puxou de volta.

— Eles mordem.

— Bem feito — disse eu. — Oh, veja só, um lago negro cheio de coisinhas brilhantes. Deixa eu colocar a mão nele.

— Não posso fazer nada se sou gostoso — disse ele, aquele familiar sorriso arrogante brilhando em seu rosto como luz sobre a água. Então ele pareceu se conter. Colocou a mochila no ombro, e eu sabia que estava prestes a se afastar de mim.

Eu não sei ao certo de onde as palavras vieram:

— Você não falhou comigo, Maly.

Ele bateu a mão molhada na coxa.

— Nós dois sabemos que isso não é verdade.

— Nós vamos viajar juntos sabe-se lá por quanto tempo. Uma hora ou outra você vai ter que falar comigo.

— Estou falando com você agora.

— Viu só? É tão ruim assim?

— Não devia ser — disse ele, olhando-me com firmeza —, se eu só quisesse conversar.

Minhas bochechas esquentaram. *Você não quer isso*, disse a mim mesma. Mas senti minha pele se retrair como um pedaço de papel segurado muito próximo do fogo.

— Maly...

— Eu preciso mantê-la em segurança, Alina, permanecer concentrado no que importa. Não posso fazer isso se... — Ele deixou escapar uma longa respiração. — Existe algo maior do que eu no seu destino, e morrerei lutando para dá-lo a você. Mas, por favor, não me peça para fingir que é fácil.

Ele seguiu para a caverna seguinte.

Eu olhei para o lago brilhante, as ondulações de luz ainda persistindo na água após o breve toque de Maly. Ouvi a entrada barulhenta dos demais na caverna.

— Ongata me arranha o tempo inteiro — disse Harshaw, enquanto caminhava ao meu lado.

— Hein? — perguntei sem ânimo.

— O engraçado é que ela gosta de ficar por perto.

— Você está sendo profundo, Harshaw?

— Na verdade, estava me perguntando: se eu comer o suficiente desses peixes, será que começarei a brilhar?

Eu balancei a cabeça. É claro que um dos últimos Infernais vivos tinha que ser maluco. Acompanhei os demais e fui para o próximo túnel.
— Venha, Harshaw — chamei por sobre o ombro.
Então aconteceu a primeira explosão.

Capítulo 5

A CAVERNA INTEIRA BALANÇOU. Pequenos amontoados de seixos caíram sobre nós.

Maly apareceu ao meu lado em um instante. Ele me puxou para longe da rocha que caía enquanto Zoya protegia meu outro lado.

— Luzes apagadas! — gritou Maly. — Mochilas para fora.

Nós empurramos nossas mochilas contra as paredes como uma espécie de contraforte e, em seguida, apagamos as lanternas para evitar que as faíscas provocassem outra explosão.

Boom. Sobre nós? Ao norte? Era difícil dizer.

Longos segundos se passaram. *Boom!* Esse foi mais perto, mais alto. Rochas e solo choveram sobre nossas cabeças abaixadas.

— Ele nos encontrou — resmungou Sergei, sua voz falhando de medo.

— Ele não teria como — respondeu Zoya. — Nem o Apparat sabe em que direção seguimos.

Maly se moveu de leve. Eu ouvi o ruído de seixos.

— É um ataque aleatório — disse ele.

A voz de Genya tremeu quando ela sussurrou:

— Essa gata dá azar.

Boom! Alto o suficiente para chacoalhar minha mandíbula.

— *Metan yez* — disse David. Gás do pântano.

Eu senti o cheiro um segundo depois, turfoso e lodoso. Se havia Infernais acima de nós, uma faísca viria a seguir e nos explodiria em pedacinhos. Alguém começou a chorar.

— Aeros — ordenou Maly —, mandem o gás para o leste. — Como ele podia soar tão calmo?

Eu senti Zoya se mover, depois o fluxo do ar enquanto ela e os outros direcionavam o gás para longe de nós.

Boom! Foi mais difícil respirar. O espaço parecia pequeno demais.

— Pelos Santos — Sergei gaguejou.

— Estou vendo fogo — gritou Tolya.

— Para o leste — repetiu Maly, a voz firme.

O *fuuuu* do vento dos Aeros soprou. O corpo de Maly estava escorado perto do meu. Eu sacudi a mão, procurando a dele. Nossos dedos se entrelaçaram. Eu ouvi um pequeno soluço do meu outro lado, e procurei pela mão livre de Zoya, unindo-a à minha.

BOOM! Dessa vez o túnel inteiro rugiu com o som de pedras caindo. Eu ouvi as pessoas gritando na escuridão. A poeira preencheu meus pulmões.

Quando o barulho parou, Maly disse:

— Nada de lanternas. Alina, precisamos de luz.

Foi uma luta, mas encontrei um rastro de luz do sol e o deixei acender pelo túnel. Estávamos todos cobertos de poeira, olhos arregalados e assustados. Fiz uma verificação rápida: Maly, Genya, David, Zoya, Nadia e Harshaw, e Ongata enfiada em sua camisa.

— Tolya? — gritou Maly.

Nada. E então:

— Estamos bem.

A voz de Tolya veio de detrás do muro de pedras caídas bloqueando o túnel, mas era forte e clara. Eu pressionei minha cabeça nos joelhos, de alívio.

— Cadê meu irmão? — gritou Nadia.

— Comigo e com Tamar — respondeu Tolya.

— Sergei e Stigg? — perguntei.

— Eu não sei.

Pelos Santos.

Nós esperamos por outra explosão, que o resto do túnel desabasse sobre nós. Quando nada aconteceu, começamos a nos arrastar na direção da voz de Tolya enquanto ele e Tamar cavavam do outro lado. Em questão de momentos, vimos suas mãos, depois seus rostos sujos olhando de volta para nós. Eles correram para a nossa parte do túnel. Assim que Adrik baixou as mãos, o teto acima do lugar onde ele e os gêmeos haviam estado desabou em uma onda de poeira e rochas. O rapaz tremia para valer.

— Você segurou a caverna? — Zoya perguntou.

Tolya assentiu.

— Ele fez uma bolha assim que ouvimos a última explosão.

— Uau — Zoya disse para Adrik. — Estou impressionada. — Ante a euforia que nasceu em seu rosto, ela suspirou. — Esquece. Estou ajustando minha avaliação para aprovação relutante.

— Sergei? — eu chamei. — Stigg?

Silêncio, o movimento de cascalho.

— Deixe-me tentar algo — disse Zoya. Ela ergueu as mãos. Eu ouvi um estalido em meus ouvidos, e o ar pareceu ficar mais úmido. — Sergei? — disse ela. Sua voz soou estranhamente distante.

Então, ouvi a voz de Sergei, fraca e trêmula, mas clara, como se ele estivesse falando bem ao meu lado.

— Aqui — ele arfou.

Zoya flexionou os dedos, fazendo ajustes, e chamou Sergei novamente.

Dessa vez, quando ele respondeu, David disse:

— Parece que a voz está vindo de debaixo de nós.

— Talvez não — respondeu Zoya. — A acústica pode estar nos enganando.

Maly foi mais para dentro da passagem.

— Não, ele está certo. O chão deve ter desabado no segmento deles do túnel.

Levamos praticamente duas horas para encontrá-los e tirá-los dos escombros – Tolya suspendendo o solo, Maly gritando as direções, os Aeros estabilizando as laterais do túnel com ar enquanto eu mantinha uma iluminação fraca, e os demais formavam uma fileira para mover pedras e areia.

Quando encontramos Stigg e Sergei, eles estavam cobertos de lama e quase em coma.

— Diminuímos nossa pulsação — Sergei murmurou, grogue. — Respiração lenta. Menos uso de ar.

Tolya e Tamar os trouxeram de volta, acelerando seus batimentos cardíacos e enchendo seus pulmões de oxigênio.

— Não achei que viriam — falou um Stigg ainda zonzo.

— Por quê? — choramingou Genya, limpando suavemente a sujeira em volta dos olhos.

— Ele não tinha certeza de que vocês se importavam — disse Harshaw atrás de mim.

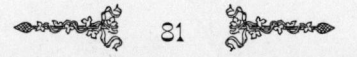

Houve murmúrios de protesto e alguns olhares culpados. Eu pensava em Stigg e Harshaw como forasteiros. E Sergei... Bem, Sergei tinha estado perdido por um tempo. Nenhum de nós havia feito um trabalho muito bom quanto a oferecer uma mão amiga.

Quando Sergei e Stigg puderam andar, voltamos para a parte mais intacta do túnel. Um a um, os Aeros liberaram seu poder, enquanto esperávamos para ver se o teto aguentaria para que pudessem descansar. Nós limpamos o pó e a sujeira do rosto e das roupas uns dos outros o melhor que podíamos, então circulamos um frasco de *kvas*. Stigg se agarrou a ele como se fosse um bebê com uma mamadeira.

— Todos estão bem? — perguntou Maly.

— Melhor do que nunca — disse Genya, trêmula.

David ergueu a mão. — Eu já estive melhor.

Todos começaram a rir.

— O que foi? — disse ele.

— Como você conseguiu fazer aquilo? — Nadia perguntou a Zoya. — Aquele truque do som?

— É só uma forma de criar uma anomalia acústica. Costumávamos brincar com isso na escola para espionar as pessoas em outros quartos.

Genya bufou.

— Claro que brincavam.

— Poderia nos mostrar como fazer? — pediu Adrik.

— Se algum dia eu estiver entediada o suficiente.

— Aeros — disse Maly —, estão prontos para seguirmos novamente?

Todos assentiram. Seus rostos tinham o brilho que vinha com o uso do poder Grisha, mas eu sabia que eles provavelmente estavam perto do limite. Vinham mantendo toneladas de rochas longe de nós por um quilômetro e meio, e precisavam mais do que alguns poucos minutos de descanso para se recuperar.

— Então, vamos dar o fora daqui — disse Maly.

Eu iluminei o caminho, ainda desconfiada de que surpresas podiam estar esperando por nós. Movemo-nos com cautela, Aeros em alerta, nos contorcendo por túneis e passagens até eu perder a noção de que direção estávamos seguindo. Tínhamos desviado bastante do mapa que David e Maly haviam criado.

Cada som parecia ampliado. Cada queda de cascalho nos fazia parar, congelar, esperar pelo pior. Eu tentei pensar em alguma coisa que não fosse o peso do solo acima de nós. Se a terra desabasse e o poder dos Aeros falhasse, seríamos esmagados e ninguém jamais saberia – flores silvestres prensadas e esquecidas entre as páginas de um livro.

Em certo momento, dei-me conta de que minhas pernas estavam se esforçando mais e percebi que a inclinação do chão havia ficado íngreme. Ouvi suspiros de alívio, algumas poucas comemorações, e menos de uma hora depois nos encontramos amontoados em algum tipo de porão, olhando para o fundo de um alçapão.

O solo estava molhado ali, crivado de poças pequenas, sinais de que devíamos estar perto das cidades ribeirinhas. Graças à luz de minhas mãos eu podia ver que as paredes de pedra estavam rachadas, mas se o dano era antigo ou resultado das explosões recentes, eu não podia dizer.

— Como você fez isso? — perguntei a Maly.

Ele deu de ombros.

— Do mesmo jeito de sempre. Há uma perseguição na superfície. Eu só a tratei como uma caçada.

Tolya tirou o relógio velho de David de dentro do bolso de seu casaco. Eu não sabia quando ele o havia adquirido.

— Se esta coisa está marcando a hora correta, passamos bastante do pôr do sol.

— Você tem que dar corda nele todo dia — disse David.

— Eu sei disso.

— Bem, você deu?

— Sim.

— Então ele está marcando a hora certa.

Eu me perguntei se devia lembrar a David que o punho de Tolya era mais grosso que a circunferência de sua cabeça.

Zoya fungou.

— Com a nossa sorte, alguém estará se preparando para a missa da meia-noite.

Muitas das entradas e saídas para os túneis ficavam em lugares sagrados – mas não todas elas. Nós poderíamos emergir na abside de uma igreja ou no pátio de um monastério, ou bater com a cabeça no chão de um bordel. *E que o senhor tenha um bom dia.* Eu contive uma risada descontrolada. Exaustão e medo estavam me deixando tonta.

E se alguém estivesse esperando por nós lá em cima? E se o Apparat tivesse mudado de lado novamente e colocado o Darkling em nosso encalço? Eu não estava pensando direito. Maly acreditava que as explosões tinham sido um ataque aleatório aos túneis, e essa era a única coisa que fazia sentido. O Apparat não podia saber onde estaríamos nem quando. E mesmo que o Darkling descobrisse de algum jeito que estávamos seguindo para Ryevost, por que se importar em usar bombas para nos levar para a superfície? Ele podia simplesmente esperar que aparecêssemos lá.

— Vamos — disse eu. — Sinto como se estivesse sufocando.

Maly sinalizou para Tolya e Tamar ficarem ao meu lado.

— Estejam prontos — disse para eles. — Qualquer sinal de problemas, tirem-na daqui. Sigam pelos túneis diretamente para o oeste o mais longe possível.

Foi só depois que Maly começou a subir a escada que percebi que ficáramos todos para trás, esperando que ele fosse primeiro. Tolya e Tamar eram lutadores mais experientes, e Maly era o único *otkazat'sya* entre nós. Então, por que era ele quem estava assumindo a maior parte do risco? Eu quis chamá-lo de volta, dizer que tomasse cuidado, mas isso apenas soaria absurdo. *Ter cuidado* era algo que não fazíamos mais.

No alto da escada, ele apontou para mim e eu anulei a luz, lançando-nos na escuridão. Ouvi uma batida, o som de dobradiças sendo forçadas, depois um gemido suave e um estalo quando o alçapão se abriu. Nenhuma luz nos banhou, nenhum grito, nenhum tiro.

Meu coração batia forte no peito. Eu segui os sons de Maly se erguendo, seus passos acima de nós. Finalmente, ouvi um fósforo sendo riscado, e a luz brilhou pelo alçapão. Maly assoviou duas vezes, o sinal de que estava tudo certo.

Um a um, subimos a escada. Quando enfiei minha cabeça pelo alçapão, um arrepio percorreu minha espinha. A sala era hexagonal, suas paredes esculpidas no que parecia lápis-lazúli, cada qual guarnecida com painéis de madeira pintados com um Santo diferente, seus halos dourados brilhando com a luz da lamparina. Os cantos estavam carregados de teias de aranha leitosas. A lanterna de Maly repousava em um sarcófago de pedra. Estávamos em uma cripta.

— Perfeito — disse Zoya. — De um túnel para um túmulo. Qual o próximo passo? Um passeio por um matadouro?

— Mezle — disse David, apontando para um dos nomes talhados na parede. — Foram uma antiga família Grisha. Havia até um deles no Pequeno Palácio antes...

— Antes de todo mundo morrer? — Genya completou prestativamente.

— Ziva Mezle — disse Nadia, calmamente. — Ela era uma Aeros.

— Podemos conversar sobre isso em algum outro lugar? — perguntou Zoya. — Eu quero sair daqui.

Eu esfreguei meus braços. Ela tinha razão.

A porta parecia ser de ferro pesado. Tolya e Maly apoiaram seus ombros contra ela enquanto nos ajeitávamos atrás deles, mãos erguidas, Infernais com suas pederneiras preparadas. Eu assumi minha posição na retaguarda, preparada para executar o Corte, se necessário.

— No três — disse Maly.

Eu deixei escapar uma risada. Todo mundo se virou.

Eu corei.

— Bem, provavelmente estamos em um cemitério, e nos encontramos a um passo de sair de um túmulo.

Genya riu.

— Se tiver alguém lá fora, vamos assustá-lo até a alma.

Com a sugestão clara de um sorriso, Maly disse:

— Bem pensado. Vamos começar com um *Uuuuuu*. — Então o sorriso desapareceu. Ele assentiu para Tolya. — Fiquem abaixados.

Ele contou até três e eles empurraram. Os parafusos rangeram e as portas do túmulo foram abertas. Nós esperamos, mas não houve sons de alarme para nos receber.

Devagar, saímos para o cemitério deserto. Tão perto do rio, as pessoas sepultavam seus mortos na superfície em caso de inundação. As tumbas, ordenadas em fileiras como casas de pedra, davam ao lugar inteiro o ar de uma cidade abandonada. Um vento soprou, sacudindo as folhas soltas das árvores e agitando as gramíneas que cresciam em torno dos túmulos menores. Era sinistro, mas eu não me importava. O ar estava quase quente após o frio das cavernas. Estávamos no exterior, pelo menos.

Eu inclinei a cabeça para trás, respirando profundamente. Era uma noite clara, sem lua, e após todos aqueles longos meses no subterrâneo, a vista daquele céu era estonteante. E tantas estrelas... Uma massa brilhante e emaranhada que parecia perto o suficiente para ser tocada. Eu deixei a luz delas cair sobre mim como um bálsamo, agradecida pelo ar em meus pulmões, a noite ao meu redor.

— Alina — disse Maly, calmamente.

Abri meus olhos. Os Grishas me encaravam.

— O que foi?

Ele pegou minhas mãos e as suspendeu na minha frente, como se fôssemos começar uma dança.

— Você está brilhando.

— Ah — respirei. Minha pele estava prateada, envolta pela luz das estrelas. Eu nem havia percebido que estava conjurando. — Ops.

Ele correu um dedo pelo meu braço, onde a manga havia subido, vendo o jogo de luz sobre minha pele, um sorriso curvando seus lábios. De repente, ele se afastou. Soltou minhas mãos como se estivessem quentes.

— Tenha mais cuidado — falou, de modo firme. Ele sinalizou a Adrik que ajudasse Tolya a selar novamente a cripta, então se dirigiu ao o grupo. — Fiquem juntos e se mantenham em silêncio. Precisamos encontrar abrigo antes do amanhecer.

Os outros o seguiram, deixando Maly liderar mais uma vez. Eu fiquei para trás, tirando ativamente a luz da minha pele. Ela me escalava, como se meu corpo estivesse sedento por isso.

Quando Zoya ficou ao meu lado, ela disse:

— Sabe, Starkov, estou começando a achar que deixou seu cabelo branco de propósito.

Eu sacudi uma partícula de luz das estrelas do meu pulso, vendo-a desaparecer.

— Sim, Zoya, cortejar a morte é uma parte essencial do meu regime de beleza.

Ela deu de ombros e olhou para Maly.

— Bem, é um pouco óbvio pro meu gosto, mas diria que o visual de donzela da lua está funcionando como um todo.

A última pessoa com quem eu queria conversar sobre Maly era Zoya, mas suspeitava que aquilo tivesse soado como um elogio. Eu me lembrei dela pegando minha mão durante o desabamento, e quanto ela tinha permanecido forte ao longo daquela jornada.

— Obrigada — disse eu. — Por nos manter a salvo lá embaixo. Por ajudar a salvar Sergei e Stigg.

Mesmo que eu não tivesse sido sincera, o olhar de choque no rosto dela valeu a pena.

— De nada — ela respondeu. Depois ergueu o nariz perfeito no ar e adicionou: — Mas eu não estarei sempre por perto pra salvá-la, Conjuradora do Sol.

Eu sorri e a segui pelo corredor de sepulturas. Pelo menos, ela era previsível.

LEVAMOS TEMPO DEMAIS para sair do cemitério. As fileiras de criptas se alongavam eternamente, um testemunho frio das gerações de que Ravka estivera em guerra. Os caminhos estavam limpos, os túmulos marcados com flores, ídolos pintados, oferendas de doces, pequenas pilhas de munição – singelas gentilezas, mesmo para os mortos. Pensei nos homens e mulheres se despedindo de nós na Catedral Branca, pressionando seus presentes em nossas mãos. Fiquei contente quando finalmente passamos dos portões.

O terror do desmoronamento e as longas horas de caminhada tinham cobrado seu preço, porém Maly estava determinado a nos levar o mais próximo possível de Ryevost antes do amanhecer. Nós seguimos em frente, marchando em paralelo à estrada principal, sem sair dos campos iluminados pelas estrelas. De vez em quando avistávamos uma casa solitária, uma lamparina brilhando na janela. De certa maneira, era um alívio ver esses sinais de vida, pensar em um fazendeiro se levantando à noite para encher seu copo de água, sua cabeça se virando brevemente na direção da janela e da escuridão além.

O céu começara a clarear quando ouvimos os sons de alguém se aproximando pela estrada. Mal tivemos tempo de debandar para a floresta e nos abrigar nos arbustos antes de avistarmos a primeira carroça.

Havia cerca de quinze pessoas no comboio, homens em sua maioria, algumas mulheres, todos com armas em punho. Vi relances e partes de uniformes do Primeiro Exército – calças de tecido comum enfiadas em botas de couro que com certeza não faziam parte do uniforme; um casaco de infantaria livre de seus botões de latão.

Era impossível dizer o que eles transportavam. Sua carga tinha sido coberta por capas de cavalo e amarrada firmemente aos leitos da carroça com cordas.

— Milícia? — Tamar sussurrou.

— Pode ser — disse Maly. — Não sei bem onde uma milícia conseguiria rifles de repetição.

— Se forem contrabandistas, não conheço nenhum deles.

— Eu poderia segui-los — disse Tolya.

— Por que você não dança logo uma valsa no meio da estrada? — Tamar provocou. Tolya mal se aguentava quieto.

— Estou melhorando — disse Tolya, na defensiva. — Além disso...

Maly os silenciou com um olhar.

— Não persiga, não aborde.

Enquanto Maly nos levava mais para dentro da mata, Tolya resmungou:

— Você nem sabe valsar.

ACAMPAMOS EM UMA CLAREIRA perto de um afluente esmirrado do Sokol, o rio alimentado pelas geleiras nos Petrazoi e o centro do comércio nas cidades portuárias. Esperávamos estar longe o suficiente da cidade e das ruas principais para não termos que nos preocupar com pessoas esbarrando em nós.

De acordo com os gêmeos, o ponto de encontro dos contrabandistas ficava em uma praça agitada que fazia divisa com o rio em Ryevost. Tamar já tinha uma bússola e o mapa em mãos. Embora devesse estar tão cansada quanto o restante de nós, ela teria que partir imediatamente para chegar à cidade antes do meio-dia.

Eu odiava deixá-la ir para o que podia ser uma armadilha, mas havíamos concordado que tinha que ser ela. O tamanho de Tolya o deixava muito perceptível, e nenhum de nós sabia como os contrabandistas trabalhavam e como reconhecê-los. Ainda assim, eu estava com os nervos à flor da pele. Nunca havia entendido a fé dos gêmeos e o que eles estavam dispostos a arriscar por ela. Mas quando havia chegado a hora de escolher entre mim e o Apparat, eles mostraram sua lealdade de maneira inequívoca.

Eu dei um rápido aperto de mão em Tamar.

— Não faça nada imprudente.

Nadia estava zanzando por perto. Então ela pigarreou e beijou Tamar uma vez em cada bochecha.

— Se cuide — disse ela.

Tamar lhe mostrou seu sorriso de Sangradora.

— Se alguém quiser problema — disse ela, abrindo o casaco para revelar os cabos de seus machados —, eu tenho uma fornada fresca.

Eu olhei para Nadia. Tive a ligeira impressão de que Tamar estava se exibindo.

Ela colocou seu capuz e partiu correndo por entre as árvores.

— *Yuyeh sesh* — Tolya gritou atrás dela em shu.

— *Ni weh sesh* — ela gritou por sobre o ombro. E então se foi.

— O que aquilo significa?

— É algo que nosso pai nos ensinou — Tolya respondeu.

— *Yuyeh sesh*: "despreze seu coração". Mas essa é a tradução literal. O significado real está mais para "faça o que precisa ser feito – seja cruel se tiver de ser".

— E a outra parte?

— *Ni weh sesh*? "Eu não tenho coração".

Maly ergueu uma sobrancelha.

— Seu pai parece ser divertido.

Tolya deu aquele sorriso levemente louco que o deixava parecido com a irmã.

— Ele era.

Eu olhei novamente para o caminho por onde Tamar havia partido. Em algum lugar além das árvores e dos campos ficava Ryevost. Enviei minhas próprias orações a ela: *Traga notícias sobre um príncipe, Tamar. Não acho que posso fazer isso sozinha.*

NÓS DESENROLAMOS OS SACOS DE DORMIR e dividimos a comida. Adrik e Nadia começaram a erguer uma tenda enquanto Tolya e Maly vasculhavam o perímetro, demarcando onde os guardas ficariam. Eu vi Stigg tentando convencer Sergei a comer. Tinha esperanças de que estar na superfície pudesse animá-lo, mas, embora Sergei parecesse menos apavorado, ainda podia sentir a tensão dele vindo em ondas.

Na verdade, estávamos todos agitados. Por mais agradável que fosse dormir sob as árvores e ver o céu novamente, isso também era opressor. A vida na Catedral Branca tinha sido miserável, mas gerenciável. Aqui em cima, as coisas pareciam mais selvagens, além do meu controle. Milícias e homens do Darkling percorriam essas terras. Achássemos Nikolai ou não, tínhamos voltado a essa guerra, e isso significava mais batalhas, mais vidas perdidas. De repente, o mundo parecia enorme outra vez. E eu não tinha certeza se gostava disso.

Olhei para o nosso acampamento: Harshaw já enrolado e cochilando com Ongata em seu peito; Sergei pálido e vigilante; David com as costas apoiadas em uma árvore, um livro nas mãos enquanto Genya adormecia com a cabeça em seu colo; Nadia e Adrik lutando com estacas e lonas enquanto Zoya observava sem se preocupar em ajudar.

Despreze seu coração. Eu queria. Não queria mais sofrer, nem me sentir perdida ou culpada, ou preocupada. Queria ser firme, calculista. Queria ser destemida. No subterrâneo, isso parecera possível. Aqui, no bosque, com essas pessoas, não tinha tanta certeza.

Devo ter cochilado em algum momento, porque, quando acordei, a tarde estava no fim e o sol descia oblíquo pelas árvores. Tolya estava ao meu lado.

— Tamar voltou — disse ele.

Eu me sentei, plenamente acordada. Mas o olhar no rosto de Tolya era severo.

— Ninguém a abordou?

Ele balançou a cabeça. Eu endireitei meus ombros. Não queria que ninguém visse minha decepção. Devia estar grata por Tamar ter entrado e saído da cidade em segurança.

— Maly já sabe?

— Não — disse Tolya. — Ele está enchendo os cantis no lago. Harshaw e Stigg estão de guarda. Devo chamá-los?

— Isso pode esperar.

Tamar estava recostada em uma árvore, bebendo água de uma caneca miúda enquanto os outros se reuniam ao redor dela para ouvir seu relato.

— Algum problema? — perguntei.

Ela balançou a cabeça.

— E tem certeza de que esteve no lugar certo? — disse Tolya.

— O lado oeste da praça do mercado. Cheguei lá cedo, fiquei até tarde, falei com o lojista, vi a mesma apresentação de marionetes quatro vezes. Se o posto estivesse ativo, alguém teria falado comigo.

— Podemos tentar novamente amanhã — sugeriu Adrik.

— Eu devia ir — disse Tolya. — Você ficou muito tempo lá. Se aparecer de novo, as pessoas podem notar.

Tamar limpou a boca com o dorso da mão. — Se eu esfaquear o titereiro, isso chamará muita atenção?

— Não se você for silenciosa — respondeu Nadia.

Suas bochechas ficaram vermelhas quando todos nos viramos para ela. Eu nunca tinha ouvido Nadia fazer uma piada. Ela fora basicamente uma espectadora para Marie.

Tamar deslizou uma adaga de seu pulso e a girou, equilibrando a extremidade afiada na ponta de um dedo.

— Eu posso ser silenciosa — disse ela —, e piedosa. Posso deixar as marionetes vivas. — Ela bebeu outro gole de água. — Eu ouvi algumas notícias também. Ótimas notícias. Ravka Oeste passou para o lado de Nikolai.

Aquilo atraiu nossa atenção.

— Eles estão bloqueando a costa oeste da Dobra — ela prosseguiu. — Então, se o Darkling quiser armas ou munição...

— Terá que passar por Fjerda — concluiu Zoya.

Mas a notícia ia além disso. Significava que o Darkling tinha perdido a costa de Ravka Oeste, sua marinha, o acesso já delicado que Ravka tinha para comerciar.

— Ravka Oeste agora — disse Tolya. — Talvez Shu Han em seguida.

— Ou Kerch — disse Zoya.

— Ou os dois! — comemorou Adrik.

Eu quase podia sentir o fiapo de esperança abrindo seu caminho por nossas tropas.

— E agora? — perguntou Sergei, puxando ansioso sua manga.

— Vamos esperar mais um dia — disse Nadia.

— Eu não sei — disse Tamar. — Não me importo de voltar. Mas havia *oprichniki* na praça hoje.

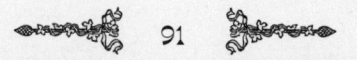

Um sinal nada bom. Os *oprichniki* eram soldados pessoais do Darkling. Se estavam rondando a área, tínhamos um bom motivo para ir embora assim que possível.

— Vou falar com Maly — disse eu. — Não fiquem muito confortáveis. Talvez precisemos estar prontos para partir pela manhã.

Os outros se dispersaram enquanto Tamar e Nadia se afastaram para dar uma olhada nos mantimentos. Tamar continuava jogando e girando sua faca – definitivamente se exibindo, mas Nadia não parecia se importar.

Eu tomei meu rumo na direção do som da água, tentando ordenar meus pensamentos. Se Ravka Oeste tinha ficado do lado de Nikolai, esse era um sinal muito importante de que ele estava vivo, bem e causando mais problemas para o Darkling do que qualquer um na Catedral Branca tinha se dado conta. Eu estava aliviada, mas incerta de qual deveria ser nosso próximo passo.

Quando alcancei o lago, Maly estava agachado no raso, descalço e sem camisa, suas calças enroladas na altura dos joelhos. Ele observava a água com a expressão concentrada, mas, ao ouvir o som da minha aproximação, ficou em pé rapidamente, já buscando seu rifle.

— Sou só eu — falei, saindo do bosque.

Ele relaxou e se abaixou de novo, voltando a olhar para o riacho.

— O que está fazendo aqui?

Por um momento, apenas o observei. Ele permaneceu perfeitamente quieto, então, de repente, enfiou as mãos no córrego e puxou um peixe que se contorcia. Ele o jogou na água de novo. Não havia sentido em levá-lo se não podíamos nos arriscar a fazer uma fogueira para cozinhá-lo.

Eu o tinha visto pescar assim em Keramzin, mesmo no inverno, quando o lago de Trivka congelava. Ele sabia exatamente onde quebrar o gelo, onde lançar a linha ou o momento de enfiar a mão. Eu esperava nas margens, fazendo companhia, tentando identificar lugares nas árvores onde os pássaros armavam seus ninhos.

Era diferente agora, a água refletindo brilhos de luz sobre os planos de seu rosto, o jogo suave de músculos sob sua pele. Eu percebi que o encarava e me dei uma sacudida. Já o tinha visto sem camisa antes. Não havia razão para ser uma idiota sobre isso.

— Tamar voltou — falei.

Ele continuou parado, todo o interesse no peixe perdido.

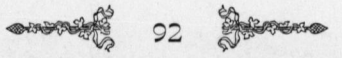

— E?

— Nenhum sinal dos homens de Nikolai.

Maly suspirou e esfregou a mão no cabelo.

— Droga.

— Poderíamos esperar mais um dia — sugeri, embora já soubesse o que ele diria.

— Já perdemos muito tempo. Não sei quantos dias levaremos para chegar ao sul ou encontrar o pássaro de fogo. Tudo o que não precisamos é ficar presos nas montanhas quando nevar. E temos que encontrar um abrigo para os outros.

— Tamar disse que Ravka Oeste passou para o lado de Nikolai. E se os deixássemos lá?

Ele ponderou.

— Essa é uma longa jornada, Alina. Perderíamos muito tempo.

— Eu sei, mas é mais seguro do que algum lugar deste lado da Dobra. E é outra chance de encontrarmos Nikolai.

— Pode ser menos perigoso seguir para o sul daquele lado também. — Ele assentiu. — Tudo bem. Precisamos avisar os outros. Quero partir hoje à noite.

— Hoje à noite?

— Não faz sentido esperar por aqui

Ele vadeou para fora da água, pés descalços se firmando nas pedras.

Não chegou a dizer "dispensada", mas poderia ter dito. O que mais havia para conversar a respeito?

Eu comecei a andar na direção do acampamento, então lembrei que não havia contado sobre os *oprichniki*. Marchei de volta ao riacho.

— Maly... — comecei, mas as palavras morreram nos meus lábios. Ele havia se dobrado para pegar os cantis. As costas viradas para mim.

— O que é isso? — falei com raiva.

Ele se virou, girando ao redor, mas era tarde demais. Ele abriu a boca. Antes que ele conseguisse dizer uma palavra, disparei:

— Se você falar "nada", vou nocauteá-lo.

Sua boca se fechou.

— Vire-se — ordenei.

Por um momento, ele apenas ficou lá em pé. Em seguida, suspirou e se virou.

Uma tatuagem se esticava por suas costas largas, algo como uma rosa dos ventos, mas mais parecido com um sol, as pontas indo de ombro a ombro e descendo pela coluna.

— Por quê? — perguntei. — Por que faria isso?

Ele deu de ombros e seus músculos flexionaram sob o desenho intrincado.

— Maly, por que você se marcaria dessa forma?

— Tenho muitas cicatrizes — disse ele, enfim. — Esta aqui eu escolhi.

Olhei mais de perto. Havia letras trabalhadas no desenho. *E'ya sta rezku*. Eu franzi a testa. Aquilo parecia ravkano antigo.

— O que isso significa?

Ele não disse nada.

— Maly...

— É constrangedor.

E, nitidamente, pude ver um rubor se espalhar em seu pescoço.

— Me conte.

Ele hesitou, então pigarreou e murmurou:

— Eu me torno uma espada.

Eu me torno uma espada. Era isso que ele era? Esse garoto que os Grishas haviam seguido sem contestar, cuja voz permaneceu firme quando a terra caiu ao nosso redor, que me disse que eu seria uma rainha? Eu não sabia se ainda o reconhecia.

Esfreguei os dedos sobre as letras. Ele se retesou. Sua pele ainda estava molhada do rio.

— Poderia ser pior — falei. — Quer dizer, se estivesse escrito "Vamos nos abraçar bem grudadinhos", ou "Eu me torno um pudim de gengibre", isso seria embaraçoso.

Ele deixou escapar uma risada de surpresa, então soltou a respiração num assovio e deixou meus dedos percorrerem a extensão de sua coluna. Seus punhos se cerraram ao lado do corpo. Eu sabia que devia me afastar, mas não queria.

— Quem fez isso?

— Tolya — disse ele.

— Doeu?

— Menos do que deveria.

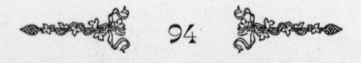

Alcancei a ponta mais distante do sol, bem na base de sua coluna. Parei, depois arrastei meus dedos para cima. Ele se virou depressa, pegando minha mão com firmeza.

— Não — disse ele, ferozmente.

— Eu...

— Eu não posso fazer isso. Não se me fizer rir, não se me tocar dessa maneira.

— Maly...

De repente, sua cabeça se ergueu e ele colocou um dedo nos lábios.

— Mãos na cabeça. — A voz veio das sombras das árvores. Maly se abaixou para pegar o rifle e o colocou no ombro em segundos, mas três pessoas já estavam saindo do bosque, dois homens e uma mulher com um topete no cabelo, os canos de suas armas apontados para nós. Eu pensei reconhecê-los do comboio que tínhamos visto na estrada.

— Baixe a arma — disse um homem com um cavanhaque curto. — A não ser que queira ver sua namorada cheia de furos de balas.

Maly largou o rifle na pedra.

— Venha — disse o homem. — Devagar e com calma.

Ele usava um casaco do Primeiro Exército, mas não parecia com nenhum soldado que eu já tinha visto. Seu cabelo era longo e embolado, mantido afastado dos olhos por duas tranças desarrumadas. Ele vestia cintos de munição atravessados em seu peito e um colete manchado que devia ter sido vermelho um dia, mas agora estava desbotando para uma cor entre ameixa e marrom.

— Preciso das minhas botas — disse Maly.

— Menor chance de você fugir sem elas.

— O que você quer?

— Você pode começar com respostas — disse o homem. — Tem uma cidade aqui perto, cheia de lugares mais confortáveis para se entocar. Então, por que uma dúzia de pessoas está se escondendo na floresta? — Ele deve ter visto a minha reação, porque disse: — Isso mesmo. Achei o acampamento de vocês. Vocês são desertores?

— Sim — disse Maly, tranquilamente. — Viemos de Kerskii.

O homem coçou a bochecha.

— Kerskii? Talvez — disse ele. — Mas... — Deu um passo adiante. — Oretsev?

Maly enrijeceu, então disse:

— Luchenko?

— Pelos Santos, eu não vejo você desde que sua unidade treinou comigo em Poliznaya. — Ele se virou para os outros homens. — Esse cretininho era o melhor rastreador dos dez regimentos. Nunca vi nada parecido. — Ele estava rindo, mas não baixou o rifle. — E agora você é o desertor mais famoso de toda a Ravka.

— Só estou tentando sobreviver.

— Você e eu, camarada. — Ele apontou para mim. — Ela não é o seu tipo habitual.

Se não houvesse um rifle apontado para a minha cara, o comentário poderia ter me irritado.

— Mais um soldado do Primeiro Exército, como nós.

— Como nós, hein? — Luchenko me cutucou com sua arma. — Tire o cachecol.

— É que o ar tá meio frio — falei.

Luchenko me deu outra cutucada.

— Anda logo, garota.

Eu olhei para Maly. Podia vê-lo ponderando as opções. Estávamos muito próximos. Eu poderia fazer algum estrago sério com o Corte, mas não antes de os milicianos darem alguns tiros. Poderia cegá-los, mas, se começasse um tiroteio, o que aconteceria com as pessoas no acampamento?

Eu dei de ombros e tirei o cachecol do pescoço com um puxão. Luchenko deu um assovio baixo.

— Ouvi dizer que estava mantendo uma companhia abençoada, Oretsev. Parece que capturamos uma Santa. — Ele inclinou a cabeça para um lado. — Achei que ela fosse mais alta. Amarrem os dois.

Mais uma vez, Maly e eu nos entreolhamos. Ele queria que eu fizesse algo, eu podia sentir. Enquanto minhas mãos não fossem atadas, eu poderia conjurar e controlar a luz. Mas, e os outros Grishas?

Estiquei as mãos e deixei a mulher amarrar meus pulsos com uma corda.

Maly suspirou e fez o mesmo.

— Não posso ao menos vestir minha camisa? — ele perguntou.

— Não — disse ela, olhando-o de soslaio. — Gosto da vista.

Luchenko riu.

— A vida é engraçada, não é? — ele filosofou, enquanto nos escoltava para dentro da floresta sob a mira das armas. — Tudo que sempre quis foi uma gota de sorte para dar sabor ao meu chá. E agora estou me afogando nela. O Darkling esvaziará os cofres para ter vocês dois entregues em sua porta.

— Você vai me entregar assim tão facilmente? — falei. — Idiota.

— Muita ladainha para uma garota com um rifle em suas costas.

— É só um bom negócio — disse eu. — Você acha que Fjerda ou Shu Han não pagariam uma pequena fortuna, ou até mesmo uma enorme fortuna, para colocar as mãos na Conjuradora do Sol? Quantos homens você tem?

Luchenko olhou por sobre o ombro e balançou o dedo para mim como um professor. Bem, foi uma boa tentativa.

— Tudo o que queria dizer — continuei inocentemente —, é que poderia me leiloar e vender pelo maior lance, mantendo todos os seus homens gordos e felizes pelo resto de seus dias.

— Eu gosto do jeito que ela pensa — disse a mulher com o topete.

— Não seja gananciosa, Ekaterina — disse Luchenko. — Não somos embaixadores ou diplomatas. A recompensa pela cabeça dessa garota irá garantir a todos nós uma passagem pela fronteira. Talvez eu pegue um navio para fora de Djerholm. Ou talvez só me acabe com a mulherada pelo resto dos meus dias.

A imagem desagradável de Luchenko saltitando entre um bando de fjerdanas curvilíneas saiu da minha cabeça assim que entramos na clareira. Os Grishas tinham sido conduzidos para o centro do lugar e estavam cercados por um círculo de aproximadamente trinta milicianos armados. Tolya sangrava muito no que parecia ser um golpe desferido na cabeça. Harshaw estivera de guarda, e só de olhar para ele vi que tinha tomado um tiro. Ele estava pálido, balançando em pé, segurando a ferida na lateral do corpo e ofegando enquanto Ongata miava.

— Está vendo? — disse Luchenko. — Com esse presente inesperado, não preciso me preocupar com a maior oferta.

Eu parei na frente dele, mantendo minha voz tão alta quanto podia.

— Deixe-os ir — falei. — Se entregá-los para o Darkling, eles serão torturados.

— E daí?

Eu engoli a onda de raiva que passou por mim. Ameaças não me levariam a lugar algum.

— Um prisioneiro vivo é mais valioso do que um cadáver — falei humildemente. — Pelo menos, me solte para que eu possa cuidar das lesões dos meus amigos.

E para que eu possa massacrar sua milícia com um movimento do meu punho.

Ekaterina estreitou os olhos.

— Não faça isso — disse ela. — Deixe que um dos sangradores cuide dele.

Ela me deu um soco nas costas e nos colocou no grupo com os outros.

— Viram esse colar? — Luchenko perguntou à multidão. — Nós capturamos a Conjuradora do Sol!

Houve exclamações e alguma empolgação do restante da milícia.

— Então, comecem a pensar em como vão gastar todo o dinheiro do Darkling.

Eles comemoraram.

— Por que não a oferecer como refém a Nikolai Lantsov? — disse um soldado de algum lugar próximo ao fundo do círculo. Agora que eu estava no meio da clareira, parecia haver ainda mais deles.

— Lantsov? — disse Luchenko. — Se ele tivesse um cérebro na cabeça, estaria vivendo tranquilamente em algum lugar quente com uma garota bonita em seu colo. Isso se ele estiver vivo.

— Ele está vivo — disse alguém.

Luchenko cuspiu.

— Não faz diferença pra mim.

— E para o seu país? — perguntei.

— E o que o meu país já fez por mim, garotinha? Nenhuma terra, nenhuma vida, apenas um uniforme e uma arma. Não importa se é o Darkling ou algum Lantsov inútil que está no trono.

— Eu vi o príncipe quando estive em Os Alta — disse Ekaterina. — Até que ele não é feio.

— Até que ele não é feio? — disse outra voz. — Ele é odiosamente bonito.

Luchenko fez uma careta.

— Desde quando...

— Bravo na batalha, esperto como uma raposa. — Agora a voz parecia estar vindo de cima de nós. Luchenko virou o pescoço, espiando por entre as árvores. — Um excelente dançarino — disse a voz. — Ah, e um atirador melhor ainda.

— Quem... — Luchenko nunca chegou a terminar a frase. Uma explosão ecoou, e um pequeno buraco escuro apareceu entre seus olhos.

Eu arfei, surpresa.

— Imposs...

— Não diga isso — murmurou Maly.

Então o caos irrompeu.

Capítulo 6

O TIROTEIO EXPLODIU ao nosso redor, e Maly me derrubou no chão. Eu caí de cara nas folhas e senti o corpo dele me protegendo.

— Fique abaixada! — ele gritou.

Virei a cabeça para o lado e vi os Grishas formando um círculo ao nosso redor. Harshaw estava no chão, mas Stigg tinha sua pederneira em mãos, e as chamas dispararam pelo ar. Tamar e Tolya tinham entrado no combate. Zoya, Nadia e Adrik ergueram as mãos, e folhas levantaram em rajadas do solo da floresta, mas era difícil distinguir amigo de inimigo no emaranhado de homens armados.

Houve um barulho repentino ao nosso lado quando alguém mergulhou da copa das árvores.

— O que vocês dois estão fazendo descalços e seminus na lama? — perguntou a voz familiar. — Procurando por trufas, espero eu?

Nikolai cortou as amarras em nossos pulsos e me ergueu.

— Da próxima vez, tentarei ser capturado. Só pra manter as coisas interessantes. — Ele jogou um rifle para Maly. — Podemos?

— Eu não sei dizer quem é quem! — protestei.

— Nós somos o lado em desvantagem desesperadora.

Infelizmente, ele não estava brincando. Conforme os soldados se moviam e minha cabeça voltava a funcionar, foi mais fácil distinguir os homens de Nikolai por suas braçadeiras azul-claras. Eles abriram caminho pela milícia de Luchenko, mas, mesmo sem o seu líder, o inimigo estava se reagrupando.

Ouvi um grito. Os homens de Nikolai avançaram, tendo os Grishas à frente deles. Nós estávamos sendo conduzidos.

— O que está havendo? — perguntei.

— Esta é a parte em que fugimos — disse Nikolai, de maneira agradável, mas eu podia ver a tensão em seu rosto sujo.

Nós nos embrenhamos pelas árvores, tentando manter o ritmo enquanto Nikolai corria pela floresta. Eu não podia dizer para onde estávamos indo. Rumo ao riacho? À estrada? Eu tinha perdido completamente o senso de direção.

Olhei para trás, contando os outros, garantindo que ficássemos juntos. Os Aeros estavam conjurando um atrás do outro, derrubando árvores no caminho da milícia. Stigg vinha logo atrás, enviando jorros de fogo. David tinha, de alguma maneira, conseguido recuperar sua mochila e cambaleava sob o peso dela enquanto corria ao lado de Genya.

— Largue isso! — gritei, mas, se ele ouviu, me ignorou.

Tolya trazia Harshaw sobre o ombro, e o peso do grande Infernal estava retardando seu ritmo. Um soldado se aproximava deles, sabre em punho. Tamar se arqueou sobre um tronco caído, mirou com sua pistola e atirou. Um segundo depois, o miliciano apertou o peito e tombou no meio do caminho.

Ongata passou correndo pelo corpo, rápida, nos calcanhares de Tolya.

— Onde está Sergei? — gritei assim que o vi ficar para trás, com uma expressão desnorteada. Tamar recuou, desviando de árvores caídas e do fogo, e o puxou à força. Eu não conseguia ouvir o que ela gritava, mas não acho que fosse algum encorajamento gentil.

Eu cambaleei. Maly segurou meu cotovelo e me empurrou para a frente, virando-se para disparar dois tiros de seu rifle. Em seguida, chegamos a um campo de cevada.

Apesar do sol do fim da tarde, o campo estava envolto em névoa. Nós corremos sobre o solo pantanoso até que Nikolai gritou:

— Aqui!

Paramos abruptamente, levantando nuvens de sujeira. *Aqui?* Estávamos no meio de um campo vazio com nada além de neblina para nos cobrir e uma multidão de milicianos sedentos por vingança e fortuna em nosso encalço.

Ouvi dois assovios estridentes soarem. O chão tremeu embaixo de mim.

— Segurem-se firme! — disse Nikolai.

— No quê? — perguntei.

E então estávamos subindo. Cabos se encaixaram em seus lugares ao nosso lado enquanto o próprio campo parecia subir. Eu olhei para cima – a névoa estava se rompendo, e uma embarcação enorme pairou diretamente sobre nossas cabeças, o seu compartimento de carga aberto. Era uma espécie de barca rasa, equipada com velas em uma extremidade e suspensa sob um enorme balão oblongo.

— O que diabos é isso? — disse Maly.

— O *Pelicano* — disse Nikolai. — Bem, um protótipo do *Pelicano*. O truque parece ser impedir o balão de cair.

— E você resolveu esse pequeno problema?

— A maior parte.

O solo embaixo de nós despencou, e vi que estávamos em uma plataforma oscilante feita de algum tipo de malha metálica. Subimos mais – três, quatro metros acima do chão. Uma bala ricocheteou contra o metal.

Nós assumimos postos na borda da plataforma, nos segurando nos cabos enquanto tentávamos mirar no grupo que atirava contra nós.

— Vamos lá! — gritei. — Por que não estamos saindo do alcance deles?

Nikolai e Maly se entreolharam.

— Eles sabem que estamos com a Santa do Sol — disse Nikolai. Maly assentiu, pegou uma pistola e deu uma cutucada rápida em Tolya e Tamar.

— O que estão fazendo? — perguntei, entrando em pânico de repente.

— Não podemos deixar sobreviventes — disse Maly. Então ele mergulhou da borda. Eu gritei, mas ele se enfiou em uma fileira de soldados e começou a atirar.

Tolya e Tamar o seguiram, atacando os milicianos remanescentes enquanto Nikolai e sua tripulação tentavam dar cobertura de cima. Vi um dos milicianos se separar e correr para o bosque. Tolya acertou uma bala nas costas de sua vítima e, antes que o corpo tivesse caído no chão, o gigante já estava se virando, a mão formando um punho que esmagou o coração de outro soldado que se aproximava por trás segurando uma faca.

Tamar correu diretamente para Ekaterina. Seus machados cortaram duas vezes e a miliciana caiu, seu topete esparramado ao lado de sua forma sem vida, preso a um pedaço de escalpo. Outro homem puxou a pistola mirando em Tamar, mas Maly estava em cima dele, a faca cortando impiedosamente a sua garganta. *Eu me torno uma espada.* E então não havia mais ninguém vivo, apenas corpos em um campo.

— Venham! — Nikolai gritou enquanto a plataforma subia mais. Ele arremessou um cabo. Maly firmou os pés no chão, esticando a corda para que Tamar e Tolya pudessem escalá-la. Assim que os gêmeos chegaram à plataforma, Maly enroscou o tornozelo e o pulso no cabo e eles se inclinaram para içá-lo.

Foi quando eu vi movimento atrás dele. Um homem havia se levantado da terra, coberto de lama e sangue, sabre erguido diante dele.

— Maly! — eu gritei. Mas era tarde demais, seus braços e pernas estavam enrolados na corda.

O soldado rugiu e atacou. Maly esticou a mão inútil para se defender.

Luz brilhou na lâmina do soldado. Seu braço parou no meio do ataque e o sabre caiu de seus dedos. Então seu corpo se abriu, dividindo-se ao meio como se alguém tivesse traçado uma linha quase perfeita do topo de sua cabeça até a virilha, uma linha que brilhou enquanto ele caía em pedaços.

Maly olhou para cima. Eu permaneci na borda da plataforma, minhas mãos ainda brilhando com o poder do Corte. Cambaleei. Nikolai me puxou para trás antes que eu pisasse fora da beira. Eu me soltei dele, correndo para o fim da plataforma e vomitando do outro lado.

Agarrei-me ao metal frio, me sentindo uma covarde. Maly e os gêmeos tinham saltado para a batalha para garantir que o Darkling não descobrisse nossa localização. Eles não haviam hesitado. Haviam matado com eficiência impiedosa. Eu havia tirado uma vida e estava curvada como uma criança, limpando o vômito dos meus lábios.

Stigg enviou fogo para consumir os corpos no campo. Eu não havia parado para pensar que um corpo cortado ao meio denunciaria a minha presença tanto quanto um informante.

Momentos depois, a plataforma foi içada para o compartimento de carga do *Pelicano*, e seguimos nosso caminho. Quando emergimos sobre o convés, o sol brilhava a bombordo enquanto entrávamos nas nuvens. Nikolai gritou suas ordens. Uma equipe de Aeros tripulou o losango gigante de um balão, enquanto outra preenchia as velas com vento. Hidros envolveram a base da embarcação com névoa para impedir que alguém nos avistasse do chão. Reconheci alguns dos Grishas fugitivos dos dias em que Nikolai se disfarçara de Sturmhond e Maly e eu tínhamos sido mantidos prisioneiros a bordo de sua nave.

Esta embarcação era mais larga e menos graciosa do que o *Beija-flor* ou o *Martim-pescador*. Logo descobri que havia sido construída para transportar carga – remessas de armas zemenis que Nikolai contrabandeava pelas fronteiras norte e sul e ocasionalmente pela Dobra. Ela não fora construída com madeira, mas com alguma substância leve feita por Fabricadores que deixou David maluco. Ele chegou a se deitar no convés para ter uma vista melhor, batendo aqui e ali.

— É algum tipo de resina de ligamento, mas foi reforçada com... fibras de carbono?

— Vidro — disse Nikolai, parecendo completamente satisfeito com o entusiasmo de David.

— Mais flexível! — disse David, quase em êxtase.

— O que posso dizer? — perguntou Genya, secamente. — Ele é um homem passional.

A presença de Genya me preocupava um pouco, mas Nikolai nunca a tinha visto com as cicatrizes e pareceu não a reconhecer. Eu circulei com Nadia, sussurrando alguns lembretes aos nossos Grishas sobre não usar seus nomes reais.

Um membro da tripulação me ofereceu um copo de água para eu poder enxaguar minha boca e lavar meu rosto e mãos. Aceitei com as bochechas queimando, envergonhada da minha exibição nos fundos da plataforma.

Quando terminei, apoiei os cotovelos na balaustrada e olhei pela névoa a paisagem lá embaixo: campos pintados de vermelho e dourado do outono, brilho azul-acinzentado das cidades ribeirinhas e seus portos movimentados. O poder louco de Nikolai era tal que mal pensei duas vezes sobre o fato de estarmos voando. Eu já havia estado a bordo de suas embarcações menores e, definitivamente, preferia a sensação do *Pelicano*. Havia algo imponente nele. Talvez não nos levasse a lugar algum com rapidez, mas tampouco viraria pelo caminho.

De quilômetros abaixo da terra a quilômetros acima. Eu mal podia acreditar nisso tudo – que Nikolai tinha nos encontrado, que estávamos seguros, que estávamos todos ali. Uma onda de alívio passou por mim, fazendo meus olhos lacrimejarem.

— Primeiro vômito, agora lágrimas — disse Nikolai, vindo para o meu lado. — Não diga que perdi meu charme.

— Só estou feliz por você estar vivo — falei, rapidamente piscando para limpar os olhos. — Embora tenha certeza de que você me convencerá do contrário.

— Também estou feliz em ver você. Ouvi dizer que estava no subterrâneo, mas era mais como se tivesse desaparecido por completo.

— Foi como ser enterrada viva.

— O resto do seu grupo está lá?

— São só esses.

— Você não está dizendo...

— Isso é tudo que resta do Segundo Exército. O Darkling tem os Grishas dele e você tem os seus, mas... — Eu parei de falar.

Nikolai analisou o convés. Maly e Tolya conversavam concentrados com um membro da tripulação de Nikolai, ajudando-o a amarrar cordas e manobrar uma vela. Alguém tinha dado uma jaqueta a Maly, mas ele ainda precisava de um par de botas. David passava as mãos pelo convés como se fosse desaparecer dentro dele. Os outros estavam juntos em pequenos grupos: Genya havia se unido a Nadia e outros Etherealki. Stigg tinha ficado preso com Sergei, que caiu no convés, a cabeça enterrada em suas mãos. Tamar cuidava dos ferimentos de Harshaw enquanto Ongata enfiava as garras nas pernas dele, os pelos dela arrepiados. A gata malhada obviamente não gostava de voar.

— É tudo que resta — repetiu Nikolai.

— Um Curandeiro preferiu permanecer no subsolo. — Após um longo minuto, perguntei: — Como nos encontrou?

— Não encontrei, na verdade. Milícias vêm rapinando nossas rotas de contrabando. Não podíamos nos dar ao luxo de perder outro carregamento, por isso vim atrás de Luchenko. Então Tamar foi vista na praça, e quando percebemos que eles estavam partindo para cima do seu acampamento, pensei: *por que não pegar a garota...*

— E as armas?

Ele sorriu.

— Exatamente.

— Ainda bem que tivemos o bom senso de ser capturados.

— Raciocínio muito rápido de sua parte. Meus parabéns.

— Como estão o Rei e a Rainha?

Ele bufou e disse:

— Estão bem. Entediados. Há pouco para fazer. — Ele ajustou o punho do casaco. — Eles sentiram profundamente a perda de Vasily.

— Sinto muito — falei. Na verdade, eu não havia pensado muito no irmão mais velho de Nikolai.

— Ele colheu o que plantou, mas estou surpreso de dizer que sinto muito também.

— Eu preciso saber... Você conseguiu tirar Baghra de lá?

— Com muitos problemas e poucos agradecimentos. Você devia ter me alertado sobre ela.

— Ela é uma ameaça, não é?

— Como uma praga nefasta. — Ele estendeu a mão e puxou uma mecha do meu cabelo branco. — Escolha audaciosa.

Eu empurrei as mechas soltas para trás da orelha, de modo consciente.

— É a última tendência no subterrâneo.

— É?

— Isso aconteceu durante a batalha. Eu achei que voltaria ao normal, mas parece permanente.

— Meu primo Ludovic acordou com uma faixa branca no cabelo após quase morrer em um incêndio em casa. Disse que as mulheres acharam muito elegante. É claro, ele também disse que o incêndio foi causado por fantasmas, então, sabe-se lá.

— Pobre primo Ludovic.

Nikolai se apoiou novamente na balaustrada e estudou os balões atados sobre nós. A princípio, assumi que se tratava de lona, mas agora pensei que poderia ser seda revestida de borracha.

— Alina... — ele começou. Eu estava tão desacostumada a ver Nikolai pouco à vontade que levei um instante para perceber que ele lutava com as palavras. — Alina, na noite em que o palácio foi atacado, eu realmente voltei.

Era isso que o estava preocupando? Que eu pensasse que ele havia me abandonado?

— Eu nunca duvidei. O que você viu?

— O solo estava negro quando o sobrevoei. Havia fogo em alguns lugares. Eu vi os discos de David estilhaçados no telhado e no gramado do Pequeno Palácio. A capela tinha desabado. Havia *nichevo'ya* rastejando sobre os destroços. Pensei que ficaríamos encrencados, mas eles não olharam uma segunda vez para o *Martim-pescador*.

Eles não iriam, não com o mestre deles preso e morrendo embaixo de uma pilha de escombros.

— Eu tinha esperanças de que houvesse algum jeito de recuperar o corpo de Vasily — disse ele. — Mas não deu certo. O lugar inteiro tinha sido invadido. O que aconteceu?

— Os *nichevo'ya* atacaram o Pequeno Palácio. Quando cheguei, um dos discos já estava destruído. — Enfiei a unha no balaústre, arranhando uma pequena meia-lua. — Nunca tivemos uma chance.

Eu não queria pensar no salão principal manchado de sangue, nos corpos espalhados por cima do telhado, pelo chão, pelas escadas... Amontoados azuis, vermelhos e roxos.

— E o Darkling?

— Tentei matá-lo.

— Como esperado.

— Me matando junto.

— Entendi.

— Eu derrubei a capela — falei.

— Você...

— Bem, os *nichevo'ya* derrubaram, mas sob meu comando.

— Você pode comandá-los?

Eu já conseguia vê-lo calculando uma possível vantagem. Sempre o estrategista.

— Não se anime muito — falei. — Tive que criar meus próprios *nichevo'ya* para fazer isso. E tive que ficar em contato direto com o Darkling.

— Ah — disse ele, carrancudo. — Mas, uma vez que encontre o pássaro de fogo...

— Eu não tenho certeza — admiti —, mas... — Eu hesitei. Nunca tinha verbalizado esse pensamento. Entre os Grishas, isso seria considerado heresia. Ainda assim, eu queria dizer as palavras, queria que Nikolai as escutasse. Torcia para que ele entendesse a vantagem que isso nos daria, mesmo que não pudesse compreender o desejo que me impulsionava. — Acho que conseguirei criar meu próprio exército.

— Soldados da luz?

— É essa a ideia.

Nikolai ficou me observando. Eu sabia que ele estava escolhendo suas palavras com cuidado.

— Uma vez você me disse que o *merzost* não era como a Pequena Ciência, que cobrava um preço alto. — Eu assenti. — Alto quanto, Alina?

Eu pensei no corpo de uma garota esmagado sob um disco espelhado, seus óculos tortos, em Marie destroçada nos braços de Sergei, em Genya puxando seu xale. Pensei nas paredes da igreja como peças de pergaminho sangrento, abarrotada com os nomes dos mortos. Contudo, não era apenas uma fúria honrada que me guiava. Era minha necessidade de ter o pássaro de fogo – uma brasa coberta de cinzas, mas sempre queimando.

— Não importa o preço — disse com firmeza. — Eu o pagarei.

Nikolai considerou minha afirmação, então falou:

— Muito bem.

— É isso? Nenhuma palavra sábia? Nenhum aviso assustador?

— Pelos Santos, Alina. Espero que você não ache que justo eu seja a voz da razão. Mantenho uma dieta rígida de entusiasmo imprudente e arrependimento sincero. — Ele parou, seu sorriso sumindo. — Mas realmente sinto muito pelos soldados que perdeu e por eu não ter feito mais naquela noite.

Abaixo de nós, eu podia ver o início dos limites brancos do permafrost e, muito além, a forma das montanhas.

— O que você poderia ter feito, Nikolai? Só conseguiria acabar morto. E isso ainda pode acontecer.

Aquilo foi áspero, mas também foi a verdade. Contra os soldados de sombras do Darkling, qualquer um – não importa quão brilhante ou engenhoso – estaria praticamente impotente.

— Nunca se sabe — disse Nikolai. — Eu estive ocupado. Talvez ainda tenha algumas surpresas guardadas para o Darkling.

— Por favor, me diga que planeja se vestir de volcra e pular de dentro de um bolo.

— Bem, agora você arruinou a surpresa. — Ele se afastou da balaustrada. — Preciso nos conduzir pela fronteira.

— A fronteira?

— Estamos indo para Fjerda.

— Ó, céus. Território inimigo. E eu aqui já começando a relaxar.

— Estes são meus céus — disse Nikolai com uma piscada. Então, ele caminhou pelo convés, assoviando uma melodia desafinada familiar.

Eu havia sentido falta dele. O modo como falava. A maneira como lidava com um problema. O jeito de trazer esperança aonde quer que fosse. Pela primeira vez em meses, senti o nó no meu peito afrouxar.

Assim que cruzamos a fronteira, pensei que poderíamos seguir para a costa ou mesmo para Ravka Oeste, mas logo estávamos indo na direção da cordilheira que eu tinha vislumbrado. Graças aos meus dias como cartógrafa, sabia que eram os picos mais ao norte dos Sikurzoi, a cordilheira que se estendia pela maior parte das fronteiras leste e sul de Ravka. Os fjerdanos os chamavam de Elbjen, os Cotovelos, embora fosse difícil dizer o motivo quando nos aproximamos. Eram enormes, formações cobertas de neve, todos de gelo branco e rochas cinzentas. Eles fariam os Petrazoi parecer pequenos. Se aqueles eram os cotovelos, eu não queria saber a que estavam ligados.

Nós subimos mais alto. O ar ficava gelado conforme flutuávamos erraticamente para dentro da espessa camada de nuvens que escondia os picos íngremes. Quando emergimos sobre eles, deixei escapar um suspiro impressionado. Aqui, as poucas montanhas altas o suficiente para perfurar as nuvens pareciam flutuar como ilhas em um mar branco. A mais alta parecia estar agarrada por enormes dedos de gelo, e quando a contornamos, pensei ver formas na neve. Uma escadaria estreita de pedra ziguezagueava até a face do penhasco. Que lunático poderia fazer essa escalada? E com qual propósito?

Nós circundamos a montanha, aproximando-nos cada vez mais da rocha. Quando estava prestes a gritar de pânico, flutuamos firmemente para a direita. De repente, encontrávamo-nos entre dois paredões congelados. O *Pelicano* desviou, e entramos em um hangar de pedra que produzia eco.

Nikolai realmente tinha estado ocupado. Nós nos reunimos na balaustrada, boquiabertos com o alvoroço agitado ao nosso redor. Três outras embarcações estavam estacionadas no hangar: uma segunda barcaça de carga como o *Pelicano*, o elegante *Martim-pescador* e um barco similar, batizado de *Alcaravão*.

— É um tipo de garça-real — disse Maly, calçando um par de botas emprestadas. — Elas são mais espertas. Furtivas.

Como o *Martim-pescador*, o *Alcaravão* tinha cascos duplos, apesar de serem mais planos e mais largos na base, e eram equipados com o que parecia ser patins de trenó.

A tripulação de Nikolai jogou cordas sobre a balaustrada do *Pelicano* e trabalhadores se aproximaram correndo para segurá-las, esticando-as e amarrando-as a ganchos de metal presos nas paredes e no chão do hangar. Nós pousamos com uma batida seca e um barulho ensurdecedor de fricção enquanto o casco raspava na pedra.

David franziu a testa em desaprovação.

— Peso demais.

— Não olhe para mim — disse Tolya.

Assim que chegamos a um ponto de parada, Tolya e Tamar saltaram dos balaústres já gritando saudações aos tripulantes e trabalhadores que ambos devem ter reconhecido de sua época a bordo do *Volkvolny*. O restante de nós esperou o passadiço ser baixado, então saímos da embarcação.

— Impressionante — disse Maly.

Eu balancei a cabeça, admirada.

— Como ele faz isso?

— Quer saber meu segredo? — perguntou Nikolai atrás de nós. Maly e eu demos um pulo. Ele se inclinou, olhando da esquerda para a direita, e sussurrou ruidosamente: — Eu tenho um monte de dinheiro.

Eu revirei os olhos.

— Não, sério — ele protestou. — *Muito* dinheiro.

Nikolai disparou ordens sobre reparos para os trabalhadores da doca e então levou nosso bando esfarrapado e atônito para uma porta na rocha.

— Todo mundo para dentro — disse ele. Confusos, nós nos agrupamos em uma pequena sala retangular. As paredes pareciam ser feitas de ferro. Nikolai puxou um portão para fechar a entrada.

— Está pisando no meu pé — Zoya reclamou, irritada, mas estávamos tão grudados que foi difícil dizer de quem ela estava com raiva.

— O que é isto? — perguntei.

Nikolai baixou uma alavanca e todos nós gritamos quando a sala disparou para cima, levando meu estômago com ela.

Nós sacudimos até uma plataforma. Minhas vísceras desceram de volta indo até meus sapatos, e o portão se abriu. Nikolai saiu, dobrado de tanto rir.

— Nunca me canso disso.

Nós saímos da caixa o mais rápido possível – exceto David, que ficou para trás a fim de mexer no mecanismo da alavanca.

— Cuidado aí — disse Nikolai. — A viagem de descida é mais instável que a de subida.

Genya pegou David pelo braço e o tirou dali.

— Pelos Santos — falei. — Esqueci a frequência com que tenho vontade de esfaquear você.

— Então não perdi meu charme, afinal. — Ele olhou para Genya e disse baixinho: — O que aconteceu com aquela garota?

— Longa história — falei de modo vago. — Por favor, me diga que há uma escada. Eu preferiria morar aqui para sempre do que entrar de novo naquela coisa.

— É claro que há escadas, mas são menos divertidas. E depois de se arrastar quatro lances para cima e para baixo por elas, você se descobrirá bem mais flexível.

Eu estava a um passo de argumentar, mas dei uma boa olhada em volta e as palavras morreram na minha boca. Se o hangar tinha sido impressionante, isso era simplesmente um milagre.

Tratava-se do maior aposento que eu já tinha visto – duas vezes, talvez três vezes mais largo e mais alto do que o salão abobadado do Pequeno Palácio. E nem era um aposento, percebi. Estávamos no topo de uma montanha escavada.

Agora eu entendia o que tinha visto quando nos aproximamos, de dentro do *Pelicano*. Os dedos congelados eram na verdade enormes colunas de bronze moldadas na forma de pessoas e criaturas.

Elas se erguiam acima de nós, suportando painéis de vidro enormes que davam para o mar de nuvens abaixo. O vidro era tão claro que conferia ao espaço uma sensação estranha de abertura, como se um vento pudesse soprar através dele e me derrubar no nada que havia além. Meu coração começou a bater forte.

— Respire fundo — disse Nikolai. — Pode ser opressivo no início.

A sala estava apinhada de gente. Alguns reunidos em grupos nos lugares onde as mesas de desenho e peças de máquinas haviam sido instaladas. Outros marcavam caixas de suprimentos em uma espécie de armazém improvisado. Outra área tinha sido separada para treinamento. Soldados lutavam com espadas sem corte enquanto os demais conjuravam os ventos dos Aeros ou evocavam as chamas dos Infernais. Através do vidro, vi terraços salientes em quatro direções, picos gigantes como pontos cardeais – norte, sul, leste, oeste. Dois tinham sido reservados para praticar tiro ao alvo. Foi difícil não comparar o lugar às cavernas úmidas e ermas da Catedral Branca. Tudo aqui explodia de vida e esperança. Tudo levava a marca de Nikolai.

— Que lugar é este? — perguntei, enquanto andávamos vagarosamente por ele.

— A princípio, foi um local de peregrinação, da época em que as fronteiras de Ravka se estendiam mais ao norte — respondeu Nikolai. — O monastério de Sankt Demyan.

Sankt Demyan de Rime. Pelo menos isso explicava a escadaria em espiral que tínhamos avistado. Só a fé ou o medo levariam alguém a fazer aquela subida. Eu me lembrava da página de Demyan do *Istorii Sankt'ya*. Ele tinha feito algum tipo de milagre perto da fronteira norte. Eu tinha quase certeza de que fora apedrejado até a morte.

— Algumas centenas de anos atrás, o lugar foi transformado em um observatório — prosseguiu Nikolai. Ele apontou para um enorme telescópio de latão enfiado em um dos nichos de vidro. — Esteve abandonado por mais de um século. Eu ouvi sobre ele durante a campanha de Halmhend, mas precisei de um tempo para encontrá-lo. Agora nós o chamamos apenas de Zodíaco.

Então eu entendi: as colunas de bronze eram constelações – o Caçador com seu arco desenhado; o Sábio debruçado em estudo; os Três Filhos Tolos, amontoados, tentando compartilhar um único casaco. O Tesoureiro, o Urso, o Mendigo. A Donzela Despojada empunhando sua agulha de osso. Doze no total: os raios da roda do Zodíaco.

Tive que esticar meu pescoço ao máximo para ver o domo de vidro acima de nós. O sol estava se pondo e, através dele, podia ver o céu adquirindo um azul profundo e exuberante. Se eu semicerrasse os olhos, poderia distinguir apenas uma estrela de doze pontas no centro do domo.

— Tanto vidro — sussurrei, minha cabeça girando.

— Mas nenhum gelo — notou Maly.

— Canos aquecidos — disse David. — Estão no piso. Provavelmente embutidos nas colunas também.

Estava mais quente nesse ambiente. Ainda frio o suficiente para eu não querer tirar meu casaco ou meu chapéu, mas meus pés estavam aquecidos dentro das botas.

— Há caldeiras abaixo de nós — disse Nikolai. — O lugar inteiro é percorrido por neve derretida e aquecimento a vapor. O problema é o combustível, mas eu venho armazenando carvão.

— Por quanto tempo?

— Dois anos. Começamos os reparos quando as cavernas mais abaixo foram transformadas em hangares. Não é o lugar ideal para passar férias, mas às vezes você quer se afastar, simplesmente.

Eu estava impressionada, mas também enervada. Estar perto de Nikolai era assim, vê-lo mudar e se transformar, revelando segredos enquanto ia em frente. Ele lembrava as bonecas ocas de madeira com as quais eu brincava quando criança. Exceto pelo fato de que, em vez de ficar menor, ele ficava mais grandioso e misterioso. Amanhã, ele provavelmente me contaria que havia construído um palácio de lazer na lua. *Difícil de chegar, mas com uma vista e tanto.*

— Deem uma olhada por aí — Nikolai nos disse. — Sintam o lugar. Nevsky está descarregando no hangar, e eu preciso cuidar dos reparos do casco. — Eu me lembrava de Nevsky. Ele tinha sido um soldado do antigo regimento do Nikolai, o Vigésimo Segundo, e não particularmente entusiasmado com Grishas.

— Gostaria de ver Baghra — falei.

— Tem certeza disso?

— Nem um pouco.

— Eu a levarei até ela. É um bom treino para se um dia eu precisar levar alguém até a forca. E depois que tiver sua cota de punição, você e Oretsev podem se juntar a mim para jantar.

— Obrigado — disse Maly —, mas tenho que preparar nossa expedição para recuperar o pássaro de fogo.

Houve uma época, não muito tempo atrás, em que Maly se arrepiaria com o pensamento de me deixar sozinha com o Príncipe Perfeito, mas Nikolai teve a gentileza de não registrar surpresa.

— É claro. Mandarei Nevsky até você quando ele terminar. Ele pode ajudar a arrumar suas acomodações também. — Ele colocou a mão sobre o ombro de Maly. — É bom ver você, Oretsev.

Maly retribuiu com um sorriso genuíno.

— Digo o mesmo. Obrigado pelo resgate.

— Todo mundo precisa de um passatempo.

— Pensei que o seu fosse se embelezar.

— Dois passatempos.

Eles deram um aperto de mãos breve, depois Maly fez uma mesura e partiu com o grupo.

— Devo ficar ofendido por ele não querer jantar conosco? — perguntou Nikolai. — Montei uma mesa excelente, e eu raramente me entusiasmo com isso.

Eu não queria discutir.

— Baghra — disse eu.

— Ele foi impressionante naquele campo de cevada — continuou Nikolai, segurando meu cotovelo para me conduzir de volta pelo caminho por onde viemos. — Nunca o vi usar uma espada e uma arma tão bem.

Eu me lembrei do que o Apparat havia dito: *Homens lutam por Ravka porque o Rei ordena*. Maly sempre fora um rastreador talentoso, mas tinha sido soldado porque éramos todos soldados, porque não tínhamos escolha. Pelo que estava lutando agora? Pensei nele mergulhando da plataforma de malha metálica, sua faca se movendo pela garganta do miliciano. *Eu me torno uma espada*.

Dei de ombros, ansiosa por mudar de assunto.

— Não tem muito para se fazer embaixo da terra além de treinar.

— Eu consigo pensar em alguns modos mais interessantes de alguém passar o tempo.

— Isso é uma insinuação?

— Que mente suja você tem. Estava me referindo a quebra-cabeças e leitura de textos edificantes.

— Não voltarei para aquela caixa de ferro — falei quando nos aproximamos da porta na rocha. — Então é melhor me levar pela escada.

— Por que todo mundo sempre diz isso?

Soltei um suspiro de alívio enquanto descíamos um amplo conjunto deliciosamente *estático* de degraus de pedra. Nikolai me conduziu por uma passagem curva e eu tirei meu casaco, começando a suar. O chão bem abaixo do observatório era consideravelmente mais quente, e enquanto passávamos por uma porta ampla, vi um labirinto de caldeiras a vapor que brilhavam e sussurravam no escuro. Mesmo o sempre civilizado Nikolai tinha uma fina névoa de transpiração em seus traços elegantes.

Estávamos definitivamente indo para o covil de Baghra. A mulher parecia nunca ser capaz de se manter aquecida. Perguntei-me se isso acontecia por ela raramente usar seu poder. Eu certamente nunca tinha conseguido me livrar dos arrepios na Catedral Branca.

Nikolai parou diante de uma porta de ferro.

— Última chance de sair correndo.

— Vá em frente — falei. — Salve-se.

Ele suspirou.

— Lembre-se de mim como um herói. — Ele bateu de leve na porta e nós entramos.

Tive a sensação desconcertante de que tínhamos acabado de entrar na cabana de Baghra no Pequeno Palácio. Lá estava ela, encolhida perto de um forno à lenha, vestida com o mesmo *kefta* desbotado, a mão apoiada na bengala com a qual me batia com tanto prazer. O mesmo serviçal lia para ela, e eu senti uma onda de vergonha quando percebi que nem tinha pensado em perguntar se ele havia escapado de Os Alta. O garoto saiu quando Nikolai pigarreou.

— Baghra — disse Nikolai —, como está se sentindo esta noite?

— Continuo velha e cega — ela resmungou.

— E encantadora — Nikolai falou, calmamente. — Nunca se esqueça do encantadora.

— Filhote.

— Bruxa.

— O que você quer, seu peste?

— Eu trouxe uma visita — disse Nikolai, me empurrando.

Por que eu estava tão nervosa?

— Oi, Baghra — disse eu.

Ela parou, imóvel, e murmurou:

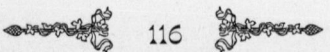

— A pequena Santa voltou para salvar a todos nós.

— Bem, ela praticamente morreu tentando nos livrar da sua cria amaldiçoada — disse Nikolai, despreocupado. Eu pisquei. Então Nikolai sabia que Baghra era mãe do Darkling.

— Não conseguiu nem mesmo ser uma boa mártir, não foi? — Baghra acenou para eu entrar. — Venha e feche a porta, menina. Está deixando o calor escapar. — Eu sorri ao ouvir esse refrão familiar. — E você — ela cuspiu na direção de Nikolai —, vá para algum lugar onde queiram sua presença.

— Isso não é muito específico — disse ele. — Alina, voltarei a fim de buscá-la para jantar, mas, se ficar inquieta, sinta-se livre para fugir gritando da sala ou acertá-la com um punhal. O que parecer mais adequado no momento.

— Você ainda está aqui? — disparou Baghra.

— Vou embora, mas com a esperança de permanecer no seu coração — disse ele de um jeito solene. Então piscou e desapareceu.

— Garoto miserável.

— Você gosta dele — falei incrédula.

Baghra fechou a cara.

— Ambicioso. Arrogante. Assume riscos demais.

— Você quase soou preocupada.

— Você gosta dele também, pequena Santa — disse ela, com malícia na voz.

— Eu gosto — admiti. — Ele foi gentil quando poderia ter sido cruel. Isso é revigorante.

— Ele ri demais.

— Existem defeitos piores.

— Como discutir com os mais velhos? — ela rosnou. Então bateu seu cajado no chão. — Garoto, vá buscar algo doce para mim.

O serviçal ficou em pé e fechou seu livro. Eu o segurei quando passava correndo pela porta.

— Só um momento — disse eu. — Qual o seu nome?

— Misha — o menino respondeu. Ele precisava desesperadamente de um corte de cabelo, mas, fora, isso parecia bem.

— Qual a sua idade?

— Oito.

— Sete — disse Baghra.

— Quase oito — ele admitiu.

Ele era pequeno para a idade.

— Você se lembra de mim?

Ele esticou a mão hesitante e tocou nos chifres em meu pescoço, então assentiu de modo solene.

— Sankta Alina — sussurrou. A mãe lhe havia ensinado que eu era uma Santa, e aparentemente o desprezo de Baghra não o tinha convencido do contrário. — Você sabe onde minha mãe está? — ele perguntou.

— Não sei. Sinto muito. — Ele nem pareceu surpreso. Talvez essa fosse a resposta que esperava. — O que está achando daqui?

Ele olhou para Baghra, depois de volta para mim.

— Está tudo bem — falei. — Seja honesto.

— Não tem ninguém com quem brincar.

Eu me senti um pouco angustiada ao me lembrar dos dias solitários em Keramzin antes da chegada de Maly, dos órfãos mais velhos que tiveram pouco interesse em mais uma refugiada magricela.

— Isso pode mudar em breve. Até lá, gostaria de aprender a lutar?

— Servos não têm permissão de lutar — disse ele, mas pude notar que gostou da ideia.

— Eu sou a Conjuradora do Sol, e você tem a minha permissão. — Ignorei a bufada de Baghra. — Se procurar Malyen Oretsev, ele verá se arruma uma espada de treino para você.

Antes que eu pudesse piscar, o garoto escapou do aposento, praticamente tropeçando nos próprios pés de tão animado.

Quando foi embora, perguntei:

— A mãe dele?

— Uma serviçal no Pequeno Palácio. — Baghra puxou seu xale para mais perto. — É possível que tenha sobrevivido. Não há como saber.

— Como ele está lidando com isso?

— Como você acha? Nikolai teve de arrastá-lo gritando para aquela embarcação maldita. Embora isso possa ter sido apenas bom senso. Pelo menos, está chorando menos agora.

Enquanto movia o livro para me sentar ao lado dela, dei uma olhada no título. Parábolas religiosas. Pobre garoto. Então voltei minha atenção para Baghra. Ela tinha ganhado um pouco de peso, sentava-se mais reta na cadeira. Sair do Pequeno Palácio fizera bem a ela, mesmo que só tivesse encontrado outra caverna quente para se esconder.

— Você parece bem.

— Eu não saberia dizer — disse ela, amarga. — Realmente pretende fazer o que disse a Misha? Está pensando em trazer os alunos para cá?

As crianças da escola Grisha em Os Alta tinham sido evacuadas para Keramzin, juntamente com seus professores e Botkin, meu antigo instrutor de combate. A segurança delas vinha me incomodando há meses, e agora eu estava em posição de fazer algo a respeito.

— Se Nikolai concordar em hospedá-las no Zodíaco, você consideraria ensiná-las?

— Hunf — resmungou ela com uma carranca. — Alguém tem de fazer isso. Quem sabe que lixo elas têm aprendido com aquele bando.

Eu sorri. Progresso, de fato. Mas o meu sorriso desapareceu quando Baghra me bateu no joelho com seu cajado.

— Ei! — eu reclamei. A mira da mulher era fantástica.

— Me dê seus pulsos.

— Eu não tenho o pássaro de fogo.

Ela ergueu seu cajado novamente, mas eu saí do caminho.

— Tudo bem, tudo bem. — Peguei a mão dela e a coloquei no meu pulso nu. Enquanto ela tateava praticamente até meu cotovelo, perguntei: — Como Nikolai sabe que você é mãe do Darkling?

— Ele perguntou. É mais observador do que o resto de vocês idiotas. — Ela deve ter ficado satisfeita de eu não estar escondendo o terceiro amplificador de alguma forma, porque soltou o meu pulso com um grunhido.

— E simplesmente contou pra ele?

Baghra suspirou.

— Esses são segredos do meu filho — disse ela, desgastada. — Não é mais meu trabalho mantê-los assim. — Em seguida, ela se inclinou de volta. — Então você falhou de novo em matá-lo.

— Sim.

— Não posso dizer que sinto. No fim das contas, estou ainda mais fraca do que você, pequena Santa.

Eu hesitei, então soltei de uma vez:

— Eu usei o *merzost*.

Seus olhos sombrios se abriram.

— Você *o quê*?

— Eu... não fiz isso sozinha. Usei a conexão entre nós, a que foi criada pelo colar, para controlar o poder do Darkling. Eu criei *nichevo'ya*.

As mãos de Baghra procuraram as minhas. Ela segurou meus pulsos com uma pegada dolorosa.

— Você não deve fazer isso, garota. Não pode flertar com esse tipo de poder. Foi isso que criou a Dobra. Somente miséria pode vir dele.

— Talvez eu não tenha escolha, Baghra. Nós sabemos a localização do pássaro de fogo, ou pelo menos achamos que sabemos. Depois de encontrá-lo...

— Você sacrificará outra vida anciã pela busca de seu próprio poder.

— Talvez não — protestei debilmente. — Eu mostrei compaixão pelo cervo. Talvez o pássaro de fogo não precise morrer.

— Ouça suas palavras. Isso não é nenhuma história infantil. O cervo teve que morrer para você reivindicar o poder dele. Com o pássaro de fogo não será diferente e, dessa vez, o sangue estará em suas mãos. — Então ela deu aquela risada baixa e melancólica. — O pensamento não a incomoda tanto quanto deveria, não é, garota?

— Não — eu admiti.

— Você não se importa com o que há para ser perdido? Com o dano que pode causar?

— Me importo — falei, miseravelmente. — De verdade. Mas não tenho outras opções, e mesmo que tivesse...

Ela largou minhas mãos.

— Você iria procurá-lo do mesmo jeito.

— Não vou negar. Eu quero o pássaro de fogo. Quero o poder combinado dos amplificadores. Mas isso não muda o fato de que nenhum exército humano pode combater os soldados de sombras do Darkling.

— Abominação contra abominação.

Se fosse necessário, assim seria. Eu havia perdido muito para virar as costas a qualquer arma que pudesse me tornar forte o suficiente para vencer essa batalha. Com ou sem a ajuda de Baghra, teria de encontrar um jeito de dominar *merzost*.

Eu hesitei.

— Baghra, eu li os diários de Morozova.

— Leu? Achou-os uma leitura estimulante?

— Não, achei enfurecedores.

Para minha surpresa, ela riu.

— Meu filho se debruçou sobre aquelas páginas como se fossem escrituras sagradas. Ele deve ter lido os diários milhares de vezes, questionando cada palavra. Ele começou a pensar que havia códigos escondidos no texto. Segurou as páginas contra as chamas procurando tinta invisível. No fim, amaldiçoou o nome de Morozova.

Como eu tinha feito. Apenas a obsessão de David persistia. Eu quase o tinha matado hoje quando insistiu em arrastar aquele pacote com ele.

Odiava ter de perguntar isso, odiava até mesmo verbalizar a possibilidade, mas me forcei a fazer.

— Existe... existe alguma chance de Morozova ter deixado o ciclo incompleto? Alguma chance de ele nunca ter criado o terceiro amplificador?

Por um momento, ela ficou em silêncio, sua expressão distante, o olhar cego fixo em alguma coisa que eu não podia ver.

— Morozova nunca deixaria aquilo por fazer — disse ela, calmamente. — Não era do seu feitio.

Algo nas palavras dela arrepiou os pelos dos meus braços. Uma memória me surpreendeu: Baghra colocando as mãos no colar no meu pescoço no Pequeno Palácio. *Gostaria de ter visto esse cervo.*

— Baghra...

Uma voz veio da porta:

— *Moi sovereny.*

Eu olhei para Maly, irritada por ter sido interrompida.

— O que foi? — perguntei, reconhecendo o tom na minha voz sempre que o assunto era o pássaro de fogo.

— Temos um problema com Genya — disse ele. — E com o Rei.

Capítulo 7

EU ME LEVANTEI.
— O que aconteceu?
— Sergei deixou escapar o nome verdadeiro dela. Ele parece estar lidando com os cumes tão bem quanto lidou com as cavernas.

Eu soltei um rosnado de frustração. Genya tinha desempenhado um papel essencial no plano do Darkling de depor o Rei. Tentei ser paciente com Sergei, mas agora ele a havia colocado em perigo e colocado em risco a nossa posição com Nikolai.

Baghra me puxou pelo tecido das minhas calças, apontando para Maly.
— Quem é esse?
— O capitão da minha guarda.
— Grisha?
Eu franzi a testa.
— Não, *otkazat'sya*.
— Ele parece...
— Alina — disse Maly. — Eles estão vindo levá-la agora.
Eu afastei os dedos de Baghra.
— Tenho que ir. Mandarei Misha de volta a você.

Saí do aposento às pressas, fechando a porta atrás de mim; Maly e eu corremos pela escada, saltando dois degraus por vez. O sol já havia se posto há horas, e as lamparinas do Zodíaco tinham sido acesas. Do lado de fora, vi as estrelas surgindo sobre o banco de nuvens. Um grupo de soldados com braçadeiras azuis tinha se reunido na área de treinamento e eles pareciam estar a dois segundos de sacar as armas contra Tolya e Tamar. Eu senti uma onda de orgulho de ver meus Etherealki alinhados atrás dos gêmeos, protegendo Genya e David. Sergei não estava em nenhum lugar que eu pudesse ver. Provavelmente, uma boa coisa, já que eu não teria tempo de dar a ele a surra que merecia.

— Ela está aqui — gritou Nadia quando nos viu. Fui direto para Genya.

— O Rei está esperando — disse um dos guardas.

Fiquei surpresa de ouvir Zoya rebater:

— Deixe-o esperar.

Coloquei meu braço ao redor dos ombros de Genya, afastando-a um pouco. Ela estava tremendo.

— Escuta aqui — disse eu, ajeitando seu cabelo para trás. — Ninguém vai machucar você. Está entendendo?

— Ele é o *Rei*, Alina. — Percebi o terror em sua voz.

— Ele não é mais rei de nada — lembrei a ela. Falava com uma confiança que não sentia. A situação podia terminar muito mal, e bem rápido, mas não havia como contorná-la. — Você precisa enfrentá-lo.

— Para ele me ver humilhada deste jeito...

Eu fiz meu olhar encontrar o dela.

— Você não está humilhada. Você desafiou o Darkling para me dar a liberdade. Não deixarei que a sua lhe seja tomada.

Maly se aproximou.

— Os guardas estão ficando impacientes.

— Não posso fazer isso — disse Genya.

— Você pode.

Gentilmente, Maly colocou a mão em seu ombro.

— Nós lhe daremos cobertura.

Uma lágrima rolou por sua bochecha.

— Por quê? No Pequeno Palácio, eu entreguei Alina. Queimei as cartas dela para você. Deixei que acreditasse...

— Você ficou entre nós e o Darkling no barco de Sturmhond — disse Maly com a mesma voz firme que reconheci do desabamento. — Eu não reservo minha amizade para pessoas perfeitas. E, graças aos Santos, nem Alina.

— Consegue confiar em nós? — perguntei.

Genya engoliu em seco e respirou fundo, recuperando a postura que um dia lhe fora tão natural. Ela puxou o xale.

— Tudo bem.

Nós voltamos ao grupo. David olhou para ela de modo interrogativo, e ela segurou sua mão.

— Estamos prontos — falei aos soldados.

Maly e os gêmeos vieram atrás de nós, mas ergui uma das mãos para os outros Grishas, em aviso.

— Fiquem aqui — disse eu, então adicionei calmamente: — E se mantenham alertas.

Sob ordens do Darkling, Genya tinha chegado perto de cometer regicídio, e Nikolai sabia disso. Se terminássemos lutando, eu não tinha ideia de como sairíamos destes cumes.

Nós seguimos os guardas pelo observatório e por um corredor que nos levou para baixo num lance curto de escada. Enquanto fazíamos uma curva, ouvi a voz do Rei. Não conseguia entender nada do que estava dizendo, mas ouvi a palavra *traição*.

Nós paramos em uma porta formada por braços com lanças de duas estátuas de bronze – Alyosha e Arkady, o Cavaleiro de Ivets, sua armadura repleta de estrelas de ferro. O que quer que a câmara tenha sido antes, agora era a sala de guerra de Nikolai.

As paredes estavam cobertas com mapas e esquemas de projetos, e uma mesa enorme de desenho estava cheia de bagunça. Nikolai se encontrava debruçado sobre a mesa, braços e tornozelos cruzados, sua expressão perturbada.

Eu quase não reconheci o Rei e a Rainha de Ravka.

A última vez que tinha visto a Rainha, ela estava envolta em seda rosa e cheia de diamantes. Agora ela vestia um *sarafan* de lã sobre uma blusa simples camponesa. Seu cabelo loiro, sem vida e ressecado sem o polimento do dom de Genya, tinha sido amarrado em um coque bagunçado. O Rei, pelo visto, ainda preferia o traje militar. O galão de ouro e a faixa de cetim de seu uniforme de gala se foram, substituídos pelo tecido pouco atraente do Primeiro Exército, que parecia incongruente com sua constituição fraca e seu bigode grisalho. Ele parecia frágil inclinado sobre a cadeira de sua esposa, os ombros encurvados e a pele flácida evidenciando claramente o que Genya tinha feito a ele.

Assim que entrei, os olhos do Rei se esbugalharam de forma quase cômica.

— Eu não pedi para ver essa bruxa.

Eu me forcei a me curvar, na esperança de que parte da diplomacia que havia aprendido com Nikolai me fosse útil.

— *Moi tsar.*

— Onde está a traidora? — ele uivou, saliva voando de seu lábio inferior.

Pelo visto, a diplomacia não ia dar certo.

Genya deu um pequeno passo à frente. As mãos dela tremiam quando abaixou o xale. O Rei engasgou. A Rainha cobriu a boca.

O silêncio na sala era como a quietude após um tiro de canhão. Eu vi Nikolai entender quem ela era. Ele olhou para mim, boquiaberto. Eu não tinha exatamente mentido para ele, mas era como se tivesse.

— O que é isso? — murmurou o Rei.

— O preço que ela pagou por me salvar — disse eu —, por desafiar o Darkling.

O Rei franziu o cenho.

— Ela é uma traidora da coroa. Quero a cabeça dela.

Para minha surpresa, Genya disse a Nikolai:

— Receberei minha punição se ele receber a dele.

O rosto do Rei ficou roxo. Talvez ele tivesse um ataque cardíaco e nos salvasse de uma série de aborrecimentos.

— Fique calada quando estiver entre seus superiores!

Genya levantou o queixo.

— Eu não tenho superiores aqui. — Ela não estava facilitando as coisas, mas ainda assim eu quis aplaudir.

A Rainha balbuciou.

— Se você acha que...

Genya estava tremendo, mas sua voz permaneceu firme enquanto dizia:

— Se ele não pode ser julgado por suas falhas como rei, deixe-o ser julgado por suas falhas como homem.

— Sua meretriz ingrata — zombou o Rei.

— Chega — disse Nikolai. — Vocês dois.

— Eu sou o Rei de Ravka. Eu não...

— Você é um Rei sem um trono — disse Nikolai, calmamente. — E eu respeitosamente peço para que fique de boca fechada.

O Rei fechou a boca, uma veia pulsando na têmpora. Nikolai colocou as mãos para trás das costas.

— Genya Safin, você é acusada de traição e tentativa de assassinato.

— Se eu o quisesse morto, ele estaria morto.

Nikolai deu um olhar de aviso a ela.

— Eu não tentei matá-lo — disse ela.

— Mas você fez algo contra o Rei, algo do qual os médicos da corte disseram que ele nunca se recuperaria. O que foi?

— Veneno.

— Certamente ele poderia ter sido detectado.

— Não esse. Eu mesma o criei. Se ministrado em doses pequenas o suficiente por um período longo, os sintomas são moderados.

— Um alcaloide vegetal? — perguntou David.

Ela assentiu.

— Uma vez que a substância se estabeleça no sistema da vítima e um limite seja alcançado, os órgãos começam a falhar e a degeneração é irreversível. O veneno não é um assassino. É um ladrão. Rouba anos. E a pessoa nunca irá recuperá-los.

Eu senti um pequeno arrepio com a satisfação em sua voz. O que ela descrevia não era um veneno comum, mas fruto da habilidade de uma garota que está em algum lugar entre um Corporalnik e um Fabricador. Uma garota que tinha passado muito tempo nas oficinas dos Materialki.

A Rainha estava sacudindo a cabeça.

— Pequenas quantidades ao longo do tempo? Ela não tinha esse tipo de acesso às nossas refeições...

— Eu envenenei a minha *pele* — disse Genya, bruscamente —, os meus lábios. Assim, cada vez que ele me tocasse... — Ela estremeceu levemente e olhou para David. — Cada vez que ele me beijasse, pegaria a doença de meu corpo. — Ela cerrou os punhos. — Ele não pode culpar ninguém além de si mesmo por isso.

— Mas o veneno teria afetado você também — disse Nikolai.

— Eu tinha que limpá-lo da minha pele, depois curar as feridas que a lixívia deixava. Toda vez. — Ela cerrou os punhos. — Valeu a pena.

Nikolai esfregou a mão na boca.

— Ele forçou você?

Genya assentiu uma vez. Um músculo tremeu na mandíbula de Nikolai.

— Pai? — ele perguntou. — Você a forçou?

— Ela é uma serviçal, Nikolai. Eu não precisava forçá-la.

Depois de um longo momento, Nikolai falou:

— Genya Safin, quando esta guerra terminar, você enfrentará o julgamento por alta traição contra o reino e por conspirar com o Darkling contra a coroa.

O Rei abriu um sorriso presunçoso. Mas Nikolai não havia terminado.

— Pai, você está doente. Serviu a coroa e as pessoas de Ravka, e agora chegou a hora de ter o descanso que merece. Hoje à noite, escreverá uma carta de renúncia.

O Rei piscou, confuso, os cílios se movendo como se ele não conseguisse compreender o que ouvia.

— Eu não farei...

— Você escreverá a carta e amanhã partirá no *Martim-pescador*. Ele irá levá-los a Os Kervo, onde embarcarão em segurança no *Volkvolny* e atravessarão o Mar Real. Podem ir para algum lugar quente, talvez as Colônias do Sul.

— As *Colônias*? — a Rainha arquejou.

— Vocês terão todos os luxos. Estarão longe da batalha e do alcance do Darkling. Estarão seguros.

— Eu sou o Rei de Ravka! Essa... essa traidora, essa...

— Se permanecer, será julgado por estupro.

A Rainha levou a mão ao coração.

— Nikolai, você não pode estar falando sério.

— Ela estava sob sua proteção, mãe.

— Ela é uma serviçal!

— E você era uma rainha. Seus súditos são seus filhos. Todos eles.

O Rei avançou sobre Nikolai.

— Você me faria partir do meu próprio país com uma acusação tão insignificante...

Nesse momento, Tamar quebrou seu silêncio.

— Insignificante? Seria insignificante se ela tivesse nascido nobre?

Maly cruzou os braços.

— Se ela fosse nobre, ele nunca teria se atrevido.

— Essa é a melhor solução — disse Nikolai.

— Não é solução nenhuma! — gritou o Rei. — É covardia!

— Não posso fingir que esse crime não aconteceu.

— Você não tem o direito, nenhuma autoridade. Quem pensa que é para julgar seu Rei?

Nikolai endireitou as costas.

— Essas são as leis de Ravka, não minhas. Não devem ser sujeitadas a patente ou status. — Ele moderou o tom de voz. — Você sabe que é o melhor a fazer. Sua saúde está definhando. Precisa descansar, e está fraco demais para liderar nossas tropas contra o Darkling.

— É o que você pensa! — rugiu o Rei.

— Pai — Nikolai disse gentilmente —, os homens não irão segui-lo.

Os olhos do Rei se estreitaram.

— Vasily era duas vezes mais homem do que você. Você é fraco e tolo, cheio de sentimentos comuns e sangue comum.

Nikolai hesitou.

— Talvez — disse ele. — Mas você escreverá essa carta, e embarcará no *Martim-pescador* sem protestar. Deixará este lugar ou enfrentará o julgamento, e, se for considerado culpado, então o verei ser enforcado.

A Rainha deixou escapar um pequeno soluço.

— É a minha palavra contra a dela — disse o Rei, sacudindo o dedo na direção de Genya. — Eu sou um Rei...

Eu me coloquei entre eles.

— E eu sou uma Santa. Vamos descobrir quais palavras carregam mais peso?

— Cale a boca, sua bruxinha grotesca. Eu devia ter matado você quando tive a chance.

— Chega disso — disse Nikolai, sua paciência se esgotando. Ele apontou para os guardas na porta. — Escoltem meu pai e minha mãe aos seus aposentos. Fiquem de guarda e garantam que eles não falem com ninguém. Terei sua renúncia pela manhã, Pai, ou será acorrentado.

O Rei olhou de Nikolai para os guardas que agora o cercavam. A Rainha agarrou o braço dele, seus olhos azuis em pânico.

— Você nem é um Lantsov — grunhiu o Rei.

Nikolai apenas fez uma reverência.

— Acho que posso viver com isso.

Ele deu o sinal aos guardas, que seguraram seu pai, mas o Rei se libertou de suas mãos. Caminhou para a porta, arrepiado de raiva, tentando reunir os restos de sua dignidade.

O Rei parou diante de Genya, os olhos vagueando pelo rosto dela.

— Pelo menos agora sua aparência condiz com quem realmente é — disse ele. — Uma arruinada.

Eu pude ver a palavra acertá-la como um tapa. *Razrusha'ya*. A Arruinada. O nome que os peregrinos sussurraram quando ela esteve com eles da primeira vez. Maly avançou. Tamar segurou seus machados, e eu ouvi Tolya grunhir. Mas Genya os parou com a mão. Ela endireitou as costas, e seu olho remanescente resplandeceu com convicção.

— Lembre-se de mim quando embarcar, *moi tsar*. Lembre-se de mim quando der sua última olhada para Ravka enquanto ela desaparece abaixo do horizonte. — Ela se inclinou e sussurrou algo para ele. O Rei empalideceu, e eu vi medo real em seus olhos. Genya recuou e disse: — Espero que tenha valido a pena sentir meu gosto.

O Rei e a Rainha foram empurrados da sala pelos guardas. Genya manteve o queixo erguido até eles partirem. Então, seus ombros caíram. David colocou o braço em torno dela, mas ela o afastou.

— Não — disse ela, limpando as lágrimas que ameaçavam cair.

Tamar avançou no mesmo momento em que eu comecei a falar:

— Genya...

Ela ergueu as mãos, mantendo-nos afastadas.

— Eu não quero a pena de vocês — disse ela, ferozmente. Sua voz saiu crua, selvagem. Ela permaneceu lá, impotente. — Vocês não entendem. — Ela cobriu o rosto com as mãos. — Nenhum de vocês.

— Genya... — David tentou.

— Não se atreva — disse ela com aspereza, lágrimas brotando novamente. — Você nunca olhou para mim duas vezes antes de eu ficar assim, antes que estivesse quebrada. Agora sou só mais uma coisa para você consertar.

Eu estava desesperada em busca de palavras para confortá-la, mas, antes que pudesse encontrar alguma, David levantou os ombros e disse:

— Eu conheço metal.

— O que isso tem a ver com o resto? — gritou Genya.

David franziu o cenho.

— Eu... eu não entendo de metade das coisas que acontecem ao meu redor. Não entendo de piadas, pôr do sol ou poesia, mas conheço metal. — Os dedos dele se flexionaram de maneira inconsciente como se estivesse fisicamente pegando as palavras. — A beleza era a sua armadura. Um material frágil, tudo exibição. Mas o que havia dentro de você? Havia aço, que é valoroso e inquebrável. E não precisa de conserto. — Ele respirou fundo e caminhou para a frente, desajeitado. Pegou o rosto dela nas mãos e a beijou.

Genya ficou rígida. Eu pensei que o empurraria. Mas então ela passou os braços ao redor dele e retribuiu o beijo. Enfaticamente.

Maly pigarreou, e Tamar deu um longo assovio. Eu tive de morder os lábios para conter uma risada de nervoso.

Eles se separaram. David estava corando intensamente. O sorriso de Genya foi tão deslumbrante que fez meu coração se contorcer.

— Nós devíamos tirá-lo da oficina com mais frequência — disse ela.

Dessa vez, eu ri. Parei de repente quando Nikolai disse:

— Não pense que vai escapar facilmente dessa, Genya Safin. — Sua voz soou fria e profundamente cansada. — Quando esta guerra terminar, enfrentará o julgamento, e eu decidirei se será perdoada ou não.

Genya se curvou graciosamente.

— Eu não temo sua justiça, *moi tsar*.

— Eu ainda não sou Rei.

— *Moi tsarevich* — ela corrigiu.

— Vá — disse ele, nos dispensando com um aceno. Quando eu hesitei, ele simplesmente disse: — Todos vocês.

Enquanto as portas se fechavam, eu o vi cair na mesa de desenho, com a cabeça entre as mãos.

Segui os outros de volta pelo corredor. David murmurava com Genya sobre as propriedades dos alcaloides vegetais e pó de berílio. Eu não tinha certeza se era muito sensato conversarem sobre venenos, mas acho que essa era a versão deles de um momento romântico.

Meus pés se arrastaram com a perspectiva de voltar ao Zodíaco. Aquele tinha sido um dos dias mais longos da minha vida, e, apesar de ter mantido a exaustão sob controle, agora ela se instalava sobre meus ombros como um casaco ensopado. Decidi que Genya ou Tamar podiam atualizar o restante dos Grishas sobre o que havia acontecido, e que eu lidaria com Sergei amanhã. Mas antes que pudesse encontrar minha cama e me afundar nela, havia algo que precisava saber.

Na escada, segurei a mão de Genya.

— O que você sussurrou? — perguntei baixinho. — Para o Rei.

Ela observou os demais subirem os degraus, então disse:

— *Na razrusha'ya. E'ya razrushost.* — Não estou arruinada. Eu sou a ruína.

Eu ergui as sobrancelhas.

— Lembre-me de continuar amiga do seu lado bom.

— Querida — disse ela, virando uma bochecha com cicatrizes para mim, depois a outra —, eu não tenho mais um lado bom. — Seu tom foi alegre, mas também ouvi tristeza ali. Ela piscou para mim com seu olho remanescente e desapareceu pelas escadas.

MALY TINHA TRABALHADO com Nevsky para cuidar de nossas acomodações, então ele ficou para mostrar meus aposentos – um conjunto de salas no lado leste da montanha. A moldura da porta era formada pelas mãos entrelaçadas de duas donzelas de bronze que, pensei, poderiam ter sido feitas para encarnar as Estrelas da Manhã e da Noite. Na parte de dentro, a parede oposta era inteira ocupada por uma janela redonda, circundada por latão rebitado como um postigo lateral de navio. As lanternas estavam acesas, e apesar de a vista ser provavelmente espetacular durante o dia, nesse momento não havia nada para ver além da escuridão e do reflexo de meu próprio rosto cansado.

— Os gêmeos e eu estaremos na porta ao lado — disse Maly. — E um de nós ficará de guarda enquanto você dorme.

Um jarro de água quente me esperava perto da pia, e lavei o rosto enquanto Maly me informava sobre as acomodações que havia garantido para o resto dos Grishas, quanto tempo seria necessário para equipar a nossa expedição aos Sikurzoi, e como ele queria dividir o grupo. Eu tentei ouvir, mas, em certo ponto, minha mente desligou.

Sentei-me no assento de pedra no banco da janela.

— Desculpe — falei. — Eu não consigo.

Ele ficou lá em pé, e quase pude vê-lo lutando para decidir se iria se sentar ao meu lado ou não. No fim, ficou onde estava.

— Você salvou minha vida hoje — disse ele.

Dei de ombros.

— E você salvou a minha. É meio o que fazemos.

— Eu sei que não é fácil... matar pela primeira vez.

— Tenho sido responsável por um monte de mortes. Essa não deveria ser diferente.

— Mas é.

— Ele era um soldado como nós. Provavelmente, tinha uma família em algum lugar, uma garota que ele amava, talvez até mesmo um filho. Ele estava lá e então simplesmente... partiu. — Eu sabia que devia terminar por aí, mas precisava deixar as palavras saírem. — E sabe qual é a parte realmente assustadora? Aquilo *foi* fácil.

Maly ficou quieto por um longo momento. Então ele disse:

— Não tenho certeza de quem foi minha primeira morte. Estávamos caçando o cervo quando corremos para cima de uma patrulha fjerdana na fronteira norte. Não acho que a luta durou mais do que alguns minutos, mas eu matei três homens. Eles estavam fazendo o trabalho deles, da mesma maneira que eu, tentando sobreviver a cada dia, e então estavam sangrando na neve. Não há como dizer quem foi o primeiro a cair, e não sei se isso importa. Você os mantém a certa distância. Os rostos começam a borrar.

— Sério?

— Não.

Eu hesitei. Não consegui olhar para ele quando sussurrei:

— A sensação foi boa. — Ele não disse nada, então prossegui. — Não importa por que estou usando o Corte, o que estou fazendo com o poder. A sensação *sempre* é boa.

Fiquei com medo de olhar para ele, com medo do desgosto que veria em seu rosto, ou pior, do medo. Mas quando me forcei a olhar para cima, a expressão de Maly era pensativa.

— Você poderia ter derrubado o Apparat e toda a guarda dele, mas não fez isso.

— Eu queria.

— Mas não fez. Teve muitas oportunidades de ser brutal, cruel. E nunca aproveitou nenhuma delas.

— Não ainda. O pássaro de fogo...

Ele sacudiu a cabeça.

— O pássaro de fogo não mudará quem você é. Ainda será a garota que levou uma surra por mim quando quebrei o relógio ormolu de Ana Kuya.

Eu resmunguei, apontando um dedo acusador para ele.

— E você deixou.

Ele riu.

— É claro que sim. Aquela mulher era assustadora. — Então a expressão dele ficou séria. — Você ainda é a garota que desejava sacrificar sua vida para nos salvar no Pequeno Palácio, a mesma garota que eu vi apoiar uma serviçal contra um rei.

— Ela não é uma serviçal. Ela é...

— Uma amiga. Eu sei. — Ele hesitou. — O ponto é que Luchenko estava certo, Alina.

Eu levei um momento para situar o nome do líder da milícia.

— Sobre o quê?

— Tem algo errado com este país. Nenhuma terra. Nenhuma vida. Só um uniforme e uma arma. Eu também costumava pensar assim.

Era verdade. Ele havia desejado partir de Ravka sem pensar duas vezes.

— O que mudou?

— Você. Eu vi isso na noite na capela. Se eu não estivesse tão assustado, teria visto antes.

Eu pensei no corpo do miliciano caindo aos pedaços.

— Talvez você tivesse razão de ter medo de mim.

— Eu não estava com medo de você, Alina. Eu tinha medo de perder você. A garota que estava se tornando não precisava mais de mim, mas ela é quem você sempre esteve destinada a ser.

— Sedenta por poder? Impiedosa?

— Forte. — Ele desviou o olhar. — Brilhante. E talvez um pouco impiedosa, também. É o que é preciso para governar. Ravka está quebrada, Alina. Acho que sempre esteve. A garota que vi na capela poderia mudar isso.

— Nikolai...

— Nikolai é um líder nato. Ele sabe lutar. Sabe ser político. Mas ele não sabe o que é viver sem esperança. Ele nunca foi "nada". Não como você ou Genya. Não como eu.

— Ele é um bom homem — protestei.

— E será um bom rei. Mas ele precisa de você para ser um ótimo rei.

Eu não soube o que responder. Pressionei um dedo no vidro da janela, então limpei a mancha com minha manga.

— Vou perguntar a ele se posso trazer os alunos de Keramzin para cá. Os órfãos também.

— Leve-o com você quando for — disse Maly. — Nikolai deveria ver de onde você veio. — Ele riu. — Você pode apresentá-lo a Ana Kuya.

— Já soltei Baghra em cima do Nikolai. Ele vai achar que tenho um estoque de velhas cruéis. — Fiz outra marca de digital no vidro. Sem olhar para ele, falei: — Maly, me conta sobre a sua tatuagem.

Ele ficou em silêncio por um momento. Finalmente, passou a mão na nuca e disse:

— É um juramento em ravkano antigo.

— Mas por que fazer essa marca?

Dessa vez ele não corou nem se virou.

— É uma promessa para ser melhor do que eu era — disse. — É um voto de que, se não posso ser nada além disso para você, pelo menos posso ser uma arma em suas mãos. — Ele deu de ombros. — E acho que é um lembrete de que querer e merecer não são a mesma coisa.

— O que você *realmente* quer, Maly?

O quarto pareceu bastante silencioso.

— Não me pergunte isso.

— Por que não?

— Porque não é possível.

— Quero ouvir mesmo assim.

Ele soprou uma longa respiração.

— Diga boa noite. Diga-me para ir, Alina.

— Não.

— Você precisa de um exército. Precisa de uma coroa.

— Eu preciso mesmo.

Ele riu.

— Sei que eu devia falar algo nobre, que quero uma Ravka unida e livre da Dobra, que quero o Darkling a sete palmos do chão, onde ele nunca poderá machucar você ou qualquer outra pessoa de novo. — Ele deu um aceno triste de cabeça. — Mas acho que sou o mesmo egoísta que sempre fui. Apesar de toda a minha conversa de promessas e honra, o que realmente queria era colocá-la contra a parede e beijá-la até esquecer que chegou a conhecer o nome de outro homem. Então, diga-me para ir embora, Alina. Porque não posso lhe dar um título ou um exército ou qualquer uma das coisas que você precisa.

Ele estava certo. Eu sabia disso. Qualquer coisa frágil e amorosa que tinha existido entre nós pertencia a duas outras pessoas – pessoas que não estavam ligadas por dever e responsabilidade, e eu não sabia ao certo o que havia restado. Ainda assim, queria passar meus braços ao redor dele, queria ouvi-lo sussurrar meu nome na escuridão, queria pedir para ele ficar.

— Boa noite, Maly.

Ele tocou o ponto acima de seu coração, onde usava o sol dourado que eu lhe havia dado há muito tempo, em um jardim escuro.

— *Moi soverenyi* — disse ele, calmamente. Fez uma mesura e se foi.

A porta se fechou atrás dele. Apaguei as lamparinas e me deitei na cama, envolvendo-me com as cobertas. A parede da janela era como um grande olho redondo, e agora que o quarto estava escuro, eu podia ver as estrelas.

Passei meu dedão na cicatriz na minha palma, feita anos atrás pela ponta de uma xícara azul quebrada, um lembrete do momento em que meu mundo inteiro havia mudado, quando abdiquei de uma parte do meu coração que jamais recuperaria.

Nós havíamos feito a escolha sábia, a coisa certa. Eu tinha que acreditar que a lógica traria conforto com o tempo. Hoje à noite, havia apenas este quarto silencioso demais, a dor da perda, o conhecimento profundo e decisivo como o toque de um sino: *algo bom se foi.*

NA MANHÃ SEGUINTE, acordei com Tolya na minha cabeceira.

— Encontrei Sergei — disse ele.

— Ele estava desaparecido?

— Durante toda a última noite.

Eu me vesti com roupas limpas deixadas para mim: túnica, calças, novas botas e um *kefta* de lã grossa no azul dos Conjuradores, com vermelho raposa nas bordas, as mangas bordadas com ouro. Nikolai sempre vinha preparado.

Deixei Tolya me levar pela escada até o nível da caldeira e para um dos cômodos escuros de água. No mesmo instante, me arrependi de minha escolha de roupas: o lugar estava miseravelmente quente. Evoquei um brilho de luz do lado de dentro. Sergei estava sentado, apoiado na parede próxima de um dos grandes tanques metálicos, os joelhos pressionados contra o peito.

— Sergei?

Ele cerrou os olhos e virou a cabeça para o outro lado. Tolya e eu nos entreolhamos.

Eu bati em seu braço enorme.

— Vá tomar o seu café da manhã — falei, meu próprio estômago roncando. Quando Tolya saiu, diminuí a luz e fui me sentar ao lado de Sergei. — O que está fazendo aqui embaixo?

— É muito grande lá em cima — ele murmurou. — Muito alto.

A situação era mais complexa do que parecia. Havia algum motivo para ele deixar escapar o nome de Genya, e eu não podia mais ignorar isso. Nós nunca tivéramos uma chance de conversar sobre o desastre no Pequeno Palácio. Ou talvez tenham existido oportunidades e eu as evitara. Queria me desculpar pela morte de Marie, por colocá-la em perigo, por não estar lá para salvá-la. Mas quais palavras escolher para esse tipo de falha? Que palavras poderiam preencher o vazio deixado por uma garota vivaz de cachos castanhos e risada melódica?

— Também sinto falta de Marie — disse eu, finalmente. — E dos outros.

Ele afundou o rosto nos braços.

— Nunca tive medo antes, não de verdade. Agora fico apavorado o tempo inteiro. Não consigo parar.

Eu coloquei meu braço ao redor dele.

— Estamos todos assustados. Não há nada do que se envergonhar.

— Só quero me sentir seguro de novo.

Os ombros dele tremiam. Desejei ter o dom de Nikolai de encontrar as palavras certas.

— Sergei — disse eu, sem saber se tornaria as coisas melhores ou piores —, Nikolai tem acampamentos em terra firme, alguns em Tsibeya e um pouco mais ao sul. Há postos avançados para os contrabandistas, longe da maior parte da batalha. Se ele concordar com a ideia, preferiria ser enviado para lá? Você poderia trabalhar como Curandeiro. Ou talvez apenas descansar por um tempo.

Ele nem hesitou.

— Sim — disse, ofegante.

Eu me senti culpada pela sensação de alívio que me atravessou. Sergei tinha nos atrasado durante a luta contra a milícia. Ele era instável. Eu podia me desculpar, dizer palavras inúteis, mas não sabia como ajudá-lo, e isso não mudava o fato de que estávamos em guerra. Sergei tinha se tornado um peso.

— Cuidarei dos preparativos. Se precisar de mais alguma coisa... — Eu parei, sem saber como terminar. Meio sem jeito, dei um tapinha em seu ombro, me levantei e me virei para ir embora.

— Alina?

Parei na porta. Eu mal conseguia ver sua silhueta no escuro, a luz do corredor brilhando em suas bochechas úmidas.

— Me desculpe por Genya. Por tudo.

Eu me lembrei do modo como Marie e Sergei costumavam implicar um com o outro, pensei neles sentados de braços dados, rindo enquanto compartilhavam uma xícara de chá.

— Eu também — sussurrei.

Quando saí no corredor, fiquei espantada de ver Baghra esperando com Misha.

— O que está fazendo aqui?

— Viemos encontrá-la. Qual o problema com aquele garoto?

— Ele enfrentou muitas dificuldades — disse eu, conduzindo-os para longe da sala da cisterna.

— E quem não enfrentou?

— Ele viu a garota que amava ser estripada pelo seu filho e a segurou enquanto ela morria.

— Sofrimento é ordinário como barro e duas vezes mais comum. O que importa é como cada homem lida com ele. Agora — disse ela com uma batida de seu cajado —, aulas.

Eu fiquei tão atordoada que levei um instante para entender o que ela queria dizer. Aulas? Baghra tinha se recusado a me ensinar desde que eu havia voltado ao Pequeno Palácio com um segundo amplificador. Recobrei a concentração e a segui pelo corredor. Provavelmente, eu era uma idiota de perguntar, mas não consegui me controlar.

— O que a fez mudar de ideia?

— Tive uma conversa com nosso novo Rei.

— Nikolai?

Ela grunhiu.

Meus passos desaceleraram quando vi onde Misha a estava levando.

— Você anda na caixa de ferro?

— É claro — ela rebateu. — Queria que eu subisse me arrastando por todos esses degraus?

Eu olhei para Misha, que olhava placidamente para mim, a mão descansando sobre a espada de treino de madeira em seu quadril. Entrei bem devagar naquela engenhoca horrível.

Misha desceu a grade e suspendeu a alavanca. Eu fechei os olhos enquanto subíamos rapidamente, então sacudi com a parada.

— O que Nikolai disse? — perguntei, trêmula, enquanto entrávamos no Zodíaco.

Baghra sacudiu a mão.

— Eu o avisei de que, quando tivesse o poder dos amplificadores, você talvez ficasse tão perigosa quanto meu filho.

— Obrigada — falei, amargamente.

Ela estava certa e eu sabia disso, mas não significava que eu queria Nikolai preocupado com o assunto.

— Eu o fiz jurar que, se isso acontecesse, ele daria um tiro em você.

— E ele? — perguntei, mesmo temendo ouvir a resposta.

— Me deu a palavra dele. Seja lá o que isso valha.

Eu sabia que a palavra de Nikolai tinha valor. Talvez ele lamentasse minha morte. Talvez nunca se perdoasse. Mas Nikolai amava primeiro a Ravka. Ele nunca toleraria uma ameaça ao seu país.

— Por que não faz isso agora e poupa o trabalho dele? — resmunguei.

— Penso nisso diariamente — ela rebateu. — Sobretudo quando você abre a boca.

Baghra murmurou instruções a Misha e ele nos levou ao terraço ao sul. A porta estava escondida na bainha das saias de bronze da Donzela Despojada, e havia casacos e chapéus pendurados em ganchos ao longo de sua bota. Baghra já estava tão agasalhada que eu mal conseguia ver seu rosto, mas peguei um chapéu de pele para mim e abotoei Misha em um casaco de lã grossa antes de nos exporamos ao frio cortante.

O longo terraço terminava em um bico, quase como a proa de um navio, e o banco de nuvens repousava como um mar congelado diante de nós. De vez em quando, a névoa se partia, oferecendo vislumbres dos picos cobertos de neve e das rochas cinzentas lá embaixo. Eu estremeci. *Muito grande. Muito alto.* Sergei estava certo. Somente os picos mais altos do Elbjen eram visíveis sobre as nuvens, e mais uma vez me lembrei de uma cadeia de ilhas que se estendia ao sul.

— Diga-me o que vê — disse Baghra.

— Na maior parte, nuvens — falei —, céu, alguns picos montanhosos.

— Qual a distância até o pico mais próximo?

Eu tentei medir.

— Pelo menos dois quilômetros, talvez três?

— Ótimo — disse ela. — Arranque a ponta dele fora.

— O quê?

— Você já usou o Corte antes.

— É uma *montanha* — falei. — Uma montanha realmente grande.

— E você é a primeira Grisha a usar dois amplificadores. Faça.

— Está a quilômetros de distância.

— Está com esperanças de que eu envelheça e morra enquanto reclama?

— E se alguém vier...

— A cordilheira é desabitada tão ao norte. Pare de dar desculpas.

Dei um soluço de frustração. Eu usava os amplificadores há meses. Tinha uma boa noção dos limites do meu poder.

Levantei as mãos enluvadas e a luz veio até mim em um fluxo bem-vindo, brilhando sobre o banco de nuvens. Concentrei-a, estreitando-a para formar uma lâmina. Então, sentindo-me uma idiota, ataquei na direção do pico mais próximo.

Nem cheguei perto. A luz queimou através das nuvens pelo menos alguns metros antes da montanha, mal revelando os picos abaixo e deixando destroços de névoa em seu rastro.

— Como ela se saiu? — Baghra perguntou a Misha.

— Mal.

Eu o olhei de cara feia. Traidorzinho. Alguém se esgueirou atrás de mim.

Eu me virei. Nós tínhamos atraído um monte de soldados e Grishas. Foi fácil perceber o penacho vermelho do cabelo de Harshaw. Ele trazia

Ongata em volta do pescoço como um cachecol laranja, e Zoya sorria discretamente atrás dele. *Perfeito.* Nada como uma pequena humilhação com um estômago vazio.

— De novo — disse Baghra.

— É muito longe — resmunguei. — E muito grande. — *Não podíamos ter começado com algo menor? Por exemplo, uma casa?*

— Não é *muito* longe — ela zombou. — Você está tão lá quanto aqui. As mesmas coisas que compõem a montanha compõem você. Ela não tem pulmões, então deixe-a respirar contigo. Ela não tem pulsação, então dê a ela seu batimento cardíaco. Essa é a essência da Pequena Ciência. — Ela me cutucou com seu cajado. — Pare de bufar como um javali. Respire do jeito que ensinei... Contido, equilibrado.

Eu senti minhas bochechas enrubescerem e desacelerei a respiração. Fragmentos de teoria Grisha encheram minha cabeça. *Odinakovost.* Inespecificidade. *Etovost.* Especificidade. Era tudo uma confusão. Mas as palavras de que me lembrei com mais força foram os rabiscos febris de Morozova: *Não somos nós todas as coisas?*

Eu fechei os olhos. Dessa vez, em vez de puxar a luz para mim, fui até ela. Senti-me dispersar, ser refletida no terraço, na neve, no vidro atrás de mim.

Eu disparei o Corte. Atingi a lateral da montanha, derrubando uma capa de gelo e rocha com um rugido seco.

Ao fundo, a multidão comemorou.

— Hunf — resmungou Baghra. — Eles aplaudiriam até um macaco dançarino.

— Tudo depende do macaco — disse Nikolai da borda do terraço. — E da dança.

Que ótimo. Mais companhia.

— Melhorou? — Baghra perguntou a Misha.

— Um pouco — disse ele, de má vontade.

— Foi muito melhor! — protestei. — Eu acertei, não foi?

— Eu não pedi a você para acertar a montanha — disse Baghra. — Pedi para arrancar fora o cume. De novo.

— Aposto dez moedas que ela não consegue — disse um dos Grishas fugitivos de Nikolai.

— Vinte que ela consegue — gritou Adrik, em lealdade.

Eu poderia tê-lo abraçado, mesmo sabendo que ele não tinha aquele dinheiro.

— Aposto trinta que ela consegue acertar a montanha de trás.

Eu me virei. Maly estava apoiado no arco da passagem, os braços cruzados.

— Aquele pico deve ficar a uns oito quilômetros de distância — protestei.

— Está mais para nove e meio — disse ele em tom leve, com um olhar desafiador. Foi como se estivéssemos de volta a Keramzin e ele me incitasse a roubar uma sacola de amêndoas doces ou me atraísse para andar na lagoa de Trivka antes que o gelo derretesse. *Eu não posso*, eu diria. *É claro que pode*, ele responderia, deslizando para longe de mim em patins emprestados, os dedos do pé cheios de papel, nunca se virando de costas, certificando-se de que eu o seguiria.

Enquanto a multidão gritava e fazia apostas, Baghra falou comigo, sua voz baixa.

— Dizemos que os similares se atraem, garota. Mas se a ciência for pequena o suficiente, então somos similares a todas as coisas. A luz vive no entremeio. Ela está lá no solo daquela montanha, na rocha e na neve. O Corte já está feito.

Eu olhei para ela. A mulher tinha praticamente citado os diários de Morozova daquela vez. Havia dito que o Darkling ficara obcecado com eles. Será que ela estava me dizendo algo mais agora?

Arregacei minhas mangas e ergui as mãos. A multidão ficou em silêncio. Eu me concentrei no cume ao longe, tão distante que não podia distinguir seus detalhes.

Chamei a luz para mim e então a liberei, deixando-me ir com ela. Estava nas nuvens, acima delas e, por um breve momento, estive na escuridão da montanha, sentindo-me comprimida e sem ar. Eu era o entremeio, o lugar onde a luz vivia mesmo que não pudesse ser vista. Quando desci o braço, o arco que fiz era infinito, uma espada brilhante que existia em um momento e em cada instante seguinte.

Um estalo ecoou, como um trovão distante. O céu pareceu vibrar.

Silenciosa e vagarosamente, o topo da montanha mais distante começou a se mover; não se inclinou, apenas deslizou de maneira inexorável para o lado, neve e rocha cascateando de sua lateral, deixando uma linha diagonal perfeita onde havia existido um pico – uma elevação de rocha cinza exposta, projetando-se bem acima do banco de nuvens.

Atrás de mim, ouvi gritos e comemoração. Misha pulava para cima e para baixo, gritando:

— Ela conseguiu! Ela conseguiu!

Eu olhei por sobre o ombro. Maly me cumprimentou discretamente, então começou a conduzir todo mundo de volta ao Zodíaco. Eu o vi apontar para um dos Grishas fugitivos e falar:

— Pode pagar.

Virei-me de volta para a montanha partida, meu sangue efervescendo com o poder, minha mente estupefata com a realidade, a permanência do que tinha acabado de fazer. *Novamente*, pediu uma voz dentro de mim, sedenta por mais. Primeiro um homem, depois uma montanha. Eles estavam lá e então não estavam mais. Fácil. Eu tremi no meu *kefta*, confortada pelo atrito suave da pele de raposa.

— Vá com calma — resmungou Baghra. — Nesse ritmo, perderei os dois pés para as queimaduras de frio antes que você faça algum progresso.

Capítulo 8

SERGEI PARTIU NAQUELA NOITE no *Íbis*, a embarcação cargueira que tinha sido colocada em funcionamento enquanto o *Pelicano* era reparado. Nikolai havia oferecido a ele um lugar em um posto avançado tranquilo perto de Duva, onde poderia se recuperar e prestar ajuda aos contrabandistas de passagem. Ele até oferecera a Sergei a possibilidade de aguardar e se abrigar em Ravka Oeste, mas o Grisha estava ansioso demais para partir.

Na manhã seguinte, Nikolai e eu nos encontramos com Maly e os gêmeos para estudar a logística da perseguição ao pássaro de fogo ao sul dos Sikurzoi. O restante dos Grishas não sabia a localização do terceiro amplificador, e queríamos manter assim quanto fosse possível.

Nikolai tinha passado grande parte das duas noites estudando os diários de Morozova, e estava tão preocupado quanto eu, convencido de que devia haver livros faltando, ou em posse do Darkling. Ele queria que eu pressionasse Baghra, mas eu precisava ser cautelosa para abordar o assunto. Se a provocasse, não teríamos nenhuma informação nova e ela interromperia minhas aulas.

— Não é só o fato de os livros estarem incompletos — disse Nikolai. — Por acaso, mais alguém acha Morozova um pouco... excêntrico?

— Se por "excêntrico" você quer dizer maluco, então sim — admiti.

— Espero que ele possa ser louco *e* estar certo.

Nikolai contemplou o mapa preso à parede.

— E essa continua sendo nossa única pista? — Ele bateu em um vale indefinido na fronteira ao sul. — Será uma longa cavalgada em dois blocos estreitos de rocha.

O vale indefinido era Dva Stolba, local dos assentamentos onde Maly e eu havíamos nascido, e assim nomeado pelas ruínas em sua entrada ao sul – pináculos delgados, erodidos pelo vento, que alguém tinha decidido que eram os restos de dois moinhos. Mas nós acreditávamos que, na verdade, eram as ruínas de um arco antigo, um sinalizador do pássaro de fogo, o último dos amplificadores de Ilya Morozova.

— Há uma mina de cobre abandonada em Murin — disse Nikolai. — Vocês podem aterrissar o *Alcaravão* lá e entrar no vale a pé.

— Por que não voar direto para os Sikurzoi? — perguntou Maly.

Tamar balançou a cabeça.

— Pode ser uma manobra arriscada. Há poucos locais para pouso, e o terreno é muito mais perigoso.

— Tudo bem — concordou Maly. — Então descemos em Murin e seguimos pela Passagem de Jidkova.

— Isso deve nos garantir uma boa cobertura — disse Tolya. — Nevsky comentou que muitas pessoas estão viajando pelas cidades fronteiriças, tentando sair de Ravka antes que o inverno chegue e seja impossível atravessar as montanhas.

— Quanto tempo levará para encontrar o pássaro de fogo? — perguntou Nikolai.

Todos se viraram para Maly.

— Impossível saber — disse ele. — Demorei meses para encontrar o cervo. Caçar o açoite do mar levou menos de uma semana. — Ele manteve os olhos no mapa, mas eu podia sentir a memória daqueles dias ressurgindo entre nós. Nós os havíamos passado em águas geladas da Rota dos Ossos, com a ameaça de tortura pairando sobre todos. — Os Sikurzoi cobrem um vasto território. Precisamos nos mover o mais rápido possível.

— Já escolheu a sua tripulação? — Nikolai perguntou a Tamar.

A gêmea praticamente começou a dançar quando ele sugeriu que ela seria a capitã do *Alcaravão*, e passou imediatamente a se familiarizar com a embarcação e seus requisitos.

— Zoya não é muito boa para trabalhar em equipe — respondeu Tamar —, mas precisamos de Aeros, e ela e Nadia são nossas melhores opções. Stigg não é ruim com as cordas, e seria bom ter pelo menos um Infernal a bordo. Estaríamos aptos a fazer um voo teste amanhã.

— Você se moveria mais rápido com uma tripulação experiente.

— Adicionei um dos seus Hidros e um Fabricador à lista — disse ela. — Eu me sentiria mais segura usando o nosso pessoal para o restante.

— Os fugitivos são leais.

— Talvez sim — respondeu Tamar. — Mas nós trabalhamos bem juntos.

De repente, percebi que ela estava certa. *Nosso pessoal*. Quando isso tinha acontecido? Na viagem de partida da Catedral Branca? No desabamento? No momento em que enfrentamos os guardas de Nikolai e depois um rei?

Nosso pequeno grupo estava se dividindo, e eu não gostei disso. Adrik ficou furioso de ser deixado para trás, e eu sentiria falta dele. Sentiria falta até de Harshaw e Ongata. Mas a parte mais difícil seria me despedir de Genya. Entre tripulação e suprimentos, o *Alcaravão* já estava pesado, e não havia razão para ela ir conosco aos Sikurzoi. E, apesar de precisarmos de um Materialnik conosco para formar a segunda pulseira, Nikolai achava que David era mais necessário aqui, concentrando-se na guerra. Em vez dele, levaríamos Irina, a Fabricadora fugitiva que tinha forjado a pulseira de escamas em torno do meu pulso no *Volkvolny*. David ficou feliz com a decisão, e Genya tinha recebido a notícia melhor do que eu.

— Quer dizer que não terei de marchar por uma cordilheira empoeirada com Zoya reclamando durante todo o caminho e Tolya me entretendo com o Segundo Conto de Kregi? — Ela riu. — Estou arrasada.

— Você ficará bem aqui? — perguntei.

— Acho que sim. Não posso acreditar que estou dizendo isso, mas Nikolai está me conquistando. Ele não se parece em nada com o pai. E o homem sabe se vestir.

Ela estava certa sobre isso, sem dúvida. Mesmo no topo de uma montanha, as botas de Nikolai estavam sempre polidas, seu uniforme, imaculado.

— Se tudo correr bem — disse Tamar —, estaremos prontos para partir perto do fim da semana. — Senti uma onda de satisfação e tive que resistir à vontade de acariciar a pele nua no meu pulso. Mas então Nikolai pigarreou. — Sobre isso… Alina, estava me perguntando se você consideraria um leve desvio de rota.

Eu franzi a testa.

— Que tipo de desvio?

— A aliança com Ravka Oeste ainda é nova. Eles estarão sob pressão de Fjerda para abrir a fronteira ao Darkling. Seria de grande valor para eles ver o que a Conjuradora do Sol pode fazer. Enquanto os outros começam a explorar os Sikurzoi, pensei que poderíamos comparecer a alguns jantares de Estado, cortar o topo de uma cordilheira, acalmar suas mentes. Eu posso levá-la para junto dos outros nas montanhas no caminho de volta a Os Kervo. Como Maly disse, eles têm um longo território para cobrir, e o atraso seria insignificante.

Por um momento, pensei que Maly falaria da necessidade de entrar e sair dos Sikurzoi antes dos primeiros flocos de neve caírem, sobre o perigo de qualquer tipo de atraso. Em vez disso, ele enrolou o mapa sobre a mesa e disse:

— Parece sábio. Tolya pode ir como guarda de Alina. Eu preciso de experiência nas tropas.

Eu ignorei o aperto no meu coração. Era isso que eu queria.

— É claro — respondi.

Se Nikolai esperava alguma discussão, ele disfarçou bem.

— Excelente — exclamou, batendo as mãos. — Vamos falar sobre as suas roupas.

ACABOU QUE TIVEMOS mais alguns outros problemas para lidar antes que Nikolai me enterrasse em sedas. Ele tinha concordado em enviar o *Pelicano* para Keramzin assim que a embarcação estivesse pronta, mas aquele era apenas o primeiro item da agenda. Quando terminamos de conversar sobre munições, padrões de tempestade e mudanças de clima, havia passado bastante do meio-dia e todo mundo precisava de uma pausa.

A maioria das tropas comia junta em um refeitório bagunçado e improvisado que tinha sido montado no lado oeste do Zodíaco, sob a iminente vigilância dos Três Filhos Tolos e do Urso. Eu não estava muito no clima de socializar, então peguei um pãozinho mergulhado em sementes de cominho, um pouco de chá quente entupido de açúcar e fui para o terraço ao sul.

Estava frio demais. O céu era de um azul intenso, e o sol da tarde criou sombras profundas no banco de nuvens. Sorvi meu chá ao som do vento que soprava em meus ouvidos e agitava a pele em volta do meu rosto. À minha direita e à minha esquerda, via as pontas dos terraços leste e oeste. Ao longe, o toco do cume que eu havia decepado já estava coberto pela neve.

Com o tempo, sabia que Baghra conseguiria me ensinar a explorar os limites do meu poder, mas ela nunca me ajudaria a dominar o *merzost*, e, sozinha, eu não tinha ideia de por onde começar. Lembrei-me do sentimento na capela, a sensação de conexão e desintegração, o horror de sentir minha vida arrancada de mim, a excitação de ver minhas criaturas ganhando vida. Mas, sem o Darkling, eu não conseguia encontrar meu caminho até aquele poder, e não podia garantir que o pássaro de fogo mudaria isso. Talvez fosse simplesmente mais fácil para ele. Certa vez, o Darkling havia me dito que tinha bem mais experiência com a eternidade. Quantas vidas ele havia tirado? Quantas vidas havia vivido? Talvez, após todo esse tempo, vida e morte parecessem diferente para ele – pequenas e sem mistérios, algo para ser usado.

Com uma das mãos, eu chamei a luz, deixando-a deslizar pelos meus dedos em raios preguiçosos. Ela queimou pelas nuvens, revelando mais dos penhascos irregulares e implacáveis da cordilheira lá embaixo. Larguei minha xícara e me apoiei na parede para ver os degraus de pedra talhados na lateral da montanha abaixo de nós. Tamar disse que, em eras antigas, peregrinos tinham subido de joelhos.

— Se vai pular, pelo menos me dê tempo de compor uma balada em sua homenagem — disse Nikolai. Eu me virei para vê-lo andando pelo terraço, seu cabelo loiro brilhando. Ele tinha vestido um elegante casaco verde-oliva do exército, marcado com a águia dupla de ouro. — Algo com um monte de violinos tristes e um verso dedicado ao seu amor por arenque.

— Se eu esperar, talvez tenha que ouvi-lo cantar.

— Fique sabendo que sou mais do que um barítono passável. E qual é a pressa? É a minha água-de-colônia?

— Você não usa água-de-colônia.

— Tenho um aroma naturalmente tão delicioso que ficaria exagerado. Mas se tiver uma queda por isso, começarei a usar.

Eu enruguei o nariz.

— Não, obrigada.

— Eu a obedecerei em tudo. Principalmente depois daquela demonstração — disse ele, apontando para a montanha decepada. — A hora que quiser que eu tire o chapéu, por favor, é só pedir.

— Parece impressionante, não é? — disse eu, com um suspiro. — Mas o Darkling foi ensinado no colo de Baghra. Teve centenas de anos para dominar seu poder. Eu tenho menos de um.

— Eu tenho um presente para você.

— É o pássaro de fogo?

— Era isso que você queria? Devia ter me contado antes.

Ele enfiou a mão no bolso e colocou algo sobre o muro.

A luz brilhou em um anel de esmeralda. A pedra verde exuberante no seu centro era maior que o meu dedão, e estava cercada de estrelas feitas de diamantes minúsculos.

— A discrição é superestimada — falei, com a respiração vacilante.

— Adoro quando você me cita. — Nikolai bateu de leve no anel. — Console-se sabendo que, se em algum momento me socar usando isso, provavelmente arrancará meu olho fora. E eu gostaria muito que fizesse isso. Digo, que o usasse. Não que me socasse.

— Onde conseguiu esta coisa?

— Minha mãe me deu antes de partir. É a esmeralda dos Lantsov. Ela o usava no jantar do meu aniversário, na noite em que fomos atacados. Curiosamente, esse não foi o pior aniversário que já tive.

— Não?

— Quando eu tinha dez anos, meus pais contrataram um *palhaço*.

Timidamente, peguei o anel.

— Pesado — falei.

— Uma mera pedrinha, na verdade.

— Você contou à sua mãe que planejava dá-lo a uma órfã comum?

— Ela falou a maior parte do tempo — disse ele. — Queria me contar sobre Magnus Opjer.

— Quem?

— Um embaixador fjerdano, e um marinheiro e tanto, que ganhou dinheiro com transporte marítimo. — Nikolai olhou para o banco de nuvens. — E também meu pai, aparentemente.

Fiquei na dúvida se devia dar parabéns ou pêsames. Nikolai falou sobre as condições de seu nascimento com bastante facilidade, mas eu sabia que ele sentia a dor mais profundamente do que admitia.

— É estranho saber de verdade — ele continuou. — Acho que uma parte de mim sempre desejou que tudo não passasse de rumores.

— Você será um grande rei mesmo assim.

— É claro que serei — ele zombou. — Estou melancólico, não maluco. — Ele esfregou um pedaço invisível de fibra de tecido de sua manga. — Não sei se ela me perdoará algum dia por mandá-la para o exílio, especialmente nas Colônias.

O que é pior? Perder a mãe ou simplesmente nunca conhecer uma? De qualquer modo, senti pena dele. Tinha perdido sua família pedaço por pedaço – primeiro o irmão, agora os pais.

— Sinto muito, Nikolai.

— O que há aqui para se lamentar? Eu finalmente consegui o que queria. O Rei renunciou, o caminho para o trono está livre. Se não houvesse um ditador todo poderoso e sua horda de monstros para lidar, eu estaria abrindo uma garrafa de champanhe.

Nikolai podia ser cheio de gracejos, mas eu sabia que não era assim que ele havia imaginado assumir a liderança de Ravka – seu irmão assassinado, seu pai deposto por causa das acusações sórdidas de uma serviçal.

— Quando assumirá a coroa? — perguntei.

— Não até ter vencido. Serei coroado em Os Alta ou não serei coroado. E o primeiro passo é consolidar a nossa aliança com Ravka Oeste.

— Por isso o anel?

— Por isso o anel. — Ele ajeitou a borda de sua lapela e disse: — Sabe, você podia ter me contado sobre Genya.

Eu me senti culpada.

— Estava tentando protegê-la. Poucas pessoas fizeram isso.

— Eu não quero mentiras entre nós, Alina. — Ele estava pensando nos crimes de seu pai? No caso amoroso de sua mãe? Ainda assim, não estava exatamente sendo justo.

— Quantas mentiras contou para mim, *Sturmhond*? — Eu apontei para o Zodíaco. — Quantos segredos guardou até estar pronto para compartilhá-los?

Ele juntou as mãos atrás das costas, parecendo distintamente desconfortável.

— Prerrogativa de um príncipe?

— Se um mero príncipe está liberado para agir assim, então uma Santa viva também está.

— Você vai tornar isso de vencer nossas discussões um hábito? É muito inconveniente.

— Isso foi uma discussão?

— É claro que não. Eu não perco discussões. — Então, ele olhou para o lado. — Pelos Santos, ele está correndo pela escada de gelo?

Eu tentei ver através da névoa. Claramente, alguém estava subindo pelos degraus estreitos e em zigue-zague ao longo da lateral do penhasco, sua respiração vaporando no ar gelado. Só levei um momento para perceber que era Maly, cabeça inclinada, mochila nos ombros.

— Parece... estimulante. Se ele continuar assim, talvez eu realmente comece a me exercitar. — O tom de Nikolai era leve, mas eu podia sentir seus olhos castanhos espertos sobre mim. — Assumindo que derrotemos o Darkling, e estou certo de que iremos, Maly planeja permanecer como capitão de sua guarda?

Eu me segurei antes que esfregasse o dedão na cicatriz na minha palma.

— Não sei. — Apesar de tudo que havia acontecido, queria manter Maly por perto. Aquilo não seria justo com nenhum de nós. Eu me obriguei a dizer: — Acho que seria melhor realocá-lo. Ele é bom em combate, mas é um rastreador ainda melhor.

— Você sabe que ele não vai assumir uma missão longe da luta.

— Faça o que achar melhor. — Aquilo doeu como se alguém deslizasse uma faca delgada direto em minhas costelas. Eu estava tirando Maly da minha vida, mas minha voz permaneceu firme. Nikolai havia me ensinado bem. Eu tentei devolver o anel. — Não posso aceitar isto. Não agora. — *Talvez nunca.*

— Fique com ele — disse Nikolai, curvando meus dedos sobre a esmeralda. — Um corsário aprende a aproveitar qualquer vantagem.

— E um príncipe?

— Príncipes se acostumam com a palavra *sim*.

QUANDO VOLTEI PARA MEU APOSENTO aquela noite, Nikolai tinha reservado mais surpresas para mim. Eu hesitei, então me virei e atravessei o corredor até onde as outras garotas estavam alojadas. Por um demorado segundo, apenas permaneci lá em pé, me sentindo tímida e tola, então me forcei a bater na porta.

Nadia atendeu. Atrás dela, vi que Tamar tinha vindo fazer uma visita e afiava seus machados na janela. Genya estava sentada à mesa, costurando ouro em torno de outro tapa-olhos, e Zoya estava recostada em uma das camas, mantendo uma pena no alto com uma rajada de seus dedos.

— Preciso mostrar uma coisa a vocês — disse eu.

— O que foi? — perguntou Zoya, mantendo os olhos na pena.

— Venha e veja por si mesma.

Ela rolou para fora da cama com um suspiro exasperado. Eu as levei pelo corredor até meu quarto, então abri a porta de supetão.

Genya mergulhou na pilha de vestidos postos sobre a minha cama.

— Seda! — exclamou ela. — Veludo!

Zoya pegou um *kefta* pendurado no encosto da minha cadeira. A peça era brocada com ouro, mangas e bainha bordadas ricamente de azul, punhos marcados com sóis cheios de joias.

— Zibelina — ela me disse, acariciando o forro. — Eu nunca a odiei tanto.

— Esse é meu — falei. — Mas o restante não tem dono. Não posso vestir todos eles em Ravka Oeste.

— Nikolai fez essas roupas para você? — perguntou Nadia.

— Ele não é muito adepto de meias medidas.

— Tem certeza de que ele quer que os distribua?

— Empréstimos — eu corrigi. — E se ele não gostar da ideia, seria bom aprender a deixar orientações mais precisas.

— Isto cai bem — disse Tamar, jogando uma capa verde-azul sobre os ombros e olhando para si mesma no espelho. — Ele precisa parecer um Rei, e você precisa parecer uma Rainha.

— Tem mais uma coisa — disse eu. Mais uma vez, senti a timidez me dominar. Ainda não sabia exatamente como me comportar perto dos outros Grishas. Eles eram amigos? Subordinados? Esse era um território novo. Mas eu não queria ficar sozinha no meu quarto com nada além dos meus pensamentos e uma pilha de vestidos como companhia. Peguei o anel de Nikolai e o coloquei sobre a mesa.

— Pelos Santos — Genya arquejou. — Essa é a esmeralda dos Lantsov.

A pedra parecia brilhar na luz da lamparina, os pequenos diamantes cintilando ao redor dela.

— Ele simplesmente a deu a você? Para você guardar? — perguntou Nadia.

Genya agarrou meu braço.

— Ele a pediu em casamento?

— Não exatamente.

— Foi praticamente como se tivesse — disse Genya. — Esse anel é uma herança de família. A Rainha o usava em todos os lugares, até para dormir.

— Dispense-o — disse Zoya. — Parta o coração dele com crueldade. Terei prazer em dar conforto ao nosso pobre príncipe, e eu me sairia uma rainha magnífica.

Eu ri.

— Você daria mesmo, Zoya. Se pudesse parar de ser terrível por um minuto.

— Com esse tipo de incentivo, consigo me conter por um minuto. Talvez dois.

Eu revirei os olhos.

— É só um anel.

Zoya suspirou e ergueu a esmeralda para vê-la brilhar.

— Eu sou mesmo terrível — disse ela, de repente. — Todas essas pessoas mortas, e eu sinto falta de coisas bonitas.

Genya mordeu o lábio, então deixou escapar:

— Eu sinto falta de amêndoa *kulich*. E manteiga, e a geleia de cereja que os cozinheiros costumavam trazer do mercado em Balakirev.

— Eu sinto falta do mar — disse Tamar —, e da minha rede a bordo do *Volkvolny*.

— Sinto falta de sentar perto do lago no Pequeno Palácio — falou Nadia. — De beber meu chá, tudo parecendo pacífico.

Zoya olhou para suas botas e disse:

— Sinto falta de saber o que viria a seguir.

— Eu também — confessei.

Zoya devolveu o anel.

— Você dirá *sim*?

— Ele não me propôs, de fato.

— Mas irá.

— Talvez. Não sei.

Ela suspirou de um jeito desgostoso.

— Eu menti. *Agora sim* eu nunca a odiei tanto.

— Isso seria algo especial — disse Tamar —, ter uma Grisha no trono.

— Ela tem razão — adicionou Genya. — Sermos os governantes, em vez de apenas os governados.

Eles queriam uma rainha Grisha. Maly queria uma rainha plebeia. E o que eu queria? Paz para Ravka. Uma chance de dormir tranquila na minha cama, sem medo. E o fim da culpa e do pavor com que acordava a cada manhã. Havia vontades antigas também: ser amada pelo que eu era, não pelo que eu poderia ser; repousar em um prado com os braços de um garoto ao meu redor e assistir ao vento mover as nuvens. Mas aqueles sonhos pertenciam a uma menina, não à Conjuradora do Sol, não a uma Santa.

Zoya fungou, colocando uma *kokochnik* de pérolas miúdas no topo de seu cabelo.

— Ainda acho que poderia ser eu.

Genya jogou um chinelo de veludo nela.

— O dia em que eu fizer reverência a você, David estará cantando uma ópera pelado no meio da Dobra das Sombras.

— Como se eu fosse aceitar você em minha corte.

— Você bem que gostaria. Venha aqui. Esse enfeite na sua cabeça está completamente torto.

Eu peguei o anel novamente, virando-o na minha mão. Não conseguia me convencer a usá-lo.

Nadia empurrou meu ombro com o dela.

— Existem coisas piores do que um príncipe.

— É verdade.

— Coisas melhores também — disse Tamar. Ela passou um vestido de renda cor de cobalto para Nadia. — Experimente este aqui.

Nadia o ergueu.

— Está doida? O corpete está praticamente aberto até o umbigo.

Tamar sorriu.

— Exatamente.

— Bem, a Alina não pode vesti-lo — disse Zoya. — Até ela cairia no prato de sobremesa com isso.

— Olha a diplomacia! — gritou Tamar.

Nadia caiu na risada.

— Ravka Oeste declara sua lealdade aos seios da Conjuradora do Sol!

Eu tentei fazer cara de brava, mas estava rindo muito.

— Espero que estejam se divertindo.

Tamar enganchou um lenço no pescoço de Nadia e a puxou para um beijo.

— Ai, pelo amor dos Santos — reclamou Zoya. — Está todo mundo formando casalzinho agora?

Genya riu.

— Não perca as esperanças. Tenho visto Stigg lançar olhares tristonhos na sua direção.

— Ele é fjerdano — disse Zoya. — É o único tipo de olhar que ele tem. E eu posso arrumar meus próprios pretendentes, muito obrigada.

Nós vasculhamos os baús de roupas, escolhendo os vestidos, casacos e joias mais adequados para a viagem. Nikolai tinha sido estratégico, como sempre. Cada vestido era manufaturado em tons de azul e dourado. Eu não teria me incomodado com alguma variedade, mas essa era uma viagem de exibição, não de prazer.

As garotas permaneceram no meu quarto até as lamparinas se apagarem, e eu fiquei grata pela companhia. Mas quando pegaram os vestidos de que haviam gostado, e após os enfeites restantes terem sido embrulhados e devolvidos aos baús, elas se despediram.

Eu peguei o anel sobre a mesa, sentindo o peso absurdo na minha palma.

Logo o *Martim-pescador* voltaria e Nikolai e eu partiríamos para Ravka Oeste. Nessa ocasião, Maly e sua equipe estariam a caminho dos Sikurzoi. Era assim que devia ser. Eu havia odiado a vida na corte, mas Maly a desprezara. Ele se sentiria igualmente péssimo fazendo a guarda nos banquetes em Os Kervo.

Se fosse honesta comigo mesma, poderia ver que ele tinha se animado desde a nossa partida do Pequeno Palácio, mesmo no subterrâneo. Ele se tornara um líder por conta própria, encontrara um novo senso de propósito. Eu não podia dizer que ele parecia feliz, mas talvez isso viesse com o tempo, com a paz e uma chance de futuro.

Nós encontraríamos o pássaro de fogo. Enfrentaríamos o Darkling. Talvez até vencêssemos. Eu usaria o anel de Nikolai, e Maly seria realocado. Ele teria a vida que deveria ter, que poderia ter tido sem mim. Então, por que aquela faca continuava girando entre as minhas costelas?

Deitei na minha cama, a luz das estrelas penetrando pela janela, a esmeralda apertada em minha mão.

Mais tarde – nunca saberia se tinha feito aquilo deliberadamente ou por acidente –, meu coração machucado puxou aquela corda invisível. Talvez apenas estivesse cansada demais para resistir à atração dele. Eu me encontrei em uma sala turva, olhando para o Darkling.

Capítulo 9

ELE ESTAVA SENTADO na beirada de uma mesa, a camisa embolada sobre o joelho, os braços erguidos sobre a cabeça enquanto a forma vaga de uma Curandeira Corporalnik entrava e saía de foco, cuidando de um corte sangrento no flanco do Darkling. Pensei de início que poderia estar na enfermaria do Pequeno Palácio, mas o espaço estava escuro e borrado demais para eu saber.

Tentei não notar sua aparência, seu cabelo despenteado, o topo sombreado de seu peito nu. Ele parecia tão humano... Só um garoto ferido em batalha, ou talvez ao treinar. *Não um garoto, lembrei a mim mesma; um monstro que tinha vivido centenas de anos e tirado centenas de vidas.*

Sua mandíbula enrijeceu enquanto a Corporalnik terminava o trabalho. Depois de a pele ser unida, o Darkling a dispensou com um aceno. Ela pairou ao redor brevemente, depois foi embora, desaparecendo no nada.

— Tem uma coisa que venho me perguntando — disse ele. Nenhum cumprimento, nenhuma introdução.

Eu esperei.

— Na noite em que Baghra lhe contou o que eu pretendia, na noite em que fugiu do Pequeno Palácio, você hesitou?

— Sim.

— Nos dias após a sua partida, chegou a pensar em voltar?

— Cheguei — admiti.

— Mas escolheu não voltar.

Eu sabia que devia ir embora. Devia pelo menos ter ficado calada, mas estava tão cansada, e parecia tão fácil estar ali com ele.

— Não foi só o que Baghra me contou naquela noite. Você mentiu para mim. Você me enganou. Você... me atraiu. — *Seduziu-me, fez que eu o desejasse, que questionasse meu próprio coração.*

— Eu precisava da sua lealdade, Alina. Precisava que estivesse ligada a mim por mais do que dever ou medo. — Seus dedos testaram a carne onde havia existido a ferida. Restava apenas uma vermelhidão suave. — Há rumores de que o seu príncipe Lantsov foi avistado.

Eu me aproximei, tentando manter minha voz casual.

— Onde?

Ele olhou para cima, seus lábios se curvando em um sorriso sutil.

— Você gosta dele?

— Isso importa?

— É mais difícil quando se gosta de alguém. Você lamenta mais a sua morte.

Por quantas mortes ele havia lamentado? Será que teve amigos? Uma esposa? Será que nunca deixou ninguém se aproximar desse jeito?

— Diga-me, Alina — disse o Darkling. — Ele já a reivindicou?

— *Me reivindicou?* Como uma península?

— Sem rubor. Sem desviar os olhos. Como você mudou. E quanto ao seu rastreador fiel? Ele dormirá enrolado ao pé do seu trono?

Ele estava pressionando, tentando me provocar. Em vez de me afastar, eu me aproximei.

— Você veio a mim usando o rosto de Maly naquela noite em seus aposentos. Fez isso porque sabia que eu o rejeitaria?

Os dedos dele se tensionaram na borda da mesa, mas então ele deu de ombros.

— Era ele que você desejava. Ainda o deseja?

— Não.

— Uma pupila talentosa, mas uma mentirosa terrível.

— Por que sente tanto desprezo por *otkazat'sya*?

— Não é desprezo. É entendimento.

— Nem todos são idiotas e fracotes.

— Eles são previsíveis — disse o Darkling. Então prosseguiu: — As pessoas a amariam por um tempo. Mas o que elas pensariam quando seu rei envelhecesse e morresse, enquanto a esposa bruxa dele permanecesse jovem? Quando todos que se lembram hoje dos seus sacrifícios se tornarem pó sob a terra, quanto tempo acha que levará para os filhos e netos deles se virarem contra você?

Aquelas palavras me arrepiaram. Ainda não conseguia pensar sobre a vida longa que tinha pela frente, o abismo voraz da eternidade.

— Nunca considerou isso, não é mesmo? — disse ele. — Você vive em um único momento. Eu vivo em milhares. — *Não somos nós todas as coisas?*

Numa piscada, sua mão serpenteou e agarrou meu pulso. A sala entrou em foco repentinamente. Ele me puxou para perto, firmando-me entre os joelhos. Sua outra mão pressionou a base das minhas costas, os dedos fortes se abrindo pela curva da minha coluna.

— Seu destino era ser o meu equilíbrio, Alina. Você é a única pessoa no mundo que pode governar comigo, que pode manter meu poder sob controle.

— E quem será o meu equilíbrio? — As palavras saíram antes que pudesse pensar melhor sobre elas, dando voz a um pensamento que me assombrava mais do que a possibilidade de o pássaro de fogo não existir. — E se eu não for melhor do que você? E se, em vez de pará-lo, eu for apenas outra avalanche?

O Darkling me estudou por um longo momento. Ele sempre havia me visto dessa maneira, como se eu fosse uma equação sem resposta.

— Quero que saiba o meu nome — disse ele. — O nome que me foi dado, não o título que criei para mim mesmo. Quer conhecê-lo, Alina?

Eu podia sentir o peso do anel de Nikolai na minha palma no Zodíaco. Eu não precisava ficar ali nos braços do Darkling. Podia desaparecer de entre suas mãos firmes, deslizar para a consciência e segurança de uma sala de pedra escondida no topo de uma montanha. Mas eu não queria ir. Apesar de tudo, eu queria essa confiança sussurrada.

— Sim — arfei.

Depois de um longo momento, ele falou:

— Aleksander.

Deixei escapar uma risadinha. Ele arqueou uma sobrancelha, um sorriso forçado nos lábios.

— O que foi?

— É que é tão... comum.

Um nome tão banal, dado a reis e camponeses na mesma proporção. Eu tinha conhecido dois Aleksander só em Keramzin, três no Primeiro Exército. Um deles havia morrido na Dobra.

O sorriso do Darkling aumentou e ele inclinou a cabeça para o lado. Vê-lo desse jeito era quase doloroso.

— Você irá pronunciá-lo? — ele perguntou.

Eu hesitei, sentindo o perigo me cercar.

— Aleksander — sussurrei.

O sorriso desapareceu de seu rosto, os olhos cinza pareceram piscar.

— Novamente — disse ele.

— Aleksander.

Ele chegou mais perto. Senti sua respiração no meu pescoço, então ele pressionou a boca contra a minha pele logo acima do colar, quase um suspiro.

— Não — disse eu. Recuei, mas ele me segurou mais firme. Sua mão foi para a minha nuca, dedos longos se enroscando em meu cabelo, tombando minha cabeça para trás. Eu fechei os olhos.

— Permita-me — ele murmurou perto da minha garganta. Ele enganchou o tornozelo na minha perna, trazendo-me para mais perto. Senti o calor de sua língua, a flexão de músculos rígidos sob a pele nua enquanto ele guiava minhas mãos em torno de sua cintura. — Não é real — disse ele. — Permita-me.

Senti aquela onda de fome, a batida constante e saudosa do desejo que nenhum de nós queria, mas que nos prendia mesmo assim. Estávamos sozinhos no mundo, éramos únicos. Estávamos unidos e sempre estaríamos.

E isso não importava.

Eu não podia perdoar o que ele havia feito, e não me esqueceria do que ele era: um assassino. Um monstro. Um homem que havia torturado meus amigos e massacrado as pessoas que tentei proteger.

Eu me afastei dele.

— É real o suficiente.

Os olhos dele se estreitaram.

— Estou ficando cansado desse jogo, Alina.

Eu fiquei surpresa com a raiva que brotou em mim.

— Cansado? Você brincou comigo em cada oportunidade. Não está cansado do jogo. Só lamenta que eu não possa ser manipulada tão facilmente.

— Alina esperta — disse ele. — A pupila talentosa. Estou feliz por ter vindo esta noite. Quero dividir as novidades. — Ele vestiu bruscamente a camisa ensanguentada. — Entrarei na Dobra.

— Vá em frente — disse eu. — Os volcras merecem outro pedaço seu.

— Eles não irão tê-lo.

— Está torcendo para que o apetite deles tenha mudado? Ou isso é só mais loucura?

— Não sou louco. Pergunte a David os segredos que ele deixou no palácio para eu descobrir.

Eu congelei.

— Outro que é esperto — disse o Darkling. — Vou trazê-lo de volta também, quando isso tudo terminar. Uma mente tão capaz.

— Você está blefando — disse eu.

O Darkling sorriu, mas dessa vez a curva em seus lábios era fria. Ele empurrou a mesa e caminhou na minha direção.

— Eu entrarei na Dobra, Alina, e mostrarei a Ravka Oeste o que posso fazer, mesmo sem a Conjuradora do Sol. E quando eu tiver esmagado o único aliado de Lantsov, vou caçá-la como um animal. Você não encontrará santuário. Não terá paz. — Ele pairou sobre mim, seus olhos cinza brilhando. — Volte correndo para o seu *otkazat'sya* — ele disparou. — Abrace-o bem apertado. As regras desse jogo estão prestes a mudar.

O Darkling ergueu a mão e o Corte me atravessou. Eu me estilhacei e fui soprada de volta para o meu corpo em uma sacudida gelada.

Agarrei meu próprio tronco, o coração ribombando no peito, ainda sentindo o pedaço de sombra passando por ele, mas eu estava inteira e sem marcas. Cambaleei para fora da cama, tentando encontrar a lanterna, então desisti e tateei ao redor até achar meu casaco e as botas.

Tamar estava de guarda do lado de fora do quarto.

— Onde David está alojado? — perguntei.

— Logo no fim do corredor, com Adrik e Harshaw.

— Maly e Tolya estão dormindo?

Ela assentiu.

— Acorde-os.

Ela correu para o aposento dos guardas. Maly e Tolya apareceram do lado de fora segundos depois, acordados instantaneamente do jeito dos soldados, e já calçando suas botas. Maly trazia sua pistola.

— Você não precisará dela — falei. — Pelo menos, acho que não.

Pensei em mandar alguém trazer Nikolai, mas primeiro queria saber com o que estávamos lidando.

Nós descemos pelo corredor, e quando chegamos ao aposento de David, Tamar bateu na porta antes de empurrá-la.

Aparentemente, Adrik e Harshaw tinham sido expulsos durante a noite. Uma Genya muito sonolenta e David piscaram para nós debaixo das cobertas em uma cama estreita.

Eu apontei para David.

— Vista-se — falei. — Você tem dois minutos.

— O que está... — Genya começou.

— Apenas obedeça.

Nós saímos do quarto para esperar.

Maly deu uma pequena tossida.

— Não posso dizer que estou surpreso.

Tamar resfolegou.

— Depois daquele discurso breve na sala de guerra, até eu pensei em pular em cima dele.

Momentos depois, a porta se abriu e um David descalço e despenteado nos conduziu para dentro. Genya estava sentada de pernas cruzadas na cama, seus cachos ruivos espalhados para todos os lados.

— O que foi? — perguntou David. — Qual é o problema?

— Recebi informações de que o Darkling pretende usar a Dobra contra Ravka Oeste.

— Nikolai já... — Tamar começou.

Eu levantei a mão.

— Preciso saber se isso é possível.

David balançou sua cabeça.

— Ele não pode sem você. Ele precisa entrar no Não Mar para expandi-la.

— Ele disse que pode. Disse que você deixou segredos no Pequeno Palácio.

— Espere um minuto — disse Genya. — De onde estão vindo essas informações?

— Fontes — falei, secamente. — David, o que ele quis dizer com isso?

Eu não queria acreditar que David nos trairia; pelo menos, não de maneira deliberada.

David franziu o cenho.

— Quando fugimos de Os Alta, deixei meus cadernos de trabalho antigos para trás, mas eles não são nem um pouco perigosos.

— O que havia neles? — perguntou Tamar.

— Todo tipo de coisas — disse ele, seus dedos ágeis dobrando e desdobrando o tecido de suas calças. — Os projetos dos pratos espelhados, uma lente para filtrar diferentes ondas do espectro, nada que ele pudesse usar para entrar na Dobra. Mas...

Ele empalideceu levemente.

— O que mais?

— Era apenas uma ideia...

— O que mais?

— Havia um plano para um esquife de vidro que Nikolai e eu estávamos bolando.

Eu franzi a testa e olhei para Maly, depois para os outros. Todos eles pareciam tão intrigados quanto eu.

— Por que ele iria querer um esquife de vidro?

— A estrutura é feita para conter *lumiya*.

Eu fiz um gesto impaciente.

— O que é *lumiya*?

— Uma variação de fogo líquido.

Pelos Santos.

— Ah, David. Você não fez isso.

Fogo líquido era uma das criações de Morozova. Uma substância pegajosa, inflamável, e criava uma chama quase impossível de se apagar. Era tão perigosa que Morozova destruiu a fórmula apenas algumas horas depois de criá-la.

— Não! — David ergueu as mãos, na defensiva. — Não, não. Esse é melhor, mais seguro. A reação cria apenas luz, não calor. Pensei no projeto quando tentávamos encontrar maneiras de aprimorar as bombas de luz para combater os *nichevo'ya*. Ele não tinha utilidade, mas gostei da ideia então a guardei para... depois.

Ele encolheu os ombros, indefeso.

— Ele queima sem calor?

— É só uma fonte artificial de luz do sol.

— Suficiente para manter os volcras a distância?

— Sim, mas é inútil para o Darkling. O produto tem uma vida útil limitada, e você precisa de luz do sol para ativá-lo.

— Quanto?

— Muito pouco, esse era o ponto. Era só outra forma de ampliar o seu poder, como os pratos. Mas não existe nenhuma luz na Dobra, então...

Eu ergui as mãos e sombras se espalharam pelas paredes.

Genya gritou, e David se encolheu contra a cama. Tolya e Tamar pegaram suas armas.

Eu baixei os braços e as sombras voltaram às suas formas originais. Todos se viraram para mim, boquiabertos.

— Você tem o poder dele? — sussurrou Genya.

— Não. Só uma parte.

Maly achava que eu o havia arrancado do Darkling. Talvez o Darkling também tivesse pegado algo de mim.

— Foi assim que fez as sombras pularem quando estávamos na Caldeira — disse Tolya.

Eu assenti.

Tamar apontou um dedo para Maly.

— Você mentiu para nós.

— Eu mantive o segredo dela — disse Maly. — Vocês teriam feito o mesmo.

Tamar cruzou os braços. Tolya pousou a mão enorme no ombro dela. Todos pareciam aborrecidos, mas não tão assustados quanto poderiam ter ficado.

— Vocês entendem o que isso significa — disse eu. — Se o Darkling tiver um resquício que seja do meu poder...

— Bastaria para afastar os volcras? — perguntou Genya.

— Não — disse eu. — Acho que não.

Precisei de um amplificador antes de ser capaz de comandar o mínimo de luz para entrar em segurança na Dobra. É claro, não há garantias de que o Darkling não tenha pegado mais do meu poder quando nos enfrentamos na capela. E, ainda assim, se ele realmente fosse capaz de dominar a luz, teria agido antes disso.

— Não importa — disse David, sentindo-se miserável. — Ele só precisa de luz do sol suficiente para ativar o *lumiya*, uma vez que entre na Dobra.

— Luz suficiente para proteção — disse Maly. — Um esquife bem armado de Grishas e soldados...

Tamar balançou a cabeça.

— Isso parece arriscado até mesmo para o Darkling.

Mas Tolya respondeu a ela com meus próprios pensamentos.

— Você está se esquecendo dos *nichevo'ya*.

— Soldados de sombras lutando contra volcras? — disse Genya, aterrorizada.

— Pelos Santos — disse Tamar. — Para quem você torce?

— O problema sempre foi a retenção — disse David. — *Lumiya* consome tudo. A única coisa que funcionava era vidro, mas vidro apresenta seus próprios problemas de engenharia. Nikolai e eu nunca resolvemos isso. Era apenas... apenas diversão.

Se o Darkling ainda não tivesse solucionado esses problemas, ele o faria.

Você não encontrará santuário. Não terá paz.

Coloquei o rosto nas mãos.

— Ele destruirá Ravka Oeste.

E, depois disso, nenhum país pensaria em ficar do meu lado ou do de Nikolai.

Capítulo 10

MEIA HORA DEPOIS, estávamos sentados no fim de uma mesa na cozinha, copos vazios de chá na nossa frente. Genya não havia dado as caras, mas David estava lá, a cabeça debruçada sobre uma pilha de rascunhos enquanto tentava recriar de memória os planos do esquife de vidro e a fórmula do *lumiya*. Para o bem ou para o mal, eu não acreditava que ele houvesse ajudado o Darkling intencionalmente. O crime de David era a sede de conhecimento, não a de poder.

O restante do Zodíaco estava vazio e silencioso, a maioria dos soldados e Grishas fugitivos ainda dormindo. Apesar de ter sido arrancado da cama no meio da noite, Nikolai deu um jeito de se preparar, mesmo com seu casaco verde-oliva pesado jogado sobre a calça e a camisa de dormir. Não levei muito tempo para atualizá-lo sobre o que eu tinha aprendido, e não me surpreendi com a primeira pergunta que ele fez.

— Há quanto tempo você sabe disso? — disse ele. — Por que não me contou mais cedo?

— Uma hora, talvez menos. Só esperei para confirmar a informação com David.

— Isso é impossível...

— Improvável — eu o corrigi gentilmente. — Nikolai... — Meu estômago se apertou. Olhei para Maly. Eu não havia esquecido o jeito como ele reagira quando finalmente lhe contei que estava tendo visões com o Darkling. E isso era muito pior, porque eu tinha ido procurá-lo. — Ouvi da boca do próprio Darkling. Ele me contou.

— O que você disse?

— Eu posso visitá-lo, como um tipo de visão. Eu... eu o procurei.

Houve uma longa pausa.

— Você pode espioná-lo?

— Não exatamente. — Tentei explicar a maneira como os aposentos apareciam para mim, como ele aparecia. — Não consigo ouvir outras pessoas ou mesmo vê-las se elas não estiverem imediatamente próximas a ele ou em contato com ele. É como se ele fosse a única coisa real, material.

Nikolai estava batendo os dedos no tampo da mesa.

— Mas nós podemos sondar informações — disse ele, sua voz animada —, até mesmo passar falsos planos a ele. — Eu pisquei. Num segundo, Nikolai estava traçando estratégias. Eu já devia estar acostumada com isso a esta altura. — Pode fazer o mesmo com outros Grishas? Talvez tentar entrar na cabeça deles?

— Acho que não. O Darkling e eu estamos… conectados. Imagino que sempre estaremos.

— Devo avisar Ravka Oeste — disse ele. — Eles precisarão evacuar a área ao longo da margem da Dobra.

Nikolai esfregou a mão no rosto. Esse foi o primeiro lapso que vi em sua confiança.

— Eles não manterão a aliança, não é? — perguntou Maly.

— Duvido. O bloqueio foi um gesto que Ravka Oeste se dispôs a fazer quando pensava estar a salvo de represálias.

— Se eles se renderem — disse Tamar —, o Darkling ainda atacará?

— Não se trata apenas do bloqueio — falei. — Trata-se de nos isolar, garantir que não tenhamos para onde voltar. E se trata de poder. Ele quer usar a Dobra. Sempre quis. — Controlei a vontade de tocar meu pulso vazio. — É uma compulsão.

— Quantas pessoas consegue reunir? — Maly perguntou a Nikolai.

— Contando tudo? Poderíamos provavelmente mobilizar uma força de cerca de cinco mil homens. Eles estão espalhados por células no noroeste, então o problema é mobilizá-las, mas acho que pode ser feito. Também tenho motivos para suspeitar que algumas milícias poderiam ser leais a nós. Houve deserções imensas da base em Poliznaya e nas fronteiras norte e sul.

— E quanto aos Soldat Sol? — perguntou Tolya. — Eles lutarão. Sei que dariam a vida por Alina. Eles já fizeram isso antes.

Esfreguei as mãos, pensando em mais vidas perdidas, no rosto ferozmente alegre de Ruby marcado pela tatuagem de sol.

Nikolai franziu a testa.

— Mas podemos confiar no Apparat? — O sacerdote tinha sido fundamental no golpe que quase destronou o pai de Nikolai, e, diferentemente de Genya, não havia sido um serviçal vulnerável vitimizado pelo Rei. Fora um conselheiro de confiança. — O que ele quer exatamente?

— Acho que ele quer sobreviver — falei. — Duvido que arriscaria um confronto direto com o Darkling a menos que tivesse certeza do resultado.

— Seria bom ter mais gente conosco — Nikolai admitiu.

Uma dor entorpecente estava surgindo perto da minha têmpora direita.

— Eu não gosto disso — falei. — De nada disso. Estão falando em jogar um monte de corpos para os *nichevo'ya*. As perdas serão sem precedentes.

— Você sabe que estarei lá fora com eles — disse Nikolai.

— Isso só significa que posso somá-lo ao número de mortos.

— Se o Darkling usar a Dobra para nos afastar de qualquer aliado possível, Ravka será dele. Ele só ficará mais forte, consolidará suas forças. Eu não vou simplesmente desistir.

— Você viu o que aqueles monstros fizeram no Pequeno Palácio...

— Você mesma disse... Ele não irá parar. Ele precisa usar o poder dele, e quanto mais usá-lo, mais ele almejará. Essa pode ser a nossa última oportunidade de derrubá-lo. Além disso, ouvi rumores de que Oretsev aqui é um rastreador e tanto. Se ele encontrar o pássaro de fogo, talvez até tenhamos uma chance.

— E se ele não encontrar?

Nikolai encolheu os ombros.

— Vestiremos nossas melhores roupas e morreremos como heróis.

O DIA AMANHECIA quando terminamos de resolver os detalhes do que pretendíamos fazer em seguida. O *Martim-pescador* tinha retornado, e Nikolai o mandou de volta com uma tripulação renovada e um alerta endereçado ao conselho mercantil de Ravka Oeste, contando que o Darkling podia estar planejando um ataque.

O navio também levava um convite para uma reunião com Nikolai e a Conjuradora do Sol, em campo neutro em Kerch. Era perigoso demais para Nikolai e eu nos arriscarmos a ser capturados no que logo poderia se tornar território inimigo. O *Pelicano* estava de volta ao hangar e logo partiria para Keramzin sem nós. Eu não sabia se estava triste ou aliviada de não poder viajar com eles para o orfanato, mas aquilo não era hora para um desvio de rota. Maly e sua equipe partiriam para os Sikurzoi amanhã a bordo do *Alcaravão*, e eu me reuniria a eles uma semana depois. Nós manteríamos nosso plano e a esperança de que o Darkling não agisse antes disso.

Havia mais a discutir, mas Nikolai tinha cartas para escrever, e eu precisava falar com Baghra. O tempo para as aulas tinha se esgotado.

Eu a encontrei em seu covil sombrio, o fogo já aceso, o aposento insuportavelmente quente. Misha tinha acabado de lhe trazer a bandeja do café da manhã. Esperei enquanto ela comia seu kasha de trigo e bebericava seu chá preto amargo. Quando ela terminou, Misha abriu o livro para começar sua leitura, mas Baghra o silenciou rapidamente.

— Leve a bandeja de volta — disse ela. — A pequena Santa tem algo em mente. Se a fizermos esperar mais, ela pode pular de seu assento e me sacudir.

Mulher terrível. Será que nada lhe escapava?

Misha ergueu a bandeja. Então hesitou, mudando o peso de um pé para o outro.

— Eu tenho que descer agora?

— Pare de se contorcer como uma lagarta — Baghra disparou, e Misha congelou. Ela deu um aceno. — Vá logo, sua coisinha inútil, mas não se atrase com o meu almoço.

Ele correu pela porta, pratos tilintando, e a chutou para fechá-la.

— Isso é culpa sua — Baghra reclamou. — Ele não consegue mais ficar quieto.

— Ele é um garotinho. Não são conhecidos por ficarem quietos. — Eu fiz uma nota mental para alguém continuar as lições de esgrima de Misha enquanto estivéssemos fora.

Baghra fez uma careta e se inclinou para mais perto do fogo, puxando suas peles para junto de si.

— Bem — disse ela —, estamos sozinhas. O que quer saber? Ou prefere ficar aí sentada mordendo a língua por mais uma hora?

Eu não sabia como prosseguir.

— Baghra...

— Ou fale de uma vez ou me deixe tirar um cochilo.

— O Darkling pode ter encontrado um jeito de entrar na Dobra sem mim. Ele será capaz de usá-la como uma arma. Se houver qualquer coisa que possa nos contar, precisamos de informações.

— Sempre a mesma pergunta.

— Quando perguntei se Morozova teria deixado os amplificadores incompletos, você disse que isso não era do feitio dele. Você o conheceu?

— Terminamos por aqui, garota — disse ela, voltando-se para a fogueira. — Você desperdiçou a sua manhã.

— Uma vez você me disse que tinha esperanças de redenção para seu filho. Essa pode ser minha última chance de pará-lo.

— Ah, então tem esperanças de salvar meu filho agora? Como você é generosa.

Eu respirei fundo.

— Aleksander — eu sussurrei. Ela congelou no lugar. — Seu nome verdadeiro é Aleksander. E se ele der esse passo, estará perdido para sempre. Talvez todos nós estaremos.

— Esse nome... — Baghra se recostou na cadeira. — Só ele poderia ter contado isso a você. Quando?

Eu nunca havia falado das visões para Baghra, e não acho que queria fazê-lo agora. Em vez disso, repeti a pergunta.

— Baghra, você conheceu Morozova?

Ela ficou calada por um longo momento, o único som que se ouvia era o estalido do fogo. Por fim, ela falou:

— Tão bem quanto qualquer outra pessoa.

Embora já suspeitasse, era difícil acreditar nisso. Eu tinha visto as anotações de Morozova, usado seus amplificadores, mas ele nunca tinha parecido real. Era um Santo com um halo dourado, mais uma lenda do que um homem para mim.

— Tem uma garrafa de *kvas* na prateleira do canto — disse ela —, fora do alcance de Misha. Traga-a junto com um copo.

Era cedo para *kvas*, mas eu não ia discutir. Desci a garrafa e a servi. Ela deu um gole longo e estalou os lábios.

— O novo Rei não economiza, não é mesmo? — Ela suspirou e se acomodou. — Tudo bem, pequena Santa, já que quer saber sobre Morozova e seus preciosos amplificadores, contarei a você uma história...

Uma que costumava contar a um garotinho de cabelo preto, um menino silencioso que raramente ria, que me ouviu mais atentamente do que eu percebia. Um garoto que tinha um nome e não um título.

Na luz da fogueira, as piscinas sombrias de seus olhos pareceram tremular e mudar.

— Morozova era um Artesão de Ossos, um dos maiores Fabricadores que já viveram, e um homem que testou os limites do poder Grisha. Mas ele também era apenas um homem com uma esposa. Ela era *otkazat'sya* e, apesar de amá-lo, não o entendia.

Pensei no modo como o Darkling falava dos *otkazat'sya*, nas previsões que havia feito sobre Maly e na maneira como eu seria tratada pelo povo de Ravka. Ele havia aprendido essas lições com Baghra?

— Devo dizer que ele também a amava — ela prosseguiu. — Pelo menos, acho que amava. Mas isso nunca foi suficiente para fazê-lo interromper seu trabalho. Não conseguiria mitigar a necessidade que o impulsionava. Essa é a maldição do poder Grisha. Você sabe como funciona, pequena Santa.

"Eles passaram quase um ano caçando o cervo em Tsibeya, dois anos navegando pela Rota dos Ossos à procura do açoite do mar. Grandes êxitos para o Artesão de Ossos. As duas primeiras fases de seu projeto extraordinário. Mas quando sua esposa engravidou, eles se estabeleceram em uma pequena cidade, um lugar onde pôde prosseguir com seus experimentos e planejar que criatura se tornaria o terceiro amplificador.

"Eles tinham pouco dinheiro. Quando era possível arrancar Morozova de seus estudos, ele ganhava a vida como carpinteiro, e os aldeões o procuravam de vez em quando com feridas e doenças..."

— Ele era um Curandeiro? — perguntei. — Pensei que fosse um Fabricador.

— Morozova não fazia essas distinções. Poucos Grishas faziam naquela época. Ele acreditava que, se a ciência fosse pequena o suficiente, tudo seria possível. E, para ele, frequentemente era. Não somos nós todas as coisas?

"Os cidadãos viam Morozova e sua família com uma combinação de pena e desconfiança. Sua esposa vestia trapos, e sua filha... Sua filha raramente era vista. A mãe a mantinha em casa e nos campos em volta dela. Veja, essa menininha tinha começado a mostrar seu poder desde cedo, e não era como nada conhecido. — Baghra tomou outro gole de *kvas*. — Ela podia conjurar a escuridão."

As palavras pairaram no ar aquecido, enquanto eu absorvia seu significado.

— Você? — eu arfei. — Então o Darkling...

— Eu sou filha de Morozova, e o Darkling é o último de sua linhagem. — Ela esvaziou o copo. — Minha mãe tinha pavor de mim. Ela tinha certeza de que meu poder era algum tipo de abominação, o resultado dos experimentos de meu pai. E talvez estivesse certa. Meter-se com *merzost*, bem, nunca traz exatamente os resultados esperados. Ela odiava me segurar, mal suportava ficar no mesmo aposento que eu. Foi apenas quando deu à luz novamente que ela voltou a si por completo. Outra menininha, normal como ela, sem poderes e bonita. Como minha mãe a mimava!

Anos haviam se passado, centenas, talvez um milênio. Mas eu reconhecia a dor na voz dela, a aflição de sempre se sentir oprimida e indesejada.

— Meu pai estava se preparando para a caçada ao pássaro de fogo. Eu era apenas uma menininha, mas implorei para que me levasse junto. Tentei me mostrar útil, mas tudo que consegui foi irritá-lo, e ele acabou me banindo da sua oficina.

Ela bateu na mesa, e eu enchi seu copo mais uma vez.

— E então, um dia, Morozova teve que deixar sua bancada de trabalho. Ele foi atraído para o pasto atrás de sua casa pelo som dos gritos de minha mãe. Eu estava brincando de boneca e minha irmã choramingava e gritava, batendo os pezinhos no chão até que minha mãe insistiu para que eu entregasse a ela o meu brinquedo favorito, um cisne de madeira esculpido por nosso pai em um dos raros momentos em que ele prestou alguma atenção em mim. O cisne tinha asas tão detalhadas que pareciam quase macias, e pés felpudos e perfeitos que o mantinham equilibrado na água. Minha irmã o pegou nas mãos e, menos de um minuto depois, quebrou seu pescoço fino. Lembre-se, se puder, que eu era apenas uma criança, uma criança solitária, com pouquíssimas coisas de valor para mim. — Ela ergueu o copo, mas não bebeu. — Eu ataquei minha irmã. Com o Corte. Eu a parti ao meio.

Tentei não visualizar a cena, mas a imagem surgiu afiada em minha mente: um campo enlameado, uma menina de cabelos escuros, seu brinquedo favorito em pedaços. Ela tinha tido um ataque de raiva, como as crianças têm. Mas ela não era uma criança comum.

— O que aconteceu? — finalmente sussurrei.

— Os aldeões vieram correndo. Eles seguraram minha mãe para que ela não me alcançasse. Eles não conseguiam entender o que viam. Como uma garotinha poderia ter feito uma coisa daquelas? O sacerdote já estava rezando sobre o corpo da minha irmã quando meu pai chegou. Sem falar nada, Morozova se ajoelhou ao lado dela e começou a trabalhar. Os cidadãos não entendiam o que estava acontecendo, mas sentiam o poder se acumulando.

— Ele a salvou?

— Sim — disse Baghra, simplesmente. — Ele era um grande Curandeiro, e usou cada pedacinho de conhecimento para trazê-la de volta... Fraca, arquejando, cheia de cicatrizes, mas viva. — Eu tinha lido inúmeras versões do martírio de Sankt Ilya. Os detalhes da história foram distorcidos ao longo do tempo: ele havia curado a própria filha, não um estranho. Uma garota, não um garoto. Mas eu suspeitava que o final não havia mudado, e tremi com o pensamento do que viria a seguir.

— Aquilo foi demais — disse Baghra. — Os aldeões sabiam como era a morte; aquela criança devia ter morrido. E talvez eles também estivessem ressentidos. Quantas pessoas queridas haviam perdido para doenças ou ferimentos desde a chegada de Morozova à cidade? Quantas ele poderia ter salvado? Talvez não tenha sido apenas o horror ou o senso de justiça que os impeliu, mas também a raiva. Eles o acorrentaram... Fizeram o mesmo com minha irmã, uma criança que devia ter tido o bom senso de permanecer morta. Não havia ninguém para defender meu pai, ninguém para falar em nome da minha irmã. Nós tínhamos vivido à margem da vida daquela gente e não havíamos feito nenhum amigo. Eles o levaram até o rio. Minha irmã precisou ser carregada. Ela tinha acabado de aprender a andar e não conseguia fazer isso com as correntes.

Eu cerrei os punhos no meu colo. Não queria ouvir o resto.

— Enquanto minha mãe se lamuriava e implorava, enquanto eu chorava e lutava para me libertar dos braços de algum vizinho que mal conhecia, eles empurraram Morozova e sua filha mais nova da ponte e os viram desaparecer sob a água, afundados pelo peso das correntes de ferro. — Baghra esvaziou seu copo e virou-o sobre a mesa. — Nunca mais vi meu pai ou minha irmã.

Nós ficamos em silêncio enquanto eu tentava entender as implicações do que ela tinha dito. Não vi lágrimas nas bochechas de Baghra. *Seu pesar é antigo*, lembrei a mim mesma. E, ainda assim, eu duvidava que uma dor como essa chegasse a sumir completamente. Pesar tinha vida própria, sua própria existência.

— Baghra... — disse eu, forçando-me, impiedosa à minha maneira. — Se Morozova morreu...

— Eu nunca disse que ele morreu. Essa foi a última vez que o vi. Mas ele era um Grisha de imenso poder. Pode muito bem ter sobrevivido à queda.

— Acorrentado?

— Ele era o maior Fabricador que já viveu. Seria preciso mais do que aço *otkazat'sya* para segurá-lo.

— E você acredita que ele conseguiu criar o terceiro amplificador?

— Seu trabalho era sua vida — disse ela, e a amargura daquela criança negligenciada deu o tom de suas palavras. — Se ainda existisse um sopro de vida em seu corpo, ele não pararia de procurar o pássaro de fogo. Você pararia?

— Não — admiti. O pássaro de fogo tinha se tornado minha própria obsessão, um fio de compulsão que me ligava a Morozova ao longo dos séculos. Será que ele havia conseguido sobreviver? Baghra parecia ter tanta certeza de que sim. E quanto à irmã dela? Se Morozova tinha conseguido se salvar, será que ele havia salvado a filha da força do rio e usado seu conhecimento para revivê-la mais uma vez? O pensamento me balançou. Eu queria me agarrar a ele com firmeza, revirá-lo nas mãos, mas precisava saber de mais uma coisa. — O que os aldeões fizeram com você?

Sua risada louca serpenteou pela sala, arrepiando os pelos dos meus braços.

— Se tivessem sido inteligentes, teriam me jogado no rio também. Em vez disso, levaram a mim e a minha mãe para fora da cidade e nos deixaram à mercê da floresta. Minha mãe se tornou inútil. Ela arrancou os cabelos e chorou até ficar doente. Por fim, simplesmente deitou e não se levantou mais, não importava quanto eu chorasse e chamasse seu nome. Fiquei com ela enquanto pude. Tentei fazer uma fogueira para aquecê-la, mas não sabia como. — Ela deu de ombros. — Eu estava com forme. Acabou que a abandonei e vaguei, delirante e imunda, até chegar a uma fazenda. Eles me acolheram e organizaram um grupo de busca, mas eu não conseguia achar o caminho de volta até minha mãe. Até onde sei, ela morreu de fome no chão da floresta.

Eu fiquei quieta, esperando. O *kvas* estava começando a parecer muito bom.

— Ravka era diferente naquela época. Grishas não tinham santuário. Poder como o nosso terminava em destinos como o do meu pai. Mantive o meu em segredo. Segui fábulas de bruxas e Santos e descobri os enclaves secretos onde os Grishas estudavam sua ciência. Aprendi tudo que podia. E, quando chegou a hora, ensinei ao meu filho.

— Mas, e o pai dele?

Baghra deu outro riso áspero.

— Quer uma história de amor também? Não há nenhuma. Eu queria um filho, então procurei o Grisha mais poderoso que pude encontrar. Era um Sangrador. Nem me lembro do nome dele.

Por um breve momento, vislumbrei a garota feroz que ela tinha sido, destemida e bravia, uma Grisha com uma capacidade extraordinária. Então ela suspirou e se ajeitou na cadeira, e a ilusão foi embora, substituída pela imagem de uma senhora cansada, amontoada perto de uma fogueira.

— Meu filho não era... Ele começou tão bem. Nós nos mudamos de um lugar para outro, vimos o modo como o nosso povo vivia, como eram desconfiados, a vida precária que eram forçados a viver em sigilo e com medo. Ele prometeu que um dia teríamos um lugar seguro, que o poder Grisha seria algo valorizado e cobiçado, algo a que o nosso país daria valor. Nós seríamos ravkanos, não apenas Grishas. Aquele sonho foi a semente do Segundo Exército. Um bom sonho. Se eu soubesse...

Ela balançou a cabeça.

— Eu dei a ele seu orgulho. Eu o sobrecarreguei com ambição, mas a pior coisa que fiz foi tentar protegê-lo. Você precisa entender, até mesmo os Grishas nos evitavam, temiam a estranheza do nosso poder.

Não existem outros como nós.

— Eu nunca quis que ele se sentisse como eu me senti quando criança — disse Baghra. — Então mostrei que ele era único, que o destino dele era não se curvar a nenhum homem. Queria que ele fosse firme, que fosse forte. Ensinei a ele a lição que minha mãe e meu pai tinham me ensinado: não depender de ninguém. Aquele amor – frágil, inconstante e bruto – não era nada comparado ao poder. Ele era um garoto brilhante. Aprendeu bem demais.

A mão de Baghra disparou. Com uma precisão surpreendente, ela agarrou meu pulso.

— Coloque seu anseio de lado, Alina. Faça o que Morozova e meu filho não conseguiram, desista disso.

Minhas bochechas estavam molhadas de lágrimas. Eu sentia a dor dela. Sentia a dor de seu filho. Mas, ainda assim, sabia qual seria a minha resposta.

— Não posso.

— *O que é infinito?* — ela recitou.

Eu conhecia bem aquele texto.

— *O Universo e a ambição dos homens* — completei a citação.

— Talvez você não consiga sobreviver ao sacrifício exigido pelo *merzost*. Você já provou desse poder uma vez, e ele quase a matou.

— Eu tenho que tentar.

Ela balançou a cabeça.

— Garota estúpida — disse, mas sua voz estava triste, como se estivesse castigando outra menina, uma de muito tempo atrás, perdida e indesejada, impulsionada pela dor e pelo medo.

— Os diários...

— Anos depois, voltei à vila do meu nascimento. Não fazia ideia do que encontraria. A oficina do meu pai tinha sumido havia muito tempo, mas seus diários estavam lá, enfiados no mesmo nicho escondido do velho porão. — Ela soltou uma bufada de descrença. — Tinham construído uma igreja sobre ele.

Eu hesitei, então disse:

— Se Morozova sobreviveu, o que aconteceu com ele?

— Ele provavelmente tirou a própria vida. É o modo como a maioria dos Grishas de grande poder morrem.

Eu me sentei de volta, aturdida.

— Por quê?

— Acha que nunca pensei nisso? Que meu filho não pensou? Amantes envelhecem. Crianças morrem. Reinos surgem e desaparecem, e nós prosseguimos. Talvez Morozova ainda esteja vagando pela terra, mais velho e mais amargo do que eu. Ou talvez tenha usado seu poder em si mesmo e terminado tudo isso. É simples o suficiente. Os similares se atraem. Caso contrário... — Ela riu de novo, aquela risada seca e barulhenta. — Você devia alertar seu príncipe. Se ele realmente pensa que uma bala parará uma Grisha com três amplificadores, está muito enganado.

Eu estremeci. Teria coragem de tirar minha própria vida se chegássemos a essa situação? Se reunisse os amplificadores, poderia destruir a Dobra, mas também poderia criar algo pior em seu lugar. E quando enfrentasse o Darkling, mesmo que ousasse usar o *merzost* para criar um exército de luz, isso seria suficiente para derrotá-lo?

— Baghra — perguntei com cautela —, do que precisaríamos para matar um Grisha com esse tipo de poder?

Baghra bateu na pele do meu pulso, o ponto nu onde o terceiro amplificador poderia estar em uma questão de dias.

— Pequena Santa — ela sussurrou. — Pequena mártir. Eu espero que consigamos descobrir.

PASSEI O RESTANTE DA TARDE redigindo um pedido de ajuda para o Apparat. A carta seria deixada sob o altar da Igreja de Sankt Lukin, em Vernost, e, com alguma esperança, chegaria à Catedral Branca pela rede dos fiéis. Nós usamos um código que Tolya e Tamar conheciam do seu tempo com os Soldat Sol, então, se a mensagem caísse nas mãos do Darkling, ele não perceberia que daqui a apenas duas semanas Maly e eu estaríamos esperando pelas forças do Apparat em Caryeva. A cidade de corridas ficava praticamente abandonada após o verão, e era próxima da fronteira sul. Poderíamos estar ou não com o pássaro de fogo, mas teríamos condições de marchar com o exército que reuníssemos ao norte sob a cobertura da Dobra e encontrar as tropas de Nikolai ao sul de Kribirsk.

Eu tinha dois conjuntos muito diferentes de bagagem. Um não passava de uma simples mochila de soldado que seria colocada a bordo do *Alcaravão*. Ela estava abarrotada com calças de tecido rudimentar, um casaco verde-oliva grosso tratado para resistir à chuva, botas pesadas, uma pequena reserva de moedas para qualquer suborno ou compra que precisasse fazer em Dva Stolba, um chapéu de pele e um cachecol para cobrir o colar de Morozova. O outro conjunto estava guardado no *Martim-pescador*: uma coleção de três malas combinando, brasonadas com meu sol dourado e cheias de peles e sedas.

Quando a noite chegou, desci para o nível da caldeira e me despedi de Baghra e Misha. Depois de seu aviso terrível, não fiquei muito surpresa de Baghra me dispensar com uma carranca. Mas eu realmente tinha ido lá para ver Misha. Novamente, garanti a ele que havia encontrado alguém para continuar com suas aulas enquanto estivéssemos fora, e dei-lhe um dos broches com o sol dourado usados pela minha guarda pessoal. Maly não conseguiria usá-lo no sul, e a alegria no rosto de Misha compensou todo o sarcasmo de Baghra.

Trilhei com calma o caminho de volta pelas passagens escuras. Estava silencioso lá embaixo, e eu mal tivera um instante para pensar desde que Baghra havia me contado sua história. Eu sabia que ela pretendia me dar um alerta com o relato, e ainda assim meus pensamentos continuavam voltando à menininha que tinha sido atirada no rio com Ilya Morozova. Baghra disse que ela havia morrido. Tinha rejeitado a irmã como uma *otkazat'sya* – mas, e se a menina simplesmente não tivesse mostrado seu poder ainda? Ela também era filha de Morozova. E se o dom dela fosse único, como o de Baghra? Se tivesse resistido, seu pai poderia tê-la levado com ele na busca pelo pássaro de fogo. Ela poderia ter vivido perto dos Sikurzoi, seu poder passado de geração em geração ao longo de centenas de anos. Um poder que poderia finalmente ter se revelado em mim.

Isso era presunção, eu sabia. Uma arrogância terrível. No entanto, se encontrássemos o pássaro de fogo perto de Dva Stolba, tão próximo do lugar de meu nascimento, seria realmente uma coincidência?

Eu parei de súbito. Se eu era parente de Morozova, isso significava que eu era parente do Darkling. E isso significava que eu quase... O pensamento fez minha pele arrepiar. Não importa quantos anos e gerações tivessem passado, ainda sentia como se precisasse de um banho escaldante.

Meus pensamentos foram interrompidos por Nikolai caminhando pelo corredor na minha direção.

— Você precisa ver uma coisa — disse ele.

— Está tudo bem?

— Sim, um tanto espetacular, na verdade. — Ele zombou de mim. — O que a bruxa fez com você? Parece que comeu um inseto particularmente viscoso.

Ou possivelmente troquei beijos e um pouco mais do que isso com *meu primo*. Estremeci.

Nikolai me ofereceu seu braço.

— Bem, seja lá o que for, terá que se chatear com isso depois. Tem um milagre lá em cima, e ele não pode esperar.

Eu passei meu braço no dele.

— Você não é nem um pouco exagerado, não é, Lantsov?

— Não é exagero quando se entrega o que promete.

Nós tínhamos acabado de começar a subir a escada quando Maly veio pulando na direção oposta. Ele estava radiante, o rosto iluminado de excitação. Aquele sorriso foi como uma bomba explodindo em meu peito; pertencia a um Maly que pensei ter desaparecido sob as marcas desta guerra.

Ele viu a mim e a Nikolai de braços entrelaçados. Seu rosto levou um ínfimo segundo para se fechar. Ele fez uma mesura e deu espaço para passarmos.

— Está indo na direção errada — disse Nikolai. — Vai perder o espetáculo.

— Estarei lá em cima em um minuto — Maly respondeu. Sua voz soou tão normal, tão agradável, que quase acreditei ter imaginado aquele sorriso.

Ainda assim, precisei de todas as minhas forças para continuar subindo aquela escada, para manter minha mão no braço de Nikolai. *Despreze seu coração*, disse a mim mesma. Faça o que precisa ser feito.

Quando chegamos ao topo da escada e entramos no Zodíaco, fiquei boquiaberta. As lamparinas tinham sido apagadas para que a sala ficasse escura, mas, ao nosso redor, estrelas caíam. As janelas estavam acesas com raios de luz cascateando sobre o cume da montanha, como peixes brilhantes em um rio.

— Chuva de meteoros — disse Nikolai, levando-me cuidadosamente pelo aposento. As pessoas tinham colocado lençóis e travesseiros no chão aquecido e estavam sentando em grupos ou se deitando de barriga para cima a fim de observar o céu noturno.

De repente, a dor no meu peito foi tão aguda que quase me fez dobrar. Porque era isso que Maly estava indo me mostrar. Porque aquele olhar – aquele olhar feliz, aberto e ardente – era para mim. Porque eu sempre seria a primeira pessoa que ele procuraria quando visse algo adorável, e eu faria o mesmo por ele. Fosse eu uma Santa, uma rainha ou a Grisha mais poderosa que já havia vivido, sempre procuraria por ele.

— Lindo — disse eu.

— Eu disse a você que tinha muito dinheiro.

— Então agora você organiza eventos celestiais?

— Como um trabalho extra.

Nós ficamos no centro do aposento, olhando para o domo de vidro.

— Eu poderia prometer fazer você se esquecer dele — disse Nikolai.

— Não sei se isso é possível.

— Sabe que está causando estragos no meu orgulho.

— Sua confiança parece perfeitamente intacta.

— Pense nisto — disse ele, levando-me pela multidão até um recanto calmo perto do terraço oeste. — Estou acostumado a ser o centro das atenções aonde quer que eu vá. Já me disseram que sou charmoso o suficiente para vender areia no deserto e, ainda assim, você parece inacessível.

Eu ri.

— Sabe muito bem que gosto de você, Nikolai.

— Um sentimento um tanto morno.

— Eu não o ouço fazendo declarações de amor.

— Ajudariam?

— Não.

— Lisonjas? Flores? Uma centena de cabeças de gado?

Eu o empurrei.

— Não.

Mesmo agora eu sabia que me trazer aqui era mais uma exibição do que um gesto romântico. O refeitório estava deserto, e tínhamos este pequeno canto do Zodíaco para nós mesmos, mas ele se certificou de que atravessássemos o longo caminho pelo meio da multidão. Ele queria que fôssemos vistos juntos: os futuros Rei e Rainha de Ravka.

Nikolai pigarreou.

— Alina, se sobrevivermos às próximas semanas, o que é muito improvável, pedirei que seja minha esposa.

Minha boca ficou seca. Eu sabia que esse momento ia chegar, mas ainda era estranho ouvi-lo dizer as palavras.

— Mesmo que Maly queira permanecer — Nikolai prosseguiu —, terei que realocá-lo.

Diga boa noite. Diga-me para ir, Alina.

— Eu entendo — falei, calmamente.

— Entende? Sei que eu disse que poderíamos nos casar apenas no papel, mas se nós... se nós tivermos um filho, não gostaria que ele tivesse que enfrentar rumores e piadas. — Ele entrelaçou as mãos atrás das costas. — Um bastardo real já é suficiente.

Um filho. Com Nikolai.

— Você não tem que fazer isso, sabia? — disse eu. Não tinha certeza se estava falando isso para ele ou para mim mesma. — Eu poderia liderar o Segundo Exército, e você poderia ter praticamente qualquer garota que quisesse.

— Uma princesa shu? A filha de um banqueiro kerch?

— Ou uma herdeira ravkana, ou uma Grisha como Zoya.

— Zoya? Eu tenho como regra nunca seduzir alguém mais bonito do que eu.

Eu ri.

— Acho que isso foi um insulto.

— Alina, *esta* é a aliança que eu quero: o Primeiro e o Segundo Exércitos unidos. Quanto ao resto, eu sempre soube que, qualquer que fosse o casamento que eu arranjasse, seria político. Teria a ver com poder, não amor. Mas nós podemos ter sorte. Com o tempo, talvez tenhamos os dois.

— Ou o terceiro amplificador irá me transformar em uma ditadora despótica e você terá que me matar.

— Sim, isso daria uma lua de mel embaraçosa.

Ele pegou minha mão, circulando meu pulso com seus dedos. Eu fiquei tensa, e percebi que estava esperando pelo ímpeto de certeza que veio com o toque do Darkling, ou por um choque como o que senti naquela noite no Pequeno Palácio, quando Maly e eu discutimos perto do *banya*. Nada aconteceu. A pele de Nikolai era quente, sua pegada gentil.

Eu me perguntei se voltaria a sentir algo tão simples novamente ou se o poder em mim continuaria a pular e crepitar, procurando conexão da mesma maneira que a eletricidade procura o lugar mais alto.

— Colar — disse Nikolai. — Pulseiras. Não terei de gastar muito com joias.

— Tenho uma predileção por tiaras caras.

— Mas apenas uma cabeça.

— Por enquanto. — Olhei para o meu pulso. — Com base na conversa que tive hoje com Baghra, devo alertá-lo de que, se as coisas derem errado com os amplificadores, livrar-se de mim pode exigir mais do que seu poder de fogo costumeiro.

— Tipo o quê?

— Possivelmente, outra Conjuradora do Sol.

É simples o suficiente. *Os similares se atraem.*

— Tenho certeza de que existe uma sobressalente em algum lugar.

Eu não pude fazer nada além de sorrir.

— Viu só? — disse ele. — Se não estivermos mortos em um mês, poderemos ser muito felizes juntos.

— Pare com isso — disse eu, ainda sorrindo.

— Com o quê?

— Com isso de dizer a coisa certa.

— Tentarei me afastar do hábito.

Seu sorriso vacilou. Ele colocou meu cabelo para trás, tirando-o do meu rosto. Eu congelei. Ele pousou a mão no ponto em que o colar encontrava a curva do meu pescoço e, quando eu não recuei, deslizou a palma para cima, a fim de acariciar minha bochecha.

Eu não sabia se queria isso.

— Você disse... disse que não me beijaria até que...

— Até que estivesse pensando em mim em vez de estar tentando esquecê-lo? — Ele se aproximou, a luz da chuva de meteoros brincando sobre sua silhueta. Ele se inclinou, dando-me tempo de me afastar. Pude sentir sua respiração quando ele disse: — Adoro quando você me cita.

Ele esfregou os lábios sobre os meus uma vez, brevemente, depois mais uma vez. Foi mais uma promessa de beijo do que um beijo em si.

— Quando estiver pronta — disse ele. Então pegou minha mão na dele e ficamos juntos, vendo a chuva de estrelas riscando o céu.

Nós poderíamos ser felizes com o tempo. Pessoas se apaixonam todos os dias. Genya e David. Tamar e Nadia. Mas elas eram felizes? Continuariam assim? Talvez o amor fosse uma superstição, uma oração que dizemos para afastar a verdade sobre a solidão. Inclinei a cabeça para trás. Parecia que as estrelas estavam próximas umas das outras quando, na verdade, havia milhões de quilômetros de distância as separando. No fim, talvez o amor apenas significasse ansiar por alguém incrivelmente brilhante e para sempre fora de alcance.

Capítulo 11

NA MANHÃ SEGUINTE, encontrei Nikolai no terraço leste, fazendo leituras climáticas. A equipe de Maly planejava partir em menos de uma hora, e só aguardavam a autorização para ir. Eu ergui meu capuz. Não estava realmente nevando, mas alguns flocos tinham caído nas minhas bochechas e cabelo.

— Como estão as coisas? — perguntei, passando um copo de chá a Nikolai.

— Nada mal — ele respondeu. — As rajadas são leves, e a pressão está se mantendo estável. Talvez eles passem por dificuldades ao cruzar as montanhas, mas não deve ser nada com que o *Alcaravão* não possa lidar.

Ouvi a porta se abrir atrás de mim, e Maly e Tamar entraram no terraço. Eles estavam vestidos com roupas de camponeses, chapéus de pele e casacos de lã robustos.

— Temos permissão para partir? — perguntou Tamar. Ela tentava parecer calma, mas eu podia ouvir a animação mal controlada em sua voz. Atrás dela, vi Nadia com o rosto pressionado contra o vidro, esperando o veredito.

Nikolai assentiu.

— Vocês estão liberados.

O sorriso de Tamar era radiante. Ela assentiu de modo contido, então se virou para Nadia e lhe deu o sinal. Nadia gritou em comemoração e começou algo entre uma convulsão e uma dança.

Nikolai riu.

— Se ao menos ela tivesse mostrado um pouquinho de entusiasmo.

— Cuide-se — falei, enquanto abraçava Tamar.

— Cuide de Tolya por mim — ela respondeu. Então sussurrou: — Nós deixamos a renda azul-cobalto no seu baú. Vista-a hoje à noite.

Eu revirei os olhos e a dispensei com um aceno. Sabia que veria todos eles em uma semana, mas estava surpresa com a saudade que sentiria.

Houve uma pausa embaraçosa quando encarei Maly. Seus olhos azuis vibravam na luz cinzenta da manhã. Senti uma pontada na cicatriz no meu ombro.

— Boa viagem, *moi soverenyi*. — Ele se curvou.

Eu sabia o que era esperado, mas o abracei mesmo assim. Por um momento, ele apenas ficou lá, então seus braços se fecharam em volta de mim.

— Boa viagem, Alina — ele sussurrou perto do meu cabelo e se afastou rapidamente.

— Tomaremos o nosso rumo assim que o *Martim-pescador* retornar. Espero vê-los todos seguros e inteiros dentro de uma semana — disse Nikolai —, e com alguns ossos poderosos de pássaro na bagagem.

Maly assentiu.

— Fique com os Santos, *moi tsarevich*.

Nikolai e eles se cumprimentaram com um aperto de mãos.

— Boa sorte, Oretsev. Encontre o pássaro de fogo, então tudo isso terminará e você será bem recompensado. Uma fazenda em Udova. Uma *datcha* perto da cidade. O que você quiser.

— Eu não preciso de nada disso. Apenas... — Ele soltou a mão de Nikolai e afastou o olhar. — Merecê-la.

Maly se apressou de volta para o Zodíaco, com Tamar atrás dele. Através do vidro, eu o vi falando com Nadia e Harshaw.

— Bem — disse Nikolai —, pelo menos ele aprendeu a sair em grande estilo.

Eu ignorei a dor na minha garganta e disse:

— Quanto tempo levaremos para chegar a Ketterdam?

— Dois ou três dias, dependendo do clima e de nossos Aeros. Iremos para o norte, então sobrevoaremos o Mar Real. É mais seguro do que viajar por Ravka.

— Como ela é?

— Ketterdam? É...

Ele jamais terminou a frase. Um borrão sombrio cruzou meu campo de visão, e Nikolai desapareceu. Fiquei olhando para o lugar onde ele havia estado, então gritei quando senti garras nos meus ombros e meus pés erguidos do chão.

Eu vi Maly correndo de volta pela porta do terraço, Tamar logo atrás. Ele saltou cruzando a distância que nos separava, agarrou-me pela cintura e me puxou para baixo. Eu girei, braços movendo-se em um arco, enviando uma lâmina de luz flamejante através do *nichevo'ya* que tinha me segurado. A sombra ondulou e explodiu. Eu caí no terraço desajeitada, derrubando Maly, sangrando onde as garras do monstro haviam perfurado minha pele.

Estava de pé em segundos, horrorizada com o que tinha visto. Formas negras se lançavam pelo ar, monstros alados que se moviam de um jeito diferente de qualquer criatura natural. Atrás de mim, ouvi o caos irrompendo no salão, o ruído de vidro se quebrando enquanto os *nichevo'ya* se arremessavam contra as janelas.

— Tire os outros daqui — gritei para Tamar. — Leve-os para longe.

— Não podemos deixá-la...

— Não irei perdê-los também!

— Vá! — Maly gritou para ela.

Ele armou o rifle no ombro, apontando para os monstros que nos atacavam. Eu disparei o Corte, mas estavam se movendo tão depressa que não conseguia mirar neles. Estiquei o pescoço, procurando Nikolai no céu. Meu coração estava disparado. Onde estava o Darkling? Se seus monstros estavam aqui, então ele devia estar por perto.

O Darkling surgiu acima de nós. Suas criaturas se moviam em volta dele como um manto vivo, asas batendo o ar em uma onda negra agitada, mudando de forma, mantendo-o no alto, seus corpos deslizando separados e juntos, absorvendo as balas da arma de Maly.

— Pelos Santos — disse Maly. — Como ele nos encontrou?

A resposta veio rapidamente. Eu vi uma forma vermelha suspensa entre dois *nichevo'ya*, as garras negras enfiadas profundamente no corpo de seu prisioneiro. O rosto de Sergei estava pálido, os olhos arregalados e aterrorizados, seus lábios se movendo em uma oração silenciosa.

— Devo poupá-lo, Alina? — disse o Darkling.

— Deixe-o em paz!

— Ele a entregou ao primeiro *oprichnik* que conseguiu encontrar. Eu me pergunto, o que dará a ele? Justiça ou perdão?

— Não quero que o machuque — gritei.

Minha mente estava girando. Sergei realmente tinha nos traído? Ele estivera no limite desde a batalha no Pequeno Palácio, mas... E se tivesse planejado isso todo esse tempo? Talvez só quisesse fugir durante nossa luta contra a milícia, talvez tivesse deixado o nome de Genya escapar de propósito. Ele estava preparado demais para partir do Zodíaco.

Foi quando percebi que Sergei não murmurava orações, apenas uma palavra de novo e de novo: seguro. Seguro. Seguro.

— Entregue-o para mim — disse eu.

— Ele me traiu primeiro, Alina. Permaneceu em Os Alta quando devia ter vindo para o meu lado. Fez parte do seu conselho, tramando contra mim. Ele me disse tudo.

Graças aos Santos nós havíamos mantido em segredo a localização do pássaro de fogo.

— Então — disse o Darkling —, a decisão é minha. E sinto em dizer que escolhi justiça.

Em um movimento, os *nichevo'ya* arrancaram os braços e pernas de Sergei, depois separaram a cabeça de seu pescoço. Eu tive um rápido vislumbre do choque em seu rosto, a boca aberta em um grito silencioso, então os pedaços desapareceram sob a massa de nuvens.

— Por todos os Santos — clamou Maly.

Eu engasguei, mas tive que conter meu terror. Maly e eu nos viramos em um círculo vagaroso, costas contra costas. Estávamos cercados de *nichevo'ya*. Atrás de mim, podia ouvir os sons de gritos e vidro se partindo no Zodíaco.

— Aqui estamos novamente, Alina. O seu exército contra o meu. Você acha que os seus soldados se sairão um pouco melhor desta vez?

Eu o ignorei e gritei para a nebulosidade cinzenta.

— Nikolai!

— Ah, o príncipe pirata. Eu me arrependi de muitas coisas que fiz durante esta guerra — disse o Darkling. — Esta não é uma delas.

Um soldado de sombra mergulhou. Apavorada, eu o vi suspender Nikolai, que se debatia em seus braços. O resto de coragem que eu possuía evaporou. Não aguentaria ver Nikolai esquartejado.

— Por favor! — As palavras saíram de mim sem dignidade ou constrangimento. — Por favor, pare!

O Darkling ergueu a mão.

Eu cobri a boca com os dedos, minhas pernas já se dobrando.

Mas o *nichevo'ya* não atacou Nikolai. Ele o jogou sobre o terraço. Seu corpo atingiu a pedra com um baque nauseante e rolou até parar.

— Alina, não! — Maly tentou me segurar, mas me libertei e corri até onde Nikolai se encontrava, ajoelhando-me ao lado dele. Ele gemeu. Seu casaco estava despedaçado onde as garras da criatura tinham se firmado. Ele tentou se apoiar nos cotovelos, e sangue escorria de sua boca.

— Isso foi inesperado — disse ele, sem forças.

— Você está bem? — perguntei.

— Está tudo bem.

— Eu aprecio o seu otimismo.

Percebi um movimento com o canto do olho e vi duas manchas de sombras deslizarem livres das mãos do Darkling. Elas avançaram sobre a beira da sacada, ondulando como serpentes, seguindo diretamente para nós. Ergui as mãos e lancei o Corte, destruindo um lado do terraço, mas fui lenta demais. As sombras deslizaram velozmente pela pedra e saltaram para dentro da boca de Nikolai.

Seus olhos se arregalaram. Ele puxou o ar, surpreso, sugando o que quer que o Darkling tivesse liberado em seus pulmões. Nós nos encaramos em choque.

— O que... o que foi isso? — ele sufocou.

— Eu...

Ele tossiu, estremeceu. Então seus dedos voaram para o peito, arrancando o restante de sua camisa. Nós dois olhamos para baixo, e vi sombras se espalhando sob sua pele em linhas negras frágeis, dividindo-se como veios em mármore.

— Não — eu lamentei. — Não. *Não*.

As fendas atravessaram seu estômago, desceram por seus braços.

— Alina? — disse ele, indefeso. A escuridão se fragmentou sob a pele, escalando sua garganta. Ele jogou a cabeça para trás e gritou, os tendões flexionados em seu pescoço enquanto o corpo inteiro se contorcia, as costas se curvando. Ele se forçou a ficar de joelhos, peito arfando. Eu lhe estendi a mão enquanto convulsionava.

Nikolai soltou outro grito bruto, e dois fragmentos negros explodiram de suas costas. Eles se desenrolaram. Como asas.

Ele levantou a cabeça. Olhou para mim, rosto molhado de suor, olhar em pânico e desesperado.

— Alina...

Então seus olhos, seus olhos castanhos e espertos, ficaram pretos.

— Nikolai? — sussurrei.

Seus lábios se curvaram para trás, revelando dentes de ônix preto. Eles haviam formado presas.

Ele rosnou. Eu cambaleei para trás. Sua mandíbula se fechou a dois centímetros de mim.

— Com fome? — perguntou o Darkling. — Quero saber qual dos seus amigos você comerá primeiro.

Eu ergui as mãos, relutante em usar meu poder. Não queria machucá-lo.

— Nikolai — implorei. — Não faça isso. Fique comigo.

Seu rosto se contorceu de dor. Ele estava ali, lutando contra si mesmo, enfrentando o apetite que havia se apoderado dele. Suas mãos se curvaram – não, suas garras. Ele uivou, e o som que brotou dele foi violento, um grito estridente, completamente inumano.

As asas bateram no ar enquanto ele se erguia do terraço, monstruoso, mas ainda bonito; de alguma forma, ainda sendo Nikolai. Ele olhou para as veias negras percorrendo seu torso, para as garras afiadas como lâminas que se projetavam de seus dedos enegrecidos. Ergueu as mãos como se me implorasse por uma resposta.

— Nikolai — eu gritei.

Ele se virou no ar, se afastando, e subiu veloz, como se pudesse de alguma forma superar a vontade dentro dele, suas asas negras carregando-o cada vez mais alto enquanto passava pelos *nichevo'ya*. Ele olhou uma vez para trás, e, mesmo daquela distância, senti sua angústia e confusão.

Então ele partiu, uma partícula negra no céu cinza, e eu permaneci tremendo lá embaixo.

— Em algum momento — disse o Darkling —, ele irá se alimentar.

Eu havia alertado Nikolai sobre a vingança do Darkling, mas nem mesmo eu tinha previsto o requinte desse ato, sua crueldade perfeita. Nikolai tinha feito o Darkling de idiota, e agora o Darkling capturara meu príncipe nobre, brilhante e refinado e o transformara num monstro. A morte teria sido muita generosidade.

Um som partiu de mim, um barulho gutural e animalesco que não reconheci. Ergui as mãos e conjurei o Corte, ardendo em dois arcos furiosos. Eles atingiram as formas rodopiantes que cercavam o Darkling e eu as vi explodir em pedaços, somente para que outras assumissem seu lugar. Eu não me importava. Ataquei de novo e de novo. Se eu podia derrubar o topo de uma montanha, certamente meu poder era bom o suficiente para esta batalha.

— Lute comigo! — eu gritei. — Vamos terminar isso agora! Aqui!

— Lutar com você, Alina? Não há luta alguma para travar. — Ele apontou para os *nichevo'ya*. — Enfrente eles.

Os criaturas monstruosas voaram para baixo, vindo de todas as direções, uma massa negra fervilhante. Ao meu lado, Maly abriu fogo. Eu podia sentir o cheiro de pólvora, e ouvi o tilintar dos cartuchos vazios conforme as balas acertavam o chão. Estava concentrando cada parte do poder que tinha, quase girando meus braços como um catavento, cortando cinco, dez, quinze soldados de sombras por vez, mas isso não estava funcionando. Eles eram numerosos demais.

Então, de repente, eles pararam. Os *nichevo'ya* pairaram no ar, corpos flácidos, asas se movendo em um ritmo silencioso.

— Você fez isso? — perguntou Maly.

— Eu... eu acho que não...

O silêncio caiu sobre o terraço. Eu podia ouvir o lamento do vento, os sons da batalha violenta atrás de nós.

— *Abominação*.

Nós nos viramos. Baghra estava do lado de dentro da porta, sua mão no ombro de Misha. O garoto estava tremendo, seus olhos tão arregalados que eu conseguia ver mais o branco do que a íris. Atrás deles, nossos soldados lutavam não só com os *nichevo'ya*, mas com os *oprichniki* e os Grishas do próprio Darkling, em seus *keftas* azuis e vermelhos. Ele tinha feito suas criaturas trazerem todos para o topo da montanha.

— Guie-me — Baghra disse a Misha. Que coragem ele deve ter precisado para levá-la ao terraço, passar pelos *nichevo'ya*, que se alternavam e colidiam uns contra os outros, acompanhando a passagem dela como um campo de juncos negros brilhantes. Somente aqueles mais próximos do Darkling continuavam se movendo, agarrados ao seu mestre, asas batendo em uníssono.

O rosto do Darkling estava pálido.

— Eu devia saber que a encontraria enclausurada com o inimigo. Volte para dentro — ele ordenou. — Meus soldados não irão machucá-la.

Baghra o ignorou. Quando eles chegaram ao final do terraço, Misha colocou a mão dela na borda da parede remanescente. Ela se apoiou ali, dando um suspiro quase contente, e cutucou Misha com seu cajado.

— Vá lá, garoto, corra para a pequena Santa magricela. — Ele hesitou. Baghra encontrou a bochecha dele e a afagou de um jeito não muito gentil. — Vá embora — ela repetiu. — Quero falar com meu filho.

— Misha — disse Maly, e o garoto disparou para junto de nós, se escondendo atrás do casaco de Maly. Os *nichevo'ya* não mostraram interesse nele. Sua atenção estava totalmente concentrada em Baghra.

— O que você quer? — perguntou o Darkling. — E não espere implorar por clemência para esses tolos.

— Somente conhecer seus monstros — disse ela. Baghra apoiou seu cajado no muro e ergueu os braços. Os *nichevo'ya* avançaram, farfalhando e esbarrando uns nos outros. Um esfregou a cabeça na mão dela, como se a estivesse farejando. Era curiosidade que eu percebia neles? Ou fome? — Elas me conhecem, essas crianças. Os semelhantes se atraem.

— Pare com isso — ordenou o Darkling.

As mãos de Baghra começaram a se encher de escuridão. A visão foi chocante. Eu só a tinha visto conjurar uma vez. Ela havia escondido seu poder da mesma forma que um dia eu tinha reprimido o meu, mas a anciã fizera isso pelo bem dos segredos de seu filho. Eu me lembrei do que ela havia dito sobre um Grisha virar seu poder contra si mesmo. Ela compartilhava o sangue do Darkling, seu poder. Ela agiria contra ele agora?

— Eu não lutarei contra você — disse o Darkling.

— Então me mate.

— Você sabe que não o farei.

Ela deu uma risadinha dissimulada, como se estivesse satisfeita com um aluno precoce.

— É verdade. É por isso que ainda tenho esperança. — Ela virou a cabeça para mim. — Garota — disse bruscamente. Seus olhos cegos estavam vazios, mas, naquele momento, eu podia jurar que ela me via com clareza. — Não me desaponte novamente.

— Ela tampouco é forte o suficiente para lutar contra mim, velha. Pegue seu cajado e eu levarei você de volta ao Pequeno Palácio.

Fui tomada por uma suspeita terrível. Baghra tinha me dado a força para lutar, mas nunca me dissera para fazê-lo. Pedira-me apenas para fugir.

— Baghra... — eu comecei.

— Minha cabana. Minha lareira. Isso soa agradável — disse ela. — Mas acho que a escuridão será a mesma onde quer que eu esteja.

— Você fez por merecer esses olhos — disse ele, friamente, mas eu ouvi dor ali também.

— Eu fiz — disse ela com um suspiro. — Fiz isso e muito mais. — Então, sem avisar, ela bateu as mãos. Um trovão ressoou sobre as montanhas, e a escuridão se levantou de suas palmas como bandeiras se desenrolando, girando e ondulando em torno dos *nichevo'ya*. Eles gritaram e se agitaram, rodopiando confusos.

— Saiba que amei você — ela disse ao Darkling. — Saiba que isso não foi suficiente.

Em um movimento único, ela se impulsionou para cima da parede e, antes que eu pudesse respirar para gritar, ela se inclinou para a frente e desapareceu sobre o rebordo, arrastando os *nichevo'ya* atrás dela em novelos emaranhados de escuridão. Eles passaram por nós em uma onda negra estridente que rolou pelo terraço e despencou, atraída pelo poder que ela exalava.

— Não! — o Darkling rugiu. Ele mergulhou atrás dela, as asas de seus soldados batendo com sua fúria.

— Alina, agora! — Através da turbidez do meu pavor, ouvi as palavras de Maly, senti ele me puxando pela porta e, de repente, Maly tinha Misha em seus braços e corríamos pelo observatório. Os *nichevo'ya* passavam por nós, puxados em direção ao terraço pelo rastro de feixes de Baghra. Os outros simplesmente pairaram confusos enquanto seu mestre se afastava cada vez mais.

Fuja, Baghra tinha me dito várias vezes. E agora eu fugia.

O chão aquecido estava escorregadio da neve derretida. As janelas enormes do Zodíaco tinham sido estilhaçadas e rajadas de neve sopravam pela sala. Vi corpos caídos, áreas de combate.

Eu não conseguia pensar direito. Sergei. Nikolai. Baghra. *Baghra*. Caindo pela névoa, as rochas se erguendo para encontrá-la. Ela gritaria? Fecharia seus olhos cegos? *Pequena Santa. Pequena mártir.*

Tolya estava correndo em nossa direção. Vi dois *oprichniki* partirem para cima dele, espadas empunhadas. Sem perder o ritmo, ele ergueu os punhos e os soldados desabaram agarrando o próprio peito, sangue escorrendo da boca.

— Onde estão os outros? — gritou Maly assim que emparelhamos com Tolya e descemos correndo pela escadaria.

— No hangar, mas estão em desvantagem. Precisamos descer até lá.

Alguns dos Aeros em túnicas azuis do Darkling tinham tentado bloquear a escada. Eles atiraram engradados e mobílias sobre nós com poderosas rajadas de vento. Eu ataquei com o Corte, quebrando os engradados em lascas antes que pudessem nos alcançar, dispersando os Aeros.

O pior nos esperava no hangar abaixo. Toda a aparência de ordem tinha se transformado em pânico para fugir dos soldados do Darkling.

As pessoas se aglomeravam sobre o *Pelicano* e o *Íbis*. O *Pelicano* já pairava sobre o chão do hangar, elevado pela corrente dos Aeros. Soldados estavam puxando seus cabos, tentando arrastá-lo para baixo a fim de subir a bordo, sem vontade de esperar a outra barca.

Alguém deu a ordem e o *Pelicano* subiu livre, abrindo caminho pela multidão enquanto levantava voo. Ele se ergueu no ar, arrastando homens que gritavam como se fossem âncoras estranhas, e desapareceu do campo de visão.

Zoya, Nadia e Harshaw estavam encurralados contra um dos cascos do *Alcaravão*, usando fogo e vento para tentar manter afastada uma multidão de Grishas e *oprichniki*.

Tamar estava no convés, e eu fiquei aliviada de ver Nevsky ao lado dela, juntamente com alguns poucos soldados do Segundo Exército. Mas, atrás deles, encontrava-se Adrik em uma poça de sangue. O braço dele pendia de seu corpo em um ângulo bizarro. Seu rosto estava branco de choque. Genya se ajoelhou perto dele, lágrimas escorrendo por seu rosto, enquanto David lhe dava cobertura com um rifle, atirando com sua mira precária na multidão de agressores. Stigg não estava em nenhum lugar que pudesse vê-lo. Será que ele havia voado no *Pelicano*? Ou simplesmente tinha sido deixado para trás no Zodíaco?

— Stigg... — disse eu.

— Não temos tempo — respondeu Maly.

Nós forçamos passagem pela multidão, e com uma ordem gritada de seu irmão, Tamar se posicionou e segurou o timão do *Alcaravão*. Nós demos cobertura enquanto Zoya e os outros Aeros subiam no convés. Maly cambaleou quando uma bala acertou sua coxa, mas Harshaw o segurou, puxando-o para dentro.

— Coloquem-nos em movimento! — gritou Nevsky. Ele apontou para os outros soldados e eles se alinharam ao longo da balaustrada do casco, abrindo fogo contra os homens do Darkling. Eu me posicionei ao lado deles, enviando luz brilhante contra a multidão, cegando-os para que não pudessem mirar.

Maly e Tolya assumiram suas posições nas fileiras de soldados enquanto Zoya enchia as velas. Mas seu poder não era suficiente.

— Nadia, precisamos de você — gritou Tamar.

Nadia olhou para cima. Ela havia se ajoelhado ao lado do irmão. Seu rosto estava coberto de lágrimas, mas ela ficou em pé, balançando, e forçou um fluxo de ar nas velas. O *Alcaravão* começou a deslizar adiante sobre seus esquis.

— Estamos muito pesados! — gritou Zoya.

Nevsky agarrou meu ombro.

— Sobreviva — disse ele, rudemente. — Ajude-o.

Ele sabia o que havia acontecido com Nikolai?

— Eu irei — prometi. — A outra embarcação...

Ele não parou para ouvir. Nevsky gritou:

— Pelo Segundo Exército! — Ele saltou sobre a lateral da nave, e os outros soldados o seguiram sem hesitação. Eles se jogaram no meio da turba.

Tamar gritou uma ordem e saímos em disparada do hangar. O *Alcaravão* mergulhou vertiginosamente da borda, então as velas entraram em posição e começamos a subir.

Eu olhei para trás e captei um último vislumbre de Nevsky, rifle sobre o ombro, antes de ser engolido pela multidão.

Capítulo 12

NÓS SACUDÍAMOS E VACILÁVAMOS, a pequena embarcação balançando precariamente para a frente e para trás sob as velas, enquanto Tamar e a tripulação tentavam controlar o *Alcaravão*. A neve açoitava nossos rostos em rajadas que doíam como ferroadas, e quando o casco cortou a lateral de um precipício, todo o convés se inclinou, jogando-nos aos tropeços para o ponto de apoio.

Nós não tínhamos Hidros para nos manter ocultos na névoa, então só podíamos torcer para que Baghra tivesse ganhado tempo suficiente para escaparmos das montanhas e do Darkling.

Baghra. Meus olhos percorreram o convés. Misha tinha se encolhido na lateral do casco, seus braços curvados sobre a cabeça. Ninguém podia parar para oferecer conforto.

Eu me ajoelhei ao lado de Adrik e Genya. Um *nichevo'ya* tinha dado uma mordida enorme no ombro de Adrik, e Genya estava tentando parar o sangramento, mas ela nunca fora treinada como Curandeira. Os lábios dele estavam pálidos, sua pele fria como gelo, e, enquanto eu observava, os olhos dele começaram a se revirar.

— Tolya! — eu gritei, tentando não soar em pânico.

Nadia se virou, seus olhos arregalados de pavor, e o *Alcaravão* mergulhou.

— Mantenha-nos firmes, Nadia — Tamar ordenou através da rajada de vento. — Tolya, ajude-o!

Harshaw veio logo atrás de Tolya. Ele tinha um corte profundo no braço, mas agarrou as cordas e disse:

— Pronto.

Pude ver a silhueta de Ongata contorcendo-se em seu casaco.

Tolya estava com a testa franzida. Stigg devia estar conosco. Harshaw não tinha sido treinado para trabalhar com as cordas.

— Apenas segure-a firme — ele advertiu Harshaw. Ele olhou para Maly apoiado no lado oposto do casco, mãos apertadas nas cordas, músculos tensionados, enquanto éramos esbofeteados pela neve e pelo vento.

— Façam! — gritou Maly. Ele sangrava pelo ferimento de bala em sua coxa.

Eles fizeram a troca. O *Alcaravão* se inclinou, então se endireitou enquanto Harshaw soltava um grunhido.

— Consegui — ele chiou entre dentes cerrados. Aquilo não foi reconfortante.

Tolya saltou para o lado de Adrik e começou a trabalhar. Nadia chorava, mas manteve o fluxo de ar estável.

— Você consegue salvar o braço? — perguntei baixinho.

Tolya balançou a cabeça uma vez. Ele era um Sangrador, um guerreiro, e um assassino... Não um Curandeiro.

— Eu não posso simplesmente juntar a pele — disse ele. — Se fizer isso, ele sangrará internamente. Preciso fechar as artérias. Você pode aquecê-lo?

Eu lancei luz sobre Adrik, e seu tremor diminuiu de leve.

Nós seguimos adiante, velas esticadas com a força do vento Grisha. Tamar se inclinou no timão, o casaco ondulando atrás dela. Eu soube que havíamos transposto as montanhas quando o *Alcaravão* parou de sacudir. O ar cortou gelado minhas bochechas enquanto ganhávamos velocidade, mas eu mantive Adrik envolto em luz do sol.

O tempo pareceu desacelerar. Nenhuma delas queria admitir, mas eu podia ver Nadia e Zoya começando a cansar. Maly e Harshaw não deviam estar tendo muito sucesso também.

— Precisamos pousar — disse eu.

— Onde estamos? — perguntou Harshaw.

Seu topete de cabelo vermelho repousava baixo em sua cabeça, ensopado pela neve. Achava-o imprevisível, talvez um pouco perigoso, mas lá estava ele – ensanguentado, cansado e trabalhando com as cordas por horas sem reclamar.

Tamar consultou seus mapas.

— Acabamos de passar o permafrost. Se continuarmos para o sul, em breve sobrevoaremos áreas mais populosas.

— Podemos tentar encontrar árvores para nos cobrir — opinou Nadia.

— Estamos muito perto de Chernast — respondeu Maly.

Harshaw ajustou sua pegada.

— Isso faz diferença? Se voarmos durante o dia, seremos avistados.

— Poderíamos subir mais — sugeriu Genya.

Nadia balançou a cabeça.

— Podemos tentar, mas o ar é mais rarefeito lá em cima e usaremos um bocado de poder em um movimento vertical.

— Para onde estamos indo, aliás? — perguntou Zoya.

Sem pensar duas vezes, eu disse:

— Para a mina de cobre em Murin. Para o pássaro de fogo.

Houve um silêncio breve. Então Harshaw disse o que eu sabia que muitos deles deviam estar pensando:

— Nós poderíamos fugir. Cada vez que enfrentamos os monstros, alguns de nós morremos. Poderíamos levar esta embarcação a qualquer lugar. Kerch. Novyi Zem.

— Nem pensar — murmurou Maly.

— Este é o meu lar — disse Zoya. — Não serei expulsa daqui.

— E quanto a Adrik? — perguntou Nadia, sua voz rouca.

— Ele perdeu muito sangue — disse Tolya. — Tudo que posso fazer é manter o coração dele estável, tentar dar a ele tempo para se recuperar.

— Ele precisa de um Curandeiro de verdade.

— Se o Darkling nos encontrar, um Curandeiro não fará nenhum bem a ele — disse Zoya.

Eu passei a mão nos olhos, tentando pensar. Adrik podia se estabilizar. Ou podia deslizar profundamente para um coma e nunca mais sair dele. E se descêssemos em algum lugar e fôssemos avistados, todos nós morreríamos, ou algo pior. O Darkling devia saber que não pousaríamos em Fjerda, dentro do território inimigo. Ele devia achar que voaríamos para Ravka Oeste. Ele havia mandado batedores a todos os lugares que podia. Ele pararia em luto pela morte de sua mãe? Após bater violentamente contra as rochas, teria sobrado o suficiente dela para ser enterrado? Eu olhei por sobre o ombro, certa de que a qualquer minuto veria os *nichevo'ya* mergulhando sobre nós. Não conseguia pensar em Nikolai. Não podia.

— Temos de ir para Murin — disse eu. — Pensaremos no resto quando chegarmos lá. Não forçarei ninguém a ficar. Zoya, Nadia, vocês conseguem nos levar até lá?

Elas já pareciam esmorecer, mas eu precisava acreditar que tinham alguma reserva de energia.

— Eu sei que consigo — Zoya respondeu.

Nadia ergueu o queixo, determinada.

— Tente acompanhar meu ritmo.

— Nós ainda podemos ser vistos — disse eu. — Precisamos de um Hidro.

David ergueu o olhar da bandagem das queimaduras de pólvora em sua mão.

— E se você tentasse curvar a luz?

Eu franzi a testa.

— Curvá-la como?

— A única razão pela qual alguém pode ver o navio é a luz estar refletindo nele. Basta eliminar a reflexão.

— Não sei se entendi direito.

— Não diga — disse Genya.

— Como uma pedra em um córrego — David explicou. — Apenas redirecione a luz para que ela nunca chegue ao navio de fato. Não haverá nada para ver.

— Então ficaríamos invisíveis? — perguntou Genya.

— Teoricamente, sim.

Ela arrancou a bota e a arremessou pelo convés.

— Tente.

Eu olhei incrédula para a bota. Não sabia por onde começar. Esse era um modo completamente novo de usar o meu poder.

— Apenas... desviar a luz?

— Bem — disse David —, talvez ajude saber que você não tem que se preocupar com o índice de refração. Só precisa redirecionar e sincronizar ambos os componentes de luz ao mesmo tempo. Quer dizer, você não pode simplesmente começar com a força magnética, isso seria ridíc...

Eu ergui a mão.

— Vamos ficar com a pedra no córrego.

Eu me concentrei, mas não conjurei ou afiei a luz como fazia no Corte. Em vez disso, tentei apenas dar um empurrãozinho nela.

A ponta da bota começou a ficar borrada, como se o ar perto dela estivesse oscilando.

Tentei pensar na luz como água, como vento correndo em torno do couro, separando-se e depois voltando a se unir como se a bota nunca houvesse estado lá. Curvei os dedos. A bota piscou e desapareceu.

Genya gritou de susto. Eu gritei e ergui as mãos no ar. A bota reapareceu. Eu curvei meus dedos, e ela sumiu.

— David, já lhe disse que você é um gênio?

— Sim.

— Estou dizendo de novo.

Como a embarcação era maior e estava em movimento, manter a curva da luz ao nosso redor foi mais do que um desafio. Mas eu só precisava me preocupar com a luz refletindo para fora da base do casco, e, depois de algumas tentativas, me senti confortável mantendo o desvio constante.

Se alguém estivesse de pé em um campo, olhando para cima, poderia ver algo apagado, um borrão, um clarão de luz, mas não veria uma embarcação alada em movimento pelo céu da tarde. Assim esperávamos, pelo menos. Isso me lembrou de algo que tinha visto o Darkling fazer quando ele me puxou pelo salão do baile à luz de velas, usando seu poder para nos tornar praticamente invisíveis. Mais uma vez, um truque que ele havia dominado muito tempo antes de mim.

Genya procurou nos mantimentos e encontrou *jurda* escondida, o estimulante zemeni que os soldados às vezes usavam em longas vigílias. Aquilo me deixou nervosa e um pouco enjoada, mas não havia outra maneira de nos manter alertas e concentrados.

A *jurda* precisava ser mastigada, e logo estávamos todos cuspindo o suco cor de ferrugem pela lateral da embarcação.

— Se isso manchar os meus dentes de laranja... — disse Zoya.

— Irá — interrompeu Genya —, mas prometo voltar a deixar seus dentes mais brancos do que estavam antes. Talvez até conserte esses incisivos estranhos que você tem.

— Não há nada de errado com os meus dentes.

— De jeito nenhum — disse Genya, tranquilizadora. — Você é a morsa mais bonita que conheço. Só estou surpresa de que nunca tenha serrado seu lábio inferior.

— Fique longe de mim, Artesã — Zoya resmungou —, ou arrancarei seu outro olho.

Mas, quando anoiteceu, Zoya não tinha mais energia para brigar. Ela e Nadia estavam totalmente concentradas em nos manter flutuando.

David conseguiu assumir o timão por breves períodos de tempo, de modo que Tamar pudesse cuidar da ferida na perna de Maly. Harshaw, Tolya e Maly se alternaram nas cordas para dar um ao outro uma chance de se alongar.

Somente Nadia e Zoya não tiveram descanso enquanto trabalhavam duro sob a lua crescente, embora tentássemos encontrar maneiras de ajudar. Genya ficou em pé, de costas para Nadia, apoiando-a para que ela pudesse descansar um pouco os joelhos e pés. Agora que o sol havia se posto, não precisávamos de camuflagem, então, por quase uma hora, apoiei os braços de Zoya enquanto ela conjurava.

— Isto é ridículo — ela reclamou, seus músculos tremendo sobre minhas palmas.

— Você quer que eu solte?

— Se fizer isso, cobrirei você com suco de *jurda*.

Eu estava ansiosa para ter algo para fazer. A embarcação estava muito calma, e eu podia sentir os pesadelos do dia esperando para me cercar.

Misha não havia se movido do lugar, curvado junto ao casco. Ele estava segurando a espada de madeira que Maly tinha encontrado para ele. Minha garganta se apertou quando percebi que ele a tinha levado ao terraço, quando Baghra fez com que a escoltasse até os *nichevo'ya*. Eu pesquei um pedaço de biscoito nos mantimentos e levei para ele.

— Está com fome? — perguntei.

Ele balançou a cabeça.

— Vai tentar comer alguma coisa, afinal?

Outra sacudida de cabeça.

Eu me sentei ao lado dele, incerta do que dizer. Lembrei-me de me sentar assim com Sergei na sala da cisterna, procurando as palavras para confortá-lo e falhando. Será que ele já vinha maquinando, me manipulando? Seu medo certamente tinha parecido real.

Mas Misha não me lembrava apenas de Sergei. Ele era cada criança cujos parentes foram à guerra. Ele era cada menino e menina de Keramzin. Ele era Baghra implorando pela atenção do pai. Ele era o Darkling aprendendo sobre solidão no colo de sua mãe. Foi isso que Ravka criou. Criou órfãos. Criou miséria. *Nenhuma terra, nenhuma vida, apenas um uniforme e uma arma*. Nikolai havia acreditado em algo melhor.

Eu respirei fundo, tremendo. Precisava encontrar um modo de desligar minha mente. Se pensasse em Nikolai, desmoronaria. Ou em Baghra. Ou no corpo despedaçado de Sergei. Ou em Stigg, deixado para trás. Ou mesmo no Darkling, o olhar em seu rosto enquanto sua mãe desaparecia sob as nuvens. Como ele podia ser tão cruel e continuar tão humano?

A noite avançou enquanto uma Ravka adormecida passava abaixo de nós. Eu contei as estrelas. Cuidei de Adrik. Cochilei. Passeei entre a tripulação, oferecendo goles de água e ramos de flores secas de *jurda*. Quando alguém perguntava de Nikolai ou Baghra, eu contava os fatos da batalha da maneira mais breve possível.

Queria minha mente em silêncio, tentei torná-la um campo vazio, branco como a neve, sem rastros. Em algum momento perto do amanhecer, assumi meu lugar na balaustrada e comecei a redirecionar a luz para camuflar o navio.

Foi quando Adrik murmurou em seu sono.

Nadia girou a cabeça de repente. O *Alcaravão* balançou.

— Foco! — gritou Zoya.

Mas ela estava sorrindo. Todos estávamos, prontos para nos agarrar ao menor fiapo de esperança.

NÓS VOAMOS PELO RESTANTE DO DIA e entramos bastante na noite seguinte. No alvorecer da segunda manhã, finalmente vimos os Sikurzoi. Ao meio-dia, identificamos a cratera profunda e denteada que marcava a mina abandonada de carvão onde Nikolai havia sugerido que ocultássemos o *Alcaravão*, uma piscina turquesa turva em seu centro.

A descida foi lenta e complicada, e assim que os cascos rasparam no chão da cratera, tanto Nadia quanto Zoya caíram no convés. Elas tinham ido além dos limites usando seus poderes, e, apesar da pele corada e brilhante, elas estavam completamente exaustas.

Puxando as cordas, o restante de nós deu um jeito de ocultar o *Alcaravão* sob uma borda de pedra, tirando-o do campo de visão. Qualquer um que descesse à mina o encontraria facilmente, mas seria difícil imaginar quem se importaria em fazer isso. O chão da cratera estava cheio de máquinas enferrujadas. Um cheiro desagradável veio da piscina estagnada, e David disse que a cor turquesa opaca da água advinha dos minerais que se dissolviam das pedras. Não havia sinais de invasores.

Enquanto Maly e Harshaw protegiam as velas, Tolya carregou Adrik do *Alcaravão*. Havia sangue escorrendo do coto onde antes havia seu braço, mas ele estava bastante lúcido e até bebeu alguns goles de água.

Misha se recusou a sair de perto do casco. Eu pus uma coberta sobre seus ombros e o deixei com um pedaço de biscoito e uma fatia de maçã seca, na esperança de que ele comesse.

Nós ajudamos Zoya e Nadia a sair da embarcação, arrastamos nossos sacos de dormir para baixo da sombra do beiral e, sem falar nada, caímos em um sono agitado. Não colocamos ninguém de guarda. Se tivéssemos sido seguidos, não teríamos mais forças para lutar.

Enquanto meus olhos se fechavam, percebi Tolya se esgueirando de volta para o *Alcaravão* e me forcei a sentar novamente. Ele surgiu um momento depois com um pacote firmemente embrulhado. Seu olhar passou por Adrik, e meu estômago se apertou quando percebi o que ele carregava. Deixei meus olhos cansados se fecharem. Não queria saber onde Tolya planejava enterrar o braço de Adrik.

Quando acordei, a tarde estava no fim. A maioria dos outros continuava dormindo profundamente. Genya estava prendendo a manga de Adrik com alfinetes.

Encontrei Maly descendo a estrada que contornava a cratera, carregando uma sacola cheia de galos silvestres.

— Acho que podemos ficar aqui esta noite — disse ele —, acender uma fogueira. Podemos partir para Dva Stolba de manhã.

— Tudo bem — disse eu, apesar de estar ansiosa para começar a me mexer.

Ele deve ter percebido isso, porque disse:

— Adrik poderia aproveitar para descansar. Todos nós poderíamos. Tenho medo de que, se continuarmos forçando, um deles tenha um colapso.

Eu assenti. Ele estava certo. Estávamos todos de luto, assustados e cansados.

— Pegarei alguns gravetos.

Ele tocou meu braço.

— Alina...

— Não vou demorar.

Eu passei por ele. Não queria conversar. Não queria palavras de conforto. Eu queria o pássaro de fogo. Queria transformar minha dor em raiva e levá-la até a porta do Darkling.

Segui meu rumo até os bosques que cercavam a mina. Tão ao sul, as árvores eram diferentes, mais altas e mais esparsas, sua casca vermelha e porosa. Eu estava no caminho de volta para a mina, meus braços cheios com os galhos secos que pude encontrar, quando tive a sensação estranha de estar sendo observada. Eu parei, os pelos se arrepiando na minha nuca.

Espiei entre os troncos iluminados pelo sol, aguardando. O silêncio era denso, como se cada pequena criatura estivesse prendendo a respiração. Então eu ouvi – um farfalhar suave. Virei a cabeça, seguindo o som nas árvores. Meus olhos se fixaram em um lampejo de movimento, a batida silenciosa de uma asa sombria.

Nikolai estava empoleirado nos galhos de uma árvore, seu olhar escuro cravado em mim.

Seu peito estava nu e com linhas negras, como se a escuridão tivesse se estilhaçado sob a sua pele. Ele havia perdido as botas em algum lugar, e seus pés descalços agarravam a casca. Os dedos haviam se transformado em garras negras.

Ele tinha sangue seco nas mãos. E perto da boca.

— Nikolai? — sussurrei.

Ele se encolheu de volta.

— Nikolai, espere...

Mas ele saltou no ar, asas negras sacudindo os galhos enquanto passava por eles rumo ao céu azul.

Eu tive vontade de gritar, e foi o que fiz. Joguei meus gravetos no chão, pressionei o punho contra a boca e gritei até a garganta ficar em carne viva. Não conseguia parar. Tinha me segurado para não chorar no *Alcaravão* ou na mina, mas agora afundei no chão da floresta, meus gritos se transformando em soluços, arquejos silenciosos e violentos. Eles machucavam, como se pudessem fraturar minhas costelas, mas saíam mudos de meus lábios. Continuei pensando nas calças rasgadas de Nikolai e tive o pensamento tolo de que ele ficaria mortificado de ver suas roupas nesse estado. Ele tinha nos seguido por todo o trajeto desde o Zodíaco. Será que poderia contar ao Darkling o nosso paradeiro? Será que faria isso? Quanto dele havia restado dentro daquele corpo torturado?

Então eu a senti, a vibração ao longo daquela corda invisível. Afastei-me dela. Não iria até o Darkling agora. Não voltaria a ele nunca mais. Mas, ainda assim, eu sabia que, onde quer que estivesse, ele estava sofrendo.

MALY ME ENCONTROU LÁ, cabeça enterrada nos braços, casaco coberto de folhas de pinheiros. Ele me ofereceu sua mão, mas eu o ignorei.

— Estou bem — disse eu, embora nada pudesse ser menos verdade do que isso.

— Está escurecendo. Você não devia ficar aqui fora sozinha.

— Eu sou a Conjuradora do Sol. Só fica escuro quando eu digo que fica.

Ele se abaixou na minha frente e esperou que eu o olhasse nos olhos.

— Não os afaste, Alina. Eles precisam passar pelo luto com você.

— Eu não tenho nada para dizer.

— Então deixe-os falar.

Eu não tinha consolo ou incentivo para oferecer. Não queria compartilhar essa dor. Não queria que vissem quanto estava assustada. Mas me forcei a levantar e esfreguei as folhas do meu casaco. Deixei Maly me levar de volta à mina.

Quando terminamos de descer pelo caminho até o chão da cratera, estava completamente escuro e os outros seguravam lanternas sob o beiral.

— Tiraram um tempo para vocês, não foi? — disse Zoya. — Precisávamos congelar enquanto os dois brincavam ao redor dos bosques?

Não havia por que esconder meu rosto manchado de lágrimas, então apenas disse:

— É que eu precisava dar uma boa chorada.

Eu me preparei para um insulto, mas ela apenas disse:

— Dá próxima vez me convide. Eu poderia aproveitar também.

Maly largou os gravetos que eu havia reunido na fogueira que alguém havia armado, e eu arranquei Ongata do ombro de Harshaw. Ela soltou um chiado breve, mas não me importei. Nesse momento, precisava acariciar algo macio e peludo.

Eles já haviam limpado e espetado os animais que Maly havia caçado, e prontamente, apesar da minha tristeza e preocupação, o cheiro de carne me fez salivar.

Nós nos sentamos em torno da fogueira, comendo e passando um cantil de *kvas*, vendo as chamas brincarem no casco do *Alcaravão* enquanto os galhos estalavam e crepitavam. Tínhamos muito a conversar: quem iria conosco para os Sikurzoi e quem permaneceria no vale; se as pessoas queriam ficar ou não. Esfreguei meu pulso. Isso ajudou a me concentrar no pássaro de fogo, a pensar nele e não no brilho negro dos olhos de Nikolai, na crosta escura de sangue perto de seus lábios.

De repente, Zoya disse:

— Eu devia saber que Sergei não era confiável. Ele sempre foi uma pessoa fraca.

Aquilo pareceu injusto, mas deixei passar.

— Ongata nunca gostou dele — Harshaw adicionou.

Genya colocou um galho na fogueira.

— Vocês acham que ele estava planejando isso o tempo todo?

— Tenho me perguntado isso — admiti. — Achei que ele ficaria melhor depois que saíssemos da Catedral Branca e dos túneis, mas ele parecia pior, mais ansioso.

— Pode ter sido por qualquer motivo — disse Tamar. — O desabamento, o ataque da milícia, o ronco de Tolya.

Tolya jogou uma pedrinha nela e disse:

— Os homens de Nikolai deviam tê-lo vigiado mais de perto.

Ou eu nunca deveria ter deixado ele partir. Talvez a minha culpa pelo que havia acontecido com Marie tivesse nublado meu julgamento. Talvez a tristeza o estivesse nublando agora e houvesse mais traições por vir.

— Os *nichevo'ya* realmente... destroçaram ele? — perguntou Nadia.

Eu olhei para Misha. Em algum ponto, ele havia descido do *Alcaravão*. Agora, dormia ao lado de Maly, ainda agarrado à sua espada de madeira.

— Aquilo foi horrível — falei, calmamente.

— E quanto a Nikolai? — perguntou Zoya. — O que o Darkling fez com ele?

— Não sei exatamente.

— Aquilo pode ser desfeito?

— Também não sei. — Eu olhei para David.

— Talvez — ele palpitou. — Eu precisaria estudá-lo. Aquilo é *merzost*. Território novo. Gostaria de ter os diários de Morozova.

Eu quase ri com aquilo. Todo o tempo que David havia arrastado aqueles diários para cima e para baixo, eu os teria jogado no lixo com prazer. Mas agora que existia um bom motivo para querê-los, eles estavam fora de alcance, deixados para trás no Zodíaco.

Capturar Nikolai. Colocá-lo em uma jaula. Ver se poderíamos arrancá-lo das garras das sombras. A raposa esperta demais, finalmente capturada. Eu pisquei e desviei o olhar. Não queria chorar de novo.

Abruptamente, Adrik resmungou:

— Estou feliz de Sergei ter morrido. Só sinto por não ter eu mesmo torcido o pescoço dele.

— Você precisaria de duas mãos para isso — disse Zoya.

Houve um silêncio breve e terrível, então Adrik fez uma careta e disse:

— Tudo bem, esfaqueá-lo.

Zoya sorriu e passou o cantil para ele. Nadia só balançou a cabeça. Às vezes me esquecia de que eles eram soldados de verdade. Eu não duvidava de que Adrik lamentaria a perda de seu braço. Nem sabia ao certo como isso afetaria sua capacidade de conjurar.

Mas eu me lembrava dele parado na minha frente no Pequeno Palácio, exigindo seu direito de permanecer e lutar. Ele era mais forte do que eu jamais seria.

Pensei em Botkin, meu antigo professor, empurrando-me para correr mais um quilômetro, para levar outro soco. Lembrei-me das palavras que ele havia falado para mim tanto tempo atrás: *o aço é conquistado*. Adrik havia conquistado aquele aço, e Nadia também. Ela tinha provado seu valor novamente em nosso voo desde o Elbjen. Uma parte de mim se perguntava o que Tamar via nela. Mas Nadia tinha estado em algumas das piores lutas no Pequeno Palácio. Tinha perdido sua melhor amiga e a vida que conhecia desde sempre. Ainda assim, não desmoronou como Sergei, nem escolheu a vida no subsolo como Maxim. Passando por tudo isso, ela havia permanecido firme.

Quando Adrik devolveu o cantil, Zoya deu um belo gole e disse:

— Vocês sabem o que Baghra me disse na minha primeira aula com ela? — A Aeros baixou a voz para imitar o tom grosso e gutural de Baghra. — "Um rosto bonito. Uma pena que tenha cérebro de mingau."

Harshaw bufou.

— Eu botei fogo na cabana dela durante a aula.

— É claro que botou — disse Zoya.

— Acidentalmente! Ela se recusou a me ensinar novamente. Nem falar comigo ela falava. Eu a vi uma vez no pátio, e ela passou direto. Não disse nada, só me bateu no joelho com seu cajado. Eu tenho um caroço até hoje.

Ele suspendeu a barra da calça e, é claro, lá estava o calombo visível sob a pele.

— Isso não é nada — disse Nadia, suas bochechas enrubescendo quando todos nós nos viramos para prestar atenção nela. — Eu tive um tipo de bloqueio e não conseguia conjurar por um tempo. Ela me colocou numa sala e soltou uma colmeia de abelhas.

— O quê? — Eu chiei. Não foram apenas as abelhas que me chocaram. Eu tinha lutado por meses para conseguir conjurar no Pequeno Palácio, e Baghra nunca tinha mencionado outros Grishas com bloqueios.

— O que você fez? — Tamar perguntou, incrédula.

— Dei um jeito de conjurar uma corrente e enviá-las pela chaminé, mas tomei tantas ferroadas que parecia que estava com catapora de fogo.

— Nunca estive tão feliz de não ser Grisha — disse Maly, sacudindo a cabeça.

Zoya ergueu seu cantil.

— Isso é bem a cara de um *otkazat'sya* solitário.

— Baghra me odiava — disse David, calmamente.

Zoya acenou com desdém.

— Todos nós nos sentíamos assim.

— Não, ela realmente me odiava. Ela me ensinara uma vez com o restante dos Fabricadores da minha idade, depois se recusou a se encontrar comigo de novo. Eu costumava apenas ficar lá nas oficinas enquanto todo mundo tinha aulas com ela.

— Por quê? — perguntou Harshaw, coçando Ongata debaixo do queixo.

David deu de ombros.

— Não tenho ideia.

— Eu sei o motivo — disse Genya. Eu esperei, perguntando-me se ela realmente sabia. — Magnetismo animal — ela prosseguiu. — Mais um minuto naquela cabana com você e ela teria arrancado todas as suas roupas.

David considerou a hipótese.

— Isso parece improvável.

— Impossível — Maly e eu dissemos ao mesmo tempo.

— Bem, não *impossível* — disse David, parecendo vagamente insultado.

Genya riu e deu um beijo firme em sua boca.

Peguei um graveto e cutuquei a fogueira, mandando faíscas para o alto. Eu sabia por que Baghra tinha se recusado a ensinar David. Ele se parecia demais com Morozova, tão obcecado com o conhecimento que tinha ficado cego para o sofrimento de sua filha, para o abandono de sua esposa. E, sem dúvida, David tinha criado *lumiya* só por diversão, basicamente entregando de bandeja ao Darkling a maneira de entrar na Dobra. Mas David não era como Morozova. Ele havia estado lá por Genya quando ela precisou dele. Não era nenhum guerreiro, mas havia encontrado um jeito de lutar por ela mesmo assim.

Eu olhei em volta para o nosso pequeno grupo, estranho e maltratado: para Adrik sem um braço, fitando Zoya com olhar apaixonado; para Harshaw e Tolya, observando Maly desenhar a nossa rota na poeira. Vi o sorriso de Genya, suas cicatrizes se esticando enquanto David gesticulava freneticamente, tentando explicar a Nadia sua ideia de um braço de bronze, e Nadia o ignorando, passando seus dedos pelos cachos escuros do cabelo de Tamar.

Nenhum deles era acomodado, indolente ou ingênuo. Eram como eu, cultivando feridas e mágoas escondidas, todos quebrados de maneiras diferentes. Nós não nos completávamos muito bem. Tínhamos bordas tão irregulares que nos cortávamos de vez em quando, mas, enquanto me curvava para o lado, com o calor da fogueira em minhas costas, senti uma onda de gratidão tão doce que fez minha garganta doer. Com ela, veio o medo. Mantê-los por perto era um luxo pelo qual eu pagaria. Agora, eu tinha mais a perder.

Capítulo 13

NO FIM DAS CONTAS, todo mundo ficou. Até Zoya, embora houvesse reclamado sem parar por todo o caminho até Dva Stolba.

Nós concordamos em nos dividir em dois grupos. Tamar, Nadia e Adrik viajariam com David, Genya e Misha. Eles buscariam um lugar para se hospedar em um dos vilarejos na ponta sudeste do vale. Genya teria que manter seu rosto oculto, mas ela não parecia se importar. Tinha enrolado seu xale em volta da cabeça e declarado:

— Serei uma mulher misteriosa. — Eu a lembrei de que não deveria ser intrigante *demais*.

Maly e eu viajaríamos para os Sikurzoi com Zoya, Harshaw e Tolya. Como estávamos bem próximos da fronteira, sabíamos que teríamos que encarar uma presença militar mais forte, mas esperávamos poder nos misturar com os refugiados que tentavam passar pelos Sikurzoi antes das primeiras neves.

Se não voltássemos das montanhas em duas semanas, Tamar iria ao encontro de quaisquer forças que o Apparat pudesse enviar a Caryeva. Eu não gostava da ideia de despachar Tamar e Nadia sozinhas, mas Maly e eu não podíamos nos dar ao luxo de dividir o grupo ainda mais. Saqueadores shu frequentemente atacavam viajantes de Ravka próximo à fronteira, e queríamos estar preparados para problemas. Tamar pelo menos conhecia os Soldat Sol, e eu tentei me reconfortar com o fato de que tanto ela como Nadia eram lutadoras experientes.

Eu tampouco tinha certeza do que faria com quaisquer soldados que aparecessem, mas a mensagem tinha sido enviada, e eu tinha de acreditar que iríamos pensar em algo. Talvez, a essa altura, eu já tivesse o pássaro de fogo e o início de um plano. Eu não conseguia planejar muito à frente. Cada vez que tentava, sentia o pânico me puxando. Era como estar embaixo da terra de novo, sem ar para respirar, esperando o mundo cair ao meu redor.

Nosso grupo partiu ao nascer do sol, deixando os outros dormindo na sombra do beiral. Apenas Misha estava acordado, observando-nos com um olhar acusador conforme acertava a lateral do *Alcaravão* com várias pedrinhas.

— Venha aqui — disse Maly, acenando para que o menino se aproximasse. Eu achei que Misha não fosse se mexer, mas então ele veio arrastando os pés, seu queixo para a frente, emburrado. — Você tem o broche que Alina lhe deu?

Misha fez que sim com a cabeça.

— Você sabe o que isso significa, não? Você é um soldado. Soldados não vão aonde querem. Eles vão aonde são necessários.

— Vocês só estão querendo se livrar de mim.

— Não, precisamos de você aqui para tomar conta dos outros. Sabe que David é um caso perdido, e Adrik vai precisar de sua ajuda também, mesmo que ele não queira admitir isso. Você precisará ser cuidadoso com ele, ajudando sem deixá-lo perceber. Consegue fazer isso?

Misha deu de ombros.

— Precisamos que cuide deles do jeito que cuidou de Baghra.

— Mas eu não cuidei dela.

— Cuidou sim. Você prestou atenção nela, deixou-a confortável, e deixou-a partir quando ela precisou que você fizesse isso. Fez o que tinha de ser feito, embora fosse doloroso para você. É isso que os soldados fazem.

Misha olhou seriamente para ele, como se estivesse refletindo sobre o assunto.

— Eu devia ter impedido ela — disse ele, sua voz falhando.

— Se a tivesse impedido, nenhum de nós estaria aqui. Somos gratos por ter feito a coisa certa.

Misha franziu a testa.

— David *é* mesmo meio perdido.

— Verdade — Maly concordou. — Então, podemos contar com você?

Misha desviou o olhar. Sua expressão ainda estava pesarosa, mas ele deu de ombros novamente.

— Obrigado — disse Maly. — Pode começar colocando a água para ferver para o café da manhã.

Misha assentiu, e então correu pelo cascalho para cuidar da água.

Maly olhou de relance para mim enquanto se levantava e jogava a mochila no ombro.

— O quê?

— Nada. O que você fez... foi realmente inteligente.

— A mesma estratégia que Ana Kuya usou para que eu parasse de implorar a ela para manter uma lanterna acesa à noite.

— Sério?

— Sim — disse ele, começando a escalada. — Ela me disse que eu teria de ser corajoso por você, e que se eu ficasse assustado, você também ficaria.

— Bem, ela me disse que eu tinha que comer meus nabos para lhe dar um bom exemplo, mas continuei a me recusar a comê-los.

— E você ainda se pergunta por que estava sempre levando bronca.

— Eu tenho princípios.

— Isso significa "se eu puder complicar as coisas, é isso que farei".

— Injusto.

— Ei! — Zoya gritou sobre a borda da cratera acima. — Se vocês não estiverem aqui antes de eu contar até dez, voltarei a dormir e podem me carregar até Dva Stolba.

— Maly — eu suspirei. — Se eu a assassinasse nos Sikurzoi, você me responsabilizaria por isso?

— Sim — disse ele. Então adicionou: — Isso significa "precisamos fazer com que pareça acidente".

Dva Stolba me surpreendeu. De alguma forma, eu esperava que o pequeno vale fosse como um cemitério, uma desolação soturna de fantasmas e lugares abandonados. Em vez disso, os vilarejos estavam repletos de vida e movimento. O cenário era pontuado por carcaças queimadas e campos vazios de cinzas, mas novas casas e estabelecimentos comerciais tinham sido erguidos por perto.

Havia tavernas e hospedarias, uma vitrine anunciando o reparo de relógios, e o que parecia ser uma loja que emprestava livros por uma semana. Tudo passava uma estranha sensação de transitoriedade. Janelas quebradas tinham sido tapadas com tábuas. Muitas casas tinham telhados de lona ou furos nas paredes cobertos por cobertores de lã ou tapetes trançados. *Quem sabe quanto tempo ficaremos aqui?* eles pareciam dizer. *Vamos dar um jeito com o que tivermos à mão.*

Será que o lugar sempre foi assim? Os vilarejos eram constantemente destruídos e reconstruídos, governados por Shu Han ou por Ravka, dependendo de como as fronteiras fossem delineadas depois do fim de cada guerra. Era assim que meus pais tinham vivido? Era estranho imaginá-los dessa maneira, mas a ideia não me incomodava. Talvez tivessem sido soldados ou mercadores. Talvez tivessem sido felizes aqui. E talvez um deles estivesse cultivando algum poder, o legado potencial da filha mais nova de Morozova. Havia lendas sobre Conjuradores do Sol antes de mim. A maioria das pessoas acreditava que fossem histórias falsas ou vazias, esperanças tolas nascidas da miséria produzida pela Dobra. Mas talvez fosse mais complicado do que isso. Ou, quem sabe, eu estivesse me prendendo a algum sonho de uma herança à qual não tinha nenhum direito verdadeiro.

Nós passamos por uma praça comercial entupida de pessoas, seus produtos exibidos em mesas improvisadas: panelas de estanho, facas de caça, peles para a travessia das montanhas. Vimos jarros de gordura de ganso, figos secos vendidos em cachos, selas finas e armas de aparência precária. Acima de uma barraca, havia varais repletos de patos recém-depenados, sua pele rosa e ondulada. Maly manteve seu arco e rifle de repetição guardados na mochila. As armas eram de artesanato muito fino para passar despercebidas.

Crianças brincavam no chão de terra. Um homem atarracado vestindo um colete sem mangas estava defumando algum tipo de carne em um grande tambor de metal. Eu o vi jogar um ramo de zimbro dentro dele, produzindo uma nuvem aromática azul. Zoya torceu o nariz, mas Tolya e Harshaw se apressaram para catar moedas em seus bolsos.

Foi aqui que a família de Maly e a minha tinham morrido. De alguma forma, a atmosfera selvagem e vibrante parecia quase injusta. Certamente não batia com o meu humor.

Eu fiquei aliviada quando Maly disse:

— Pensei que seria mais fúnebre.

— Você viu como o cemitério é pequeno? — perguntei em voz baixa. Ele assentiu com a cabeça. Na maior parte de Ravka, os cemitérios eram maiores do que as cidades, mas quando os shu tinham queimado esses vilarejos, não sobrara ninguém para prantear os mortos.

Embora estivéssemos bem abastecidos com os estoques do Zodíaco, Maly quis comprar um mapa feito por alguém do local. Precisávamos saber que trilhas podiam estar bloqueadas por deslizamentos ou onde as pontes podiam ter sido arrastadas pelas águas.

Uma mulher com tranças brancas visíveis sob o chapéu de lã laranja estava sentada em um banco baixo e pintado, cantarolando e batendo em um chocalho para atrair a atenção dos transeuntes. Ela não tinha armado uma mesa, mas estendido no chão um tapete no qual exibia seus produtos – cantis, alforjes, mapas e montes de anéis de oração. Havia uma mula em pé atrás dela, suas longas orelhas balançando para afastar as moscas, e de vez em quando a mulher esticava a mão para trás e fazia um carinho em seu nariz.

— A neve chegará em breve — disse ela, apertando os olhos rumo ao céu enquanto vasculhávamos os mapas. — Precisam de cobertores para a jornada?

— Estamos bem equipados — disse eu. — Obrigada.

— Muitas pessoas estão viajando em direção à fronteira.

— Você não?

— Velha demais para ir agora. Shu, fjerdanos, Dobra... — Ela deu de ombros. — Se você para e espera, os problemas passam por você.

Ou eles batem diretamente em você, e então voltam para uma segunda rodada, pensei amargamente.

Maly levantou um dos mapas.

— Não estou vendo as montanhas orientais, apenas as do oeste.

— Melhor manter-se a oeste — disse ela. — Estão tentando chegar à costa?

— Sim — Maly mentiu sem pestanejar —, e então prosseguir para Novyi Zem. Mas...

— Mantenha-se a oeste. As pessoas não voltam do leste.

— *Ju weh* — disse Tolya. — *Ey ye bat e'yuan*.

A mulher respondeu e os dois estudaram um mapa, conversando em shu enquanto esperávamos pacientemente.

Por fim Tolya passou um mapa diferente para Maly.

— Leste — disse ele.

A mulher apontou com seu chocalho para Tolya e me perguntou:

— Como vocês vão alimentar essa criatura nas colinas? É melhor garantir que ele não a coloque em um espeto.

Tolya franziu a testa, mas a mulher riu tanto que quase caiu do seu banquinho.

Maly adicionou alguns anéis de oração aos mapas e pagou com suas moedas.

— Eu tinha um irmão que foi para Novyi Zem — a mulher falou, ainda rindo enquanto devolvia o troco de Maly. — Provavelmente está rico agora. É um bom lugar para começar uma vida nova.

Zoya deu um riso de escárnio.

— Comparado com o quê?

— Não é tão ruim assim — disse Tolya.

— Lama e poeira.

— *Existem* cidades por lá — Tolya resmungou enquanto nos afastávamos.

— O que aquela mulher tinha para dizer sobre as montanhas do leste? — perguntei.

— Elas são sagradas — disse Tolya —, e aparentemente mal-assombradas. Ela diz que Cera Huo é defendida por fantasmas.

Um arrepio percorreu minha espinha.

— O que é Cera Huo?

Os olhos dourados de Tolya brilhavam.

— As Cascatas de Fogo.

EU SÓ NOTEI AS RUÍNAS quando estávamos praticamente embaixo delas. Eram bem discretas, duas espirais gastas e corroídas pelo tempo flanqueando a estrada que levava para fora do vale, em direção ao sudeste. Talvez algum dia tenham sido um arco. Ou um aqueduto. Ou dois moinhos, como seu nome indicava. Ou apenas dois pedaços pontudos de pedra. O que eu esperava? Ilya Morozova ao lado da estrada em um halo dourado, segurando um cartaz com os dizeres "Você estava certa, Alina. Siga por aqui para achar o pássaro de fogo"?

Mas os ângulos pareciam estar corretos. Eu tinha analisado a ilustração de Sankt Ilya em Correntes com tanto cuidado e frequência que a imagem estava marcada em minha mente. A visão dos Sikurzoi atrás das colunas correspondia à de minha memória da página. O próprio Morozova tinha feito o desenho? Será que era o responsável pelo mapa deixado naquela ilustração? Ou outra pessoa tinha juntado os pedaços de sua história? Talvez eu nunca fosse saber.

Este é o lugar, disse para mim mesma. *Tinha que ser.*

— Alguma coisa familiar? — perguntei a Maly.

Ele balançou sua cabeça.

— Acho que eu tinha esperanças de que... — Ele deu de ombros. Não precisava dizer mais do que isso. Eu estava carregando a mesma esperança em meu coração – uma vez que estivesse neste vale, mais do meu passado subitamente seria esclarecido. Mas tudo que eu tinha eram as mesmas memórias desgastadas: um prato de beterrabas, um par de ombros largos, o balançar de rabo de búfalos à minha frente.

Nós avistamos alguns refugiados: uma mulher com um bebê em seu peito, montada em uma carroça de pônei enquanto seu marido andava ao lado dela; um grupo de pessoas de nossa idade que presumi serem desertores do Primeiro Exército. Mas a estrada sob as ruínas não estava cheia de gente. Os lugares mais populares para se tentar entrar em Shu Han ficavam mais para o oeste, onde as montanhas eram menos íngremes e a viagem para a costa, mais fácil.

De repente, fui tomada pela beleza dos Sikurzoi. As únicas montanhas que eu conhecia eram os picos gelados lá do norte e os Petrazoi – rasgados, cinza e ameaçadores. Mas estas montanhas eram gentis, ondulantes, seus declives suaves cobertos de grama alta, os vales entre eles cruzados por rios lentos que brilhavam azuis e depois dourados no sol. Até o céu parecia acolhedor, uma pradaria de azul infinito, nuvens brancas espessas empilhadas no horizonte, os picos gelados da cordilheira do sul visível ao longe.

Eu sabia que esta era uma região sem lei, uma fronteira perigosa que marcava o fim de Ravka e o início do território inimigo, mas não era essa a sensação que ela transmitia. Havia água abundante, espaço para pastagem. Se não tivesse havido uma guerra, se as fronteiras tivessem sido desenhadas de forma diferente, este teria sido um lugar pacífico.

Não fizemos fogueira e acampamos a céu aberto aquela noite, nossos sacos de dormir espalhados sob as estrelas. Eu parei para escutar o sussurro do vento na grama e pensei em Nikolai. Será que ele estava lá fora em algum lugar, nos seguindo enquanto rastreávamos o pássaro de fogo? Ele nos reconheceria? Ou será que tinha se perdido por completo? Chegaria o dia em que simplesmente seríamos presas para ele? Fitei o céu, esperando ver uma forma alada bloqueando as estrelas. O sono não veio fácil.

No dia seguinte, deixamos a estrada principal e começamos a escalar para valer. Maly nos levou para o leste, em direção a Cera Huo, seguindo uma trilha que parecia surgir e desaparecer conforme serpenteava pelas montanhas. Tempestades caíam sem aviso, erupções densas de chuva que transformavam a terra sob nossas botas em lama pegajosa, e então desapareciam tão rapidamente quanto chegavam.

Tolya estava preocupado com as cheias repentinas, então abandonamos totalmente a trilha e partimos em direção a áreas mais elevadas, passando o resto da tarde no dorso estreito de uma crista de pedras, de onde podíamos ver nuvens de chuva correndo uma atrás da outra sobre colinas baixas e vales, suas formas escuras refletindo breves lampejos de relâmpagos.

Os dias se arrastavam, e eu estava perfeitamente ciente de que cada passo que dávamos mais para dentro de Shu Han era um passo que teríamos que refazer para voltar a Ravka. O que encontraríamos ao retornar? O Darkling já teria marchado sobre Ravka Oeste? E se encontrássemos o pássaro de fogo, e os três amplificadores fossem enfim combinados, eu seria forte o suficiente para enfrentá-lo? Acima de tudo eu pensava em Morozova e me perguntava se ele tinha caminhado por estas mesmas trilhas, observado as mesmas montanhas. Será que sua necessidade de concluir a tarefa que havia começado o impulsionava do mesmo modo que o meu desespero fazia agora, forçando-me a dar um passo após o outro, cruzar outro rio, subir outro morro?

Naquela noite, a temperatura baixou tanto que precisamos armar barracas. Zoya parecia achar que eu era responsável por montar a nossa tenda, mesmo que nós duas fôssemos dormir nela. Eu estava praguejando sobre uma pilha de lona quando Maly fez sinal para que eu me calasse.

— Tem alguém por perto — disse ele.

Estávamos em um campo amplo de grama fina que se estendia entre duas colinas baixas. Eu perscrutei a escuridão, incapaz de identificar alguma coisa, e levantei as mãos, de forma interrogativa.

Maly balançou sua cabeça.

— Como último recurso — ele sussurrou.

Eu assenti. Não queria nos colocar em outra situação igual à que enfrentamos com a milícia.

Maly pegou seu rifle e deu um sinal. Tolya desembainhou sua espada e entramos em formação, com as costas alinhadas, esperando.

— Harshaw — eu sussurrei.

Ouvi Harshaw usando sua pederneira. Ele deu um passo para a frente e abriu os braços. Uma chama incandescente surgiu com um rugido. Ela nos envolveu em um anel fulgurante, iluminando o rosto dos homens agachados no campo ao redor. Havia cinco, talvez seis deles, com olhos dourados e vestidos em pele de carneiro. Eu vi arcos sendo preparados e o reflexo da luz em pelo menos um cano de arma.

— Agora — falei.

Zoya e Harshaw moveram-se em sincronia, gesticulando com seus braços em arcos amplos, as chamas espalhando-se pela grama como algo vivo, impulsionadas por seus poderes combinados.

Homens gritaram. O fogo se espalhou voraz. Eu ouvi um único tiro e então os ladrões se viraram e correram. Harshaw e Zoya enviaram o fogo atrás deles, perseguindo-os pelo campo.

— Talvez eles voltem — disse Tolya. — Tragam mais homens. Você consegue um bom dinheiro por Grishas em Koba. — Era uma cidade logo ao sul da fronteira.

Pela primeira vez, pensei em como teria sido para Tolya e Tamar, que nunca poderiam voltar ao país de seu pai, forasteiros em Ravka, forasteiros aqui também.

Zoya estremeceu.

— As coisas não são melhores em Fjerda. Tem caçadores de bruxas que não comem animais, não vestem sapatos de couro nem matam uma aranha em sua casa, mas queimam Grishas vivos na fogueira.

— Os médicos shu talvez não sejam tão maus — disse Harshaw. Ele ainda estava brincando com as chamas, conduzindo-as em arcos rápidos e tentáculos serpenteantes. — Pelo menos limpam seus instrumentos. Na Ilha Errante, eles acham que o sangue Grisha é a cura para tudo – desde impotência até praga debilitante, você escolhe. Quando o poder do meu irmão se manifestou, eles cortaram sua garganta e o penduraram de cabeça para baixo para drená-lo como um porco em um abatedouro.

— Pelos Santos, Harshaw — Zoya disse, com respiração cortada.

— Eu queimei e destruí aquele vilarejo e todos os seus habitantes. Então entrei num barco e nunca olhei para trás.

Pensei no sonho que o Darkling tinha tido uma vez, que poderíamos ser ravkanos e não apenas Grishas. Ele tinha tentado criar um lugar seguro para pessoas como nós, talvez o único no mundo. *Eu entendo o desejo de permanecer livre.*

Era por isso que Harshaw continuava a lutar? Por isso havia escolhido ficar? Ele devia ter compartilhado do sonho do Darkling em algum momento. Será que tinha passado a responsabilidade desse sonho para mim?

— Manteremos uma vigília esta noite — disse Maly —, e seguiremos mais para o leste amanhã.

Para o Leste, para Cera Huo, onde os fantasmas montavam guarda. Mas já estávamos viajando com nossas próprias assombrações.

NÃO HAVIA NENHUM SINAL dos ladrões na manhã seguinte, apenas um campo queimado em padrões bizarros.

Maly nos levou mais para dentro das montanhas. No início da nossa jornada, tínhamos visto caracóis de fumaça de alguma lareira ou o contorno de uma cabana na encosta. Agora estávamos sozinhos, nossa única companhia eram os lagartos que observávamos pegando sol nas pedras e, de vez em quando, um rebanho de alces pastando em uma pradaria distante.

Se havia algum sinal do pássaro de fogo, ele era invisível para mim, mas reconheci o silêncio de Maly, sua concentração profunda. Eu tinha visto a mesma coisa em Tsibeya quando estávamos caçando o cervo, e mais uma vez nas águas da Rota dos Ossos.

De acordo com Tolya, o Cera Huo era assinalado de forma diferente em cada mapa, e não tínhamos como saber se era lá que acharíamos o pássaro de fogo. Mas isso tinha dado a Maly uma direção, e agora ele se movia daquele modo constante e tranquilizador, como se tudo no mundo selvagem já fosse familiar para ele, como se já soubesse todos os seus segredos. Para os outros, tornou-se um tipo de jogo – tentar adivinhar para onde ele nos levaria.

— O que você está vendo? — Harshaw perguntou, frustrado, quando Maly nos tirou de uma trilha fácil.

Maly deu de ombros.

— É mais o que não estou vendo. — Ele apontou para um bando de gansos indo para o sul em uma cunha fechada. — É o modo como os pássaros se movem, o modo como os animais se escondem nos arbustos.

Harshaw coçou Ongata atrás do ouvido e sussurrou forte:

— E as pessoas acham que *eu* é que sou maluco.

Os dias passavam e eu sentia minha paciência se esvaindo. Enquanto andávamos, tínhamos tempo demais sem nada para fazer além de pensar, e não havia lugar seguro para onde minha mente pudesse fugir. O passado era repleto de horrores, e o futuro me deixava com aquele pânico crescente de tirar o fôlego.

O poder dentro de mim tinha parecido tão miraculoso, mas a cada confronto com o Darkling as limitações das minhas capacidades ficavam mais claras. *Não há luta alguma para travar.* Apesar das mortes que presenciei e do desespero que senti, não estava mais próxima de entender ou utilizar o *merzost*. Eu me peguei ressentindo-me da calma de Maly, da certeza que parecia carregar em seus passos.

— Você acha que ele está aqui em algum lugar? — perguntei, uma tarde, quando nos abrigamos em um conjunto denso de pinheiros para esperar uma tempestade passar.

— É difícil dizer. Neste exato instante eu poderia estar rastreando um grande falcão. Estou me orientando mais pelo instinto do que qualquer outra coisa, e isso sempre me deixa nervoso.

— Você não parece nervoso. Parece estar completamente à vontade. — Eu conseguia sentir a irritação em minha voz.

Maly olhou de relance para mim.

— Ajuda o fato de que ninguém está ameaçando abrir você com uma lâmina.

Eu não disse nada. A lembrança da faca do Darkling era quase reconfortante – um medo simples, concreto, gerenciável.

Ele apertou os olhos em direção à chuva.

— E tem outra coisa, algo que o Darkling disse na capela. Ele achou que precisava de mim para encontrar o pássaro de fogo. Por mais que eu odeie admitir, é por isso que sei que posso fazer isso agora, porque ele tinha tanta certeza.

Eu entendia. A fé do Darkling em mim tinha sido inebriante. Eu queria aquela certeza, saber que tudo seria resolvido, que alguém estava no controle. Sergei tinha corrido para o Darkling buscando aquela segurança. *Eu só quero me sentir seguro de novo.*

— Quando chegar a hora — Maly perguntou —, você poderá derrubar o pássaro de fogo?

Sim. Eu estava farta de hesitação. Não era só o fato de termos esgotado as alternativas, ou que tanta coisa dependesse do poder do pássaro de fogo. Eu tinha simplesmente me tornado impiedosa ou egoísta o suficiente para extinguir a vida de outra criatura. Mas sentia falta da garota que havia mostrado piedade pelo cervo, que tinha sido forte o bastante para recusar a atração do poder, que tinha acreditado em algo mais. Outra vítima desta guerra.

— Ainda não parece real para mim — disse eu. — E mesmo que for, talvez não seja suficiente. O Darkling tem um exército. Ele tem aliados. Nós temos... — Um bando de desajustados? Alguns fanáticos tatuados? Mesmo com o poder dos amplificadores, não parecia uma batalha justa.

— Obrigada — Zoya disse, com amargura.

— Ela tem razão — disse Harshaw, encostado em uma árvore. Ele trazia Ongata montada em seu ombro, fazendo pequenas chamas dançarem pelo ar. — Eu não estou realmente disposto a muito.

— Eu não quis dizer isso — protestei.

— Será suficiente — disse Maly. — Encontraremos o pássaro de fogo. Você enfrentará o Darkling. Vamos lutar contra ele e vamos vencer.

— E aí o que acontece? — Senti uma onda de pânico cair sobre mim novamente. — Mesmo que derrotemos o Darkling e eu destrua a Dobra, Ravka estará vulnerável.

Nenhum príncipe Lantsov para liderar. Nenhum Darkling. Apenas uma órfã magrela de Keramzin com as forças que conseguisse juntar somando os Grishas sobreviventes e os restos do Primeiro Exército.

— Tem o Apparat — disse Tolya. — O sacerdote pode não ser confiável, mas seus seguidores são.

— E David achou que poderia ser capaz de curar Nikolai — Zoya acrescentou.

Eu me virei em sua direção, minha raiva crescendo.

— Você acha que Fjerda esperará até que nós encontremos uma cura? E quanto aos shu?

— Então você fará uma nova aliança — disse Maly.

— Leiloar meu poder e vendê-lo pelo lance mais alto?

— Você negocia. Defina seus próprios termos.

— Arranjar um contrato de casamento, escolher um nobre fjerdano ou um general shu? Torcer para que meu novo marido não me assassine durante o sono?

— Alina...

— E para onde você iria?

— Eu permanecerei ao seu lado enquanto você deixar.

— Nobre Maly. Você ficará de guarda na porta do meu quarto à noite? — Eu sabia que estava sendo injusta, mas, naquele momento, não me importava.

Sua mandíbula travou.

— Eu farei o que tiver de fazer para mantê-la segura.

— Manter a cabeça baixa. Fazer seu dever.

— Sim.

— Um pé depois do outro. Em frente, em direção ao pássaro de fogo. Marchando como um bom soldado.

— É isso aí, Alina. Eu sou um soldado. — Pensei que talvez ele finalmente fosse fraquejar e sucumbir à briga que eu queria, que eu estava provocando. Em vez disso, Maly se levantou e sacudiu a água de seu casaco. — E continuarei a marchar porque o pássaro de fogo é tudo que posso oferecer a você. Nada de dinheiro. Nada de exército. Nada de fortaleza na montanha. — Ele colocou a mochila no ombro. — Isso é tudo que tenho a oferecer. O mesmo truque de sempre.

Ele deu um passo em direção à chuva. Eu não sabia se queria correr atrás dele para pedir desculpas ou derrubá-lo na lama.

Zoya levantou um ombro elegante.

— Eu preferia ter a esmeralda.

Eu a encarei, balancei a cabeça e deixei escapar algo entre um riso e um suspiro. Minha raiva desvaneceu, deixando-me um sentimento de mesquinhez e vergonha. Maly não tinha merecido isso. Nenhum deles tinha merecido.

— Me desculpem — balbuciei.

— Talvez você esteja com fome — disse Zoya. — Sempre fico cruel quando estou com fome.

— Você tem fome o tempo todo? — perguntou Harshaw.

— Você não me viu cruel. Quando isso acontecer, precisará de um lenço bem grande.

Ele bufou.

— Para secar minhas lágrimas?

— Para conter o sangramento.

Dessa vez meu riso foi genuíno. De algum modo, uma dose do veneno de Zoya era exatamente o que eu precisava. Então, apesar de meu instinto dizer que era má ideia, fiz a pergunta que guardei por quase um ano.

— Você e Maly, lá em Kribirsk...

— Aconteceu.

Eu sabia disso, e sabia que existiram muitas outras antes dela, mas, ainda assim, doeu. Zoya olhou de relance para mim, seus longos cílios negros brilhando com a chuva.

— Mas nunca desde então — ela admitiu com relutância —, e não foi por falta de tentativa. Se um homem consegue dizer não para mim, isso é impressionante.

Eu revirei os olhos. Zoya me cutucou no braço com um dedo esguio.

— Ele não esteve com ninguém, sua idiota. Sabe como as garotas lá na Catedral Branca o chamavam? *Beznako*.

Uma causa perdida.

— É engraçado — disse Zoya, refletindo. — Eu entendo por que o Darkling e Nikolai querem seu poder. Mas Maly olha para você como... Bem, como se você fosse eu.

— Não é verdade — disse Tolya. — Ele olha para Alina do jeito que Harshaw observa o fogo. Como se nunca fosse conseguir o suficiente dela. Como se estivesse tentando capturar o que pode antes que ela se vá.

Zoya e eu olhamos boquiabertas para ele. Então, ela fez uma careta.

— Sabe, se você dedicasse um pouco dessa poesia para mim, talvez eu pensasse em lhe dar uma chance.

— Quem disse que eu quero?
— Eu quero uma chance! — interveio Harshaw.
Zoya soprou uma mecha úmida de sua testa.
— Ongata tem mais chances do que você.
Harshaw levantou a gatinha malhada acima dele.
— Ongata — disse ele. — Sua safadinha.

QUANDO NOS APROXIMAMOS da área onde o Cera Huo devia estar, aceleramos o passo. Maly ficou ainda mais quieto, seus olhos azuis varrendo constantemente as colinas. Eu devia desculpas a ele, mas nunca conseguia encontrar o momento certo de lhe falar.

Depois de quase exatamente uma semana de jornada, encontramos o que achávamos ser um leito seco de riacho que corria entre duas paredes rochosas íngremes. Nós o estávamos seguindo por quase dez minutos quando Maly se agachou e passou a mão na grama.

— Harshaw — disse ele —, você poderia queimar um pouco desse matagal, por favor?

Harshaw riscou sua pederneira e enviou um lençol de chamas azuis rolando pelo leito de riacho, revelando um padrão de pedras regular demais para não ter sido feito pelo homem.

— É uma estrada — disse ele, surpreso.
— Aqui? — eu perguntei. Não tínhamos passado por nada além de montanhas nos últimos quilômetros.

Mantivemo-nos alertas, procurando sinais do que poderia ter existido antes, com a esperança de encontrar símbolos gravados, talvez os pequenos altares que vimos entalhados na rocha perto de Dva Stolba, ansiosos por algum tipo de prova que mostrasse que estávamos no caminho certo. Mas a única lição nas pedras parecia ser a de que cidades ascendiam, decaíam e eram esquecidas. *Você vive em um único momento. Eu vivo em milhares.* Talvez eu vivesse tempo suficiente para ver Os Alta virar pó. Ou talvez usasse meu poder em mim mesma e terminasse tudo antes disso. Como seria a vida depois que todas as pessoas que eu amava tivessem partido? Quando não houvesse mais mistérios a desvendar?

Nós seguimos a estrada até onde ela parecia simplesmente terminar, enterrada em um amontoado de pedras caídas cobertas de grama e flores silvestres amarelas. Escalamos sobre elas e, quando chegamos ao topo, um choque gelado percorreu meu corpo.

Era como se as cores tivessem sido drenadas do cenário. O campo à nossa frente era de grama cinza. Uma serra negra se esticava ao longo do horizonte, coberta de árvores com troncos lisos e brilhantes como ardósia polida, seus galhos angulares desprovidos de folhas. Mas o estranho era como cresciam em linhas perfeitas e regulares, equidistantes, como se tivessem sido plantadas com cuidado infinito.

— Isso parece errado — disse Harshaw.

— São árvores-soldados — falou Maly. — É o jeito como elas crescem, como se estivessem em formação militar.

— Esse não é o único motivo — disse Tolya. — Esse é o bosque das cinzas. O portal para Cera Huo.

Maly pegou seu mapa para estudá-lo.

— Eu não estou vendo isso aqui.

— É uma história. Aconteceu um massacre aqui.

— Uma batalha? — eu perguntei.

— Não. Um batalhão shu foi conduzido até aqui por seus inimigos. Eles eram prisioneiros de guerra.

— Que inimigos? — perguntou Harshaw.

Tolya deu de ombros.

— Ravkanos, fjerdanos, talvez outros shu. Isso faz muito tempo.

— O que aconteceu com eles?

— Eles estavam morrendo de fome e quando não conseguiram mais aguentar, lutaram entre si. Dizem que o último sobrevivente plantou uma árvore para cada um dos seus companheiros caídos. E agora eles esperam por viajantes que passem bem próximo de seus galhos, para que possam saciar sua fome voraz.

— Adorável — resmungou Zoya. — Lembre-me de nunca lhe pedir para contar uma história de ninar.

— É apenas uma lenda — disse Maly. — Eu já vi essas árvores perto de Balakirev.

— Crescendo desse jeito? — Harshaw perguntou.

— Não... exatamente.

Eu espiei as sombras no bosque. As árvores de fato pareciam um regimento marchando em nossa direção. Eu tinha ouvido histórias similares sobre as florestas perto de Duva, dizendo que, nos invernos longos, as árvores agarrariam garotas para comê-las. *Superstição*, disse a mim mesma, mas não queria dar outro passo rumo àquela colina.

— Vejam! — disse Harshaw.

Eu segui o seu olhar. Ali, no meio das sombras profundas das árvores, alguma coisa branca estava se movendo, uma forma flutuante que subia e descia, deslizando pelos galhos.

— Ali tem outra — falei, arfando, apontando para onde um turbilhão de branco reluziu e então desapareceu.

— Não pode ser — disse Maly.

Outra forma apareceu entre as árvores, e então mais uma.

— Eu não estou gostando disso — disse Harshaw. — Eu não estou gostando *nadinha* disso.

— Oh, pelos Santos — zombou Zoya. — Vocês realmente são camponeses.

Ela levantou as mãos e uma lufada maciça de vento rasgou o caminho até a montanha. As formas brancas aparentemente recuaram. Então Zoya enganchou um braço no outro e elas vieram voando até nós em uma nuvem branca lamuriosa.

— Zoya...

— Relaxe — disse ela.

Eu levantei os braços para me proteger de qualquer coisa horrível que Zoya tivesse provocado. A nuvem explodiu. Rompeu-se em flocos inofensivos que flutuaram lentamente até o chão à nossa volta.

— Cinzas? — Eu estiquei a mão para pegar um pouco dela nos meus dedos. Era fina e branca, da cor de giz.

— É apenas algum tipo de fenômeno meteorológico — disse Zoya, levantando as cinzas novamente em lentas espirais. Olhamos de volta para a colina. As nuvens brancas continuaram a se mover em rajadas erráticas, mas agora que sabíamos o que eram, pareciam um pouco menos sinistras. — Vocês não acharam realmente que fossem almas penadas, acharam?

Eu enrubesci e Tolya pigarreou. Zoya revirou os olhos e andou a passos largos em direção à colina.

— Estou cercada de tolos.

— Elas pareciam assombradas — Maly me disse, levantando os ombros.

— Ainda parecem — murmurei.

Ao longo de toda a subida, pequenas lufadas estranhas de vento nos golpearam, quentes e depois frias. Independentemente do que Zoya houvesse dito, o bosque era um lugar esquisito. Eu mantive distância dos galhos ávidos das árvores e tentei ignorar os arrepios que percorriam meus braços. Cada vez que um tufo branco se levantava perto de nós, eu dava um salto e Ongata chiava no ombro de Harshaw.

Quando finalmente cruzamos o topo da colina, vimos que as árvores marchavam até o vale, embora aqui seus galhos estivessem vibrantes com folhas roxas, seus exércitos se espalhando pelo cenário abaixo como as dobras da túnica de um Fabricador. Mas não foi isso que nos fez parar de repente.

À nossa frente erguia-se um penhasco vertiginoso. Parecia mais a parede da fortaleza de um gigante do que uma parte das montanhas. Era escuro e maciço, quase achatado no topo, a rocha com o cinza pesado do ferro. Um emaranhado de árvores mortas tinha sido levado pelo vento até a sua base. O penhasco era dividido ao meio por uma catarata estrondosa que alimentava uma piscina tão clara que podíamos ver as pedras no fundo. O lago se estendia por quase toda a extensão do vale, cercado de árvores-soldados em floração, e então parecia desaparecer embaixo da terra.

Caminhamos até o terreno do vale, contornando pequenas piscinas e riachos, o trovão da cascata soando em nossos ouvidos. Quando chegamos à piscina maior, paramos para encher nossos cantis e lavar o rosto na água.

— É isto aqui? — Zoya perguntou. — O Cera Huo?

Depositando Ongata no chão, Harshaw mergulhou a cabeça na água.

— Deve ser — disse ele. — E agora?

— Para cima, eu acho — disse Maly.

Tolya deu uma olhada na superfície lisa da parede rochosa. As pedras estavam úmidas com a névoa das quedas.

— Teremos que contornar. Não há como escalar aquela face.

— De manhã — Maly replicou. — É perigoso demais escalar nesse terreno à noite.

Harshaw inclinou a cabeça para o lado.

— Talvez seja melhor acampar um pouco mais para lá.

— Por quê? — perguntou Zoya. — Estou cansada.

— Ongata não gosta da composição da paisagem.

— Por mim, essa bichana poderia até dormir no fundo da piscina — ela falou, irritada.

Harshaw só apontou para o amontoado de árvores mortas ao redor do sopé do penhasco. Não eram árvores. Eram pilhas de ossos.

— Pelos Santos — disse Zoya, recuando. — São de animais ou humanos?

Harshaw apontou com o dedão por sobre o ombro.

— Eu vi um aconchegante amontoado de pedregulhos naquela direção.

— Vamos para lá — disse Zoya. — Agora. — Nós saímos apressadamente da área da cascata, trilhando nosso caminho por entre as árvores-soldados e subindo as paredes do vale.

— Talvez as cinzas sejam vulcânicas — disse eu, esperançosa. Minha imaginação estava correndo solta e, de repente, tive certeza de que havia vestígios de homens carbonizados no meu cabelo.

— Talvez seja isso — disse Harshaw. — Pode haver atividade vulcânica próximo daqui. Talvez por isso elas sejam chamadas de Cascatas de Fogo.

— Não — disse Tolya. — É por isso.

Eu olhei por sobre meu ombro em direção ao vale lá embaixo. Na luz do sol poente, as cascatas tinham adquirido um tom de ouro derretido. Deve ter sido um truque da névoa ou do ângulo, mas era como se a própria água pegasse fogo. O sol baixou ainda mais, incendiando cada piscina, transformando o vale em uma forja.

— Incrível — disse Harshaw, suspirando. Maly e eu trocamos olhares. Já estaríamos no lucro se ele não tentasse se jogar lá dentro.

Zoya soltou sua mochila no chão e se esparramou em cima dela.

— Podem ficar com seu maldito cenário. Tudo que eu quero é uma cama quente e um copo de vinho.

Tolya franziu a testa.

— Este é um lugar sagrado.

— Ótimo — ela replicou acidamente. — Veja se suas preces produzem um par de meias secas para mim.

Capítulo 14

NO ALVORECER DA MANHÃ SEGUINTE, enquanto os outros apagavam a fogueira e mordiscavam pedaços de biscoito, vesti meu casaco e perambulei um pouco para observar as cascatas. A névoa estava densa no vale. De onde eu estava, os ossos no pé das cascatas pareciam simplesmente árvores. Sem assombrações. Sem fogo. Parecia um lugar tranquilo, um lugar para descansar.

Estávamos desmontando as barracas cobertas de cinzas quando ouvimos um grito, alto e penetrante, ecoando pela manhã. Paramos, em silêncio, esperando para saber se o som se repetiria.

— Talvez seja apenas um falcão — avisou Tolya.

Maly não disse nada. Ele pendurou seu rifle sobre o ombro e adentrou o bosque. Tivemos que correr para acompanhar seu ritmo.

A escalada pela encosta das cascatas levou a maior parte do dia. A vertente era íngreme e brutal, e embora meus pés estivessem mais fortes e minhas pernas mais acostumadas a viagens árduas, ainda assim senti dificuldade. Meus músculos doíam sob a mochila e, apesar do ar frio, o suor se acumulava em minha testa.

— Quando pegarmos essa criatura — disse Zoya, arfando —, vou fazer um ensopado com ela.

Eu podia sentir a onda de excitação passando por todos nós, a sensação de que estávamos próximos, e incentivamos uns aos outros a fazer ainda mais esforço para subir a montanha. Em alguns lugares, a subida era quase vertical. Tivemos que nos içar segurando forte nas raízes de árvores franzinas ou prendendo os dedos nas reentrâncias da rocha. Em determinado ponto, Tolya tirou pinos de ferro e os martelou diretamente na montanha para que pudéssemos usá-los como uma escada improvisada.

Finalmente, no final da tarde, debruçamo-nos sobre a margem rasgada de pedra e nos vimos no topo achatado da parede do penhasco, uma extensão lisa de rocha e musgo, escorregadia com a névoa e dividida pelo fluxo espumoso do rio.

Olhando para o norte, além da queda abrupta da cascata, podíamos ver o caminho por onde tínhamos vindo – a cunha distante do vale, o campo cinzento que levava ao bosque de cinzas, a chanfradura da antiga estrada e, além dela, tempestades passando sobre os contrafortes das colinas cobertos de grama. E eram apenas contrafortes. Isso estava claro agora. Porque, se virássemos para o sul, tínhamos nosso primeiro vislumbre real das montanhas, os vastos Sikurzoi, cobertos por neve, a fonte do degelo que alimentava o Cera Huo.

— Elas não param nunca de subir — disse Harshaw, combalido.

Seguimos em direção à lateral da corredeira. Seria complicado atravessá-la, e eu não tinha certeza se valia a pena. Dava para ver do outro lado, onde o penhasco simplesmente terminava. Não havia nada ali. Era óbvio que platô estava vazio, infelizmente.

O vento acelerou, correndo pelo meu cabelo e enviando uma fina névoa que pinicava a minha bochecha. Dei uma olhada para o sul, no sentido das montanhas brancas. O outono tinha chegado e o inverno estava a caminho. Partíramos havia mais de uma semana. E se alguma coisa tivesse acontecido com os outros em Dva Stolba?

— Bem — Zoya disse, irritada —, onde ele está?

Maly caminhou para a beira da cascata e olhou em direção ao vale.

— Pensei que você fosse o melhor rastreador de toda a Ravka — disse ela. — Então, para onde vamos agora?

Maly esfregou a mão no dorso da nuca.

— Descer uma montanha, subir a outra. É assim que funciona, Zoya.

— Por quanto tempo? — ela perguntou. — Não podemos simplesmente continuar desse jeito.

— Zoya — Tolya avisou.

— Como sabemos se essa criatura ao menos existe?

— O que você esperava? — perguntou Tolya. — Um ninho?

— Por que não? Um ninho, uma pena, um montinho de cocô fumegante. Alguma coisa. *Qualquer coisa.*

As palavras eram de Zoya, mas dava para sentir a fadiga e frustração nos outros. Tolya continuaria até cair em colapso. Eu não tinha certeza se Harshaw e Zoya aguentariam muito mais.

— Está molhado demais para acamparmos aqui — disse eu.

Apontei para a floresta atrás do platô, onde as árvores eram reconfortantemente comuns, suas folhas acesas com vermelho e ouro.

— Andem naquela direção até encontrar um lugar seco. Acendam uma fogueira. Nós decidiremos o que fazer depois do jantar. Talvez seja hora de nos dividirmos.

— Você não pode ir mais para dentro de Shu Han sem proteção — Tolya protestou.

Harshaw não disse nada, só fez um afago em Ongata e evitou olhar diretamente nos meus olhos.

— Não precisamos decidir agora. Vamos simplesmente acampar.

Caminhei com cautela até a ponta do platô para me juntar a Maly. A vista era de deixar qualquer um tonto, então olhei para o horizonte. Ao apertar os olhos, achei ter conseguido vislumbrar o campo queimado onde havíamos afugentado os ladrões, mas talvez tenha sido minha imaginação.

— Sinto muito — disse ele, finalmente.

— Não precisa se desculpar. Até onde sabemos, talvez nem exista um pássaro de fogo.

— Você não acredita realmente nisso.

— Não, mas talvez não seja nosso destino encontrá-lo.

— Você também não acredita realmente nisso. — Ele suspirou. — Lá se vai a teoria do bom soldado.

Fiz uma careta.

— Eu não deveria ter dito aquilo.

— Uma vez você colocou cocô de ganso no meu sapato, Alina. Eu aguento um pouco de mau humor. — Ele olhou de relance para mim e disse: — Todos nós sabemos o fardo que você carrega. Não precisa carregá-lo sozinha.

Eu balancei a cabeça.

— Você não entende. Você não pode.

— Talvez não. Mas vi isso acontecer com os soldados na minha unidade. Você fica guardando toda essa raiva e mágoa. Um dia isso explode. Ou você se afoga nelas.

Ele tinha me dito a mesma coisa quando chegamos à mina, quando falou que os outros precisavam passar pelo luto comigo. Eu precisava daquilo, mesmo que não quisesse admitir. Precisava não estar sozinha. E ele estava certo. Eu realmente me sentia como se estivesse me afogando, o medo me cercando como um mar gelado.

— Não é tão fácil — falei. — Não sou como eles. Não sou como ninguém. — Eu hesitei e então continuei: — Exceto ele.

— Você não é nem um pouco parecida com o Darkling.

— Eu sou, mesmo que não queira enxergar isso.

Maly levantou uma sobrancelha.

— Porque ele é poderoso, perigoso e eterno? — Ele deu um riso amargo. — Diga-me uma coisa. Você acha que o Darkling teria perdoado Genya? Ou Tolya ou Tamar? Ou Zoya? Ou a mim?

— É diferente para nós — disse eu. — É mais difícil confiar.

— Eu tenho uma novidade para você, Alina. É difícil para todo mundo.

— Você não...

— Eu sei, eu sei. Eu não entendo. Eu só sei que não há como viver sem dor – não importa quão longa ou curta a sua vida for. As pessoas vão desapontá-la. Você vai ser magoada e vai causar danos também. Mas o que o Darkling fez com Genya? Com Baghra? O que ele tentou fazer com você com aquele colar? Isso é fraqueza. Isso é um homem com medo. — Ele virou o olhar para o vale. — Talvez eu nunca seja capaz de entender o que é viver com o seu poder, mas sei que você é melhor do que isso. E todos eles sabem disso também — ele disse, indicando com a cabeça a direção onde os outros tinham ido montar acampamento. — É por isso que estamos aqui, lutando ao seu lado. É por isso que Zoya e Harshaw vão reclamar a noite toda, mas amanhã eles continuarão aqui.

— Você acha mesmo?

Ele assentiu com a cabeça.

— Vamos comer, vamos dormir e aí vemos o que acontece.

Eu suspirei.

— Apenas continuar em frente.

Ele colocou a mão no meu ombro.

— Você segue adiante e, quando tropeçar, levanta de novo. Quando não conseguir levantar, deixe que nós a carreguemos. Deixe que eu a carregue. — Ele baixou a mão. — Não fique aqui tempo demais — disse, e então se virou e caminhou a passos largos pelo platô.

Não a desapontarei novamente.

Na noite em que Maly e eu entramos pela primeira vez na Dobra, ele tinha prometido que sobreviveríamos. *Ficaremos bem*, ele havia me dito. *Sempre ficamos*. Ao longo do ano seguinte, fomos torturados e aterrorizados, quebrados e reconstruídos. Provavelmente nunca estaríamos bem novamente, mas eu tinha precisado daquela mentira na época, e precisava dela agora. Ela nos mantinha em pé, nos mantinha prontos para lutar mais um dia. Foi o que fizemos ao longo de toda a nossa vida.

O sol estava começando a se pôr. Eu me encontrava em pé na beira da cascata, ouvindo a água correr. Quando o sol desceu, as cascatas pegaram fogo e observei as piscinas do vale virarem ouro. Inclinei-me sobre a queda, olhando rapidamente para a pilha de ossos lá embaixo. O que quer que Maly estivesse caçando, era grande. Fitei a névoa que subia das pedras na base da cascata. O jeito como ondeava e se movia era quase como se estivesse viva, como se...

Alguma coisa subiu rapidamente em minha direção. Eu caí para trás com uma pancada dura no cóccix. Um grito rompeu o silêncio.

Meus olhos vasculharam o céu. Uma enorme forma alada voava sobre mim em um arco amplo.

— Maly! — eu gritei. Minha mochila estava na ponta do platô, junto com meu rifle e meu arco. Eu tentei correr para pegá-los e o pássaro de fogo veio direto na minha direção.

Ele era gigantesco, branco como o cervo e o açoite do mar, suas vastas asas tingidas de chamas douradas. Elas bateram no ar, a lufada me empurrando para trás. Seu brado ecoou pelo vale enquanto ele abria o bico enorme. A criatura era grande o suficiente para arrancar meu braço com uma bicada, talvez minha cabeça. Suas garras reluziam, longas e afiadas.

Eu levantei as mãos para usar o Corte, mas não consegui manter o equilíbrio. Escorreguei e percebi que tropeçava rumo à beirada do penhasco – a cintura, e depois a cabeça, batendo na rocha molhada. *Os ossos*, eu pensei. *Oh, Santos, os ossos no fundo da cascata*. Era assim que ele matava.

Tentei me agarrar na pedra escorregadia, segurar em alguma coisa – e então eu estava caindo.

Meu grito foi abruptamente interrompido quando meu braço quase foi arrancado do corpo. Maly tinha me segurado logo abaixo do cotovelo. Ele estava deitado de bruços, pendurado sobre a beira do penhasco, o pássaro de fogo circulando acima dele na luz do sol poente.

— Te peguei! — ele gritou, mas sua mão estava começando a escorregar na pele úmida do meu antebraço.

Meus pés balançavam sobre o nada, meu coração martelando no peito.

— Maly... — eu disse, desesperada.

Ele se inclinou um pouco mais para a frente. Nós dois íamos cair.

— Te peguei — ele repetiu, seus olhos azuis fulgurantes. As pontas de seus dedos se fecharam em torno do meu pulso.

O solavanco nos atingiu ao mesmo tempo, o mesmo choque eletrizante que sentimos naquela noite na floresta, perto do *banya*. Ele se retraiu. Desta vez não tínhamos nenhuma opção além de segurar firme. Nossos olhos se encontraram, e o poder explodiu entre nós, brilhante e inevitável. Senti como se uma porta se abrisse e tudo que eu quisesse fosse passar por ela – essa sensação de júbilo perfeita e reluzente não era nada comparada com o que estava do outro lado. Esqueci onde estava, esqueci tudo exceto a necessidade de cruzar aquele limiar, de reivindicar aquele poder.

E com essa fome veio um entendimento terrível. *Não*, eu pensei, em pânico. *Isso não*.

Mas era tarde demais. Eu sabia.

Maly cerrou a mandíbula. Senti sua pegada ficar ainda mais forte. Meus ossos friccionavam. A ardência do poder era quase insuportável, um lamento grave que preenchia minha cabeça. Meu coração batia tão rápido que achei que não sobreviveria. Eu precisava atravessar aquela porta.

E então, milagrosamente, ele estava me puxando para cima, centímetro por centímetro. Eu tateei a pedra com minha outra mão, buscando o topo do penhasco, e finalmente estabeleci contato. Maly segurou meus dois braços e eu engatinhei para a segurança do platô.

Assim que sua mão soltou meu pulso, a agitação estremecedora de poder se esvaiu. Nós nos arrastamos para longe da beira, músculos trêmulos, respiração ofegante.

O brado ecoante soou novamente. O pássaro de fogo se lançou contra nós. Nós nos arrastamos até ficar de joelhos. Maly não teve tempo de armar o arco. Ele se jogou na minha frente, braços abertos enquanto o pássaro de fogo grasnava e mergulhava, as garras estendidas diretamente para ele.

O impacto nunca aconteceu. O pássaro de fogo parou antes, suas garras a meros centímetros do peito de Maly. Suas asas bateram uma, duas vezes, empurrando-nos para trás. O tempo pareceu desacelerar. Eu podia nos ver refletidos em seus grandes olhos dourados. Seu bico era afiado como uma navalha, as penas pareciam fulgurar com luz própria. Mesmo com medo, senti veneração. O pássaro de fogo era Ravka. Fazia sentido que ficássemos de joelhos.

Ele deu outro grito cortante, e então girou e bateu as asas, voando em direção ao crepúsculo.

Nós desabamos no chão, respiração ofegante.

— Por que ele parou? — falei, sem fôlego.

Uma pausa longa. E então Maly disse:

— Não estamos mais o caçando.

Ele sabia. Do mesmo jeito que eu sabia. *Ele sabia.*

— Precisamos sair daqui — disse Maly. — Talvez ele volte.

Estava vagamente ciente dos outros correndo em nossa direção pela rocha escorregadia, enquanto nos levantávamos. Eles devem ter ouvido meus gritos.

— Era ele! — exclamou Zoya, apontando para a silhueta cada vez mais distante do pássaro de fogo. Ela levantou as mãos para tentar puxá-lo de volta com o vento.

— Zoya, pare — disse Maly. — Deixe-o ir.

— Por quê? O que aconteceu? Por que você não o matou?

— Ele não é o amplificador.

— Como você pode saber isso?

Nenhum de nós respondeu.

— O que está acontecendo? — ela gritou.

— É Maly — eu falei, finalmente.

— O que tem Maly? — perguntou Harshaw.

— Maly é o terceiro amplificador.

As palavras saíram arranhadas, mas sólidas, muito mais equilibradas e fortes do que eu poderia prever.

— Do que você está falando?

Os punhos de Zoya estavam cerrados, e havia manchas coloridas da agitação em suas bochechas.

— Temos que achar um lugar para nos abrigarmos — disse Tolya.

Nós nos arrastamos pelo platô e seguimos os outros a uma distância curta, subindo a próxima colina até o acampamento que tinham montado perto de um álamo alto.

Maly abaixou seu rifle e desmontou o arco.

— Vou caçar algo para o jantar — disse ele, e fundiu-se com a floresta antes que eu pudesse pensar em formular um protesto.

Eu me sentei no chão abruptamente. Harshaw acendeu o fogo e eu parei diante dele, fitando as chamas, mal sentindo seu calor. Tolya me passou um frasco, se agachou e então, após meu sinal, empurrou com força meu ombro de volta ao lugar. A dor não foi suficiente para cessar as imagens que cruzavam a minha cabeça, as conexões que minha mente não conseguia parar de fazer.

Uma garota em um campo, de pé ao redor da irmã morta, a fumaça negra do Corte subindo do corpo da criança, um pai ajoelhado perto dela.

Ele foi um ótimo Curandeiro. Baghra tinha entendido errado. Fora preciso mais do que apenas a Pequena Ciência para salvar a outra filha de Morozova. Foi necessário *merzost*, ressurreição. Eu também havia me enganado. A irmã de Baghra não era Grisha. Ela era *otkazat'sya*, no fim das contas.

— Você já devia saber — disse Zoya, sentando-se do outro lado da fogueira. Seu olhar era acusador.

Será que eu sabia? O choque naquela noite no *banya*... Eu tinha assumido que fosse alguma coisa em mim.

Mas agora, olhando para trás, o padrão parecia claro. A primeira vez que usei meu poder foi quando Maly estava morrendo em meus braços. Tínhamos procurado o cervo por semanas, mas o encontramos depois do nosso primeiro beijo. Quando o açoite do mar se revelou, eu estava em seus braços, próximo a ele pela primeira vez desde que tínhamos sido forçados a embarcar no navio do Darkling. Os amplificadores queriam ser reunidos.

E nossas vidas não tinham sido ligadas desde o início? Pela guerra. Pelo abandono. Talvez por algo mais. Não podia ser fruto do acaso os fatos de nascermos em vilarejos vizinhos, sobrevivermos à guerra que tinha consumido nossas famílias, e ambos acabarmos em Keramzin.

Seria essa a verdade sobre o dom de rastreador de Maly? Que ele, de algum modo, estava ligado a tudo, conectado à criação no coração do mundo? Não um Grisha, e não um amplificador comum, mas alguma coisa completamente diferente?

Eu me torno uma espada. Uma arma a ser usada. Ele realmente tinha razão.

Cobri o rosto com as mãos. Queria apagar esse conhecimento, extraí-lo do meu cérebro. Porque eu ansiava pelo poder que estava atrás da porta dourada, desejava-o com uma avidez pura e dolorosa que me fazia querer sair da minha pele. O preço por esse poder seria a vida de Maly.

O que Baghra tinha dito? *Talvez você não consiga sobreviver ao sacrifício exigido pelo merzost.*

Maly retornou pouco depois. Tinha trazido dois coelhos gordos. Ouvi os sons dele e de Tolya trabalhando, limpando e colocando os animais no espeto, e logo senti o cheiro de carne sendo preparada. Eu não tinha apetite.

Nós nos sentamos ali, escutando os galhos estalarem e assobiarem no calor da chama, até que finalmente Harshaw abriu a boca.

— Se ninguém falar nada logo, vou tacar fogo no bosque.

Então beberiquei do frasco de Zoya, e falei. As palavras saíram mais facilmente do que eu esperava. Contei a eles sobre a história de Baghra, o relato terrível de um homem obcecado, a filha que ele negligenciou, a outra filha que quase morreu por causa disso.

— Não — eu me corrigi. — Ela de fato morreu naquele dia. Baghra a matou. E Morozova a trouxe de volta.

— Ninguém pode...

— Ele podia. Não era cura. Era ressurreição, o mesmo processo que ele usou para criar os outros amplificadores. Está tudo nos diários.

O método para manter o oxigênio no sangue, para evitar a decomposição. O poder do Curandeiro e do Fabricador levado ao limite e bem além dele, levado a um lugar para o qual nunca deveria ter ido.

— *Merzost* — Tolya sussurrou. — Poder sobre a vida e a morte.

Eu assenti. Magia. Abominação. O poder da criação. Era por isso que os diários estavam incompletos. No fim das contas, não houve motivo para Morozova caçar uma criatura e fazer dela o terceiro amplificador. O ciclo já tinha sido concluído. Ele tinha dotado a filha do poder que seria do pássaro de fogo. O círculo tinha se fechado.

Morozova tinha realizado seu grande desígnio, mas não do modo como esperava. Mexer com *merzost*... Bem, os resultados nunca são o que você espera. Quando o Darkling interferiu na criação no coração do mundo, a punição por sua arrogância foi a Dobra, um lugar onde seu poder era inútil. Morozova tinha criado três amplificadores que nunca poderiam ser combinados sem que sua filha perdesse a vida, sem que seus descendentes pagassem em carne e osso.

— Mas o cervo e o açoite do mar... Eles eram muito antigos — disse Zoya.

— Morozova os escolheu de propósito. Eram criaturas sagradas – raras, ferozes. Sua filha era apenas uma garota *otkazat'sya* comum.

Será que foi por isso que o Darkling e Baghra a ignoraram tão prontamente? Eles assumiram que ela havia morrido naquele dia, mas a ressurreição deve tê-la deixado mais forte – sua vida frágil e mortal, uma vida limitada pelas regras deste mundo, tinha sido substituída por algo diferente. Mas, no momento em que Morozova deu à filha uma segunda vida, uma vida que não deveria pertencer a ela, teria se importado com o fato de que foi uma abominação que tornou isso possível?

— Ela sobreviveu ao mergulho no rio — disse eu. — E Morozova a trouxe para o sul, para os vilarejos. — Para viver e morrer à sombra do arco que um dia daria nome a Dva Stolba.

Eu olhei para Maly.

— Ela deve ter passado o poder para seus descendentes, infundido em seus ossos. — Soltei um riso amargo. — Achei que fosse eu — falei. — Estava tão desesperada por acreditar que havia algum grande propósito para tudo isso... Que eu não era simplesmente fruto do acaso. Achei que eu fosse a outra parte da linhagem de Morozova. Mas era você, Maly. Sempre foi você.

Maly me observou pelas chamas. Ele não tinha dito uma única palavra durante toda a conversa, durante todo o jantar em que apenas Tolya e Ongata tinham conseguido comer.

Ele não disse nada agora. Em vez disso, levantou-se e se aproximou de mim. Ele esticou a mão. Eu hesitei brevemente, quase com medo de tocá-lo, e então coloquei a palma da minha mão na mão dele, e deixei que ele me levantasse. Em silêncio, ele me levou a uma das tendas.

Atrás de mim, ouvi Zoya resmungar:

— Oh, Santos, agora vou ter que escutar Tolya roncando a noite inteira?

— Você também ronca — disse Harshaw. — E isso não é algo adequado para uma dama.

— Eu não...

Suas vozes sumiram quando nos inclinamos para entrar na escuridão da tenda. A luz da fogueira era filtrada pelas paredes de lona e fazia as sombras balançarem. Sem dizer uma palavra, nos deitamos sobre as peles. Maly se enrolou em mim, seu peito pressionado contra as minhas costas, seus braços num círculo apertado, sua respiração suave em minha nuca. Foi assim que dormimos com os insetos zunindo à nossa volta às margens do Lago Trivka, no ventre de um navio que seguia para Novyi Zem, ou em uma cama estreita na pensão decadente de Cofton.

Suas mãos deslizaram pelo meu antebraço. Gentilmente, ele segurou a pele nua do meu pulso, deixando seus dedos encostarem, testando. Quando se encontraram, aquela força eletrizante nos percorreu, inclusive aquele breve gosto de poder quase insuportável em sua força.

Minha garganta se apertou com sofrimento, confusão, e com uma ânsia vergonhosa, inegável. Querer isso dele era demais, cruel demais. *Não é justo*. Palavras tolas, infantis. Sem sentido.

— Encontraremos outra maneira — eu sussurrei.

Os dedos de Maly se separaram, mas ele continuou segurando meu pulso suavemente enquanto me trazia para perto. Senti-me como sempre tinha me sentido em seus braços – completa, como se estivesse em casa. Mas, agora, até isso eu tinha que questionar. O que eu sentia era real ou produto de um destino que Morozova tinha concebido centenas de anos atrás?

Maly afastou o cabelo do meu pescoço. Ele pressionou um único e breve beijo na pele acima do colar.

— Não, Alina — disse ele, suavemente. — Não encontraremos.

A JORNADA DE VOLTA A DVA STOLBA pareceu mais curta. Prosseguimos pela região elevada, nas cristas estreitas das colinas, conforme os dias e a distância passavam sob nossos pés. Viajamos mais rapidamente porque o terreno era familiar e Maly não estava buscando sinais do pássaro de fogo, mas eu também senti como se o tempo simplesmente estivesse se contraindo. Estava com medo da realidade que nos esperava no vale, das decisões que teriam de ser tomadas, das explicações que eu precisaria dar.

Viajamos praticamente em silêncio, Harshaw cantarolando ocasionalmente ou murmurando para Ongata, o restante do grupo preso em seus próprios pensamentos. Depois daquela primeira noite, Maly manteve distância. Eu não me aproximei dele. Nem sabia ao certo o que queria dizer. Seu humor tinha mudado – aquela calma ainda estava lá, mas eu tinha a estranha sensação de que ele estava absorvendo o mundo, memorizando-o. Ele virava o rosto em direção ao sol e fechava os olhos, ou quebrava um ramo de calêndula e pressionava-o contra o nariz. Ele caçava para nós a cada noite que conseguíamos abrigo suficiente para uma fogueira. Ele apontava ninhos de cotovias e gerânios selvagens e pegou um rato silvestre para Ongata, que parecia mimada demais para caçar por conta própria.

— Para um homem condenado — disse Zoya —, você está impressionantemente alegre.

— Ele não está condenado — retruquei de maneira áspera.

Maly armou uma flecha, puxou a corda e soltou. Com um som agudo, a flecha foi atirada contra o que parecia ser um céu sem nuvens e vazio, mas um instante depois ouvimos um grasnado distante e uma forma veio à terra, a cerca de um quilômetro e meio de distância. Ele colocou o arco no ombro.

— Todos morrem um dia — disse ele, correndo para pegar sua presa. — Nem todo mundo morre por um motivo.

— Estamos filosofando? — perguntou Harshaw. — Ou são versos para uma canção?

Enquanto Harshaw começava a cantarolar, eu corri para alcançar Maly.

— Não diga isso — falei, quando cheguei ao lado dele. — Não fale desse jeito.

— Tudo bem.

— E não pense desse jeito também.

Ele até sorriu.

— Maly, por favor — disse eu, desesperada, sem nem estar certa do que estava pedindo. Agarrei a mão dele. Ele se virou para mim, e eu não parei para pensar. Fiquei na ponta dos pés e o beijei. Ele levou um breve instante para reagir, e então largou seu arco e me beijou também, braços apertados em volta de mim, os músculos de seu corpo pressionados contra o meu.

— Alina... — ele começou a falar.

Eu segurei nas lapelas de seu casaco, lágrimas enchendo meus olhos.

— Não me diga que tudo isso está acontecendo por um motivo — falei, intensamente. — Ou que vai ficar tudo bem. Não me diga que você está pronto para morrer.

Estávamos em pé na grama alta, o vento assobiando pelos juncos. Seu olhar encontrou o meu, seus olhos azuis firmes.

— Não ficará tudo bem. — Ele tirou o cabelo das minhas bochechas e o jogou para trás, segurou meu rosto em suas mãos calejadas. — Nada disso está acontecendo por um motivo. — Ele passou os lábios pelos meus. — E que os Santos me ajudem, Alina, eu quero viver para sempre.

Ele me beijou novamente, e dessa vez não parou – não até que minhas bochechas estivessem coradas e o coração acelerado; até que eu mal pudesse lembrar meu próprio nome, que dirá o de outros. Não até ouvirmos Harshaw cantarolar, Tolya resmungar e Zoya prometer alegremente assassinar todos nós.

NAQUELA NOITE, DORMI NOS BRAÇOS DE MALY, enrolada em peles sob as estrelas. Sussurramos no escuro, roubando beijos, cientes dos outros deitados a apenas alguns metros. Alguma parte de mim desejava que um grupo de ataque shu viesse e atirasse no meu coração e no dele, deixando-nos lá para sempre, dois corpos que virariam pó e seriam esquecidos. Pensei em simplesmente partir, abandonar os outros, abandonar Ravka como um dia planejamos, perambulando pelas montanhas ou achando um caminho até a costa.

Pensei em tudo isso. Mas me levantei na manhã seguinte, e na manhã depois daquela. Comi biscoitos secos, bebi chá amargo. Em poucos dias as montanhas ficaram para trás e começamos nossa descida final para Dva Stolba. Retornamos mais cedo do que esperávamos, a tempo de recuperar o *Alcaravão* e ainda encontrar quaisquer forças que o Apparat pudesse enviar para Caryeva. Quando vi as duas colunas rochosas das ruínas, senti vontade de derrubá-las, deixar que o Corte fizesse o que o tempo e o clima não conseguiram, e transformá-las em destroços.

Demoramos um pouco para localizar a pensão onde Tamar e os outros haviam se hospedado. O lugar possuía dois andares e tinha sido pintado com um tom alegre de azul, a varanda decorada com sinos de prece e seu teto angular coberto de inscrições shu que brilhavam com pigmento dourado.

Encontramos Tamar e Nadia sentadas a uma mesa baixa em uma das dependências comuns; Adrik se encontrava perto delas, sua manga de casaco vazia presa com cuidado e um livro equilibrado precariamente em seus joelhos. Eles se levantaram rapidamente quando nos viram.

Tolya envolveu a irmã em um abraço de urso, enquanto Zoya dava um enlace relutante em Nadia e Adrik. Tamar me abraçou apertado enquanto Ongata saltava dos ombros de Harshaw para vasculhar os restos da refeição deles.

— O que aconteceu? — ela perguntou, observando minha expressão preocupada.

— Mais tarde.

Misha desceu correndo as escadas e se atirou em direção a Maly.

— Vocês voltaram! — ele exclamou.

— Claro que voltamos — disse Maly, arrancando-o do chão em um abraço. — Você cumpriu os seus deveres?

Misha assentiu solenemente.

— Que bom. Vou querer um relatório completo depois.

— E então? — disse Adrik, ansioso. — Vocês o encontraram? David está lá em cima com Genya. Devo chamá-lo?

— Adrik — disse Nadia, em tom de sermão —, eles estão exaustos e provavelmente com fome.

— Tem chá aqui? — perguntou Tolya.

Adrik fez que sim com a cabeça e foi fazer o pedido.

— Temos notícias — disse Tamar —, e não são boas.

Eu não achei que pudesse ser pior do que as notícias que trazíamos, então acenei para que continuasse.

— Conte.

— O Darkling atacou Ravka Oeste.

Eu me sentei com força.

— Quando?

— Quase que imediatamente após sua partida.

Eu assenti. Era um pouco reconfortante saber que não havia nada que eu pudesse ter feito.

— Quão ruim?

— Ele usou a Dobra para tomar um pedaço grande do sul, mas, pelo que ouvi falar, a maioria das pessoas já tinha sido evacuada.

— Alguma notícia das forças de Nikolai?

— Há rumores de células de resistência aparecendo para lutar sob a bandeira Lantsov, mas sem Nikolai para liderá-los. Não tenho certeza de quanto tempo aguentarão.

— Tudo bem.

Pelo menos agora eu sabia com que estávamos lidando.

— Tem mais.

Eu olhei de relance para Tamar, interrogativa, e o olhar no seu rosto provocou um arrepio gelado em minha pele.

— O Darkling marchou sobre Keramzin.

Capítulo 15

MEU ESTÔMAGO REVIROU.
— O quê?
— Há... há rumores de que ele mandou queimar o lugar.
— Alina... — disse Maly.
— Os alunos — falei, o pânico começando a tomar conta de mim. — O que aconteceu com os alunos?
— Não sabemos — disse Tamar.
Pressionei minhas mãos contra os olhos, tentando pensar.
— Sua chave — disse eu, minha respiração entrecortada.
— Não há motivos para acreditar...
— A *chave* — repeti, sentindo o tom trêmulo em minha voz.
Tamar passou-a para mim.
— Terceira à direita — ela disse, suavemente.
Subi as escadas dois degraus de cada vez. Próximo do topo, escorreguei e bati o joelho com força em um dos degraus. Eu mal senti. Corri desajeitadamente pelo corredor, contando as portas. Minhas mãos tremiam tanto que precisei de duas tentativas para encaixar a chave e conseguir girá-la.

O quarto estava pintado de vermelho e azul, e era tão alegre quanto o resto do lugar. Vi a jaqueta de Tamar largada sobre uma cadeira perto de uma bacia de estanho, as duas camas estreitas arrastadas para perto uma da outra, os cobertores de lã amarrotados. A janela estava aberta, a luz do sol de outono inundando o recinto. Uma leve brisa levantou as cortinas.

Fechei com força a porta atrás de mim e caminhei até a janela. Segurei-me no parapeito, mal registrando no campo de visão as casas precárias nos limites do vilarejo, as colunas rochosas ao longe, as montanhas além. Senti o repuxo da ferida no meu ombro, a escuridão infiltrando-se em mim. Lancei-me pelo vínculo, procurando por ele, com apenas um pensamento em minha mente: *O que você fez?*

No suspiro seguinte, eu estava em pé diante dele, o quarto borrado em volta de mim.

— Finalmente — disse o Darkling. Ele se virou em minha direção, seu lindo rosto entrando em foco. Ele estava inclinado, encostado em uma lareira queimada cujo contorno era cruelmente familiar.

Seus olhos cinzentos estavam vazios, assombrados. Teria sido a morte de Baghra que os deixou desse jeito? Ou algum crime horrível que ele havia cometido aqui?

— Venha — disse suavemente o Darkling. — Quero que você veja.

Eu estava tremendo, mas deixei que ele pegasse minha mão e a colocasse na dobra de seu braço. Quando fez isso, a visão borrada ficou clara e a sala ganhou vida ao meu redor.

Estávamos no que tinha sido a sala de estar em Keramzin. Os sofás maltrapilhos estavam manchados de preto com a fuligem. O querido samovar de Ana Kuya estava caído de lado, uma carcaça maculada. Não havia sobrado nada das paredes além de um esqueleto incinerado e irregular, fantasmas de portas. A escada de metal em curva que um dia levara à sala de música tinha se dobrado com o calor, seus degraus fundidos juntos. O teto desaparecera. Eu podia ver diretamente através dos destroços do segundo andar. Onde deveria estar o sótão, só havia o céu cinza. *Estranho*, pensei estupidamente. *O sol está brilhando em Dva Stolba.*

— Estou aqui há dias — ele falou, conduzindo-me pelos destroços, sobre as pilhas de escombros, pela extensão do que um dia foi o hall de entrada —, esperando por você.

Os degraus de pedra que levavam à porta da frente estavam sujos de cinzas, mas intactos. Vi o caminho longo e reto de pedrinhas, os pilares brancos do portão, a estrada que levava à cidade. Fazia quase dois anos que tinha visto essa paisagem pela última vez, mas estava como eu me lembrava.

O Darkling colocou as mãos nos meus ombros e me girou ligeiramente.

Minhas pernas desabaram. Eu caí de joelhos, mãos sobre a boca. Um som saiu de mim, trêmulo demais para ser chamado de grito.

O carvalho no qual havia subido um dia para ganhar uma aposta ainda estava lá, intocado pelo fogo que consumira Keramzin. Agora seus galhos estavam cheios de cadáveres. Os três instrutores Grishas encontravam-se pendurados no mesmo galho grosso, seus *keftas* balançando suavemente ao vento: roxo, vermelho e azul. Ao lado deles, o rosto de Botkin surgia quase negro acima da corda que tinha afundado em seu pescoço. Ele estava coberto de feridas. Tinha morrido lutando antes de o pendurarem lá em cima. Perto dele, Ana Kuya balançava em seu vestido negro, sua argola pesada de chaves pendurada na cintura, as botas de botão quase raspando o chão.

— Ela foi, acho, a coisa mais próxima que você teve de uma mãe — murmurou o Darkling.

Os soluços que me balançaram eram como chicotadas. Eu me retraí com cada um deles, dobrando-me, colapsando para dentro de mim mesma. O Darkling se agachou perto de mim. Ele me segurou pelos pulsos, puxando minhas mãos para longe do rosto, como se quisesse me ver chorar.

— Alina — disse ele. Eu mantive os olhos nos degraus, as lágrimas turvando minha visão. Eu não conseguia encará-lo. — Alina — ele repetiu.

— Por quê? — As palavras saíram como um lamento, o choro de uma criança. — Por que você faria isso? *Como* pôde fazer isso? Você não sente nada?

— Eu já vivi uma longa vida, rica em pesar. Minhas lágrimas foram gastas faz muito tempo. Se ainda sentisse como você, padecesse como você, não conseguiria ter aguentado esta eternidade.

— Espero que Botkin tenha matado vinte dos seus Grishas — disse eu, com raiva —, uma centena.

— Ele era um homem extraordinário.

— Onde estão os alunos? — Eu me forcei a perguntar, embora não estivesse certa de que pudesse aguentar a resposta. — O que você fez?

— Onde está *você*, Alina? Eu tinha certeza de que viria até mim quando eu atacasse Ravka Oeste. Achei que sua consciência exigiria isso. Só podia torcer para que isso a tirasse do seu isolamento.

— Onde eles estão? — gritei.

— Eles estão seguros. Por enquanto. Estarão a bordo do meu esquife quando eu voltar à Dobra.

— Como reféns — disse eu, sem emoção.

Ele assentiu com a cabeça.

— Caso você tenha qualquer vontade de me atacar em vez de se render. Em cinco dias retornarei ao Não Mar, e você virá comigo – você e o seu rastreador –, ou levarei a Dobra até a costa de Ravka Oeste e farei essas crianças marcharem, uma a uma, para as garras dos volcras.

— Este lugar… Essas pessoas, elas eram inocentes.

— Esperei centenas de anos por este momento, pelo seu poder, por esta chance. Eu a conquistei com perdas e com grande esforço. Vou conseguir, Alina. Custe o que custar.

Eu queria golpeá-lo, dizer que o faria ser despedaçado por seus próprios monstros. Queria dizer que lançaria todo o poder dos amplificadores de Morozova sobre a cabeça dele, um exército de luz, nascido de *merzost*, perfeito em sua vingança. Talvez até pudesse cumprir minhas ameaças. Se Maly desse a sua vida.

— Não sobrará nada — sussurrei.

— Não — disse ele, gentilmente, apertando-me contra si. Ele pressionou um beijo no topo do meu cabelo. — Arrancarei tudo que você conhece, tudo que ama, até que não tenha nenhum outro abrigo além de mim.

Mergulhada em lamento, em horror, eu me deixei desmanchar.

EU AINDA ESTAVA DE JOELHOS, minhas mãos seguravam a beirada da janela, e minha testa estava pressionada contra as tábuas de madeira da parede da pensão. Lá fora, podia ouvir de longe o tinir dos sinos de preces. Lá dentro, o único som que havia era o da minha respiração, meus soluços rasgados conforme o chicote continuava a me açoitar, enquanto arqueava as costas e chorava. Foi assim que eles me encontraram.

Não ouvi a porta se abrir nem seus passos quando se aproximaram. Só senti mãos gentis me segurando. Zoya me colocou sentada na beirada da cama, e Tamar sentou-se ao meu lado. Nadia começou a escovar meu cabelo, desenrolando cuidadosamente os nós. Genya primeiro lavou meu rosto, e então minhas mãos, com um pano fresco que molhava em uma bacia. Ele cheirava vagamente a menta.

Nós nos sentamos ali, sem dizer nada, todos eles reunidos em volta de mim.

— Ele pegou os alunos — eu falei, entorpecida. — Vinte e três crianças. Ele assassinou os professores. E Botkin. — E Ana Kuya, uma mulher que nunca conheceram. A mulher que me criou. — Maly...

— Ele nos contou — disse Nadia, suavemente.

Acho que alguma parte de mim esperava acusação, recriminação. Em vez disso, Genya descansou a cabeça no meu ombro. Tamar espremeu minha mão.

Isso não era apenas algo para me reconfortar, eu percebi. Eles estavam se apoiando em mim – assim como eu me apoiava neles – para permanecermos fortes.

Eu já vivi uma longa vida, rica em pesar.

Será que o Darkling já teve amigos assim? Pessoas que ele amou, que lutaram por ele, que se importavam com ele e o faziam rir? Pessoas que se tornaram pouco mais que sacrifícios em prol de um sonho que durou mais do que suas vidas?

— Quanto tempo temos? — Tamar perguntou.

— Cinco dias.

Alguém bateu à porta. Era Maly. Tamar abriu espaço para ele ao meu lado.

— Muito ruim? — ele perguntou.

Eu afirmei com a cabeça. Ainda não conseguia contar a ele o que tinha visto.

— Tenho cinco dias para me render ou ele usará a Dobra novamente.

— Ele fará isso de qualquer modo — disse Maly. — Você mesma disse isso. Ele encontrará um motivo.

— Talvez eu consiga ganhar algum tempo...

— A que custo? Você estava disposta a oferecer a sua vida — ele disse em voz baixa. — Por que não me deixa fazer o mesmo?

— Por que eu não aguentaria.

Seu rosto ficou rígido. Ele pegou no meu pulso e mais uma vez senti aquele choque. A luz cascateou atrás dos meus olhos, como se meu corpo inteiro estivesse pronto para rachar ao meio. Havia um poder indescritível atrás daquela porta, e a morte de Maly abriria o caminho.

— Você *vai* aguentar — disse ele. — Do contrário, todas essas mortes, tudo de que abrimos mão, terá sido em vão.

Genya pigarreou.

— Ahm... Na verdade, talvez não seja necessário. David tem uma ideia.

— NA VERDADE, A IDEIA FOI DE GENYA — disse David.

Estávamos amontoados em volta de uma mesa sob um toldo, um pouco depois da rua da hospedaria. Não havia nenhum restaurante de verdade nessa parte do vilarejo, mas uma espécie de taberna improvisada tinha sido montada em um terreno queimado. Havia lanternas penduradas sobre mesas frágeis, um barril de madeira de leite doce fermentado e carne sendo assada em dois tambores de metal, como a que víramos no primeiro dia no mercado. O ar estava carregado daquele cheiro de fumaça de zimbro.

Dois homens jogavam dados em uma mesa perto do barril, enquanto um terceiro dedilhava alguma canção sem forma em um violão castigado pelo tempo. Não havia uma melodia identificável, mas Misha parecia satisfeito. Ele tinha começado uma dança elaborada que aparentemente exigia palmas e muita concentração.

— Vamos garantir que o nome de Genya seja colocado na placa comemorativa — disse Zoya. — Desembuche logo.

— Lembra-se de como ocultou o *Alcaravão*? — perguntou David. — O jeito como você torceu a luz em volta do navio em vez de deixar que ela refletisse nele?

— Eu estava pensando — disse Genya. — E se você fizesse isso conosco?

Eu franzi o cenho.

— Você quer dizer...

— É exatamente o mesmo princípio — disse David. — É um desafio maior porque há mais variáveis do que apenas o céu azul, mas curvar a luz em volta de um soldado não é diferente de curvar a luz em torno de um objeto.

— Espere aí — disse Harshaw. — Você quer dizer que seríamos invisíveis?

— Exatamente — disse Genya.

Adrik inclinou-se para a frente.

— O Darkling partirá da doca seca de Kribirsk. Poderíamos nos infiltrar em seu acampamento. Tirar os alunos assim. — Seu punho estava cerrado; seus olhos, acesos. Ele conhecia parte daquelas crianças melhor do que qualquer um de nós. Algumas, provavelmente, eram suas amigas.

Tolya franziu a testa.

— Não há nenhuma chance de invadir o acampamento e libertá-los sem sermos notados. Alguns desses garotos são mais novos do que Misha.

— Kribirsk será complicado demais — disse David. — Muitas pessoas, linhas de visão interrompidas. Se Alina tivesse mais tempo para praticar...

— Temos cinco dias — repeti.

— Então atacamos na Dobra — disse Genya. — A luz de Alina manterá os volcras a distância...

Eu balancei a cabeça.

— Ainda teríamos que lutar contra os *nichevo'ya* do Darkling.

— Não se eles não puderem nos ver — disse Genya.

Nadia sorriu.

— Estaríamos escondidos à plena vista.

— Ele terá *oprichniki* e Grishas também — disse Tolya. — Eles não estarão com munição contada que nem a gente. Mesmo que não consigam ver seus alvos, podem simplesmente atirar e torcer para dar sorte.

— Então é só ficarmos fora de alcance. — Tamar moveu seu prato para o centro da mesa. — Este é o esquife de vidro — disse ela. — Posicionamos atiradores em torno do perímetro e os usamos para eliminar parte das tropas do Darkling. *Só então nos aproximamos o suficiente para nos infiltrar no esquife, e uma vez que os garotos estejam seguros...*

— Explodimos a embarcação em pedacinhos — disse Harshaw. Ele estava praticamente salivando com a ideia da explosão.

— E o Darkling junto — Genya completou.

Eu girei o prato de Tamar, pensando no que os outros estavam sugerindo. Sem o terceiro amplificador, meu poder não era páreo para o do Darkling em um confronto direto. Ele já tinha demonstrado isso muito bem. Mas, e se eu me aproximasse dele sem ser vista, usando luz para me ocultar do mesmo modo que outros usavam a escuridão? Era sorrateiro, até covarde, mas o Darkling e eu tínhamos deixado a honra para trás fazia muito tempo. Ele estivera na minha cabeça, travara uma guerra no meu coração. Eu não estava interessada em uma luta justa, não se houvesse uma chance de salvar a vida de Maly.

Como se pudesse ler a minha mente, Maly disse:

— Eu não gosto dessa ideia. Muitas coisas podem dar errado.

— Isso não é apenas escolha sua — disse Nadia. — Você esteve lutando conosco e sangrando conosco por meses. Merecemos a chance de tentar salvar a sua vida.

— Mesmo sendo só um *otkazat'sya* inútil — disse Zoya.

— Cuidado — disse Harshaw. — Você está falando com o... Espere, o que ele é do Darkling? Primo? Sobrinho?

Maly estremeceu.

— Eu não faço ideia.

— Você vai começar a se vestir todo de preto agora?

Maly respondeu com um firme *não*.

— Você é um de nós — disse Genya —, quer goste disso ou não. Além do mais, se Alina tiver que matar você, ela pode ficar completamente maluca e terá os três amplificadores. E aí só Misha poderá pará-la com o poder de suas danças terríveis.

— Ela é bem instável mesmo — disse Harshaw. Ele bateu com os dedos nas têmporas. — Não está totalmente *aqui*, se é que você me entende.

Eles estavam brincando, mas talvez estivessem certos, também. *Seu destino era ser o meu equilíbrio.* O que eu sentia por Maly era confuso, persistente e talvez deixasse meu coração partido. Mas também era algo humano.

Nadia esticou a mão e cutucou Maly.

— Pelo menos considere a possibilidade de aceitar o plano. E se tudo der errado...

— Alina ganha um novo bracelete — concluiu Zoya.

Eu fechei a cara.

— Que tal eu fatiar *você* e ver como seus ossos se encaixam?

Zoya ajeitou o cabelo.

— Aposto que são tão lindos quanto o resto de mim.

Eu girei o prato de Tamar mais uma vez, tentando imaginar o que esse tipo de manobra exigiria. Desejei ter o talento de Nikolai para estratégia. Mas de uma coisa eu tinha certeza.

— Será necessário mais do que uma explosão para matar o Darkling. Ele sobreviveu à Dobra e à destruição da capela.

— Então, o quê? — perguntou Harshaw.

— Tem que ser eu — disse. — Se conseguirmos separá-lo de seus soldados de sombras, posso usar o Corte.

O Darkling era poderoso, mas eu duvidava que mesmo ele pudesse se recuperar de ser dividido ao meio. E embora não tivesse nenhuma reivindicação legítima em relação ao nome de Morozova, eu era a Conjuradora do Sol. Havia torcido por um destino grandioso, mas aceitaria um assassinato sem danos colaterais.

Zoya soltou um riso breve e alegre.

— Talvez isso até funcione.

— Vale a pena pensar na ideia — falei para Maly. — O Darkling vai esperar um ataque, mas não esperará por isso.

Maly ficou em silêncio por algum tempo.

— Tudo bem — disse ele. — Mas, se der errado... Todos nós concordamos com o que precisa ser feito.

Ele olhou em volta da mesa. Um por um, eles assentiram com a cabeça. A expressão de Tolya era estoica. Genya baixou o olhar. Finalmente, restava apenas eu.

— Quero que você me dê sua palavra, Alina.

Engoli em seco.

— Eu farei. — As palavras tinham sabor de ferro em minha língua.

— Ótimo — disse Maly. Ele segurou minha mão. — Agora, vamos mostrar a Misha como se dança mal de verdade.

— Matar você, dançar com você. Algum outro pedido?

— Não que eu me lembre agora — disse ele, me puxando para perto. — Mas tenho certeza de que pensarei em algo.

Encostei a cabeça no ombro de Maly e inspirei seu cheiro. Sabia que não devia me permitir acreditar nessa possibilidade. Não tínhamos um exército. Não tínhamos os recursos de um rei. Só tínhamos este grupo maltrapilho. *Arrancarei tudo que você conhece, tudo que ama.* Se tivesse a chance, eu sabia que o Darkling usaria essas pessoas contra mim, mas nunca ocorreu a ele que elas pudessem ser mais do que um fardo. Talvez ele as houvesse subestimado, e talvez tivesse me subestimado também.

Era estúpido. Era perigoso. Mas Ana Kuya costumava me dizer que a esperança era sorrateira como a água. De alguma forma, ela sempre encontrava uma maneira de entrar.

FICAMOS ACORDADOS até tarde naquela noite, conversando sobre a logística do plano. As características da Dobra complicavam tudo – onde e como entrar; se era ou não possível que eu ocultasse a mim mesma, para não falar dos outros; como isolar o Darkling e tirar os alunos dali. Não tínhamos pólvora, então teríamos de fabricá-la. Eu também queria garantir que os outros tivessem como fugir da Dobra se alguma coisa acontecesse comigo.

Partimos cedo na manhã seguinte e voltamos a Dva Stolba para recuperar o *Alcaravão* na pedreira. Foi estranho vê-lo onde o tínhamos deixado, repousando em segurança como um pombo no beiral.

— Pelos Santos — disse Adrik, enquanto escalávamos o casco. — Aquilo é meu sangue?

A mancha era quase tão grande quanto ele. Estávamos tão exaustos e acabados depois da nossa longa fuga do Zodíaco que ninguém tinha pensado em resolver isso.

— Você fez a bagunça — disse Zoya. — Você limpa.

— Preciso de duas mãos para esfregar — retrucou Adrik, assumindo posição nas velas.

Adrik parecia apreciar mais as zombarias de Zoya do que a atenção constante de Nadia. Eu ficara aliviada de saber que ele ainda era capaz de conjurar, embora fosse levar algum tempo para conseguir controlar correntes fortes com apenas um braço. *Baghra poderia ensiná-lo.* O pensamento veio até mim antes que eu me lembrasse de que isso não era mais possível. Quase conseguia ouvir a voz dela na minha cabeça. *Será que eu deveria arrancar seu outro braço? Aí você teria algo para reclamar. Faça de novo e faça melhor.* O que ela diria a respeito de tudo isso? O que ela acharia de Maly? Afastei o pensamento para longe. Nunca saberíamos, e não havia tempo para lamentações.

Uma vez no ar, os Aeros estabeleceram um ritmo gentil e aproveitei o tempo para praticar o curvamento da luz, enquanto camuflava a embarcação por baixo.

A jornada só levou algumas horas, e aterrissamos em uma pastagem pantanosa a oeste de Caryeva, cidade onde todo ano, no verão, aconteciam as vendas de cavalos. O lugar era conhecido somente por seu hipódromo e seus estábulos de criação. E mesmo sem a guerra, nesta época do ano, estaria praticamente deserto.

A missiva para o Apparat propunha que nos encontrássemos na pista de corrida. Tamar e Harshaw fariam uma busca no local a pé para garantir que não estávamos caindo em uma armadilha. Se alguma coisa desse errado, eles dariam meia-volta para nos encontrar e decidiríamos o que fazer a partir dali. Eu não achava que o Apparat fosse nos entregar ao Darkling, mas havia a possibilidade de ele ter feito algum tipo de novo acordo com os shu han ou com os fjerdanos.

Estávamos um dia adiantados, e a pastagem era o lugar perfeito para praticar a ocultação de alvos em movimento. Misha insistiu em ser o primeiro.

— Eu sou menor — disse ele. — Isso tornará as coisas mais fáceis.

Ele correu para o centro do campo.

Eu levantei as mãos, girei os pulsos e Misha desapareceu. Harshaw assoviou em apreciação.

— Vocês podem me ver? — Misha gritou. Assim que ele começou a balançar os braços, a luz em volta dele ondulou e seus antebraços magricelas apareceram como se estivessem flutuando no vazio.

Concentre-se. Eles desapareceram.

— Misha — instruiu Maly —, corra até nós.

O menino apareceu e então desapareceu novamente conforme eu ajustava a luz.

— Eu consigo vê-lo pela lateral — disse Tolya, do outro lado da pastagem.

Soltei a respiração. Tinha que pensar sobre isso mais cuidadosamente. Disfarçar o navio tinha sido mais fácil porque eu só estava alterando o reflexo da luz a partir de baixo. Agora devia pensar em todos os ângulos.

— Melhor! — disse Tolya.

Zoya deu um pequeno grito.

— Aquele pestinha acabou de me chutar.

— Garoto inteligente — disse Maly.

Eu ergui uma sobrancelha.

— Mais inteligente do que algumas pessoas.

Ele teve o decoro de ruborizar.

Gastei o resto da tarde ocultando um, depois dois, depois cinco Grishas de uma vez só no campo.

Era um tipo diferente de trabalho, mas as lições de Baghra ainda se aplicavam. Se eu me concentrasse com força excessiva para projetar meu poder, as variáveis me sobrecarregariam. Mas se pensasse na luz como algo presente em todos os lugares, se não tentasse cutucá-la e simplesmente a deixasse se curvar, ficaria bem mais fácil.

Pensei nas vezes em que vi o Darkling usando seu poder para cegar soldados em uma batalha, atingindo vários inimigos ao mesmo tempo. Era fácil para ele, natural. *Sei coisas sobre poder que você mal poderia imaginar.*

Eu pratiquei naquela noite, e então recomecei na manhã seguinte depois que Tamar e Harshaw partiram, mas minha concentração insistia em vacilar. Com mais atiradores, nosso ataque no esquife do Darkling talvez tivesse mesmo alguma chance. O que estaria nos esperando na pista de corrida? O próprio sacerdote? Ninguém? Eu tinha imaginado um exército de camponeses protegido pelos três amplificadores, marchando sob a bandeira do pássaro de fogo. Essa não era mais a guerra que estávamos travando.

— Eu posso vê-lo! — Zoya cantarolou para mim. E era verdade, a grande forma de Tolya estava cintilando, aparecendo e desaparecendo enquanto ele corria à minha direita.

Deixei minhas mãos caírem.

— Vamos interromper um pouco — sugeri.

Nadia e Adrik desenrolaram uma das velas para que ela pudesse ajudá-lo a aprender a lidar com o movimento ascendente de ar, e Zoya se esticou preguiçosamente no deque para oferecer críticas pouco construtivas.

Enquanto isso, David e Genya estudavam um de seus cadernos, tentando entender de onde poderiam extrair os componentes para uma dose de *lumiya*. Acontece que Genya não tinha apenas uma aptidão para venenos. Os talentos dela sempre estiveram em algum lugar entre Corporalnik e Materialnik, mas eu me perguntava o que ela poderia ter se tornado, que caminho poderia ter escolhido, se não tivesse sofrido a influência do Darkling. Maly e Misha partiram para o lado mais distante do campo com os braços repletos de pinhas e as posicionaram na cerca como alvos, para que Misha aprendesse a atirar.

Isso deixou a mim e a Tolya sem nada para fazer além de nos preocuparmos e esperarmos. Ele se sentou perto de mim em um dos cascos, pernas balançando para fora.

— Você quer praticar mais um pouco? — ele perguntou.

— Eu provavelmente deveria.

Um longo momento se passou e então ele disse:

— Você vai conseguir fazer isso? Quando o momento chegar?

A pergunta me lembrou estranhamente de Maly indagando se eu seria capaz de matar o pássaro de fogo.

— Você não acha que o plano irá funcionar.

— Não acho que faz diferença.

— Você não...

— Se você derrotar o Darkling, a Dobra permanecerá.

Pressionei meus calcanhares contra o casco.

— Eu posso lidar com a Dobra; meu poder permitirá que ela seja atravessada. Podemos eliminar os volcras. — Não gostava de pensar nisso. Por mais monstruosos que fossem, os volcras um dia tinham sido humanos. Eu me inclinei para trás e estudei o rosto de Tolya. — Você não parece estar convencido.

— Você me perguntou uma vez por que não a deixei morrer na capela, por que deixei Maly alcançá-la. Talvez houvesse um motivo para os dois terem sobrevivido. Talvez seja isso.

— Foi um suposto Santo que começou tudo isso, Tolya.

— E uma Santa terminará.

Ele deslizou do casco para o chão e olhou para mim.

— Sei que você não acredita do jeito que Tamar e eu acreditamos — disse ele —, mas não importa como isso termine; fico feliz que nossa fé tenha nos levado até você.

Ele partiu, atravessando o campo para se juntar a Maly e Misha.

Tenha sido coincidência ou destino que fizera de Tolya e Tamar meus amigos, eu era grata por eles. E se fosse sincera comigo mesma, invejava a fé deles. Se conseguisse acreditar que fui abençoada para algum propósito divino, talvez isso facilitasse as decisões difíceis.

Eu não sabia se nosso plano iria funcionar, e, mesmo que funcionasse, ainda havia muitas variáveis desconhecidas. Se conseguíssemos sobrepujar o Darkling, o que aconteceria com seus soldados de sombras? E quanto a Nikolai? E se o fim do Darkling causasse a morte dele? Será que deveríamos tentar capturar o Darkling em vez de matá-lo? Se sobrevivêssemos, Maly teria que se esconder. Sua vida estaria perdida se alguém descobrisse o que ele era.

Ouvi o som de cascos de cavalo. Nadia e eu subimos na plataforma para olhar melhor, e meu coração afundou quando o grupo entrou no campo de visão.

— Talvez existam mais na pista de corrida — disse Nadia.

— Talvez — disse eu. Mas não acreditava nisso.

Eu contei rapidamente. Doze soldados. Conforme se aproximaram, vi que eram todos jovens e a maioria ostentava a tatuagem do sol no rosto. Ruby estava lá, com seus lindos olhos verdes e a trança loura, e vi Vladim entre eles com dois outros homens barbados que acreditei reconhecer dos Guardas Sacerdotais.

Pulei da plataforma e fui cumprimentá-los. Quando o grupo me viu, seus membros desmontaram e se abaixaram sobre um joelho só, cabeças inclinadas.

— Ugh — disse Zoya. — Isso de novo.

Lancei um olhar de aviso para ela, embora tivesse tido o mesmo pensamento. Tinha quase me esquecido de como odiava o fardo da santidade. Mas vesti a carapuça, desempenhei meu papel.

— Levantem-se — disse eu. E quando fizeram isso, gesticulei para que Vladim viesse à frente. — Esses são todos?

Ele assentiu com a cabeça.

— E que desculpa o Apparat enviou?

Ele engoliu em seco.

— Nenhuma. Os peregrinos fazem preces diárias por sua segurança e pela destruição da Dobra. Ele diz que a última ordem deixada por você foi para que ele cuidasse do seu rebanho.

— E meu pedido de ajuda?

Ruby balançou a cabeça.

— O único motivo de sabermos que você e Nikolai Lantsov tinham pedido ajuda foi a atitude de um monge leal a você, que recuperou a mensagem da Igreja de Sankt Lukin.

— Então, como vieram parar aqui?

Vladim sorriu e aquelas covinhas absurdas apareceram em suas bochechas novamente. Ele trocou olhares com Ruby.

— Nós escapamos — ela disse.

Eu sabia que o Apparat não era confiável, mas alguma parte de mim tinha esperado que ele pudesse me oferecer mais do que preces. Mas eu havia dito a ele que cuidasse dos meus seguidores, que os mantivesse seguros, e eles estavam certamente mais seguros na Catedral Branca do que marchando para a Dobra. O Apparat faria o que ele faz melhor: esperar. Quando a poeira baixasse, ou eu teria derrotado o Darkling, ou teria me transformado em mártir. De um jeito ou de outro, ainda haveria aqueles dispostos a pegar em armas em meu nome. O império de fiéis do Apparat cresceria.

Apoiei as mãos nos ombros de Vladim e Ruby.

— Obrigada por sua lealdade. Espero que não se arrependam dela.

Eles inclinaram a cabeça e murmuraram:

— Sankta Alina.

— Vamos andando — disse eu. — Seu grupo é grande o suficiente para ter atraído atenção, e essas tatuagens não devem ter ajudado.

— Aonde estamos indo? — perguntou Ruby, puxando seu cachecol para esconder a tatuagem.

— Para dentro da Dobra.

Eu vi os novos soldados se mexerem, inquietos.

— Para lutar? — ela perguntou.

— Para viajar — Maly respondeu.

Sem exército. Sem aliados. Nós só tínhamos mais três dias até enfrentar o Darkling. Íamos nos arriscar e, se falhássemos, não haveria mais opções. Eu teria que assassinar a única pessoa que já amei e que já me amou. Eu mergulharia de volta para a batalha vestindo seus ossos.

Capítulo 16

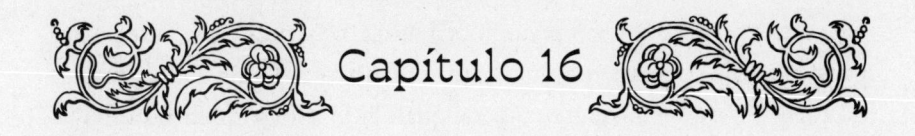

NÃO SERIA SEGURO NOS APROXIMARMOS de Kribirsk daquele lado da Dobra, então decidimos montar nosso ataque a partir de Ravka Oeste, e isso significava lidar com a logística da travessia. Como Nadia e Zoya não conseguiriam manter o *Alcaravão* no ar com muitos passageiros adicionais, acertamos que Tolya escoltaria os Soldat Sol para a costa leste da Dobra e nos esperaria lá. Eles levariam um dia completo a cavalo, e isso daria ao restante de nós tempo suficiente para entrar em Ravka Oeste e localizar uma base adequada para acampamento. Então voltaríamos ao ponto de partida para levar os outros através da Dobra protegidos pelo meu poder.

Embarcamos no *Alcaravão* e poucas horas depois estávamos acelerando através da estranha neblina negra da Dobra das Sombras. Desta vez, quando entramos na escuridão, eu estava preparada para o sentimento familiar que me tomou, aquela sensação de similaridade. Ela era mais forte agora que eu tinha mexido com *merzost*, o mesmo poder que havia criado aquele lugar. Eu a entendia melhor também, a necessidade que tinha levado o Darkling a tentar recriar os experimentos de Morozova, um legado que sentia como se fosse seu.

Os volcras vieram para cima de nós, e eu vislumbrei as silhuetas de suas asas, ouvi seus gritos enquanto giravam em torno do círculo de luz que conjurei. Se dependesse do Darkling, logo eles estariam bem alimentados. Fiquei grata quando voamos para o céu sobre Ravka Oeste.

O território a oeste da Dobra tinha sido evacuado. Sobrevoamos vilas e casas abandonadas, sem vivalma à vista. No fim, decidimos nos estabelecer em uma fazenda de maçãs ao sudoeste do que tinha sobrado de Novokribirsk, menos de um quilômetro e meio das bordas sombrias da Dobra. Chamava-se Tomikyana, o nome escrito na lateral da casa onde preparavam conservas, o celeiro cheio de prensas de cidra. Seus pomares estavam repletos de frutas que nunca seriam colhidas.

A casa do proprietário era refinada, uma construção que parecia um pequeno bolo perfeito, mantida com cuidado e com uma cúpula branca no topo. Eu me senti quase culpada quando Harshaw quebrou uma janela e escalou para dentro a fim de destrancar as portas.

— Novos ricos — bufou Zoya quando passamos pelos aposentos excessivamente decorados, cada prateleira ou mantel cheios de bonecos de porcelana e bibelôs.

Genya pegou um porquinho de cerâmica.

— Detestável.

— Eu gosto daqui — Adrik protestou. — É legal.

Zoya fez um som como se fosse vomitar.

— Talvez o gosto venha com a idade.

— Sou apenas três anos mais novo que você.

— Então talvez esteja condenado a ser brega.

A mobília tinha sido coberta com lençóis. Misha arrancou um deles e correu de quarto em quarto com a peça ondulando às suas costas, como uma capa. A maioria dos armários tinha sido esvaziada, mas Harshaw encontrou uma lata de sardinhas que abriu e compartilhou com Ongata. Teríamos que enviar pessoas às fazendas próximas para procurar alimentos.

Depois de garantir que não havia outros ocupantes, deixamos David, Genya e Misha para começarem a busca de materiais para a produção de *lumiya* e pólvora. Então o restante de nós reembarcou no *Alcaravão* para cruzar de volta a Ravka.

Tínhamos planejado nos reunir com os Soldat Sol no monumento a Sankta Anastasia, que ficava em uma colina baixa perto do que um dia fora Tsemna. Graças a Anastasia, Tsemna tinha sobrevivido à praga debilitante que havia consumido metade da população dos vilarejos próximos. Mas Tsemna não tinha sobrevivido à Dobra. Fora engolida quando os experimentos desastrosos do Herege Negro criaram o Não Mar.

O monumento era um pouco perturbador: uma mulher gigante de pedra ascendendo da terra, braços abertos, olhar benevolente fixo no vazio da Dobra. Anastasia, diziam os rumores, tinha salvado incontáveis cidades de doenças. Será que ela havia realizado milagres ou era simplesmente uma Curandeira talentosa? Tinha alguma diferença?

Chegamos antes dos Soldat Sol, então aterrissamos e acampamos de noite. O clima ainda estava quente o suficiente para não precisar de tendas, por isso esticamos nossos sacos de dormir perto do pé da estátua, próximo a um campo irregular enfeitado de pedregulhos vermelhos. Maly levou Harshaw com ele para tentar achar uma presa para o jantar. A caça era rara aqui, como se os animais suspeitassem tanto do Não Mar quanto nós.

Enrolei um xale em volta dos ombros e desci pela colina até a borda do litoral negro. *Dois dias*, pensei, observando as névoas escuras cerradas. Eu sabia que era tolice pensar que entendia o meu futuro. Toda vez que tentara prever meu destino, minha vida tinha virado de cabeça para baixo.

Ouvi um som leve de algo arranhando atrás de mim. Eu me virei e congelei. Nikolai estava empoleirado em cima de uma rocha alta. Ele estava mais limpo do que antes, mas vestia as mesmas calças compridas maltrapilhas. As garras de seus pés seguravam na crista da pedra, e suas asas de sombras batiam gentilmente no ar, o olhar negro e inescrutável.

Eu tinha torcido para que ele se mostrasse novamente, mas agora não sabia o que fazer. Será que estivera nos observando? O que ele tinha visto? Quanto havia compreendido?

Cuidadosamente, coloquei a mão no bolso, temerosa de que qualquer movimento súbito o fizesse fugir.

Estiquei a mão, a esmeralda Lantsov repousando em minha palma. Ele franziu o rosto, uma linha aparecendo entre suas sobrancelhas, então dobrou as asas e saltou silenciosamente da rocha. Foi difícil não me afastar. Eu não queria ficar com medo, mas o modo como ele se movia era tão inumano. Ele andou lentamente na minha direção, olhos fitando o anel. Quando estava a menos de dois passos de distância, inclinou a cabeça para o lado.

Apesar dos olhos negros e das linhas de tinta pulsando em seu pescoço, ele ainda tinha uma fisionomia elegante – as maçãs do rosto delicadas de sua mãe, a mandíbula forte que deve ter vindo de seu pai embaixador. Sua cara ficou ainda mais fechada. Então, ele esticou a mão e pegou a esmeralda em suas garras.

— É... — as palavras morreram em meus lábios. Nikolai virou a minha mão e colocou o anel em meu dedo.

Minha respiração ficou presa entre um riso e um soluço. Ele me reconhecia. Eu não consegui deter as lágrimas que se acumulavam em meus olhos.

Ele apontou para a minha mão e fez um gesto abrangente. Eu levei um instante para entender o que ele queria dizer. Estava imitando o jeito de eu me mover quando conjurava.

— Você quer que eu convoque a luz? — Seu rosto permaneceu impassível. Eu deixei a luz do sol acumular na palma da minha mão. — É isso?

O brilho pareceu eletrizá-lo. Ele agarrou minha mão e bateu com ela contra seu peito. Eu tentei me retrair, mas ele segurou minha mão no mesmo lugar. Sua pegada era como uma prensa, fortalecida pela monstruosidade que o Darkling colocara dentro dele.

Eu balancei a cabeça.

— Não.

Mais uma vez, ele usou minha mão para dar um tapa contra seu peito, o movimento quase frenético.

— Eu não sei o que meu poder faria com você — protestei.

O canto de sua boca se curvou, uma lembrança remota do sorriso seco de Nikolai. Quase dava para ouvi-lo dizer, *Realmente, querida, o que poderia ser pior do que isto?* Sob minha mão, seu coração batia – constante e humano.

Eu soltei um longo suspiro.

— Tudo bem — disse. — Vou tentar.

Eu conjurei uma luz bem fraca, deixando-a fluir pela palma da minha mão. Ele fez uma careta, mas continuou a segurar minha mão com firmeza. Eu fiz um pouco mais de força, tentando guiar a luz para ele, pensando nos espaços vazios, deixando-a penetrar sua pele.

As rachaduras negras em seu torso começaram a diminuir. Eu não podia acreditar no que estava vendo. Será que poderia ser tão simples assim?

— Está funcionando — disse eu, com a respiração ofegante.

Ele fez uma expressão de dor, mas acenou para que eu continuasse, pedindo mais.

Chamei a luz para ele, observando as veias negras perderem força e recuarem.

Ele estava arfando agora, seus olhos fechados. Um chiado baixo e doloroso saía de sua garganta. Sua pegada em meu pulso era como ferro.

— Nikolai...

Então senti alguma coisa repuxar, como se a escuridão dentro dele estivesse lutando. Ela fez pressão contra a luz. De repente, as rachaduras explodiram para fora, tão escuras quanto antes, como as raízes de uma árvore que bebia profundamente de água envenenada.

Nikolai se retraiu e se afastou de mim com um rosnado frustrado. Ele olhou para baixo, para o próprio peito, sofrimento estampado em seu rosto.

Não adiantava. Apenas o Corte funcionava nos *nichevo'ya*. Talvez destruísse a coisa dentro de Nikolai, mas também o mataria.

Seus ombros caíram, suas asas ondulando com o mesmo movimento da Dobra.

— Pensaremos em alguma coisa. David pensará em uma solução, ou encontraremos um Curandeiro...

Ele desabou para uma posição agachada, cotovelos apoiados nos joelhos, rosto enterrado nas mãos. Nikolai parecia infinitamente capaz, confiante em sua crença de que todo problema tinha uma solução e ele conseguiria encontrá-la. Eu não aguentava vê-lo assim, quebrado e derrotado pela primeira vez.

Eu me aproximei dele com cautela e me agachei. Ele não conseguia me encarar diretamente. De modo hesitante, estiquei-me e encostei em seu braço, pronta para me retrair se ele ficasse assustado ou irritado. Sua pele era quente, a sensação que transmitia não mudava apesar das sombras escondidas sob ela. Deslizei meus braços em torno dele, tomando cuidado com as asas que rufavam em suas costas.

— Desculpe — sussurrei.

Ele encostou a testa em meu ombro.

— Eu lamento tanto, Nikolai.

Ele soltou um breve suspiro estremecido.

Em seguida, inspirou e seu corpo ficou tenso. Ele girou a cabeça. Senti sua respiração em meu pescoço, o arranhar de um dos seus dentes abaixo da minha mandíbula.

— Nikolai?

Seus braços me apertaram com firmeza. Suas garras foram cravadas nas minhas costas. O rosnado que saiu de seu peito era inconfundível.

Eu o empurrei para longe e me levantei rapidamente.

— Pare! — eu disse com força.

As mãos dele flexionaram. Seus lábios se retraíram para revelar as presas de ônix. Eu sabia o que estava vendo: apetite.

— Não faça isso — implorei. — Esse não é você. Você pode controlar isso.

Ele deu um passo em minha direção. Soltou outro rosnado animal retumbante. Eu levantei as mãos.

— Nikolai — falei em tom de aviso —, terei de sacrificá-lo.

Vi o momento em que a razão retornou. Seu rosto se contorceu em horror pelo que tinha desejado fazer, e que alguma parte dele provavelmente ainda queria fazer. Seu corpo estremecia com o desejo de se alimentar.

Seus olhos negros estavam inundados de sombras cintilantes. Seriam lágrimas? Ele cerrou os punhos, jogou a cabeça para trás. Os tendões de seu pescoço enrijeceram, e então ele soltou um grito ecoante de desespero e raiva. Eu já tinha ouvido aquilo antes, quando o Darkling conjurou os *nichevo'ya*, o rasgo no tecido do mundo, o lamento de algo que não deveria existir.

Ele se lançou pelo ar e voou diretamente para a Dobra.

— Nikolai! — eu gritei. Mas ele já tinha ido embora, engolido pela escuridão voraz, perdido rumo ao domínio dos volcras.

Ouvi passos e me virei para ver Maly, Harshaw e Zoya correndo em minha direção, Ongata miando e correndo entre suas pernas. Harshaw estava segurando sua pederneira, e Maly preparando o rifle.

Os olhos de Zoya estavam arregalados.

— Aquilo era um *nichevo'ya*?

Eu balancei a cabeça.

— Era Nikolai.

Eles congelaram.

— Ele nos encontrou? — disse Maly.

— Ele tem nos acompanhado desde que deixamos o Zodíaco.

— Mas o Darkling...

— Se ele fosse uma criatura do Darkling, já estaríamos mortos.

— Há quanto tempo sabe que ele está nos seguindo? — perguntou Zoya, irritada.

— Eu o vi uma vez na mina de cobre. Não havia nada que pudesse ser feito.

— Poderíamos ter pedido para Maly atravessá-lo com uma flecha — disse Harshaw.

Eu apontei um dedo para ele.

— Eu não abandonaria você, e não vou abandonar Nikolai.

— Calma — Maly interveio, dando um passo para a frente. — Ele se foi agora, e não faz sentido brigar por isso. Harshaw, vá acender uma fogueira. Zoya, os galos silvestres que pegamos precisam ser limpos.

Ela olhou fixamente para ele e não se mexeu. Ele revirou os olhos.

— Tudo bem, eles precisam ser limpos por *outra pessoa*. Por favor, vá achar alguém em quem mandar.

— Com prazer.

Harshaw guardou a pederneira na manga.

— Eles estão todos malucos, Ongata — disse para a gatinha. — Exércitos invisíveis, príncipes monstruosos. Vamos tacar fogo em algo.

Eu esfreguei a mão nos olhos quando foram embora.

— Você vai gritar comigo também?

— Não. Eu já desejei flechar Nikolai várias vezes, mas isso parece um pouco mesquinho agora. Estou curioso sobre esse anel, contudo.

Tinha me esquecido da enorme joia em minha mão. Eu a peguei e a enterrei no bolso.

— Nikolai me deu isso lá no Zodíaco. Achei que ele pudesse reconhecer o anel, quem sabe.

— E deu certo?

— Acho que sim. Antes de ele tentar me devorar.

— Santos.

— Ele voou para dentro da Dobra.

— Você acha que ele queria...

— Se matar? Eu não sei. Talvez seja simplesmente um destino de férias para ele agora. Nem sei se os volcras o veriam como presa. — Apoiei-me na rocha onde Nikolai tinha estado empoleirado fazia apenas alguns minutos. — Ele tentou fazer com que eu o curasse. Não funcionou.

— Você não sabe o que será capaz de fazer depois que os amplificadores forem combinados.

— Quer dizer, depois de eu assassinar você?

— Alina...

— Nós não vamos conversar sobre isso.

— Você não pode simplesmente puxar as cobertas sobre a cabeça e fingir que isso não está acontecendo.

— Posso e vou.

— Você está sendo insolente.

— E você está sendo nobre e se sacrificando, e me deixa com vontade de bater em você.

— Bem, já é um começo.

— Não tem graça.

— Como devo lidar com isso? — ele perguntou. — Eu não me *sinto* nobre ou mártir. Eu só me sinto...

— O quê?

Ele jogou as mãos para o alto.

— Com fome.

— Está com fome?

— Sim — ele retrucou. — Estou com fome e cansado e tenho razoável certeza de que Tolya vai comer todos aqueles galos.

Eu não me aguentei. Caí no riso.

— Zoya me avisou sobre isso. Ela fica de mau humor quando está com fome também.

— Não estou de mau humor.

— Amuado — corrigi, graciosamente.

— *Não* estou amuado.

— Tem razão — disse eu, tentando conter as risadas. — Definitivamente está mais bicudo do que amuado.

Maly agarrou minha mão e me puxou para um beijo. Ele mordiscou minha orelha, com força.

— Ai!

— Eu avisei a você que estava com fome.

— Você é a segunda pessoa a tentar me morder hoje.

— Ah, vai piorar bastante. Quando chegarmos ao acampamento, pedirei para ouvir o Terceiro Conto de Kregi.

— Contarei a Harshaw que você prefere cachorros.

— Contarei a Zoya que não gosta do cabelo dela.

Continuamos assim até voltar ao *Alcaravão*, empurrando e zombando um do outro, sentindo diminuir um pouco do peso das últimas semanas. Mas quando o sol se pôs e eu olhei por sobre o ombro para a Dobra, perguntei-me que coisas humanas ainda restariam além das suas margens, e se elas podiam ouvir nossos risos.

OS SOLDAT SOL CHEGARAM MAIS TARDE naquela noite e só conseguiram tirar algumas horas de sono antes de partirmos no dia seguinte. Estavam cautelosos quando entramos na Dobra, mas eu esperava que reagissem de maneira pior, agarrando imagens sagradas e entoando preces. Quando demos nossos primeiros passos para a escuridão e deixei a luz inundar a área ao nosso redor, eu entendi: eles não precisavam implorar para seus Santos. Eles tinham a mim.

O *Alcaravão* flutuava bem acima de nós, dentro da redoma brilhante que eu tinha criado, mas eu havia escolhido viajar pela areia a fim de praticar o curvamento da luz dentro dos limites da Dobra. Para os Soldat Sol, essa nova demonstração de poder era mais um milagre, prova adicional de que eu era uma Santa viva. Eu me lembrei do argumento do Apparat: *Não existe poder maior do que a fé, e não existirá exército maior do que aquele que for conduzido por ela.* Rezei para que ele estivesse certo, que eu não fosse apenas outro líder aceitando a lealdade alheia e recompensando-a com mortes honradas e inúteis.

Levamos boa parte daquele dia e da noite para cruzar a Dobra e escoltar todos os Soldat Sol até a costa oeste. Quando voltamos a Tomikyana, David e Genya tinham tomado conta do lugar. A cozinha parecia ter sido atingida por uma tempestade. Panelas borbulhantes cobriam o fogão, e uma enorme chaleira fora trazida da prensa de cidra para servir como recipiente de resfriamento. David estava montado em um banquinho perto da grande mesa de madeira onde, poucas semanas atrás, os servos provavelmente tinham rolado massa. Agora a mesa estava coberta de vidro e metal, manchas de alguma substância parecida com piche, e incontáveis pequenas garrafas de uma lama amarela de cheiro terrível.

— Isso é seguro? — perguntei a ele.

— Nada é completamente seguro.

— Isso é reconfortante.

Ele sorriu.

— Ainda bem.

Na sala de jantar, Genya tinha montado seu próprio espaço de trabalho, onde ajudava a preparar potes para o *lumiya* e fundas que pudessem atirá-las. Durante o ataque, os outros poderiam acioná-las o mais tarde que a coragem lhes permitisse, e se algo acontecesse comigo na Dobra, talvez ainda tivessem luz suficiente para escapar. Todos os objetos de vidro da fazenda tinham sido confiscados – taças, cálices de vinho e licor, uma coleção elaborada de vasos e uma travessa no formato de peixe.

O conjunto de chá tinha sido preenchido com aros e parafusos, e Misha estava sentado de pernas cruzadas em uma cadeira de seda acolchoada, desconstruindo selas com gosto e organizando tiras e pedaços de couro em pilhas cuidadosas.

Harshaw foi enviado para roubar alimentos de propriedades próximas, um trabalho para o qual era estranhamente talentoso.

Eu trabalhei com Genya e Misha na maior parte do dia. Nos jardins, os Aeros praticaram a criação de um lençol acústico. Era uma variante do truque que Zoya tinha feito depois do desmoronamento na caverna, e eu torcia para que o artifício nos permitisse entrar na Dobra e assumir posições no escuro sem atrair a atenção dos volcras. Seria uma medida temporária na melhor das hipóteses, mas precisávamos apenas que durasse o suficiente para armar a emboscada. De vez em quando, meus ouvidos estalavam e todo o som parecia abafado, e então ouvia Nadia como se ela estivesse no mesmo recinto, ou a voz de Adrik retumbando em meu ouvido.

Os estouros de armas de fogo flutuavam até nós, vindo do pomar onde Maly e os gêmeos escolhiam os melhores atiradores entre os Soldat Sol. Precisávamos ser cautelosos com a munição, então eles usavam as balas com parcimônia. Mais tarde, ouvi-os na sala de estar, estudando armas e suprimentos.

Arranjamos um jantar de maçãs, queijo duro e pão preto dormido que Harshaw encontrara em alguma despensa abandonada. A sala de jantar e a cozinha estavam uma bagunça, então acendemos uma grande fogueira na lareira do salão de recepção e montamos um piquenique improvisado, espalhados no chão e nos sofás de *moiré*, assando pedaços de pão espetados em galhos contorcidos de macieiras.

— Se sobrevivermos a isso — disse eu, mexendo os dedos do pé perto do fogo —, precisarei achar um jeito de compensar essas pessoas pelos danos que causamos.

Zoya deu um riso de escárnio.

— Eles serão forçados a redecorar. Estamos lhes fazendo um favor.

— E se não sobrevivermos — observou David —, toda esta área será envolvida pelas sombras.

Tolya empurrou para o lado uma almofada florida.

— Talvez seja a melhor opção.

Harshaw tomou um gole de cidra da jarra que Tamar tinha trazido da prensa.

— Se eu sobreviver, a primeira coisa que farei será voltar aqui e nadar em um tanque disto.

— Vá com calma, Harshaw — disse Tamar. — Precisamos de você alerta amanhã.

Ele resmungou.

— Por que as batalhas têm sempre que ser tão cedo? — Relutante, ele passou a jarra para um dos Soldat Sol.

Nós repassamos o plano até garantir que todos soubéssemos exatamente onde estar e quando. Entraríamos na Dobra ao amanhecer. Os Aeros iriam primeiro para criar o lençol acústico e ocultar nossos movimentos dos volcras. Ouvi Nadia sussurrando com Tamar sobre não querer Adrik com eles, mas Tamar argumentou com força de que deveriam incluí-lo.

— Ele é um guerreiro — ela tinha dito. — Se o fizer acreditar que agora é menos do que isso, ele nunca descobrirá que pode ser mais. — Eu iria com os Aeros, caso algo desse errado. Os atiradores e outros Grishas nos seguiriam.

Planejamos a emboscada no centro da Dobra, quase diretamente entre Kribirsk e Novokribirsk. Uma vez que tivéssemos localizado o esquife do Darkling, eu iluminaria o Não Mar, curvando a luz para nos manter invisíveis. Se isso não o fizesse parar, nossos atiradores fariam. Eles reduziriam o número de soldados do Darkling, e então Harshaw e os Aeros se encarregariam de criar caos suficiente para que os gêmeos e eu pudéssemos embarcar no esquife, localizar os alunos e levá-los para um lugar seguro. Depois que estivessem fora dali, eu poderia enfrentar o Darkling. Com alguma sorte, ele seria pego de surpresa.

Genya e David permaneceriam em Tomikyana com Misha. Eu sabia que Misha insistiria em vir conosco, então Genya tinha colocado um sonífero em seu jantar. Ele já estava bocejando, encolhido perto da lareira, e eu esperava que ainda estivesse dormindo quando partíssemos de manhã.

A noite foi passando. Eu sabia que precisávamos descansar, mas nenhum de nós estava com sono. Algumas pessoas decidiram se deitar perto da fogueira no salão de recepção, enquanto outras se espalharam pela casa em pares. Ninguém queria ficar sozinho aquela noite. Genya e David tinham trabalho a fazer na cozinha. Tamar e Nadia desapareceram cedo. Eu pensei que Zoya escolheria alguém dos Soldat Sol, mas quando saí porta afora ela ainda estava observando o fogo, Ongata ronronando em seu colo.

Caminhei pelo corredor escuro até a sala de estar, onde Maly fazia a última verificação das armas e equipamentos. Era uma visão estranha, ver pilhas de armas e munição amontoadas no tampo da mesa de mármore, próximo das miniaturas emolduradas da dona da casa e uma coleção bonita de caixas de rapé.

— Já estivemos aqui antes — disse ele.

— É mesmo?

— Quando saímos da Dobra pela primeira vez. Paramos no pomar, que não é muito longe da casa. Eu o reconheci quando estávamos lá fora praticando tiro.

Eu me lembrei. Parecia ter sido uma eternidade atrás. As frutas nas macieiras eram pequenas e azedas demais para comer.

— Como os Soldat Sol se saíram hoje?

— Nada mal. Apenas alguns deles conseguem atirar a uma boa distância. Mas, se tivermos sorte, isso é tudo de que precisaremos. Muitos deles lutaram no Primeiro Exército, então existe pelo menos uma chance de que mantenham a calma.

O som de risos flutuou até nós vindo do salão de recepção. Alguém – Harshaw, eu suspeitava – tinha começado a cantar. Mas a sala de estar estava quieta, e consegui escutar o início de uma chuva.

— Maly — disse eu —, você acha... acha que isso é causado pelos amplificadores?

Ele franziu as sobrancelhas, verificando a mira em seu rifle.

— O que quer dizer?

— Será que foi isso que nos juntou? Meu poder e o seu? Será que é por isso que viramos amigos, por isso que... — A frase ficou sem terminar.

Ele pegou outra arma, olhou dentro do cano.

— Talvez isso tenha nos juntado, mas não foi isso que fez de nós o que somos hoje. Não tornou você a garota que conseguiu me fazer rir quando eu não tinha nada. Com certeza não me tornou o idiota que não deu valor a isso. O que quer que exista entre nós, fomos nós que construímos. Pertence a nós.

Então ele colocou o rifle de volta e limpou as mãos em um trapo.

— Venha comigo — disse ele, pegando minha mão e me puxando atrás dele.

Nós nos movemos pela casa escurecida. Ouvi vozes cantando alguma canção obscena pelo corredor, passos acima quando alguém correu de um quarto para outro. Pensei que Maly poderia me levar pela escada para os quartos; acho que estava torcendo por isso, mas, em vez disso, ele me conduziu pela ala leste da casa, passando por uma sala de tear silenciosa, uma biblioteca, até chegarmos a um vestíbulo sem janelas contendo espátulas, pás e pedaços de madeira enfileirados.

— Humm... Agradável?

— Espere aqui. — Ele abriu uma porta que eu não tinha visto, embutida na parede.

Na luz fraca, vi que ela levava a um tipo de jardim de inverno longo e estreito. A chuva batia com ritmo constante contra o teto abobadado e as paredes de vidro. Maly foi mais fundo no aposento, acendendo lanternas posicionadas na beira de um espelho d'água esguio. Macieiras estavam alinhadas ao longo das paredes, suas copas densas com agrupamentos de flores brancas. Suas pétalas espalhavam-se como neve no chão de ladrilhos vermelhos e flutuavam na superfície da água.

Eu segui Maly pela lateral da piscina. O ar ali dentro era ameno, adocicado por flores de maçã e enriquecido pelo cheiro do solo argiloso. Lá fora, o vento acelerava e uivava com a tempestade, mas ali dentro era como se as estações tivessem sido suspensas. Tive a estranha sensação de que poderíamos estar em qualquer lugar, que o resto da casa tinha simplesmente desaparecido e nos encontrávamos completamente sozinhos.

Na outra ponta do aposento havia uma mesa colocada no canto. Um xale fora acomodado sobre o encosto vazado de uma cadeira. Havia uma cesta de apetrechos de costura descansando em um tapete com padrão de flores de macieira. A dona da casa devia vir aqui para costurar, para bebericar seu chá da manhã. De dia, ela teria uma visão perfeita dos pomares através das grandes janelas em arco. Um livro estava aberto na mesa. Olhei para as páginas.

— É um diário — disse Maly. — Estatísticas sobre a plantação de primavera, o progresso das árvores híbridas.

— Os óculos dela — disse eu, pegando a armação de arame dourado. — Será que ela está sentindo falta deles?

Maly se inclinou contra a borda de pedra da piscina.

— Já parou para imaginar como teria sido se os Examinadores Grishas tivessem descoberto seu poder em Keramzin?

— Às vezes.

— Ravka seria diferente.

— Talvez não. Meu poder era inútil antes de encontrarmos o cervo. Sem você, talvez nunca tivéssemos localizado qualquer dos amplificadores de Morozova.

— *Você* seria diferente — ele falou.

Coloquei a armação delicada de lado e passei os olhos pelas colunas de números e a escrita caprichosa. Que tipo de pessoa eu teria sido? Será que teria sido amiga de Genya ou simplesmente a visto como uma serva? Teria tido a confiança de Zoya? Sua arrogância fácil? O que o Darkling teria sido para mim?

— Posso contar a você o que teria acontecido — disse eu.

— Vá em frente.

Fechei o diário e me virei para Maly, apoiada na ponta da mesa.

— Teria ido para o Pequeno Palácio e teria sido mimada e paparicada. Teria jantado em pratos dourados, nunca teria tido dificuldades em usar meu poder. Seria como respirar, o jeito que sempre deveria ter sido. E, com o tempo, teria esquecido de Keramzin.

— E de mim.

— De você nunca.

Ele levantou uma sobrancelha.

— Talvez de você — admiti. Ele riu. — O Darkling teria procurado pelos amplificadores de Morozova inutilmente, em vão, até o dia em que um rastreador, um zé-ninguém, um órfão *otkazat'sya*, viajasse para o gelo de Tsibeya.

— Está assumindo que eu não morri na Dobra.

— Na minha versão, você jamais foi enviado para a Dobra. Quando *você* contar a história, você pode morrer tragicamente.

— Nesse caso, pode prosseguir.

— Esse ninguém, esse desconhecido, esse órfão patético...

— Eu já entendi.

— Ele seria o primeiro a avistar o cervo depois de séculos de buscas. Então, é claro que o Darkling e eu teríamos que viajar para Tsibeya na grande carruagem preta dele.

— Na neve?

— No grande trenó preto — eu alterei. — E quando chegássemos a Chernast, sua unidade seria levada até a nossa nobre e exaltada presença...

— E seria permitido que nos falássemos ou teríamos que nos arrastar de barriga como vermes inúteis que somos?

— Você poderia andar, mas com extrema deferência. Eu estaria sentada em uma plataforma elevada, ostentando joias em meu cabelo e um *kefta* dourado.

— Não preto?

Eu refleti um pouco.

— Talvez preto.

— Não faria diferença — disse Maly. — Ainda assim eu não seria capaz de parar de olhar para você.

Eu ri.

— Não, você estaria trocando olhares com Zoya.

— Zoya está lá?

— Ela não está sempre?

Ele sorriu.

— Eu teria notado você.

— É claro que teria. Eu sou a Conjuradora do Sol, afinal de contas.

— Sabe o que quis dizer.

Eu olhei para baixo, limpando pétalas da mesa.

— Você me notou em Keramzin?

Ele ficou silencioso por bastante tempo, e quando o olhei de relance, ele fitava o teto de vidro. Tinha ficado vermelho como uma beterraba.

— Maly?

Ele engoliu em seco, cruzou os braços.

— Para falar a verdade, notei. E eu tinha alguns pensamentos sobre você que me... tiravam o sossego.

— Verdade? — Eu gaguejei.

— E me sentia culpado por isso. Você era supostamente minha melhor amiga, e não... — Ele deu de ombros e ficou ainda mais ruborizado.

— Idiota.

— Esse fato já está bem estabelecido e não adiciona nada à trama.

— Bem — disse eu, empurrando as pétalas mais uma vez —, não faria diferença se você me notasse, porque eu teria notado você.

— Um mero *otkazat'sya*?

— Sim — falei, calmamente. Eu não estava mais no clima de provocá-lo.

— E o que teria visto?

— Um soldado... cheio de si, com cicatrizes, extraordinário. E esse teria sido o nosso início.

Ele se levantou e se aproximou de mim.

— E este ainda teria sido o nosso fim.

Ele estava certo. Mesmo em sonhos, não tínhamos um futuro. Se de alguma forma sobrevivêssemos ao dia seguinte, eu teria de buscar uma aliança e uma coroa. Maly teria que achar um jeito de manter sua linhagem em segredo.

Gentilmente, ele pegou meu rosto nas mãos.

— Eu teria sido diferente também, sem você. Mais fraco, imprudente. — Ele sorriu um pouco. — Com medo do escuro. — Ele limpou as lágrimas das minhas bochechas. Eu nem tinha percebido que estava chorando. — Mas não importa quem ou o que eu fosse, eu teria sido seu.

Eu o beijei então – com o pesar, a urgência e os anos de desejo, com a esperança desesperada de que pudesse mantê-lo ali em meus braços, com a consciência maldita de que não poderia. Inclinei-me junto dele, senti a pressão de seu peito, a largura de seus ombros.

— Vou sentir saudade disso — disse ele, beijando minhas bochechas, minha mandíbula, minhas pálpebras. — Do seu gosto. — Ele encostou os lábios no espaço vazio atrás da minha orelha. — Do seu cheiro. — Suas mãos deslizaram pelas minhas costas. — Do seu toque. — Minha respiração parou quando sua cintura encostou na minha.

E então ele recuou, fitando meus olhos.

— Eu queria mais para você — falou. — Um véu branco no seu cabelo. Votos que pudéssemos manter.

— Uma noite de núpcias tradicional? Só me diga que isto não é um adeus. É o único voto de que preciso.

— Eu te amo, Alina.

Ele me beijou novamente. Não tinha respondido, mas eu não me importava, porque sua boca estava na minha e, nesse momento, podia fingir que não era uma salvadora ou uma Santa, que podia simplesmente escolhê-lo, ter uma vida, me apaixonar. Fingir que, em vez de ter uma noite, teríamos milhares. Eu o puxei para baixo comigo, deslizando seu corpo sobre o meu, sentindo o chão frio nas minhas costas. Ele tinha as mãos de um soldado, rudes e calejadas, aquecendo minha pele, enviando impulsos vorazes pelo meu corpo que me fizeram levantar os quadris para tentar trazê-lo mais para perto.

Puxei a camisa de Maly sobre sua cabeça, deixando meus dedos trilharem as elevações suaves de suas costas musculosas, sentindo as linhas levemente elevadas das palavras que o marcavam. Mas quando ele deslizou o tecido da minha blusa pelos meus braços, eu enrijeci, súbita e dolorosamente ciente de todas as coisas erradas em mim. Ossos proeminentes, seios pequenos demais, pele pálida e seca como uma cebola. Então ele aninhou meu queixo nas mãos, seu dedão acompanhando meu lábio.

— Você é tudo que sempre desejei — disse ele. — Você preenche meu coração inteiro.

Eu me vi, então: ácida, tola, difícil, adorável aos seus olhos. Puxei-o para mim, senti-o estremecer quando nossos corpos se juntaram, pele contra pele; senti o calor de seus lábios, sua língua, mãos movendo-se até que o desejo entre nós ficou tenso e incontido, como a corda de um arco esperando ser solta.

Ele fechou a mão em meu pulso e minha mente se encheu de luz. Tudo que via era o rosto de Maly, e tudo que sentia era seu corpo – em cima de mim, ao meu redor, um ritmo um pouco desajeitado no início, e depois lento e constante como a batida da chuva. Era tudo que eu precisava. Era tudo que jamais teríamos.

Capítulo 17

NA MANHÃ SEGUINTE, acordei e vi que Maly já tinha se levantado. Ele havia me deixado um bule de chá quente em uma travessa, cercado de flores de macieira. A chuva tinha parado, mas as paredes do jardim de inverno estavam cobertas de névoa. Esfreguei minha manga em um painel de vidro e observei o azul profundo do início do alvorecer. Um cervo estava se movendo entre as árvores, cabeça inclinada para comer o capim doce.

Eu me vesti lentamente, bebi meu chá, demorei-me alguns instantes no espelho d'água onde as lanternas já tinham apagado faz tempo. Em algumas horas, este lugar talvez estivesse enterrado em escuridão. Eu queria me lembrar de cada detalhe. Por impulso, peguei uma caneta, abri na última página do diário e escrevi nossos nomes.

Alina Starkov

Malyen Oretsev

Não sei por que fiz isso. Só precisava dizer que tínhamos estado ali.

Encontrei os outros se preparando no salão principal. Genya me parou na porta com meu casaco nas mãos. A lã cor de oliva tinha sido recém-prensada.

— Você tem que estar muito bem-vestida quando for acabar com o Darkling.

— Obrigada — falei com um sorriso. — Tentarei não o sujar todo com meu sangue.

Ela beijou as minhas bochechas.

— Boa sorte. Estaremos esperando por você quando voltar.

Eu a peguei pela mão e coloquei o anel de Nikolai em sua palma.

— Se alguma coisa der errado, se não voltarmos, pegue David e Misha e vá para Os Kervo. Isso deverá ser suficiente para comprar toda ajuda de que precisarem.

Ela engoliu em seco, e então me abraçou com força.

Lá fora, os Soldat Sol esperavam em formação disciplinada, rifles nas costas, potes de *lumiya* inativada penduradas sobre os ombros. As tatuagens no rosto transmitiam ferocidade na luz do alvorecer. Os Grishas vestiam tecidos ásperos, grosseiros. Pareciam soldados comuns.

Harshaw tinha deixado Ongata encolhida com Misha, mas agora ela estava sentada na janela do salão, lambendo-se bem devagar e observando nossos preparativos. Tolya e Tamar tinham seus sóis com raios dourados presos no peito. Maly ainda estava com Misha. Ele sorriu quando me viu, e sinalizou com o dedo o lugar onde o pino teria sido colocado, diretamente sobre o coração.

Os cervos tinham se dispersado. O pomar estava vazio quando o atravessamos, botas deixando marcas profundas na terra fofa. Meia hora depois, estávamos em pé na costa da Dobra.

Eu me juntei aos outros Etherealki: Zoya, Nadia, Adrik e Harshaw. Parecia justo de alguma forma que fôssemos os primeiros a entrar e que fizéssemos isso juntos. Os Aeros levantaram os braços, conjurando uma corrente de ar e reduzindo a pressão como Zoya tinha feito nas cavernas. Meus ouvidos estalaram quando eles criaram o lençol acústico. Se não desse certo, Harshaw e eu estávamos prontos para conjurar luz e fogo a fim de afastar os volcras. Com passos cuidadosos, nós nos espalhamos em uma linha e adentramos a escuridão da Dobra.

O Não Mar sempre pareceu o fim de tudo. Não era apenas o escuro, era a sensação terrível de isolamento, como se o mundo tivesse desaparecido e só restasse você, o trepidar de sua respiração, a batida hesitante do seu coração.

Quando começamos a caminhar sobre a areia cinza morta e a escuridão adensou ao nosso redor, precisei de toda a minha força de vontade para não erguer as mãos e nos envolver com uma luz segura e protetora. Prestei atenção nos sons, esperando ouvir a batida de asas, um daqueles gritos horríveis e inumanos, mas não ouvi nada, nem mesmo nossos passos na areia. Seja lá o que os Aeros estivessem fazendo, estava funcionando. O silêncio era profundo e impenetrável.

— Oi? — eu sussurrei.

— Nós estamos ouvindo você. — Eu me virei. Sabia que Zoya estava mais distante na fila, mas soava como se estivesse falando direto no meu ouvido.

Nós avançamos a um ritmo constante. Ouvi um clique e então, dez minutos depois, um clique duplo. Tínhamos caminhado um quilômetro e meio. Em determinado ponto, ouvi um bater distante de asas acima de nós, e senti o medo percorrer nosso grupo como se fosse uma criatura viva. Talvez os volcras não pudessem nos escutar, mas eles podiam cheirar presas a quilômetros de distância. Será que estavam nos sobrevoando agora, sentindo que havia algo de errado, que alguém se encontrava por perto? Eu duvidava que o truque de Zoya pudesse nos manter seguros por muito tempo. A insanidade absoluta do que estávamos fazendo me atingiu naquele momento. Tínhamos realizado algo que ninguém mais havia ousado: entrar na Dobra sem luz.

Continuamos a andar. Mais dois cliques e paramos, assumindo nossas posições para esperar. Assim que víssemos o esquife do Darkling, teríamos que agir rapidamente.

Meus pensamentos se voltaram para ele. Cautelosamente, testei o vínculo entre nós. A fome me percorreu com força palpável. Ele estava ansioso, pronto para desencadear o poder da Dobra, pronto para uma luta. Eu sentia isso também. Deixei a sensação ecoar de volta para ele, aquela onda de expectativa, aquela necessidade: *estou indo atrás de você*.

Maly e Tolya – talvez todos os outros – acreditavam que os amplificadores tinham de ser combinados, mas eles nunca sentiram a emoção de usar *merzost*. Era algo que nenhum outro Grisha entendia, e, no fim das contas, era o que me conectava ao Darkling tão intensamente – não era nossos poderes, a estranheza deles, ou o fato de ambos sermos aberrações, ou até abominações. Era o nosso conhecimento do proibido, nosso desejo por mais.

Os minutos se arrastavam, e isso estava começando a me dar nos nervos.

Os Aeros só iriam conseguir manter o lençol acústico até certo momento. E se o Darkling esperasse a noite cair para atacar? *Onde você está?* A resposta veio através de um brilho violeta pálido, movendo-se em direção a nós vindo do leste.

Dois cliques. Nós nos espalhamos usando a formação que havíamos praticado.

Três cliques. Aquele era o meu sinal. Eu levantei as mãos e fiz a Dobra brilhar. Ao mesmo tempo, curvei a luz, deixando-a fluir em torno de cada um dos nossos soldados como um riacho.

O que o Darkling estava vendo? Areia morta, o brilho fosco do céu cinza, as carcaças arruinadas de esquifes virando pó. E isso era tudo. Éramos invisíveis. Éramos ar.

O esquife desacelerou. Conforme chegava mais perto, vi as suas velas negras marcadas com o sol em eclipse, o aspecto estranho de vidro fumê de seu casco. A chama violeta do *lumiya* brilhava nos flancos, fraca e tremulante diante do fulgor brilhante do meu poder.

Aeros estavam posicionados nos mastros em seus *keftas* azuis. Havia alguns Infernais alinhados nas balaustradas, acompanhados de Sangradores em vermelho e *oprichniki* em cinza, fortemente armados. Era uma força militar pequena. Os alunos deviam estar nos deques inferiores. O Darkling estava em pé na proa, cercado de sua horda de sombras. Como sempre, vislumbrá-lo pela primeira vez era praticamente um golpe físico. Era como chegar a ele em uma visão: ele era simplesmente mais real, mais vibrante do que qualquer outra coisa ao redor.

Aconteceu tão rápido que mal tive tempo de registrar. O primeiro tiro acertou um dos *oprichniki* do Darkling. Ele despencou sobre a balaustrada do esquife. Então os tiros vieram em uma sequência rápida, como pingos de chuva em um teto no início de uma tempestade. Grishas e *oprichniki* caíram e desabaram uns contra os outros e o caos se instalou a bordo do esquife de vidro. Eu vi mais corpos em queda.

Alguém gritou, "Abrir fogo!", e os trovões de tiros ecoaram pelo ar, mas estávamos seguros, fora de alcance. Os *nichevo'ya* bateram suas asas, voando em arcos longos, buscando alvos. Pederneiras foram friccionadas, e os Infernais que restavam no esquife enviaram sopros de chama queimando pelo ar. Oculto, Harshaw conduziu o fogo de volta para eles. Ouvi gritos.

Então, silêncio, interrompido apenas por gemidos e ordens gritadas no esquife de vidro. Nossos atiradores tinham feito um bom trabalho. A área em torno da balaustrada estava coberta de corpos. O Darkling, ileso, estava apontando para um Sangrador e dando algum tipo de comando. Não dava para entender o que dizia, mas eu sabia que ele pretendia usar os alunos.

Olhei ao meu redor, monitorando os atiradores, os Grishas, sentindo sua presença na luz.

Um único clique. Os Aeros enviaram uma onda de areia voando. Mais gritos partiram do deque quando os Aeros do Darkling tentaram responder.

Esse era o nosso momento. Os gêmeos e eu corremos para o esquife, aproximando-nos pela popa. Não tínhamos muito tempo.

— Onde eles estão? — Tolya sussurrou enquanto subíamos a bordo. Era estranho ouvir sua voz sem conseguir vê-lo.

— Talvez lá embaixo — respondi. O esquife era raso, mas tinha espaço suficiente.

Atravessamos o deque, buscando uma escotilha, com cuidado para não esbarrar nos Grishas e guardas do Darkling.

Os *oprichniki* remanescentes tinham suas armas apontadas para a areia vazia além do esquife. Estávamos perto o suficiente para ver o suor em suas sobrancelhas, seus olhos arregalados. Eles estavam nervosos, assustando-se com cada som real ou imaginado. *"Maleni"*, eles sussurravam. Fantasmas. Apenas o Darkling parecia não estar perturbado. Seu rosto permanecia sereno enquanto vistoriava a destruição que tínhamos causado. Eu estava próxima o bastante para atacar, mas ele ainda estava protegido por seus soldados de sombra. Eu tinha a sensação perturbadora de que ele estava esperando por algo.

Subitamente, um *oprichnik* gritou:

— Abaixem-se!

As pessoas em torno de nós mergulharam no deque e a pólvora rasgou o ar.

Dois outros esquifes de vidro entraram no campo de visão, carregados de *oprichniki*. Assim que tomaram contato com a luz, os esquifes acenderam com a chama violeta pulsante de *lumiya*.

— Achou que eu viria despreparado, Alina? — o Darkling falou, sua voz atravessando o caos. — Achou que eu não sacrificaria uma frota inteira de esquifes por esta causa?

Não sei quantos ele havia enviado, mas apenas dois conseguiram chegar. Contudo, isso seria suficiente para virar a mesa do conflito. Eu ouvi gritos, nossos soldados atirando de volta. Uma mancha vermelha apareceu na areia e, com um estremeção, percebi que era um dos nossos sangrando. Poderia ser Vladim. Zoya. Maly. Eu tinha que tirá-los dali. Onde estavam os alunos? Tentei manter a concentração. Não podia deixar a luz fraquejar. Nossas forças tinham potes de *lumiya*. Eles poderiam bater em retirada para a Dobra, mas eu sabia que não fariam isso. Não até que eu estivesse a salvo fora do esquife do Darkling.

Andei bem devagar em torno dos mastros, buscando algum sinal de escotilha ou alçapão.

Então, senti uma dor lancinante no ombro. Caí para trás, gritando de dor. Eu tinha levado um tiro.

Esparramada no deque, senti meu controle da luz falhar. A forma de Tolya piscou e apareceu ao meu lado. Tentei recuperar o controle. Ele desapareceu, porém, pela balaustrada, pude ver soldados e Grishas surgindo na areia. *Oprichniki* saltaram dos outros esquifes, aproximando-se para atacar, e os *nichevo'ya* se lançaram à batalha.

O pânico ameaçou tomar conta de mim enquanto lutava para recuperar a concentração. Eu não conseguia sentir meu braço direito. Forcei-me a respirar. *Pare de bufar como um javali*. Se Adrik podia conjurar com um braço, eu também conseguiria.

Tamar apareceu perto da proa, desapareceu, e sua imagem foi voltando aos poucos. Um *nichevo'ya* se arremessou contra ela. Ela gritou quando ele cravou as garras com força em suas costas.

Não. Reuni minha concentração fragmentada e comecei o movimento do Corte, embora só tivesse um braço em boas condições para fazê-lo. Não sabia se conseguiria atingir o soldado de sombra sem ferir Tamar, mas não podia simplesmente vê-la morrer.

E então alguma coisa mergulhou na batalha lá do alto. Eu levei um instante para entender o que estava vendo: Nikolai – presas à mostra, asas abertas.

Com as garras dos pés, ele agarrou o *nichevo'ya* que estava segurando Tamar e puxou sua cabeça para trás, forçando-o a soltá-la. O soldado se contorceu e se debateu, mas Nikolai voou para o alto e o atirou na escuridão. Eu ouvi os gritos frenéticos distantes – os volcras. O soldado de sombras não reapareceu.

Nikolai deu um novo rasante, chocando-se contra outro *nichevo'ya* do Darkling. Eu podia quase imaginar seu riso. *Bem, se eu vou ser um monstro, então serei o rei dos monstros*.

Então eu engasguei quando meu braço bom foi prensado contra o deque. O Darkling estava em pé sobre mim, sua bota pressionada dolorosamente sobre meu pulso.

— Aqui está você — disse ele, sua voz fria de vidro cortado. — Olá, Alina.

A luz caiu em colapso. A escuridão tomou conta, iluminada apenas pelo tremeluzir perturbador da chama violeta.

Eu gemi quando a bota do Darkling prensou os ossos do meu braço.

— Onde estão os alunos? — consegui falar, com dificuldade.

— Eles não estão aqui.

— O que você fez com eles?

— Eles estão seguros lá em Kribirsk. Provavelmente almoçando. — Seus *nichevo'ya* circularam em torno de nós, formando um domo perfeito e protetor que se contorcia e fluía – asas, garras e mãos. — Eu sabia que a ameaça seria suficiente. Realmente acreditou que eu colocaria crianças Grishas em perigo quando já perdemos tantas delas?

— Eu pensei... — Pensei que ele era capaz de qualquer coisa. *Ele queria que eu acreditasse*, me dei conta. Quando me mostrou os corpos de Botkin e Ana Kuya. Ele queria que eu acreditasse que era impiedoso.

Foi quando me lembrei de suas palavras de tanto tempo atrás: *Torne-me o seu vilão*.

— Eu sei o que pensou, o que sempre pensou de mim. É tão mais fácil assim, não é? Estufar o peito, se inflar com seu senso de justiça.

— Eu não inventei seus crimes.

Isso ainda não tinha terminado. Tudo que eu precisava era alcançar a pederneira na minha manga. Tudo que eu precisava era de uma fagulha. Talvez não nos matasse, mas seria extremamente doloroso, e talvez ganhasse um pouco de tempo para os outros.

— Onde está o garoto? Tenho minha Conjuradora. Quero meu rastreador também.

Maly ainda era apenas um rastreador para ele, graças aos Santos. Minha mão boa esticou-se dentro da manga, sentindo a ponta da pederneira.

— Não deixarei que ele seja usado — falei. — Não como refém. Nem como nada mais.

— Caída no chão, os fiéis morrendo à sua volta, e ainda permanece insolente.

Ele me puxou com força para ficar em pé. Dois *nichevo'ya* se posicionaram para me segurar enquanto a pederneira escapava da minha mão. O Darkling empurrou o tecido do meu casaco, suas mãos deslizando pelo meu corpo. Senti uma ponta de desespero quando seus dedos se fecharam sobre o primeiro pacote de pólvora. Ele puxou-o do meu bolso, e então rapidamente localizou o segundo. Ele suspirou.

— Posso sentir suas intenções assim como sente as minhas, Alina. Sua determinação sem esperança, sua determinação de mártir. Eu sei reconhecer isso agora.

O vínculo. Uma ideia surgiu, então. Era uma chance muito pequena, mas eu iria arriscar.

O Darkling jogou os pacotes de pólvora para um *nichevo'ya* que voou, levando-os para a escuridão. Ele ficou me observando com olhos cinza frios enquanto esperávamos, os sons da batalha abafados pelo zumbido dos soldados de sombra em torno de nós. Um momento mais tarde, uma explosão retumbante soou ao longe.

O Darkling balançou a cabeça.

— Posso precisar de outra vida para dobrá-la, Alina, mas dedicarei minha mente a essa tarefa.

Ele se virou e eu agi. Presa pelos *nichevo'ya*, não podia usar o Corte, mas não estava indefesa. Girei meus pulsos. A luz violeta do *lumiya* se dobrou à minha volta. Ao mesmo tempo, ativei o vínculo entre nós.

A cabeça do Darkling levantou abruptamente e, por um instante, embora eu ainda permanecesse invisível nas garras dos *nichevo'ya*, observava-o ao lado do mastro. A garota na visão à sua frente estava inteira e ilesa. Ela ergueu os braços para fazer o Corte. O Darkling não parou para pensar – ele reagiu. Levou apenas um instante, aquele breve espaço entre instinto e entendimento, mas foi o suficiente. Seus soldados de sombra me soltaram e saltaram à frente para protegê-lo. Eu corri para a balaustrada e me atirei pela lateral do esquife.

Caí por sobre o braço ferido, e a dor percorreu meu corpo. O uivo de raiva do Darkling soou atrás de mim. Eu sabia que tinha perdido o controle da luz, e isso significava que estava visível. Forcei-me a continuar em movimento, arrastando-me pela areia, para longe do brilho violeta de *lumiya*. Vi soldados do sol e Grishas lutando perto dos esquifes iluminados. Harshaw tinha caído. Ruby estava sangrando.

Obriguei-me a ficar em pé novamente. Minha cabeça estava girando. Segurei meu braço ferido e saí trôpega pela escuridão. Estava cega, sem senso de direção. Continuei a avançar no escuro, tentando fazer minha mente funcionar, formar algum tipo de plano. Eu sabia que os volcras viriam atrás de mim a qualquer momento, mas não podia arriscar criar luz. *Pense*, disse a mim mesma, irritada. Eu estava sem ideias. Não tinha mais pólvora. Não conseguia formar o Corte. Minha manga estava ensopada de sangue, e meus passos desaceleraram. Tinha de achar alguém para consertar meu braço. Precisava me recuperar. Não podia simplesmente fugir do Darkling novamente, como naquela primeira vez na Dobra. Desde então, jamais parara de fugir.

— Alina.

Eu me virei rapidamente. A voz de Maly no escuro. *Tem que ser um truque de som*, pensei. Mas eu sabia que o lençol dos Aeros já tinha sido levantado fazia tempo. Como ele havia me encontrado? Pergunta estúpida. Maly sempre foi capaz de me encontrar.

Perdi o fôlego quando ele agarrou meu braço machucado. A despeito da dor e do risco, conjurei uma onda fraca de luz, vi seu lindo rosto sujo e ensanguentado. E a faca em sua mão. Eu reconheci a lâmina. Era de Tamar, feita por Grishas. Será que ela tinha oferecido a lâmina a ele para este momento? Será que ele tinha ido a ela para pedir?

— Maly, não. Isso ainda não acabou...

— Acabou sim, Alina.

Tentei me afastar, mas ele segurou meu pulso com força, dedos pressionados, o choque violento de poder correndo entre nós, clamando por mim, exigindo que eu atravessasse aquele limiar. Com sua outra mão, ele forçou meus dedos a segurarem o cabo da faca. A luz fraquejou.

— Não!

— Não deixe que isso tudo seja em vão, Alina.

— Por favor...

Um grito de agonia soou sobre o clamor da batalha. Pelo som, parecia ser Zoya.

— Salve-os, Alina. Não me deixe viver sabendo que eu poderia ter impedido isso.

— Maly...

— Salve-os. Desta vez, deixe que eu a carregue. — Seus olhos fitaram os meus. — Acabe com isso — ele falou.

Seus dedos se fecharam ainda mais. *Nossa história não tem fim.*

Eu jamais saberia se foi cobiça ou altruísmo que impulsionou minha mão. Com os dedos de Maly guiando os meus, enterrei a faca para cima e para dentro de seu peito.

O impulso me levou para a frente, e eu tropecei. Eu me retraí, a faca caindo de nossas mãos, sangue derramando da ferida, mas ele manteve a pegada no meu pulso.

— Maly — eu solucei.

Ele tossiu e sangue borbulhou de seus lábios. Ele começou a cair para a frente. Eu quase desabei puxando-o contra mim, suas mãos tão firmes no meu pulso que achei que os ossos iriam quebrar. Ele arfou, um trepidar encharcado. Seu peso completo caiu sobre mim, arrastando-me para baixo, dedos ainda rígidos, pressionados contra minha pele como se ele estivesse medindo meus batimentos.

Eu soube quando ele se foi.

Por um momento, tudo era silêncio, uma respiração presa – e então tudo explodiu em fogo branco. Um rugido preencheu meus ouvidos, uma avalanche de som que estremeceu o deserto e fez o próprio ar vibrar.

Gritei quando o poder me inundou, quando queimei, consumida por dentro. Eu era uma estrela viva. Era combustão. Um novo sol nascido para despedaçar o ar e engolir a terra.

Eu sou ruína.

O mundo tremeu, dissolveu e entrou em colapso.

E então o poder tinha sumido.

Meus olhos se abriram de repente. Escuridão densa me cercava. Meus ouvidos estavam zunindo.

Eu estava de joelhos. Minhas mãos encontraram o corpo de Maly, a sua camisa amassada e encharcada de sangue.

Lancei minhas mãos para o alto, conjurando a luz. Nada aconteceu. Tentei novamente, buscando o poder e encontrando apenas um vazio. Ouvi um grito acima de mim. Os volcras estavam sobrevoando. Eu conseguia ver as explosões de chamas dos Infernais, o vulto de soldados lutando no brilho violeta dos esquifes. Em algum lugar, Tolya e Tamar estavam chamando meu nome.

— Maly... — Minha garganta estava seca. Eu não reconhecia minha própria voz.

Busquei a luz, como tinha feito uma vez nas profundezas da Catedral Branca, à procura de algum tênue filamento. Mas isso era diferente. Eu podia sentir a ferida dentro de mim, o buraco onde alguma coisa inteira e genuína tinha estado. Eu não estava quebrada. Estava vazia.

Meus punhos puxaram a camisa de Maly.

— Ajudem-me — falei, ofegante.

O que é infinito? O universo e a ambição dos homens.

Que lição era essa? Que piada de mau gosto era essa? Quando o Darkling tinha interferido com o poder no coração da criação, a Dobra fora sua recompensa, um lugar onde seu poder não significava nada, uma abominação que manteria seu país e ele próprio em servidão por centenas de anos. Será que essa era a minha punição, então? Será que Morozova estava realmente insano, ou ele era apenas um fracasso?

— Alguém nos ajude! — gritei.

Tolya e Tamar estavam correndo em minha direção, Zoya atrás deles, seus corpos iluminados pelos potes de vidro de *lumiya*. Tolya estava mancando. Zoya tinha uma queimadura ao longo de um dos lados do rosto. Tamar estava praticamente coberta de sangue dos ferimentos causados pelo *nichevo'ya*. Todos pararam de repente quando viram Maly.

— Tragam-no de volta — eu gritei.

Tolya e Tamar se ajoelharam perto dele, mas vi o olhar que trocaram.

— Alina... — disse Tamar.

— Por favor — eu solucei. — Tragam ele de volta para mim.

Tamar abriu a boca de Maly, tentando forçar ar em seus pulmões. Tolya colocou uma das mãos no peito de Maly, aplicando pressão na ferida e tentando colocar seu coração para bater de novo.

— Precisamos de mais luz — disse ele.

Um riso interrompido escapou dos meus lábios. Levantei as mãos, implorando para a luz e qualquer Santo que já tivesse vivido. Não adiantava. O gesto parecia falso. Era uma imitação barata.

Não havia nada ali.

— Eu não entendo — gritei, pressionando minha bochecha úmida contra a de Maly. Sua pele já estava esfriando.

Baghra tinha me avisado: *Talvez você não consiga sobreviver ao sacrifício exigido pelo* merzost. Mas qual era o sentido desse sacrifício? Nós tínhamos sobrevivido apenas para aprender uma lição sobre o preço da cobiça? Será que essa era a verdade por trás da loucura de Morozova, algum tipo de equação cruel que tomou todo o nosso amor e perda e os somou a nada?

Aquilo era demais. O ódio, a dor e o pesar me sobrecarregavam. Se eu tivesse meu poder de volta por apenas um instante, queimaria o mundo inteiro até transformá-lo em brasas.

Foi então que eu vi... Uma luz lá longe, uma lâmina reluzente que cortava a escuridão.

Antes que pudesse entender o que estava acontecendo, outra luz surgiu – um ponto brilhante que se transformou em dois amplos feixes, estendendo-se alto e caótico acima de mim.

Uma torrente de luz explodiu rumo à escuridão a apenas alguns metros de mim. Quando meus olhos se ajustaram, vi Vladim, a boca aberta em choque e confusão, luz jorrando da palma de suas mãos.

Virei a cabeça e notei todos eles acendendo, um por um ao longo da Dobra, como estrelas aparecendo no céu de crepúsculo, Soldat Sol e *oprichniki*, suas armas esquecidas, rostos chocados, surpresos, aterrorizados e banhados em luz.

As palavras de Darkling voltaram a mim, ditas em um navio que cruzou as águas geladas da Estrada dos Ossos. *Morozova era um homem estranho. Ele era um pouco como você, atraído pelo que há de comum e de fraco.*

Ele tinha tido uma esposa *otkazat'sya*.

Quase perdeu uma criança *otkazat'sya*.

Achou que estava sozinho no mundo, isolado por seu poder.

Agora eu entendia. Entendia o que ele tinha feito. Era essa a dádiva dos três amplificadores: poder multiplicado mil vezes, mas não em uma pessoa. Quantos novos Conjuradores tinham acabado de surgir? Qual era o alcance do poder de Morozova?

Os arcos e cascatas de luz floresceram em torno de mim, um jardim brilhante cultivando sua luz não natural. Os feixes se encontraram, e onde se cruzavam a escuridão era destruída.

Os guinchos dos volcras romperam em torno de mim enquanto a Dobra continuou a se desfazer. Era um milagre.

E eu não me importava. Os Santos podiam ficar com seus milagres. Os Grishas podiam ficar com sua vida longa e suas lições.

Maly estava morto.

— Como?

Olhei para cima. O Darkling estava em pé atrás de nós, atônito, absorvendo a visão impossível da Dobra sendo desintegrada ao nosso redor.

— Isso não pode estar acontecendo. Não sem o pássaro de fogo. O terceiro... — Ele parou quando viu o corpo de Maly, o sangue em minhas mãos. — Isso não pode estar acontecendo — ele repetiu.

Mesmo agora, quando o mundo que conhecíamos estava sendo refeito em explosões e relâmpagos de luz, ele não conseguia entender quem Maly realmente era. Ele se recusava.

— Que poder é esse? — ele exigiu saber. O Darkling andou a passos largos em nossa direção, sombra se condensando em suas palmas, suas criaturas em um redemoinho à sua volta.

Os gêmeos sacaram as armas. Sem pensar, levantei as mãos, buscando a luz. Nada aconteceu.

O Darkling nos olhava fixamente. Ele deixou os braços caírem. Os novelos de escuridão se dissiparam.

— Não — disse ele, estupefato, balançando a cabeça. — Não. Isso não é... O que você fez?

— Continuem a trabalhar — ordenei aos gêmeos.

— Alina...

— *Tragam ele de volta para mim* — repeti. O que eu dizia não fazia sentido. Sabia disso. Eles não tinham o poder de Morozova. Mas Maly conseguia tirar coelhos de rochas. Ele conseguia encontrar o norte verdadeiro mesmo plantando bananeira. Ele conseguiria achar seu caminho de volta para mim novamente.

Eu me levantei trôpega, e o Darkling avançou em minha direção.

Suas mãos se esticaram para o meu pescoço.

— Não — ele sussurrou.

Foi só então que percebi que o colar tinha caído. Olhei para baixo. Despedaçara-se perto do corpo de Maly. Meu pulso estava nu; a pulseira tinha se partido também.

— Não era para ser assim — disse ele, e em sua voz eu senti desespero, uma nova angústia, pouco familiar. Seus dedos deslizaram pelo meu pescoço, seguraram meu rosto. Eu não senti nenhuma onda de certeza. Nenhuma luz surgiu dentro de mim para responder ao seu chamado. Seus olhos cinza procuraram os meus – confusos, quase amedrontados. — Era para você ser como eu. Era para... Você não é *nada* agora.

Ele deixou as mãos caírem. Vi quando ele se deu conta da própria condição. De que ele estava verdadeiramente sozinho. E sempre estaria.

Vi o vazio dominar seu olhar, vi o fosso sem fundo dentro dele esticar-se ainda mais, um deserto infinito. Ele perdeu toda aquela calma, aquela certeza fria. Gritou sua raiva.

Abriu os braços e conjurou a escuridão. Os *nichevo'ya* se espalharam como um bando de pássaros voando de um arbusto e atacaram tanto os Soldat Sol quanto os *oprichniki*, mutilando-os, extinguindo os feixes de luz que fulguravam de seus corpos. Eu sabia que a dor do Darkling era interminável. Ele continuaria a cair e cair.

Piedade. Será que, em algum momento, eu realmente compreendi? Será que tinha acreditado de fato que sabia o que era sofrer? Perdoar? *Piedade*, pensei. *Para o cervo, para o Darkling, para todos nós.*

Se ainda estivéssemos ligados por aquela conexão, ele poderia ter pressentido o que eu estava prestes a fazer. Movi os dedos dentro da manga do meu casaco, enrolando um fragmento de sombras em volta da lâmina da minha faca – a faca que tinha pegado na areia, molhada com o sangue de Maly. Esse era o único poder que me restava, um que nunca foi realmente meu. Um eco, uma piada, um truque barato. *É algo que você tirou dele.*

— Eu não preciso ser Grisha — sussurrei — para usar aço Grisha.

Com um movimento ágil, enterrei a lâmina envolta em sombras no coração do Darkling, profundamente.

Ele emitiu um som suave, pouco mais do que uma expiração. Olhou para baixo, para o cabo da faca em seu peito, e então de novo para mim. Ele franziu a testa, deu um passo, vacilou um pouco. Endireitou-se.

Ele riu uma única vez, e um borrifo fino de sangue manchou seu queixo.

— *Assim?*

Suas pernas fraquejaram. Ele tentou interromper a queda, mas seu braço não aguentou e ele caiu, rolando até ficar de costas. *É simples o suficiente. Os similares se atraem.* O próprio poder do Darkling. O próprio sangue de Morozova.

— Céu azul — disse ele.

Eu olhei. Lá no horizonte eu vi, um brilho pálido, quase completamente obscurecido pela névoa negra da Dobra. Os volcras estavam voando para longe, buscando algum lugar para se esconder.

— Alina — disse ele, sem voz.

Eu me ajoelhei ao lado dele. Os *nichevo'ya* tinham interrompido seus ataques. Eles sobrevoavam e zuniam, sem saber o que fazer. Achei ter visto Nikolai de relance entre eles, arqueando em direção àquela área azul.

— Alina — o Darkling repetiu, seus dedos buscando os meus. Fiquei surpresa ao notar que eu estava chorando de novo.

Ele se esticou e passou as articulações dos dedos pela minha bochecha molhada. Um minúsculo sorriso surgiu em seus lábios ensanguentados.

— Alguém para lamentar minha morte. — Ele deixou a mão cair, como se fosse insustentável. — Sem túmulo — disse ele, ofegante, sua mão apertando a minha — para eles profanarem.

— Tudo bem — falei. As lágrimas caíram mais forte. *Não sobrará nada.*

Ele estremeceu. Suas pálpebras começaram a baixar.

— Mais uma vez — disse ele. — Diga meu nome uma vez mais.

Ele era antigo, eu sabia disso. Mas, naquele momento, era apenas um garoto – brilhante, abençoado com poder demais, carregando o peso da eternidade.

— Aleksander.

Seus olhos tremeram e se fecharam.

— Não me deixe ficar sozinho — ele murmurou. E então se foi.

Um som como um grande suspiro passou por nós, levantando meu cabelo.

Os *nichevo'ya* se dispersaram, fragmentando-se como cinzas no vento, deixando soldados e Grishas assustados, fitando os lugares onde os monstros tinham estado. Eu ouvi um grito de dor e olhei para o alto, a tempo de ver as asas de Nikolai se dissolverem, a escuridão fluindo dele em fiapos negros conforme ele caía rumo à areia cinza. Zoya correu em direção a ele, tentando suavizar a queda com um vento ascendente.

Eu sabia que precisava me mover. Eu deveria fazer alguma coisa. Mas, aparentemente, não conseguia fazer minhas pernas funcionarem. Desabei entre Maly e o Darkling, o último da linhagem de Morozova. Eu estava sangrando devido ao ferimento à bala. Toquei a pele exposta no meu pescoço. Parecia nua.

Tinha uma vaga consciência dos Grishas do Darkling batendo em retirada. Alguns dos *oprichniki* foram embora também, a luz ainda fluindo deles em jorros descontrolados e hesitantes. Eu não sabia onde estavam indo. Talvez de volta a Kribirsk para avisar seus compatriotas de que seu mestre tinha caído. Talvez só estivessem fugindo. Eu não me importava.

Ouvi Tolya e Tamar trocando sussurros. Eu não conseguia entender as palavras, mas a resignação em suas vozes era clara o suficiente.

— Não sobrou nada — disse eu, suavemente, sentindo o vazio dentro de mim, o vazio em todos os lugares.

Os Soldat Sol estavam comemorando, deixando a luz fulgurar em volta deles em arcos gloriosos enquanto queimavam a Dobra. Alguns deles tinham subido no esquife de vidro do Darkling. Outros tinham formado uma linha, juntando os feixes brilhantes, enviando uma cascata de luz solar que acelerava pelos rastros cada vez mais finos de escuridão, desfazendo a Dobra em um impulso ondulante.

Eles estavam chorando, rindo, felizes em seu triunfo, tão barulhentos que quase não ouvi... Uma respiração suave, frágil, impossível. Tentei ignorar, mas a esperança bateu forte, um anseio tão intenso que eu sabia que, se desaparecesse, iria me destruir.

Tamar soluçou. Tolya praguejou. E lá estava de novo: o som frágil e milagroso de Maly respirando.

Capítulo 18

ELES NOS TIRARAM DA DOBRA em um dos esquifes do Darkling. Zoya se apropriou da embarcação de vidro danificada com autoridade natural, e então manteve os curiosos Soldat Sol distraídos enquanto Tolya e Tamar nos levavam para o convés, escondidos sob casacos pesados e *keftas* dobrados. O corpo do Darkling foi envolvido nos mantos azuis de um dos seus Infernais caídos. Eu tinha feito uma promessa a ele, e planejava mantê-la.

Os Aeros – Zoya, Nadia e Adrik, todos vivos e tão inteiros quanto estavam no início da batalha – inflaram as velas negras e nos levaram sobre a areia morta, tão rápido quanto seu poder permitia.

Eu me deitei perto de Maly. Ele estava imobilizado por dores terríveis, ganhando e perdendo consciência. Tolya continuou a cuidar dele, verificando seu pulso e sua respiração.

Em algum lugar do esquife, ouvi Nikolai falando, sua voz rouca e danificada pela criatura das sombras que tinha se apossado dele. Eu queria encontrá-lo, ver seu rosto, garantir que estivesse bem. Ele devia ter quebrado ossos com aquela queda. Mas eu tinha perdido muito sangue, estava deslizando para os sonhos, minha mente cansada ansiosa pelo esquecimento. Quando meus olhos começaram a fechar, segurei a mão de Tolya.

— Eu morri aqui. Está entendendo? — Ele franziu a testa. Achou que eu estava delirando, mas eu precisava fazê-lo escutar. — Este foi meu martírio, Tolya. Eu morri aqui hoje.

— Sankta Alina — disse ele, suavemente, e pressionou um beijo em minha mão, um gesto de nobreza, como um cavalheiro em uma dança. Eu rezei a todos os Santos verdadeiros para que ele me entendesse.

NO FIM, MEUS AMIGOS fizeram um bom trabalho em simular a minha morte, e um trabalho ainda melhor na ressurreição de Nikolai.

Eles nos levaram de volta a Tomikyana e nos ocultaram no celeiro, escondidos junto com as prensas de cidra caso os Soldat Sol voltassem. Eles limparam Nikolai, cortaram seu cabelo, encheram-no de chá açucarado e pão velho. Genya até achou para ele um uniforme do Primeiro Exército. Em questão de horas ele estava a caminho de Kribirsk, flanqueado pelos gêmeos, junto com Nadia e Zoya, vestidas em *keftas* azuis retirados dos mortos.

A história que eles inventaram foi simples: Nikolai tinha sido aprisionado pelo Darkling e seria executado na Dobra, mas escapou e, com a ajuda da Conjuradora do Sol, conseguiu derrotar o Darkling. Poucas pessoas sabiam a verdade sobre o que tinha acontecido. A batalha fora uma confusão de violência travada em quase escuridão, e eu suspeitava que os Grishas e *oprichniki* do Darkling estivessem ocupados demais, fugindo ou implorando o perdão real, para contestar essa nova versão dos eventos. Era uma boa história com um final trágico – a Conjuradora do Sol tinha dado a vida para salvar Ravka e seu novo Rei.

A maior parte do tempo em Tomikyana se passou como um borrão: o cheiro de maçãs; o barulho de pombos no telhado; a respiração de Maly ao meu lado fazendo seu peito subir e descer. Em algum momento, Genya veio dar uma olhada em nós, e achei que estivesse sonhando. As cicatrizes em seu rosto ainda estavam lá, mas a maior parte das cristas negras tinha sumido.

— Seu ombro também — disse ela, com um sorriso. — Marcado, mas não tão assustador.

— Seu olho? — perguntei.

— Perdido para sempre. Mas estou gostando do meu tapa-olhos. Acho que me dá um certo charme.

Eu devo ter cochilado, porque a próxima coisa de que me lembro foi Misha em pé na minha frente com as mãos sujas de farinha.

— O que estava assando? — perguntei, minha voz um pouco instável.

— Bolo de gengibre.

— Não de maçã?

— Estou enjoado de maçãs. Você quer misturar a cobertura?

Eu lembro que assenti com a cabeça e então voltei a dormir.

SÓ TARDE DAQUELA NOITE Zoya e Tamar vieram ver como estávamos, trazendo notícias de Kribirsk. Aparentemente, o poder dos amplificadores tinha chegado até as docas secas. A explosão havia derrubado Grishas e trabalhadores das docas, e o caos se instaurou quando luz começou a brotar de todo *otkazat'sya* na área.

Quando a Dobra começou a se desintegrar, eles ousaram entrar além das margens e participar da destruição. Alguns tinham pegado armas e começaram a caçar volcras, conduzindo-os até os poucos fragmentos remanescentes da Dobra e executando-os. Disseram que alguns dos monstros escaparam, arriscando-se na luz para buscar outros lugares de sombra profunda. Agora, entre os trabalhadores da doca, os Soldat Sol e os *oprichniki* que não tinham fugido, tudo que permanecia do Não Mar eram alguns tufos escuros flutuando no ar ou esticados pelo chão, como criaturas perdidas separadas do rebanho.

Assim que os rumores da morte do Darkling chegaram a Kribirsk, o acampamento militar se transformou em caos – e então Nikolai Lantsov entrou triunfante. Ele se instalou nos aposentos reais, começou a juntar capitães do Primeiro Exército e comandantes Grishas, e simplesmente passou a dar ordens. Ele tinha mobilizado todas as unidades remanescentes do exército para proteger as fronteiras, enviado mensagens para a costa a fim de mobilizar a frota de Sturmhond e, aparentemente, fez tudo isso sem dormir e com duas costelas fraturadas. Ninguém mais teria tido essa capacidade, para não falar do descaramento – certamente não um filho caçula suspeito de ser bastardo. Mas Nikolai fora treinado para isso a vida inteira, e eu sabia que ele tinha um talento para o impossível.

— Como ele está? — perguntei a Tamar.

Ela parou um instante e respondeu:

— Assombrado. Há algo diferente nele, embora não ache que os outros irão notar.

— Talvez — contestou Zoya. — Mas eu nunca vi nada parecido. Se ele fosse um pouco mais charmoso, homens e mulheres começariam a se jogar na rua pelo privilégio de ser pisados pelo novo Rei de Ravka. Como conseguiu resistir?

— Boa pergunta — Maly murmurou do meu lado.

— Pelo visto, não ligo para esmeraldas — falei.

Zoya revirou os olhos.

— Ou sangue real, carisma brilhante, imensa riqueza...

— Você pode parar agora — disse Maly.

Eu encostei a cabeça no ombro dele.

— Tudo isso é legal, mas minha paixão verdadeira são causas perdidas. — Ou só uma, na verdade. *Beznako*. Minha causa perdida, encontrada novamente.

— Estou cercada de tolos — disse Zoya, mas estava sorrindo.

Antes de voltar com Zoya à casa principal, Tamar deu uma olhada em nossos ferimentos. Maly estava fraco, mas, considerando o que tinha passado, era de se esperar. Tamar tinha curado o ferimento à bala no meu ombro, e exceto por estar um pouco trêmula e dolorida, eu me sentia nova em folha. Pelo menos foi isso que disse a eles. Eu podia sentir a dor da ausência onde meu poder tinha estado, como um membro residual.

Cochilei no colchão que tinham arrastado até o celeiro e, quando acordei, Maly estava deitado de lado, me observando. Ele estava pálido e seus olhos azuis pareciam brilhar demais. Estiquei a mão e acompanhei a cicatriz que corria ao longo de sua mandíbula, a que ele ganhou em Fjerda quando foi caçar o cervo pela primeira vez.

— O que você viu? — perguntei. — Quando...

— Quando morri?

Eu o empurrei de leve, e ele fez uma careta.

— Vi Ilya Morozova montado em um unicórnio, tocando balalaica.

— Engraçadinho.

Ele se moveu e cuidadosamente apoiou o braço sob a cabeça.

— Eu não vi nada. Só me lembro da dor. A faca parecia arder em chamas, como se estivesse cavando para tirar meu coração do peito. E então nada. Só escuridão.

— Você não estava mais lá — eu disse com um arrepio. — E então meu poder... — Minha voz sumiu.

Ele esticou o braço e eu encostei minha cabeça em seu ombro, com cuidado para não mexer nos curativos em seu peito.

— Desculpe — disse ele. — Houve momentos... houve momentos em que desejei que você não tivesse mais poderes. Mas eu nunca quis isso.

— Eu estou grata por estar viva — falei. — A Dobra se foi. Você está seguro. É só que... dói.

Eu me senti fútil. Harshaw estava morto, assim como metade dos Soldat Sol, incluindo Ruby. E muitos outros tinham morrido: Sergei, Marie, Paja, Fedyor, Botkin. Baghra. Tantas pessoas perdidas para essa guerra. A lista era interminável.

— Perda é perda — disse Maly. — Você tem o direito de lamentar.

Eu olhei fixamente para as vigas de madeira do celeiro. Até aquele fragmento de escuridão sob meu comando tinha se perdido. Aquele poder pertencia ao Darkling, e tinha deixado este mundo com ele.

— Eu me sinto vazia.

Maly ficou quieto por bastante tempo, e então falou:

— Eu me sinto assim também. — Apoiei-me em meu cotovelo. Seu olhar era distante. — Não saberei até tentar rastrear, mas me sinto diferente. Eu costumava simplesmente saber coisas. Mesmo deitado aqui, poderia ter sentido os cervos no campo, um pássaro em um galho, talvez um rato cavando na parede. Nunca parei para pensar sobre isso, mas agora tem uma espécie de... silêncio.

Perda. Eu me perguntei como Tolya e Tamar tinham conseguido trazer Maly de volta. Estava simplesmente disposta a considerar isso um milagre. Agora achava ter compreendido. Maly tinha duas vidas, mas apenas uma era verdadeiramente dele. A outra foi roubada, uma herança gerada pelo *merzost*, arrancada da criação no coração do mundo. Foi a força que reanimou a filha de Morozova quando sua vida humana se perdeu, o poder que tinha reverberado pelos ossos de Maly. Seu sangue estava repleto disso, e esse pedaço roubado de criação foi o que o tornou um rastreador tão impressionante. Essa força o tinha conectado a todos os seres vivos. *Os similares se atraem.*

E agora não estava mais lá. A vida roubada por Morozova e dada à sua filha tinha chegado ao fim. A vida com a qual Maly havia nascido – frágil, mortal e temporária – era só dele. Perda. Esse era o preço que o mundo cobrara para voltar ao equilíbrio. Mas Morozova não tinha como saber que a pessoa que descobriria os segredos dos seus amplificadores seria um Grisha antigo que viveu mil anos e tinha se cansado do próprio poder. Ele não tinha como saber que tudo dependeria de dois órfãos de Keramzin.

Maly pegou minha mão, trançando os dedos nos meus, e pressionou-a contra o peito.

— Você acha que poderia ser feliz? — ele perguntou. — Com um ex-rastreador?

Eu sorri em resposta. Maly, cheio de si, charmoso, aventureiro e perigoso. Aquilo era dúvida em sua voz? Eu o beijei uma vez, gentilmente.

— Só se você conseguir ser feliz com alguém que enfiou uma faca em seu peito.

— Eu ajudei. E já falei que posso aguentar um pouco de mau humor.

Eu não sabia o que viria a seguir, ou quem deveria ser. Eu não tinha nada, nem mesmo as roupas emprestadas no meu corpo. Apesar disso, deitada ali, percebi que não estava com medo. Depois de tudo que tinha passado, não sobrava mais medo em mim – tristeza, gratidão, talvez até esperança, mas o medo tinha sido consumido pela dor e pelos desafios. A Santa não existia mais. Nem a Conjuradora. Agora, eu era apenas uma garota, mas essa garota não devia sua força à fortuna, ao acaso ou a algum destino grandioso. Eu tinha nascido com meu poder, o resto fora conquistado.

— Maly, você precisará ter cuidado. A história dos amplificadores pode se espalhar. As pessoas podem achar que você ainda tem poder.

Ele balançou a cabeça.

— Malyen Oretsev morreu com você — disse ele, suas palavras ecoando meus pensamentos tão bem que fiquei arrepiada. — Aquela vida acabou. Talvez eu seja mais inteligente na próxima.

Eu dei um riso curto.

— Veremos. Teremos que escolher nomes novos, você sabe.

— Misha já está preparando uma lista de sugestões.

— Oh, Santos.

— Você não tem motivo para reclamar. Aparentemente, eu serei Dmitri Dumkin.

— Parece um nome adequado para você.

— Devo avisá-la que estou mantendo um registro de todos os insultos para que possa recompensá-la quando estiver curado.

— Devagar com as ameaças, Dumkin. Talvez eu conte ao Apparat sobre sua recuperação milagrosa e ele o transforme em um Santo também.

— Ele pode tentar — disse Maly. — Não pretendo gastar meus dias em missões sagradas.

— Não?

— Não — disse ele, puxando-me para mais perto. — Terei que gastar o resto da minha vida achando maneiras de merecer uma certa garota de cabelos brancos. Ela é muito espinhosa, de vez em quando coloca cocô de ganso nos meus sapatos ou tenta me matar.

— Parece cansativo — consegui falar quando seus lábios encontraram os meus.

— Ela vale a pena. E talvez um dia a garota me deixe correr atrás dela em uma capela.

Eu estremeci.

— Não gosto de capelas.

— Eu falei para Ana Kuya que ia me casar com você.

Eu ri.

— Você se lembra disso?

— Alina — ele falou e beijou a cicatriz na palma da minha mão —, eu me lembro de tudo.

ERA HORA DE DEIXAR TOMIKYANA PARA TRÁS. Nós só tivemos uma noite para nos recuperarmos, mas as notícias da destruição da Dobra estavam se espalhando rapidamente, e logo os proprietários da fazenda poderiam voltar. E mesmo que eu não fosse mais a Conjuradora do Sol, ainda havia coisas que precisava fazer antes de enterrar Sankta Alina para sempre.

Genya nos trouxe roupas limpas. Maly mancou para trás das prensas de cidra a fim de se trocar enquanto ela me ajudava a vestir uma blusa simples e o *sarafan* por cima. Eram roupas de camponeses, nem mesmo militares.

Ela já havia trançado ouro em meu cabelo no Pequeno Palácio, mas agora era preciso uma mudança mais radical. Genya usou um pote de hematita e um maço de penas brilhantes de galo para alterar temporariamente a cor branca distinta dos fios, e depois, como garantia, amarrou um lenço em torno da minha cabeça.

Maly voltou vestindo uma túnica, calças e um casaco simples. Ele tinha colocado um gorro de lã preto com pala curta. Genya torceu o nariz.

— Você parece um fazendeiro.

— Já pareci coisa pior. — Ele olhou para mim. — O seu cabelo está ruivo?

— Temporariamente.

— E está quase dando certo — Genya adicionou, saindo do celeiro. Os efeitos se perderiam em alguns dias sem sua assistência.

Genya e David viajariam separadamente de nós para se reunir com os Grishas que estavam se juntando no acampamento militar em Kribirsk. Tinham se oferecido para levar Misha com eles, mas o menino preferira ir comigo e Maly. Ele disse que precisávamos de alguém para tomar conta de nós. Então, garantimos que seu sol raiado dourado fosse seguramente escondido e que seus bolsos estivessem cheios de queijo para Ongata. Depois caminhamos para as areias cinzentas do que um dia fora a Dobra.

Foi fácil nos misturar com as multidões que viajavam de e para Ravka. Havia famílias, grupos de soldados, nobres e camponeses. Crianças subiam nas ruínas dos esquifes. As pessoas se juntavam em festas espontâneas. Elas se beijavam e se abraçavam, compartilhavam garrafas de *kvas* e pão frito recheado de passas. Elas se cumprimentavam com gritos de *"Yunejhost!"*. Unidade.

No meio das comemorações havia cantos de pesar. O silêncio reinava nas ruínas decadentes do que um dia fora Novokribirsk. A maioria das construções desabara e virara pó. Havia apenas sugestões vagas de espaços onde as ruas tinham estado, e tudo estava manchado com um cinza quase sem cor. A fonte redonda de pedra que ficava no centro da cidade parecia uma lua crescente, devorada onde o poder negro da Dobra a havia tocado. Velhos cutucavam as ruínas estranhas e resmungavam. Mesmo além das fronteiras da cidade caída, pessoas em lamento deixavam flores nos destroços dos esquifes, construindo pequenos altares em seus cascos.

Em todos os lugares, vi pessoas portando a águia dupla, carregando faixas e agitando bandeiras de Ravka. As garotas usavam fitas douradas e azul-claras no cabelo, e ouvi rumores das torturas que o corajoso jovem príncipe tinha sofrido nas mãos do Darkling.

Ouvi meu nome também. Peregrinos já estavam inundando a Dobra para testemunhar o milagre que tinha ocorrido e oferecer preces a Sankta Alina. Mais uma vez, vendedores começaram a armar carroças repletas de artigos que diziam ser ossos do meu dedo, e meu rosto me fitava desde as superfícies pintadas de ícones de madeira. Mas não era exatamente eu. Era uma garota mais bonita, com bochechas redondas e olhos castanhos serenos, os chifres do colar de Morozova descansando em seu pescoço esguio. Alina da Dobra.

Ninguém olhou duas vezes para nós. Não éramos nobres. Não integrávamos o Segundo Exército. Não éramos parte dessa nova e estranha classe de soldado Conjurador. Éramos anônimos. Éramos turistas.

Em Kribirsk, a festa ia de vento em popa. As docas secas estavam repletas de lanternas coloridas. As pessoas cantavam e bebiam a bordo dos esquifes. Elas se amontoavam nos degraus das barracas do acampamento e visitavam a tenda de refeições buscando comida. Eu vi de relance a bandeira amarela da Tenda de Documentos, e alguma parte de mim ansiava por voltar lá, absorver os cheiros antigos e familiares de tinta e papel, mas eu não podia arriscar a possibilidade de um dos cartógrafos me reconhecer.

Os prostíbulos e tavernas da cidade estavam cheios. Uma dança improvisada acontecia na praça central, ainda que, um pouco mais adiante na rua, uma multidão tivesse se juntado em uma igreja antiga para ler os nomes escritos nas paredes e acender velas pelos mortos. Eu parei para acender uma por Harshaw, e depois outra e mais outra. Ele teria apreciado as chamas.

Tamar achara um quarto para nós em uma das hospedarias mais respeitáveis, e lá deixei Maly e Misha com a promessa de voltar naquela noite. As notícias vindas de Os Alta ainda eram confusas, e não tínhamos ouvido falar nada sobre a mãe de Misha. Eu sabia que ele devia estar esperançoso, mas não falara nada a respeito, apenas prometeu solenemente cuidar de Maly em minha ausência.

— Leia parábolas religiosas para ele — sussurrei para Misha. — Ele *ama* isso.

Eu mal consegui desviar do travesseiro que Maly arremessou.

Não fui diretamente para as acomodações reais. Preferi pegar uma rota que passasse por onde um dia havia estado o pavilhão de seda do Darkling. Assumi que ele o reconstruiria, mas o campo estava vazio, e quando cheguei aos aposentos de Lantsov, rapidamente entendi o motivo. O Darkling tinha se estabelecido ali. Ele pendurara faixas negras nas janelas e trocara um baixo relevo da águia dupla acima das portas por um sol em eclipse. Trabalhadores estavam agora retirando a seda negra e substituindo-a pelo azul e dourado de Ravka. Uma rede tinha sido montada para coletar reboco, enquanto um soldado usava um martelo imenso para acertar o símbolo de pedra acima da porta, quebrando-o em pedacinhos. A multidão aplaudiu. Eu não conseguia partilhar da excitação deles. Apesar de todos os seus crimes, o Darkling tinha amado Ravka e desejava o amor de Ravka em retribuição.

Encontrei um guarda perto da entrada e perguntei sobre Tamar Kir-Bataar. Ele me olhou com desdém, vendo nada além de uma garota camponesa magricela, e por um instante ouvi o Darkling dizendo, *você não é ninguém agora*. A garota que eu já tinha sido teria acreditado nele. A garota em que me tornara não estava com paciência.

— O que exatamente está esperando? — eu disse, asperamente.

O soldado piscou e se colocou em posição de sentido. Alguns minutos depois, Tamar e Tolya estavam descendo às pressas pelos degraus.

Tolya me abraçou e me levantou em seus braços enormes.

— Nossa irmã — ele explicou para o guarda curioso.

— Nossa irmã? — sussurrou Tamar, irritada, quando entramos nas instalações reais. — Ela não se parece em nada conosco. Lembre-me de nunca o deixar trabalhar na área de inteligência.

— Eu tenho coisas melhores para fazer do que trocar rumores — ele falou com dignidade. — Além disso, ela *é* nossa irmã.

Eu engoli em seco e disse:

— Cheguei numa hora inoportuna?

Tamar balançou a cabeça.

— Nikolai terminou as reuniões mais cedo para que as pessoas pudessem participar do... — Ela não terminou a frase.

Eu assenti.

Eles me conduziram por um corredor decorado com armas de guerra e mapas da Dobra. Esses mapas teriam que mudar agora. Eu me perguntei se alguma coisa cresceria naquelas areias mortas algum dia.

— Você vai ficar com ele? — perguntei a Tamar. Nikolai devia estar desesperado por pessoas próximas em quem pudesse confiar.

— Por algum tempo. Nadia quer ficar, e ainda há alguns membros da Vigésima Segunda vivos também.

— Nevsky?

Ela balançou a cabeça em negativa.

— Stigg conseguiu escapar do Zodíaco? — Ela balançou a cabeça novamente. Havia outros nomes para perguntar, listas de mortos que eu não queria ler, mas isso tudo teria de esperar.

— Talvez eu fique — disse Tolya. — Depende de...

— Tolya — sua irmã disse, abruptamente.

Tolya ruborizou e deu de ombros.

— Só depende.

Chegamos a uma porta dupla pesada, cujas maçanetas eram cabeças de duas águias gritando.

Tamar bateu. O aposento estava escuro, iluminado apenas pela chama de um fogo na lareira. Levou um pouco de tempo para identificar Nikolai na penumbra. Ele estava sentado em frente ao fogo, suas botas polidas apoiadas em um banquinho acolchoado. Havia um prato de comida ao lado dele com uma garrafa de *kvas*, embora eu soubesse que ele preferia conhaque.

— Estaremos do lado de fora — disse Tamar.

Ao ouvir o som da porta se fechando, Nikolai levou um susto. Ele se levantou subitamente e se inclinou em cumprimento.

— Perdoe-me — ele falou. — Estava perdido em meus pensamentos. — Então ele sorriu e completou: — Território pouco explorado.

Eu apoiei as costas na porta. Um lapso. Disfarçado com charme, mas um lapso mesmo assim.

— Você não precisa fazer isso.

— Preciso sim. — Seu sorriso fraquejou. Ele gesticulou em direção às cadeiras perto da fogueira. — Junta-se a mim?

Eu atravessei o quarto. A mesa longa estava coberta de documentos e pilhas de cartas marcadas com o selo real. Um livro aberto na cadeira. Ele o tirou do caminho e nós nos sentamos.

— O que está lendo?

Ele olhou de relance para o título.

— Uma das histórias militares de Kamenski. Na verdade, eu só queria olhar para as palavras. — Ele passou os dedos sobre a capa. Suas mãos estavam marcadas com cortes e machucados. Embora as minhas cicatrizes tivessem melhorado, o Darkling tinha marcado Nikolai de uma forma diferente. Linhas negras sutis ainda corriam ao longo de cada dedo onde garras tinham perfurado sua pele. Ele teria que fingir que eram sinais da tortura que sofreu como prisioneiro do Darkling. De certa forma, essa era a verdade. Pelo menos, o restante das marcas parecia ter sumido. — Eu não conseguia ler — ele continuou. — Quando eu era... Eu via sinais nas vitrines, palavras escritas em caixas. Eu não conseguia entendê-las, mas lembrava o suficiente para saber que eram mais do que arranhões em uma parede.

Eu me instalei mais confortavelmente na cadeira.

— Do que mais se lembra?

Seus olhos avelanados estavam distantes.

— Coisas demais. Eu... eu ainda posso sentir aquela escuridão dentro de mim. Fico sempre achando que ela irá embora, mas...

— Eu sei — disse. — Está melhor agora, mas ainda está lá. — Como uma sombra próxima do meu coração. Eu não sabia o que isso poderia significar sobre o poder do Darkling, e não queria pensar no assunto. — Talvez desapareça gradualmente, com o tempo.

Ele apertou o nariz entre dois dedos.

— Não é isso que as pessoas esperam de um rei, o que esperam de mim.

— Dê a si mesmo tempo para se curar.

— Todos estão de olho. Eles precisam de segurança. Não vai demorar muito até que os fjerdanos ou os shu tentem algo contra mim.

— O que vai fazer?

— Minha frota está intacta, graças aos Santos e a Privyet — ele falou, fazendo referência ao oficial que deixara no comando quando assumiu o papel de Sturmhond. — Talvez consigam neutralizar Fjerda por algum tempo, e há navios de suprimentos já esperando na doca com entregas de armas. Eu mandei mensagens para cada posto militar avançado operacional. Faremos o melhor possível para proteger nossas fronteiras. Partirei para Os Alta amanhã, e tenho emissários a caminho para tentar trazer as milícias de volta para a bandeira do Rei. — Ele deu um pequeno riso. — Minha bandeira.

Eu sorri.

— Pense em todas as reverências e saudações em seu futuro.

— Todos saúdam o Rei Pirata.

— Corsário.

— Por que fugir? "Rei Bastardo" é mais provável.

— Na verdade — falei —, eles estão chamando você de *Korol Rezni*.

Eu tinha ouvido esse nome sussurrado nas ruas de Kribirsk: Rei das Cicatrizes.

Ele olhou de repente para mim.

— Acha que eles sabem de alguma coisa?

— Eu duvido. Mas você está acostumado a rumores, Nikolai. E talvez isso seja algo positivo.

Ele ergueu uma sobrancelha.

— Sei que adora ser amado — disse eu —, mas um pouco de medo não faria mal também.

— Foi o Darkling que ensinou isso a você?

— E você também. Eu me lembro de uma certa história sobre os dedos de um capitão fjerdano e um cão faminto.

— Da próxima vez me avise quando estiver prestando atenção. Eu falarei menos.

— E só *agora* você me diz?

Um sorriso sutil puxou seus lábios. Então, ele franziu o cenho.

— Mas devo avisá-la... o Apparat estará lá esta noite.

Eu me endireitei na cadeira.

— Você perdoou o sacerdote?

— Eu não tinha outra opção. Preciso do apoio dele.

— Oferecerá a ele uma posição na corte?

— Estamos em negociações — ele falou, amargamente.

Eu poderia fornecer a ele todas as informações que tinha sobre o Apparat, mas suspeitava que o mais útil seria a localização da Catedral Branca. Infelizmente, Maly era o único que talvez pudesse nos conduzir de volta para lá, e eu não sabia se isso ainda era possível.

Nikolai girou a garrafa de *kvas* um pouco.

— Ainda não é tarde demais — disse ele. — Você poderia ficar. Poderia retornar comigo para o Grande Palácio.

— E fazer o quê?

— Ensinar? Me ajudar a reconstruir o Segundo Exército? Filosofar perto do lago?

Foi a isso que Tolya havia aludido. Ele tinha esperanças de que eu pudesse retornar a Os Alta. Doía só de pensar no assunto.

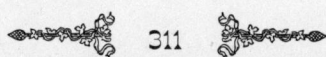

Eu sacudi a cabeça.

— Não sou uma Grisha, e certamente não sou uma nobre. A corte não é o meu lugar.

— Poderia ficar comigo — ele falou em voz baixa. Girou a garrafa mais uma vez. — Ainda preciso de uma Rainha.

Levantei-me da cadeira e desloquei sua bota para o lado, sentando-me em um pequeno banco para olhar para ele.

— Eu não sou mais a Conjuradora do Sol, Nikolai. Nem mesmo Alina Starkov. Eu não *quero* voltar para a corte.

— Mas você entende essa... coisa. — Ele bateu no próprio peito.

Eu entendia. *Merzost*. Escuridão. Você podia odiá-la e ansiar por ela ao mesmo tempo.

— Eu seria apenas um fardo. Aliança é poder — eu lembrei a ele.

— Realmente adoro quando me cita. — Ele suspirou. — Se você não fosse tão irritantemente sábia...

Enfiei a mão no meu bolso e coloquei a esmeralda Lantsov no joelho de Nikolai. Genya tinha me devolvido a joia quando deixamos Tomikyana.

Ele pegou o anel de esmeralda, girando-o. A pedra reluziu verde na luz da fogueira.

— Uma princesa shu, então? Uma fjerdana atraente? A filha de um magnata de Kerch? — Ele estendeu o anel para mim. — Fique com isto.

Eu olhei fixamente para ele.

— Quanto daquele *kvas* você bebeu?

— Nada. Fique com ele. Por favor.

— Nikolai, não posso.

— Estou em dívida com você, Alina. Ravka está em dívida. Mais do que isso, até. Faça uma obra de caridade, construa uma casa de ópera ou simplesmente tire-o do bolso e observe-o com carinho pensando no charmoso príncipe que poderia ter sido seu. Só para constar, gosto mais da última opção, de preferência acompanhada de lágrimas abundantes e um recital de poesia de segunda categoria.

Eu ri.

Ele pegou minha mão e pressionou a joia nela.

— Leve-o e construa algo novo.

Eu girei o anel na minha mão.

— Pensarei a respeito.

Ele revirou os olhos.

— Qual é o seu problema com a palavra *sim*?

Senti lágrimas chegando e pisquei para afastá-las.

— Obrigada.

Ele se inclinou para trás.

— Nós éramos amigos, certo? Não apenas aliados?

— Não seja tolo, Nikolai. Nós *somos* amigos. — Dei uma batida forte no joelho dele. — Agora, você e eu vamos resolver algumas coisas sobre o Segundo Exército. E então vamos me ver queimar.

A CAMINHO DAS DOCAS SECAS, eu escapei e achei Genya. Ela e David estavam enclausurados em uma tenda de Fabricadores na parte leste do campo. Quando lhe entreguei a carta selada com a marca da dupla águia de Ravka, ela parou e segurou-a, hesitante, como se o papel pesado fosse perigoso de se tocar.

Genya tateou o selo de cera, os dedos tremendo um pouco.

— É?...

— É um perdão.

Ela rompeu o lacre com força e então segurou-a contra o peito.

David nem sequer tirou os olhos de sua mesa de trabalho ao dizer:

— Estamos indo para a cadeia?

— Ainda não — ela respondeu, limpando uma lágrima. — Obrigada. — Então franziu as sobrancelhas quando passei às suas mãos a segunda carta. — O que é isso?

— Uma oferta de emprego. — Foi necessário certo poder de persuasão, mas, no final das contas, Nikolai viu sentido em minhas sugestões. Eu limpei a garganta. — Ravka ainda precisa dos seus Grishas, e Grishas ainda precisam de um lugar seguro neste mundo. Quero que lidere o Segundo Exército junto com David. E Zoya.

— Zoya? Você está me punindo?

— Ela é poderosa, e eu acredito que tenha talento para ser uma boa líder. Ou talvez ela torne a sua vida um inferno. Possivelmente as duas coisas.

— Por que nós? O Darkling...

— O Darkling não existe mais; nem ele, nem a Conjuradora do Sol. Os Grishas agora podem liderar a si mesmos, e quero todas as ordens representadas: Etherealki, Materialki e vocês... Corporalki.

— Eu não sou realmente uma Corporalnik, Alina.

— Quando teve a oportunidade, você escolheu o vermelho. E espero que essas divisões não façam tanta diferença se os Grishas liderarem a si próprios. Todos vocês são fortes. E todos sabem o que é ser seduzido pelo poder, por status ou conhecimento. Além disso, são todos heróis.

— Eles seguirão Zoya, talvez até David...

— Hum? — ele perguntou, distraído.

— Nada. Você vai ter que ir a mais reuniões.

— Eu odeio reuniões — ele resmungou.

— Alina — disse ela —, eu não tenho tanta certeza de que eles irão me seguir.

— Você *fará* com que eles a sigam. — Eu encostei em seu ombro. — Corajosa e inquebrável.

Um sorriso lento se espalhou por seu rosto. E então ela piscou.

— E linda.

Eu sorri.

— Então, você aceita?

— Eu aceito.

Eu a abracei com força. Ela riu, e então puxou de leve uma mecha de cabelo que tinha escapado do meu lenço.

— Já está desbotando — falou. — Precisa de uma retocada?

— Amanhã.

— Amanhã — ela concordou.

Eu a abracei mais uma vez, e então saí, aproveitando os últimos instantes de luz do dia.

ATRAVESSEI O ACAMPAMENTO, seguindo a multidão para além das docas secas e para as areias do que havia sido o Não Mar. O sol tinha quase se posto e estava anoitecendo, mas era impossível não notar a pira, um amontoado maciço de bétulas, seus galhos enrolados como tentáculos brancos.

Um arrepio passou por mim quando vi a garota que haviam colocado no topo. Seu cabelo estava espalhado em torno da cabeça em um halo branco. Ela vestia um *kefta* azul e dourado, e o colar de Morozova contornava seu pescoço – os chifres do cervo cinza-prateados em contraste com sua pele. Qualquer fio ou artifício de Fabricador que mantinha as peças unidas estava oculto.

Meus olhos estudaram o rosto dela – o meu rosto. Genya tinha feito um trabalho extraordinário. O formato estava perfeito: a curvatura do nariz, o ângulo da mandíbula. A tatuagem em sua bochecha tinha sumido. Não restara quase nada de Ruby, a Soldat Sol que teria se tornado uma Conjuradora se não tivesse morrido na Dobra. Ela morreu como uma garota comum.

Eu tinha resistido à ideia de usarem seu corpo dessa forma, perturbada pelo fato de que a família dela não teria nada para enterrar. Foi Tolya quem me convenceu.

— Ela acreditava, Alina. Mesmo que você não acredite, permita que esse seja seu último ato de fé.

Ao lado de Ruby estava o Darkling em seu *kefta* negro.

Quem tinha cuidado dele? Eu me perguntei, sentindo uma dor subir pela garganta. Quem tinha penteado com tanto zelo os seus cabelos negros? Quem tinha cruzado suas mãos graciosas sobre o seu peito?

Algumas pessoas na multidão reclamavam que o Darkling não merecia compartilhar uma pira com uma Santa. Mas, para mim, isso parecia justo, e as pessoas precisavam *ver* um fim.

Os Soldat Sol remanescentes tinham se juntado em torno da pira, suas costas e peitos nus adornados com tatuagens. Vladim estava lá também, cabeça abaixada, o alto relevo da marca em sua pele destacado pela luz do fogo. À volta deles, as pessoas choravam. Nikolai estava posicionado no entorno, imaculado em seu uniforme do Primeiro Exército, o Apparat ao lado dele. Eu puxei meu xale para cima.

O olhar de Nikolai cruzou o meu rapidamente do outro lado do círculo. Ele deu o sinal. O Apparat levantou as mãos. Os Infernais riscaram suas pederneiras. Chamas saltaram em arcos brilhantes, circulando e mergulhando entre os galhos como pássaros, lambendo a madeira até que ela ardesse e incendiasse.

O fogo cresceu, reluzente, como folhas de uma grande árvore dourada balançadas pelo vento. Em torno de mim, os lamentos e prantos da multidão ganharam volume.

Sankta, eles diziam. *Sankta Alina.*

Meus olhos arderam com a fumaça. O cheiro era doce e enjoativo.

Sankta Alina.

Ninguém sabia seu nome para amaldiçoar ou exaltar, então o pronunciei suavemente, em voz baixa.

— Aleksander — sussurrei. O nome de um garoto deixado para trás. Quase esquecido.

DEPOIS

HAVIA UMA CAPELA NA COSTA DE RAVKA OESTE, ao sul de Os Kervo, às margens do Mar Real. Era um lugar quieto, onde as ondas quase alcançavam a porta. As paredes caiadas eram carregadas de conchas, e o domo que flutuava acima do altar parecia mais com o azul profundo do mar do que com o céu.

Não houve nenhum noivado grandioso, contrato ou falso resgate. A garota e o garoto não tinham família para cuidar de cada detalhe, para desfilá-los por alguma cidade próxima ou honrá-los com banquetes. A noiva não vestia um *kokochnik*, um vestido de ouro. Suas únicas testemunhas eram uma gata alaranjada escondida entre os bancos e uma criança, agora sem mãe também, que carregava uma espada de madeira. O menino precisou ficar de pé em uma cadeira para segurar as coroas de madeira flutuante acima de suas cabeças, enquanto as bênçãos eram ditas. Os nomes que eles deram eram falsos, embora os votos fossem verdadeiros.

AINDA HAVIA GUERRAS, ainda havia órfãos, mas a construção erguida sobre as ruínas do que tinha sido Keramzin não era nem um pouco parecida com o que havia antes. Não era a casa de um Duque, cheia de coisas que não podiam ser tocadas. Era um lugar para crianças. O piano na sala de música foi deixado descoberto. A porta da despensa nunca era trancada. Uma lanterna estava sempre acesa nos dormitórios para afastar a escuridão.

Os funcionários não aprovavam.

Os alunos eram agitados demais. Dinheiro era gasto além da conta em açúcar para chá, carvão para o inverno, livros que não continham nada além de histórias de fadas. E por que cada criança precisaria de um par novo de patins?

Jovens. Ricos. Possivelmente loucos. Essas eram as palavras sussurradas sobre o casal que chefiava o orfanato. Mas eles pagavam bem, e o garoto era tão charmoso que era difícil ficar irritado com ele por muito tempo, mesmo quando se recusava a usar a vara em algum pestinha que espalhara lama pelo chão da entrada.

Diziam que ele era um parente distante do Duque, e embora tivesse razoáveis bons modos à mesa, se portava como um soldado. Ensinava os alunos a caçar e a preparar armadilhas, bem como os novos métodos agrícolas de que o Rei de Ravka gostava tanto. O Duque propriamente dito fora morar em sua casa de inverno em Os Alta. Os últimos anos da guerra tinham sido difíceis para ele.

A garota era diferente; pequena e estranha, com cabelo branco que ela deixava solto nas costas como uma mulher solteira, aparentemente sem dar atenção aos olhares e murmúrios de desaprovação dos professores e dos funcionários. Ela contava para os alunos histórias estranhas de navios voadores e castelos subterrâneos, de monstros que engoliam terra e pássaros que voavam com asas de fogo. Frequentemente, ela andava descalça pelos corredores, e o cheiro de tinta fresca parecia nunca terminar, já que ela estava sempre começando algum projeto, desenhando um mapa em uma das paredes das salas de aula ou cobrindo o teto do dormitório das meninas com arco-íris.

— Não é uma artista muito boa — disse um dos professores, em tom de escárnio.

— Mas certamente tem uma imaginação e tanto — o outro retrucou, observando com ceticismo o dragão branco enrolado no corrimão das escadas.

Os alunos aprendiam matemática e geografia, ciência e arte. Comerciantes eram trazidos de cidades e vilarejos próximos para oferecer ocupações de aprendiz. O novo Rei esperava poder abolir o alistamento obrigatório em alguns anos, e se fosse bem-sucedido, todo ravkano precisaria aprender algum tipo de ofício. Quando crianças eram testadas para identificar poderes Grisha, elas podiam escolher entre ir ou não para o Pequeno Palácio, e eram sempre bem-vindas se quisessem retornar a Keramzin. De noite, elas eram orientadas a guardar o jovem Rei em suas preces – o *Korol Rezni* que manteria Ravka forte.

MESMO QUE O GAROTO E A GAROTA não fossem exatamente nobres, eles certamente tinham amigos influentes. Presentes chegavam com frequência, às vezes marcados com o selo real: um conjunto de atlas para a biblioteca, cobertores grossos de lã, um novo trenó e um par de cavalos brancos para puxá-lo. Certa vez, um homem chegou com uma flotilha de barcos de brinquedo que as crianças lançaram em um riacho, em uma regata em miniatura. Os professores notaram que o desconhecido era jovem e charmoso, com cabelo dourado e olhos avelanados, mas tinha algo de errado nele. O visitante ficava até tarde para jantar e nunca tirava as luvas.

Todo inverno, durante o banquete de Sankt Nikolai, uma *troika* vinha pela estrada nevada e três Grishas apareciam vestidos de peles e *keftas* de lã grossa – vermelha, roxa e azul – em seu trenó pesado e repleto de presentes: figos e damascos encharcados de mel, pilhas de balas de amêndoas, luvas de pele de marta e botas de couro tão suaves quanto manteiga. Eles ficavam até tarde, muito depois das crianças irem para cama, conversando e rindo, contando histórias, comendo compotas de ameixa e assando salsichas de cordeiro no fogo.

Naquele primeiro inverno, quando chegou a hora de seus amigos partirem, a garota se aventurou pela neve para se despedir, e a Aeros estonteante de cabelos negros deu a ela outro presente.

— Um *kefta* azul — disse a professora de matemática, balançando a cabeça. — E o que ela faria com isso?

— Talvez ela conhecesse um Grisha que morreu — respondeu o cozinheiro, observando as lágrimas que preencheram os olhos da garota. Eles não viram o bilhete que dizia: *Você sempre será uma de nós.*

Tanto o garoto quanto a garota conheciam a sensação de perda, e seu pesar nunca os abandonava completamente. Algumas vezes ele a encontrava em pé na janela, dedos brincando nos feixes de luz que atravessavam o vidro, ou sentada nos degraus da frente do orfanato, olhando fixamente para o toco de carvalho perto da estrada de acesso. Então, ele se aproximava dela, puxava-a para perto, conduzindo-a para as margens do lago Trivka, onde insetos zuniam e a grama crescia alta e doce, onde feridas antigas podiam ser esquecidas.

Ela via tristeza no garoto também. Embora os bosques ainda o acolhessem, ele estava separado das matas agora; a conexão que sentira dentro dele eliminada no instante em que deu sua vida por ela.

Mas então esse momento passava, e os professores os surpreendiam dando risadas em um corredor escuro ou se beijando perto das escadas. Além disso, a maior parte das vezes o dia era corrido demais para ficar se lamentando. Havia aulas para ministrar, refeições para preparar, cartas para escrever. Quando caía a noite, o garoto levava um copo de chá para a garota, uma fatia de torta de limão, uma flor de maçã flutuando em uma caneca azul. Ele a beijava no pescoço e sussurrava novos nomes em seu ouvido: linda, amada, querida, meu coração.

Eles tinham uma vida comum, cheia de coisas comuns. Se é que o amor pode ser chamado de comum.

AGRADECIMENTOS

Alguns anos atrás, comecei uma jornada para o desconhecido com uma garota que ainda não tinha nem nome. Tive sorte de ter pessoas maravilhosas me apoiando e torcendo ao longo de todo o percurso.

EQUIPE DAS CIÊNCIAS (!)

A parte curiosa sobre o truque de curvar a luz realizado por Alina é o fato de que, na verdade, corresponde a uma das coisas que mais faz sentido científico nestes livros. No mundo real, chama-se "tecnologia de manto da invisibilidade" (o que me faz feliz em diversos aspectos). Procure no Google e prepare-se para ser surpreendido. Peter Bribring sugeriu-a para mim, e Tomikyana tem esse nome graças à sua filha, Iris Tommiko. Harper Seiko: prometo colocar seu nome no próximo livro. Também devo agradecimentos à esposa de Peter, Michelle Chihara, que é uma grande amiga e excelente escritora. Quando a Trilogia Grisha foi vendida para Henry Holt, eu dancei em sua cozinha. Isso não é um eufemismo. Muito obrigada a John Williams pela centelha que levou ao lençol acústico.

EQUIPE DAS PALAVRAS

Noa Wheeler e eu discutimos títulos e nos aproximamos graças aos livros e conspiramos com bolinhos. Obrigada por tornar o trabalho difícil tão divertido. Muito obrigada também a Jon Yaged, Jean Feiwel, Laura Godwin, Angus Killick, Elizabeth Fithian, Lucy del Priore, April Ward, Rich Deas, Allison Verost, à incansavelmente paciente Molly Brouillette, à incrível Ksenia Winnicki e a Caitlin Sweeny, que se esforçaram tanto para promover a trilogia na internet. Também queria dizer um obrigado especial a Veronica Roth, John Picacio, Michael Scott, Lauren DeStefano e Rick Riordan, que foram muito gentis comigo e com esses livros.

EQUIPE DA AGÊNCIA LITERÁRIA NEW LEAF

Joanna Volpe, obrigada por ser uma agente brilhante, uma amiga incrível e por me dar um susto e tanto em um quarto de hotel em Belfast. Obrigada a Kathleen Ortiz, por levar a Trilogia Grisha para o cenário internacional e por aguentar minhas exigências absurdas quanto a contratos e planos de viagem; a Pouya Shabazian, por rir de minhas piadas bobas e por me ajudar a navegar nas florestas de Hollywood; e a Danielle Barthel e Jaida Temperly, por defenderem as trincheiras com graça e bom humor.

EQUIPE DAS MOÇAS INCRÍVEIS

Morgan Fahey tem sido uma leitora incrível que me faz companhia em chats de madrugada e em e-mails hilários. Obrigada por tirar a Leighyore de muitos precipícios. Sarah Mesle me ajudou a atravessar muitos problemas de trama, e nunca esquecerei de nosso chat de bunker na véspera de ano-novo: SkyMall! Kayte Ghaffar, também conhecida como Imperatriz da Elegância, Fabricadora-Mestre e Espertinha: eu não sei o que teria feito sem você como conspiradora e confidente. Muito obrigada a Cindy Pon, Marie Rutkoski, Robin Wasserman, Amie Kaufman, Jennifer Rush, Sarah Rees Brennan, Cassandra Clare e Marie Lu pelos incentivos, fofocas e inspiração. Obrigada também a Emmy Laybourne, Jessica Brody e Anna Banks; parece que estivemos juntas em um acampamento de verão ou talvez em uma guerra, e eu adorei cada momento. Um agradecimento especial a Holly Black, que me destruiu e reconstruiu durante um único passeio de táxi. Ela tem poderes, pessoal. Acreditem em mim.

EQUIPE DE LOS ANGELES

Amor e gratidão a Ray Tejada, Austin Wilkin e Rachel Tejada, da Ocular Curiosity (também conhecidos como a Liga da Diversão Infinita!). David e Erin Peteron são meu casal poderoso favorito; obrigada por serem tão generosos com seu talento e tempo. Rachael Martin faz um docinho de ameixas sensacional, e Robyn Bacon é a mulher em quem confiar quando se trata de JUSTIÇA. Jimmy Freeman me mimou com gentileza, incentivo e hospitalidade. Gretchen McNeil é uma colega de quarto de convenção incrível, e Marianne é repleta de bons conselhos. Muito obrigada a Dan Braun, Brandon Harvey, Liz Hamilton, Josh Kamensky, Heather Joy e à pequena Phoebe, Aaron Wilson e Laura Recchi, Michael Pessah, à incrivelmente poderosa Christina Strain, a Romi Cortier, Tracey Taylor, Lauren Messiah, Mel Caine, Mike DiMartino e a Kurt Mattila, que me viciou em quadrinhos de novo. Brad Farwell, você não mora em Los Angeles, mas não se encaixava em nenhuma das outras categorias. Bastardo.

EQUIPE DOS INCENTIVADORES DO LIVRO

Muito obrigada aos bibliotecários, professores, blogueiros e vendedores que ajudaram meus livros a encontrar seus leitores. E, como sempre, muito amor ao Brotherhood without Banners, que me recepcionou em um dos grupos de fãs mais generosos e entusiasmados que existem. Eles também organizam excelentes festas.

EQUIPE DO TUMBLR

Algumas pessoas apoiaram a Trilogia Grisha desde o início e merecem meus agradecimentos: Irene Koh, que mudou a forma como vejo meus próprios personagens; Kira, aka eventhepartofyouthatlovedhim, que blogou desde o começo e frequentemente; as incríveis damas do Exército Grisha; Emily Pursel, Laura Maldonado, Elena def Novelsounds, Laura e Kyra e Madeleine Michaud, que formularam as melhores perguntas. Há tantos outros de vocês que criaram imagens ou *mashups*, arte e ficção, que conversaram comigo e me inspiraram, e me mantiveram no caminho certo. Obrigada por tornarem essa jornada mais mágica.

EQUIPE DA FAMÍLIA

Christine, Sam, Ryan, Emily: eu amo vocês. Shem, você é um artista incrível e a melhor companhia para visitar Nova York. E, finalmente, todo o meu amor e agradecimento a minha adorável e incrível mãe, que chorou nas horas certas e aprendeu a falar narval fluente.

Leia também **NONA CASA**,
estreia de Leigh Bardugo no gênero adulto.

Início da primavera

Quando Alex conseguiu tirar o sangue de seu casaco de lã, o clima já estava quente demais para usá-lo. A primavera chegara com má vontade; manhãs azul-claras que não se aprofundavam, transformando-se em tardes soturnas e úmidas, e um gelo teimoso cercava a rua em merengues altos e sujos. Mas lá pelo meio de março, os trechos gramados entre os caminhos de pedra do Campus Antigo começaram a emergir da neve derretida, negros e molhados, com tufos de grama emaranhada, e Alex se viu afundada no assento da janela nos quartos escondidos do último andar do número 268 da rua York lendo *Requisitos sugeridos para candidatos à Lethe*.

Ouvia o tiquetaquear do relógio sobre a lareira e o tilintar do sino conforme fregueses entravam e saíam da loja de roupas abaixo. Aqueles quartos secretos eram carinhosamente chamados de "a Gaiola" pelos membros da Lethe, e o espaço comercial abaixo deles fora, em diferentes períodos, uma sapataria, uma loja de equipamentos para turismo de aventura e um minimercado 24 horas Wawa, que tinha o próprio balcão do Taco Bell. Os diários da Lethe daqueles anos estavam cheios de reclamações sobre o fedor dos feijões refritos e das cebolas grelhadas que se infiltrava pelo chão – até 1995, quando alguém fez um encantamento na Gaiola e na escada que dá para o beco, de forma que sempre cheirassem a amaciante de roupas e cravo-da-índia.

Alex descobrira o panfleto com as diretrizes da Casa Lethe durante as semanas confusas depois do incidente na mansão na Orange. Tinha checado o e-mail apenas uma vez desde então, no velho computador da Gaiola, quando viu a longa lista de mensagens do reitor Sandow e se desconectou. Havia deixado a bateria do celular morrer, ignorado as aulas e observado os galhos com folhas brotando nas articulações como uma mulher experimentando anéis. Comeu toda a comida da despensa e do freezer – primeiro os queijos refinados e os pacotes de salmão defumado, depois os feijões enlatados e os pêssegos em calda das caixas marcadas como SUPRIMENTOS DE EMERGÊNCIA. Quando o estoque acabou, passou a comprar refeições para viagem, pagando tudo com o cartão ainda ativo de Darlington. Descer e subir as escadas era cansativo o suficiente para que ela tivesse de descansar antes de desembrulhar o almoço ou jantar, e às vezes nem se dava ao trabalho de comer, apenas adormecia no assento da janela ou no chão, ao lado das sacolas plásticas e dos recipientes embrulhados em papel-alumínio. Ninguém vinha checar como ela estava. Não restara ninguém.

Era um panfleto impresso de forma barata, preso com grampos, uma foto em preto e branco da Torre Harkness na capa e, abaixo dela, a frase *Somos os Pastores*. Ela duvidava que os fundadores da Casa Lethe tivessem Johnny Cash[1] em mente quando escolheram aquele lema, mas, toda vez que via aquelas palavras, pensava na época de Natal, deitada no velho colchão do apartamento invadido de Len em Van Nuys, o quarto girando, uma lata de molho de cranberry comida pela metade ao lado dela, e Johnny Cash cantando "Somos os pastores, andamos pelas montanhas. Deixamos nossos rebanhos quando surgiu a nova estrela". Pensou em Len rolando para perto, deslizando a mão sob sua camiseta, murmurando em sua orelha: "São uns pastores de merda".

As diretrizes para os candidatos da Casa Lethe estavam na parte de trás do panfleto e tinham sido atualizadas pela última vez em 1962.

> *Alto desempenho acadêmico, com ênfase em História e Química.*
> *Facilidade com línguas e conhecimento operativo de latim e grego.*
> *Boa higiene e saúde física. Evidência de um regime regular de exercícios físicos é uma vantagem.*
> *Exibir sinais de um caráter firme, com a mente tendendo para a discrição.*
> *Interesse no arcano é uma desvantagem, já que é um indicador frequente de disposição para o "isolamento".*

---

1. Referência a "We Are The Shepherds", canção de Johnny Cash. (N.E.)

> *Não demonstrar nenhum melindre quanto às realidades do corpo humano.*
>
> MORS VINCIT OMNIA.

Alex – cujo conhecimento de latim era pouco operativo – foi pesquisar: "A morte conquista tudo". Mas na margem alguém tinha rabiscado *irrumat* sobre *vincit*, quase obliterando o original com esferográfica azul.

Abaixo dos requisitos da Lethe, um adendo dizia: "O nível de exigência para os candidatos foi flexibilizado em duas circunstâncias: Lowell Scott (bacharelado, Inglês, 1909) e Sinclair Bell Braverman (sem diploma, 1950), com resultados conflitantes".

Outra nota fora rabiscada ali na margem, esta claramente nos garranchos de Darlington, pontudos como um eletrocardiograma: "Alex Stern". Ela pensou no sangue tingindo de negro o tapete da velha mansão Anderson. Pensou no reitor – o branco assustado de seu fêmur projetando-se da coxa, o fedor de cães selvagens tomando o ar.

Alex colocou de lado o recipiente de alumínio com falafel frio do Mamoun e limpou as mãos no moletom da Casa Lethe. Mancou até o banheiro, abriu o frasco de zolpidem e colocou um debaixo da língua. Juntou as mãos em concha sob a torneira, observou a água caindo sobre os dedos e ouviu o som lúgubre de sucção do ralo. *O nível de exigência para os candidatos foi flexibilizado em duas circunstâncias.*

Pela primeira vez em semanas olhou para a garota no espelho salpicado de manchas d'água, observou enquanto aquela garota machucada levantava a regata, o algodão amarelado de pus. O ferimento no flanco de Alex era um sulco profundo, com casca negra. A mordida deixara uma curva visível que ela sabia que iria cicatrizar mal, se é que cicatrizaria. Seu mapa fora mudado. O contorno da costa, alterado. *Mors irrumat omnia.* A morte fode a todos nós.

Alex tocou com cuidado a pele vermelha e quente em torno das marcas de dente. A ferida estava infeccionando. Ficou um pouco preocupada, a mente tentando conduzi-la para a autopreservação, mas a ideia de pegar o telefone e tomar um carro até o centro de saúde dos graduandos – a sequência de ações que cada nova ação provocaria – era desanimadora, e o pulsar quente e embotado de seu corpo em chamas se tornara quase amigável. Talvez ficasse com febre, começasse a alucinar.

Ela olhou as costelas estiradas, as veias azuis como fios elétricos sob os hematomas desbotados. Os lábios estavam descamando. Pensou em seu nome escrito nas margens do panfleto – a terceira circunstância.

— Os resultados foram decididamente conflitantes — disse, levando um susto com o chiado rouco da própria voz. Riu, e o ralo pareceu rir com ela. Talvez já estivesse febril.

No brilho fluorescente das luzes do banheiro, apertou a mordida em seu flanco e enfiou os dedos nela, beliscando a carne em torno dos pontos até que a dor a cobrisse como um manto, o desmaio chegando em uma onda bem-vinda.

Isso foi na primavera. Mas o problema havia começado no escuro total do inverno, na noite em que Tara Hutchins morreu e Alex ainda achava que poderia se safar de tudo.

Leia também, de Leigh Bardugo

Trilogia Sombra e Ossos
Visite, em Ravka, um mundo de magia e superstição, onde nem tudo é o que parece ser. Soldado. Conjuradora. Santa. Descubra como tudo começou...

Duologia Nikolai
Conheça um dos personagens mais cativantes do Grishaverso, Nikolai Lantsov!

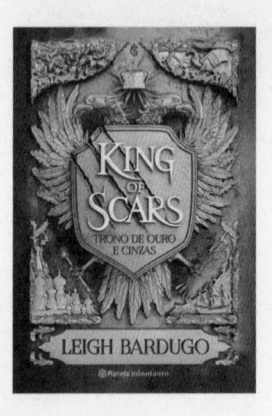

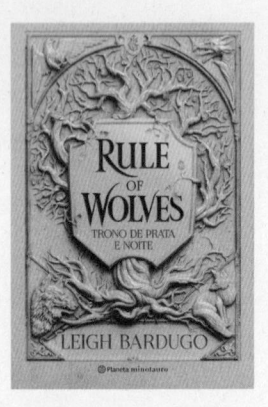

As Vidas dos Santos

Nesta réplica ilustrada de *As vidas dos Santos – o Istorii Sankt'ya –*, conheça as incríveis histórias da mitologia fantástica criada por Leigh Bardugo, em uma coletânea de contos retirados diretamente do Grishaverso.

Nona Casa

A fascinante estreia adulta de Leigh Bardugo: uma história de poder, privilégio, magia negra e assassinato, ambientada na elite da Ivy League.

Leia também

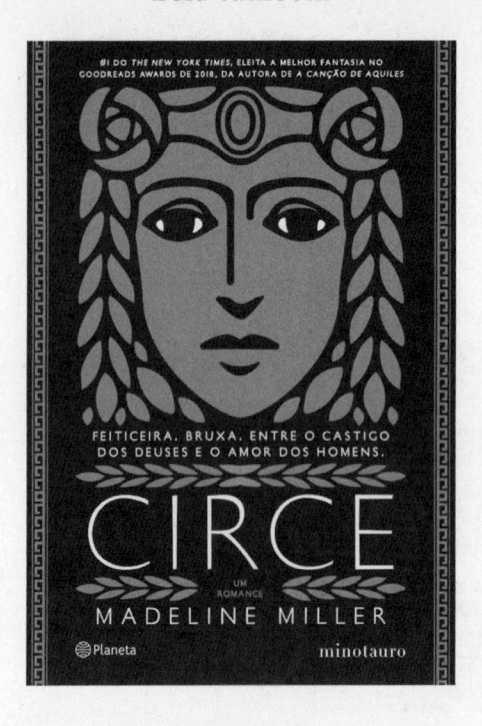

Na casa do grande Hélio, divindade do Sol e o mais poderoso da raça dos titãs, nasce uma menina. Circe é uma garotinha estranha: não parece ter herdado uma fração sequer do enorme poder de seu pai, muito menos da beleza estonteante de sua mãe, a ninfa Perseis. Deslocada entre deuses e seus pares, os titãs, Circe procura companhia no mundo dos homens, onde enfim descobre possuir o poder da feitiçaria, sendo capaz de transformar seus rivais em monstros e de aterrorizar os próprios deuses.

Sentindo-se ameaçado, Zeus decide bani-la a uma ilha deserta, onde Circe aprimora suas habilidades de bruxa, domando perigosas feras e cruzando caminho com as mais famosas figuras de toda a mitologia grega: o engenhoso Dédalo e Ícaro, seu filho imprudente, a sanguinária Medeia, o terrível Minotauro e, é claro, Odisseu.

E os perigos são muitos para uma mulher condenada a viver sozinha em uma ilha isolada. Para proteger o que mais ama, Circe deverá usar toda a sua força e decidir, de uma vez por todas, se pertence ao reino dos deuses ou ao dos mortais que ela aprendeu a amar.

Por séculos, as lendas arturianas povoaram o imaginário de leitores de todo o mundo. *As brumas de Avalon* é considerado por muitos a versão literária definitiva do mito e muitas gerações de mulheres se deixaram arrebatar pela escrita envolvente de Marion Zimmer Bradley.

Pelos olhos de mulheres complexas e poderosas como Morgana das Fadas, Viviane, a Senhora do Lago, Igraine, Morgause e Gwenhwyfar, os reinos de Camelot e de Avalon são revisitados neste clássico, repleto de magia, sensibilidade e intrigas.

"Uma releitura monumental das lendas arturianas... Ler *As brumas de Avalon* é uma experiência profundamente tocante, e muitas vezes fantástica. Um resultado impressionante."
THE NEW YORK TIMES BOOK REVIEW

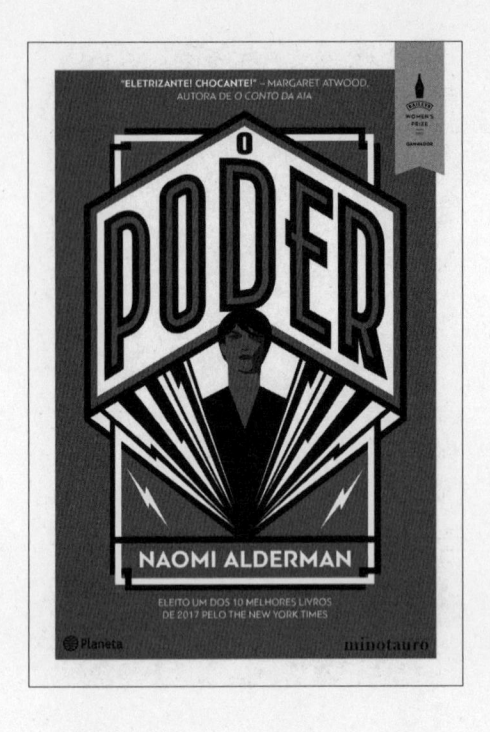

Em um futuro próximo, as mulheres desenvolvem um estranho poder: elas se tornam capazes de eletrocutar outras pessoas, infligindo dores terríveis... até a morte. De repente, os homens se dão conta de que não estão mais no controle do mundo.

> "*Jogos vorazes* encontra *O conto da aia*."
> **COSMOPOLITAN**

> "Um olhar fascinante do que o mundo poderia ter se tornado se o sexismo dos últimos milênios tivesse tomado rumos diferentes. Engenhoso... merece ser lido por todas as mulheres (e, claro, por todos os homens)."
> **THE TIMES**

> "Eletrizante! Chocante!"
> **MARGARET ATWOOD**

**Acreditamos
nos livros**

Este livro foi composto em Dante MT Std
e impresso pela Geográfica para a Editora
Planeta do Brasil em outubro de 2022.